미운 노새 이야기

Tales of
the ugly mule

II

대삶 장편소설

미운 노새 이야기 2

초판 1쇄 인쇄 2023년 8월 11일
초판 1쇄 발행 2023년 8월 31일

지은이 대삶
발행인 오광백
편집 편집부
표지·내지디자인 우물
지도·본문편집 오정인
제작 조하늬

펴낸곳 (주)삼양출판사 · 피오렛
주소 서울시 강북구 솔샘로159
대표 전화 02-980-2112 **팩스** 02-983-0660
블로그 blog.naver.com/dreambookss
출판등록 1999년 3월 11일 제9-00046호

ISBN 979-11-283-9679-3 (04810) / 979-11-283-9677-9 (세트)

fi ret 은 (주)삼양출판사의 로맨스 판타지 문학 브랜드입니다.

II

미운 노새 이야기

대삶 장편소설

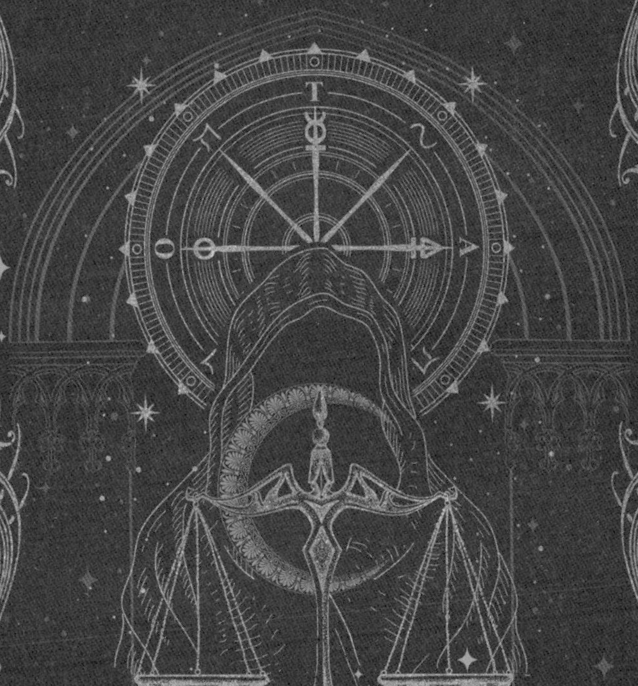

Tales of the ugly mule

Contents

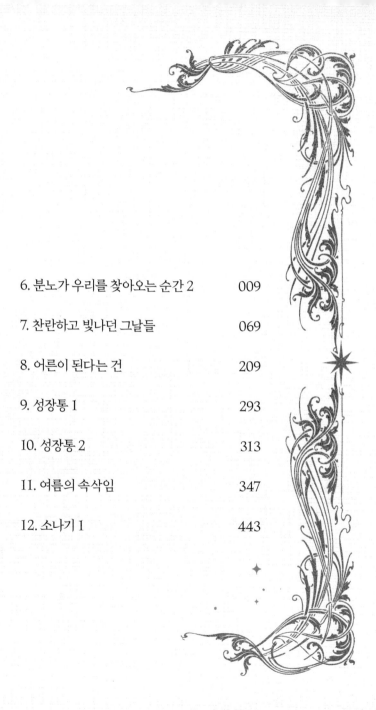

『 율리아의 세계 』

northern
사자ㅋ

그라냐덴 강

오섬숲

west 벨벳성

central

황무지

죽은 마법사의 탑

6

분노가 우리를 찾아오는 순간 2

어디서 들었는지 생각났다. 그 개였다. 까맣고, 다리를 잃고 슬퍼하던 그 검은 개.

타라는 망설임도 잃고 한달음에 달려 내려갔다. 구불구불한 계단 밑, 쇠창살 앞에서 멈춰 선 타라는 그 안에 누워 있는 검은 물체에 크게 심호흡을 했다.

어둠에 거의 녹아든 몸은 잘 분간이 가지를 않았다. 하지만 희미하게 빛나는 가장자리를 따라 짐승의 형태는 알 수 있었다. 더듬은 기억 속에서 저 개의 이름이 기억났다.

"케랄?"

축 늘어져 있던 뾰족한 귀가 쫑긋 곤두서더니 돌아누워 있던 개가 타라를 바라보았다. 탁한 구슬처럼 반짝이는 안광에 저절로 어깨가 움츠러들었다.

역시 개는 무섭다. 하지만 힘이 하나도 없는 그 눈빛이 발목을 잡았다. 그때 허스키한 소년 같은 목소리가 들렸다.

[나는 케랄이 아니야. 케랄은 내 종족의 이름이지.]

"당신, 말을 하네요?"

[네가 먼저 말을 걸었잖아.]

"아."

아마 자신의 특이한 능력이 발휘된 모양이었다. 타라는 멀찍이서 입술을 오므리다 물었다.

"그럼 이름이 뭔가요?"

[난 이름이 없어. 주인이 나를 버렸으니까.]

타라는 개에 대한 트라우마가 있다. 아직도 개에게 물어뜯긴 흉터가 몸에 남아 있고, 두 번이나 죽을 뻔한 적이 있었다.

하지만 이상하기도 하지. 이 검은 짐승은 타라의 마음을 콕콕 찌르는 데가 있었다. 그래서 더 내버려 둘 수가 없었다.

"쥬다가, 당신을 버렸다고요?"

[그래. 말 걸지 마. 배가 고프니.]

케랄은 귀찮은 듯 꼬리를 휙휙 흔들며 바닥에 축 늘어졌다. 그렇게 덩치 큰 개인데도 하는 행동이 그러니 그저 불쌍하게만 보였다. 타라는 머뭇거리다가 등불을 쥐었다.

"잠깐만 기다려요!"

헐레벌떡 계단을 올라간 타라는 쏜살같이 제 방으로 달려가 안티오크가 가져다준 간식거리들을 가지고 다시 내려왔다. 훈제 닭고기가 들어간 샌드위치와 통통한 소시지였다.

입맛이 없어 한 입만 베어 물고 남겨 놓은 것들을 들고 돌아오자, 이미 냄새를 맡은 케랄이 쇠창살 사이로 긴 주둥이를 내밀고 코를 킁킁거리고 있었다.

타라는 거기 앞에 털썩 앉아 살짝 탄 소시지를 내밀었다. 다 식었는데도 맛 좋은 향이 물씬 풍겼다.

"자, 먹어요."

케랄은 냄새를 맡으며 잠시 주춤하다가 날름 그것을 받아먹었다. 소시지들이 게 눈 감추듯 없어지는 사이 타라는 샌드위치에서 고기를 분리해 냈다.

정말 걸신들린 듯이 먹는다. 타라는 닭고기가 없어 홀쭉해진 샌드위치를 베어 먹으며 맛있게 배를 채우는 케랄을 바라보았다.

이내 타라가 가져온 음식을 모조리 먹어 치운 케랄은 훨씬 생기가 도는 눈으로 꼬리를 흔들었다.

[너 착한 인간이구나.]

"미안해요."

[뭐가?]

배가 부르니 느긋해졌는지 개가 뒷다리로 제 귀를 긁었다. 하지만 어딘가 이상하다. 그럴밖에. 이 개의 다리는 세 개였다. 타라는 마음이 아파 울상을 지었다.

"나 때문에 다리가……."

[이게 왜 너 때문이야? 내 다리를 자른 건 주인인데.]

"……."

물론 쥬다가 그러지 않았다면 타라는 크게 다쳤을지도 몰랐다. 하지만 사과를 해야 할 것 같았다. 자신이라도 이 개에게 그런 말을 해 줘야 한다고 생각했다. 타라는 고심하다 중얼거렸다.

"케랄 씨의 아픔이 나와 무관한 것 같지 않아요. 당신이 버려졌다고 슬퍼할 때 내 여기도 아팠거든요."

작은 손이 톡톡 제 가슴을 가리켰다. 케랄은 몰이해하고 심드렁한 눈으로 그녀를 보다가 엎드려 누웠다.

[나약하고 순해 빠진 인간이군. 그런 인간들은 언제나 괴로

운 법이지.]

"왜요?"

**[남들은 신경 쓰지 않는 작은 상처도 느끼고 아파하니까. 통
각은 둔할수록 좋아. 네가 불필요한 것도 일일이 공감하고 마
음을 쓰면 다른 인간들이 널 우습게 볼 거야. 약점이 많이 보이
면 공격하고 싶어지니까.]**

양손에 얼굴을 받치고 쪼그려 앉아 있던 타라는 신기한 듯 말했다.
"엄청 똑똑하신가 봐요, 케랄 씨는. 쥬다 같은 말을 하네요."

[이봐. 나는 널 얕잡아 보고 있다고. 경계 좀 하지 않겠어?]

"하지만 케랄 씨의 꼬리는 무척 느긋해 보이고 천천히 흔들리고
있잖아요. 지금 기분이 좋은 거 맞죠? 무척 여유로워 보여요."

[……]

강아지풀처럼 한들거리던 꼬리가 의식적으로 멈췄다. 하지만 축
늘어졌던 꼬리가 움찔거리는 것이 의식적으로 신경 쓰는 게 여간
힘든 모양이었다. 케랄은 짜증스럽게 말했다.

[이건 내 마음대로 되는 게 아니야. 제멋대로 노는 거라고.]

"네. 책에서 읽으니 그렇게 자연스러운 기분이 나타난다고 했어요."

'고양이와 개들의 언어' 라는 책에서 읽었다. 안티오크가 고양이 모습일 때 보이는 세세한 감정 표현들이 궁금해져서.

[아는 게 많은 인간이구나.]

케랄은 툴툴거렸다. 하지만 기분이 나빠 보이지는 않았다. 그러다 머리를 들어 타라를 본다.

[그런데 너같이 작은 인간이 어떻게 여기에 온 거지?]

"쥬다가 성을 비웠거든요. 당신의 목소리를 들었어요."

[내 말이 들린다고?]

갸웃거리더니 다시 검은 깨죽처럼 축 퍼지듯 늘어진다. 그는 하품을 하며 중얼거렸다.

[이상한 작은 인간.]

"있잖아요."

[왜.]

케랄이 돌아보지 않고 말했다. 타라는 울상을 지었다.
"너무 솔직하게 귀찮아하는 거 아니에요? 맛있는 것도 많이 줬는데."

[엄청 맛있지는 않았어. 너 먹다 남은 거 줬잖아?]

"그건…… 한 입밖에 안 먹었는데…… 너무해요."
타라가 콧등을 찡그리며 투덜거렸다. 울상을 짓는 게 퍽 어려 보
였다. 까만 귀가 쫑긋 섰다. 케랄이 그녀 쪽으로 돌아눕더니 다시
하품했다.

[뭐야. 빨리 말해. 나 졸려.]

"쥬다가 당신을 여기에 가둬 두고 방치했나요? 굶겼어요?"
속사포처럼 캐묻는 게, 아니라는 대답을 듣고 싶어 하는 것일 게
뻔했다. 개의 눈이 반질반질 반짝였다. 꼬리가 갈대처럼 흔들렸다.

[구석에 버려진 신세이긴 해도 굶지는 않아. 그 고양이 내가 물
씬 풍기는 집사가 가끔 밥을 주고 가거든. 그거 마음에 안 들어.]

"안티오크요?"

[수족들은 케랄이 저들보다 지능이 뒤떨어진다고 여기는데, 종이 다를 뿐 그건 아니라고. 일반적인 개들이랑 비교하면 곤란해. 우리는 좀 더 야생과 가까운 자유를 누릴 뿐이야. 예컨대 그들은 날 때부터 종족의 수장에게 종속되지만 케랄은 그렇지 않아. 우리는 주인을 선택할 자유가 있지.]

"그래서 쥬다를 주인으로 택한 거군요."

[또 그건 아닌데.]

타라가 고개를 갸웃거렸다. 케랄은 꼬리를 흔들다가 별로 말하기 싫은 것처럼 능장을 부리더니 결국 느릿느릿 말했다.

[내 아버지가 사자 왕에게 빚을 진 게 있어. 그래서 내가 보내진 거지. 사자 왕은 나를 지금의 주인에게 보낸 거고.]

한 마디로 그의 의사는 하나도 없었던 셈이다. 부당하다고 타라는 생각했다. 케랄이 제 죄나 결정 때문에 왔다면 모를까, 아버지의 인과를 왜 그가 짊어져야 하는지 이해가 가지 않았다.

어쩐지, 어머니의 죄 때문에 온갖 비난을 들었던 자신을 보는 것만 같았다. 왜 내가 선택하지도 않았던 짐을 지우는가? 그들이 무슨 권리로? 가뜩이나 인생이란 것 자체가 온갖 것을 이고 가야 하는 고단함인데. 타라가 격앙된 말투로 화를 냈다.

"그건, 옳지 않아요. 당신은 자유로워질 권리가 있어요."

[재미있구나. 네가 나도 아니고 왜 화를 내니?]

"그런 건 싫으니까요."

케랄은 콧김처럼 한숨을 쉬었다.

[내 아버지는 가장 강력한 케랄의 우두머리로 날 낳아 줬고, 강인한 전사로 키워 주었어. 나는 이 한 번으로 그 모든 빚을 갚은 거야. 만족하고 있어.]

"그런……."

타라는 혼란스러워서 바닥을 내려다봤다. 물론 타라에게는 케랄의 생각을 강제할 권리도 없고 그녀의 생각이 무조건 옳지도 않을 것이다.

하지만 왜 이렇게 불편할까. 아무 말 못 하고 속으로 끙끙거리고 있는 그녀에게 케랄이 말했다.

[이봐, 작은 인간. 세상 모든 것들의 진심과 진리에 너를 맞출 필요는 없어. 저마다 추구하고 존재하는 이유가 다른데 그걸 진정으로 전부 이해한다면 인간이 아닌 신이겠지. 넌 너고

나는 나야. 내게 끼워 맞추려 애쓰지 마.]

엉켜 있는 실타래를 간단하게 잘라 내는 말이었다. 내내 잔뜩 힘
들게 가고 있던 길에서 빠져나온 것처럼 타라는 눈을 동그랗게 떴
다. 그녀는 멍하게 말했다.

"우와. 진짜 쥬다 같아."

[뭐라는 거야.]

"아니요. 그냥…… 고마워요."

핀잔 같았지만 타라는 그게 저를 위한 충고라는 걸 알았다. 케랄
은 꼬리를 한 번 흔들더니 잠자코 엎드려 눈을 감았다. 졸린 모양이
었다.

타라는 조심조심 일어나서 다 꺼져 가는 기름 랜턴을 집어 들고
소곤거렸다. 잘 자요. 소년의 제비초리처럼 부드러운 검은 귀가 뒤
로 눕는 걸 보며 타라는 소리 죽여 다시 침실로 돌아왔다.

별이 짙고 모든 이들이 물처럼 잠든 밤에 있었던 일이었다.

*　　*　　*

이튿날 아침 타라는 쥬다의 넓고 큰 침대에서 일어나자마자 투
다다 튀어 오르듯 바닥에 내려섰다. 그녀의 작은 몸이 데구루루 책
장으로 달려가 조그만 책을 뽑는다. 기다렸다는 듯 비밀 통로가 열

렸다. 비몽사몽 한 눈가를 비비던 타라는 작게 탄성을 질렀다.

"꿈이 아니었어."

타닥타닥 신나게 계단을 내려가 빼꼼히 고개를 빼고 창살 안을 살폈다.

커다란 검은 개의 등이 오르락내리락하고 있었다. 곤하게 잠든 모양을 빤히 보다 슬그머니 다시 서재로 돌아왔다. 책을 끼워 넣고 감쪽같이 원래대로 돌아온 책장을 만져 보았다.

그 개가 어찌 되었냐 묻는 타라에게 신경 쓰지 말라던 쥬다의 못 마땅한 눈이 생각났다. 만약 타라가 지하 감옥에 있던 케랄을 발견하고 대화까지 나눈 걸 알면 뭐라고 할까.

며칠 사이 그가 싫어할 만한 짓만 골라서 저지른 것 같아 속이 움츠러들었다. 하지만 가장 큰 문제는 그간 한 행동들을 전부 후회하냐고 묻는다면 대답하기 궁하다는 점이리라. 그건 매우 낯선 기분이었다. 엄지손톱을 잘게 깨물던 타라는 얕게 한숨을 쉬었다.

아버지에 대한 단서가 있을지도 모르는 오래된 고서, 어머니의 편지, 케랄. 많기도 많구나. 타라는 그렇게 아침 식사 내내 딴생각에 잠겨 안티오크의 의아한 눈초리도 눈치채지 못했다.

한편 고양이 집사는 반가운 소식을 알려 줄 예정이었지만 정신이 없는 것 같은 타라를 보고 말을 아꼈다. 뭐, 조금 놀라게 해 주는 것도 좋지 않겠는가.

식사를 마친 후 타라는 몰래 한쪽에 쟁여 두었던 베이컨을 손수건에 싸 두었다. 그리고 홀로 남자마자 그것을 가지고는 득달같이 비밀 통로를 열어 케랄에게 갔다.

창살 앞에 꿇어앉아 소곤소곤 불렀다. 케랄 씨! 케랄 씨! 검은 귀
가 움찔거리더니 얕게 떠진 푸른 눈이 타라를 흘겨보았다.

[뭐야? 작은 인간아.]

"배고프지 않아요? 아침을 가져왔어요."

다시 축 감기던 짐승의 눈이 반짝 떠졌다. 케랄은 물에 젖은 모피
가 들썩이는 것처럼 느리게 일어나더니 기지개를 켰다. 한쪽 발이
없음에도 제법 자연스레 걸어온 케랄이 다시 하품했다. 뒷다리로
제 귀를 긁으며 중얼거렸다.

[참 부지런한 인간이구나. 너 여기 계속 와도 되는 거니?]

"쥬다는 지금 성에 없거든요."

[그러니까 몰래 왔다는 말이네.]

타라가 대답을 못 하는 사이 어슬렁어슬렁 창살에 머리를 들이
민 케랄이 채근했다. 까만 코가 벌름거렸다.

[일단 가져온 것 좀 내놔 봐. 냄새가 그럴듯하군.]

타라는 얼른 손수건을 펴서 잘 구워진 베이컨을 꺼내 놓았다. 긴

주둥이에서 나온 혀가 날름 고소한 기름을 핥더니 덥석 고깃덩이를 삼킨다. 양손으로 얼굴을 받친 채 케랄의 식사를 막바지까지 구경하던 타라가 툭 질문했다.

"케랄 씨는 부모님이 보고 싶을 때가 있나요? 아버지라든가…… 그래도 가끔은 그립지요?"

상념 속에서 자연스레 튀어나온 물음에 케랄이 머리를 갸웃거렸다.

[다 큰 성체인 내가 왜?]

생각할 것도 없는 듯한 즉답이었다. 타라는 너무 간소한 대꾸에 잠깐 할 말을 찾지 못했다.

"어…… 정말 하나도 안 보고 싶어요?"

[별로. 그런 건 어린 새끼들이나 하는 거야. 내 아비와 어미는 할 도리를 다했어. 나도 그렇고. 그럼 끝이지 뭐.]

케랄은 앞발을 핥았다. 배도 부르고 나른하니 기분이 좋아 보였다. 타라는 그 만족한 기색을 멍하니 쳐다보았다. 그가 이해가 가지 않았고, 어찌 보면 몰인정하게 느껴지면서도 한편으로는 형체 없는 부러움을 느꼈다. 더듬어도 알기 힘든 무형의 이상한 감정.

"그럼 나는 아직 어린아이인가 봐요."

[넌 그냥 봐도 어려, 작은 인간아.]

"그렇게 되려면 어떻게 해야 해요?"

고개를 기울이는 케랄에게 타라가 중얼거렸다.

"나약하지 않고 흔들리지도 않는 어른이 되려면?"

강하고 단단해지고 싶었다. 그래서 얕은 바람에도 더 이상 흔들리지 않게. 없는 것을 갈망하는 미성숙함 따위와는 거리가 멀게. 어떤 일에든 여유롭고 당당하게. 어서 빨리 어른이 되고 싶다. 케랄이 심드렁하게 귀를 긁었다.

[새끼들이란 항상 그렇지. 어른이란 걸 어딘가에 닿을 수 있는 환상의 섬처럼 여기면서. 작은 인간아, 네가 바라지 않아도 언젠가 연못 속의 늙어 있는 널 보게 될 거야. 시간이란 모두에게 공평한 유일한 것이니까. 그때는 또 지금이 그립다고 할걸.]

"별로 그럴 것 같지 않아요."

[세상의 모든 어린 것들이 그렇게 말하곤 해.]

케랄이 콧방귀를 뀌었다. 우스운 것처럼. 타라는 그의 확언이 조금 억울하고 몰이해하여 항변하고 싶었지만 당장 그녀도 미래의 자신을 모르니 무어라 할 수 없었다. 대신 고집스럽게 말했다.

"절대 아닐 거예요."

[그러든가.]

그가 전혀 믿는 눈치가 아니었지만 타라는 답이 안 나올 것 같은 논쟁을 그만하기로 했다. 대신 다른 고민거리를 꺼냈다.

"있잖아요."

[또 뭐.]

귀찮아하는 케랄에게 타라는 꿋꿋이 말했다.

"내가 무척 좋아하고, 나를 지켜 주고 돌보아 주는 사람이 있어요. 그 사람이 싫어하고 몰랐으면 하는 어떤 비밀이 있는데, 나는 정말 알고 싶거든요. 이럴 때 어떻게 해야 할까요?"

[주인이 하지 말라는 짓을 하고 싶구나?]

타라는 입을 꾹 다물고 눈을 굴렸다. 케랄이 쯧쯧 혀 차는 노인 같은 표정을 지었다.

[청개구리니? 어린애들은 꼭 이런다니까.]

"하지만, 하지만 저는……."

[그렇게 하고 싶으면 하면 되지, 왜 여기 와서 끙끙거려?]

"어, 그게……."
그리고 머뭇거리는 그녀에게 일침을 놓는다.

[진짜 하고 싶은 게 맞긴 해? 막상 꺼려지거나 무서운 거 아 니야?]

찬물을 뒤집어쓴 것 같았다. 타라는 쥬다의 책을 가져왔지만, 아직 펼쳐 보지도 못했다. 계속 표지를 만지작거리다가 관련 없는 항목들을 몇 줄 읽다 다시 덮어 버렸을 뿐이다.

쥬다의 말을 어기는 게 무서워서, 라고 여겼지만, 사실 저도 겁이 나서 그런 건 아닐까? 사람들이 수군거렸던 것처럼 아버지란 사람이 형편없는 건달일까 봐? 아니, 아니었다. 사실은,

"알고 난 다음이 두려워서요."

아버지를 알고 난 다음은? 아마 욕심이 더 커져서 찾아가고 싶겠지. 인정받고 싶을지도 몰라. 그런데 그분이 나를 원할까. 원치 않으니 지금껏 찾지 않은 건 아닐까. 그리 거절당하는 두려움을 곱씹으며 바닥까지 파 내려가다 마주한 건 이랬다.

어떤 결과가 나오더라도, 지금의 아무것도 모르는 시절로 돌아올 수 있나?

쥬다와 안티오크, 이델, 그녀를 살뜰히 챙겨 주는 성의 식구들. 이 사람들만으로도 그녀는 지금 충분히 행복했다. 하지만 타라가

금지된 상자를 열었을 때, 거기에서 나온 것이 현재의 평온함을 유지시켜 줄 거라는 보장은 없었다. 너무 행복해서 타라는 지금도 이따금 실 위에서 곡예를 하는 것 같으니.

그리고…… 타라는 이미 그녀의 안에서 답이 나왔음을 깨달았다.

그녀는 물끄러미 지하 감옥의 어둠 속을 바라보다가 뜬금없이 물었다.

"그런데 케랄 씨는 왜 나를 작은 인간이라고 불러요? 제 이름은 타라예요. 앞으로는 이름을 불러 주세요."

다리가 셋밖에 없는 네발짐승의 푸른 눈이 타라의 또랑한 붉은 눈을 보다가 단칼에 고개를 저었다.

[그건 안 될 것 같은데.]

"왜요?"

[이름을 주고받는다는 건 아주 중요한 거야. 너 같은 어린 인간은 모르겠지만.]

"그게 왜 중요하죠?"

[이름이란 건 어떤 사물의 의미와 가치를 결정하니까. 나는 널 어떻게 정의하고 받아들일지 아직 정하지 않았어.]

"음, 조금은 알 것 같아요."

타라는 언젠가 쥬다가 읽어 주었던 책 속의 여우를 생각했다. 여우는 자신이 길들여지지 않았기 때문에 어린 왕자와 놀 수 없다고 말했다. 나는 너에게 수많은 다른 여우와 똑같은 한 마리 여우에 지나지 않는다고.

서로에게 길들여지는 것, 그러려면 '나의 시간'을 그에게 주어야 한다. 어수룩한 소녀가 어른이 되기까지 필요한 것이라면 그만한 가치가 있는 게 아닐까. 타라는 결심한 듯 콧김을 뿜었다.

"알았어요. 좀 더 시간이 필요하다는 거군요!"

[아니, 꼭 그런 건 아닌데.]

지나치게 불이 붙어 버린 소녀를 눈을 가늘게 뜨고 내려다보던 케랄이 애매하게 말끝을 흐렸다. 검은 꼬리가 바람개비처럼 팽글팽글 돌았다. 타라는 주먹을 불끈 쥐며 외쳤다.

"꼭 케랄 씨가 제 이름을 부를 수 있을 때까지 노력할게요!"

[저기, 꼭 그러지 않아도…….]

"그럼 좋은 하루 보내요! 또 올게요!"

[어이, 이봐.]

조그만 것이 뭐 그리 빠른지 푸르고 작은 머리가 후다닥 사라져 버렸다. 케랄은 이상한 인간이라고 투덜 – 멍멍 – 거렸다. 어쨌건 미우나 고우나 저를 죽일 뻔한 짐승이 무섭지도 않은가. 그는 다시 잠이 들듯 웅크려 누웠다. 그의 꼬리가 봄바람에 보송한 민들레 씨앗처럼 살랑살랑 흔들렸다.

*　　*　　*

하늘을 찌를 듯 높은 탑이었다. 잿빛 먹구름이 소용돌이처럼 탑 머리 주변을 맴돌며 이따금 번개가 치는 게 분노한 용의 소굴에 온 것만 같았다. 하기야 그리 틀린 비유도 아니리라.

아인츠는 아무리 생각해도 자신이 미친 짓을 하고 있다는 생각을 거스를 수가 없었다. 그는 심란함을 감추며 저가 호위하고 있는 아름다운 여왕을 곁눈질했다.

백조가 끄는 황금 마차에 앉아 천둥 치는 창밖을 바라보고 있던 아델하이트의 붉은 입술이 열리자 아인츠는 움찔 떨며 고개를 숙였다.

그를 돌아보는 그녀의 눈은 바깥의 하늘과는 정반대인 푸른빛이었다. 너무 맑아 물고기조차 떠나 버린 차가운 샘 같았다.

"겁나니, 아인츠?"

"아닙니다."

아인츠는 서둘러 부정했다. 하지만 여왕은 피식 웃었다. 꼬리 감춘 강아지의 애교가 귀엽다는 듯이. 사실 그리 틀리지 않을 것이다.

아인츠는 그녀의 비웃음 같은 미소에도 미처 기분이 상하지 않을 정도로 정신이 없었다. 결국 그는 참지 못하고 말했다.

"불사의 마도사가 우리를 가만두지 않을 텐데요."

여왕은 잠깐 기울었던 관심도 그저 변덕이었던 것처럼 무료한 눈길을 던지며 고개를 갸웃거렸다.

"가만두지 않으면?"

"그러니까, 우리를 해치기라도 하면……"

"그는 이미 겨울 성의 반을 난도질했단다. 내가 어떤 안심을 시켜 주길 바라니?"

알게 모르게 창백하게 질리는 그 모습이 재미있는지 그녀가 키득거리며 웃었다. 그 미소는 애간장이 녹을 만큼 아름다웠으나 아인츠의 머리는 더 복잡해지기만 했다.

언제고 그랬지만 여왕의 속은 그 어느 누구도 몰랐다. 그는 울며불며 보내온 여동생의 편지를 떠올렸다. 아벨라는 이 지옥에서 더 이상 못 견디겠다면서 어서 자신을 꺼내 달라고 울부짖고 있었다.

하나 아인츠라고 특별한 방법이 있을 리가 있겠는가. 결국 어린 청년인 아인츠의 힘도 전부 왕과 여왕의 혈육으로서 그들에게 기생해서 나온 권력이었다.

왕조차 이번 일로 서부 영주에게 맥을 못 춘다는 사실이 만천하에 드러난 이상 그가 개인적으로 누이를 구출할 방법은 전무했다. 특히나 눈앞의 여왕이 그런 행동을 좋아하지 않는 한 더더욱.

"그래, 아벨라가 네게 얼마나 애걸복걸했는지 궁금하구나."

긴 코바늘로 엉성한 구멍을 푹 찌르듯이 들어온 질문에 아인츠는 평소와 달리 바로 대답을 하지 못했다. 팽팽한 머릿속에 두 개의 줄이 내려와 있었다. 제 안위와 누이의 구출. 그는 구슬땀을 흘리며 정중하게 고개를 조아렸다.

"그저 타향살이가 너무도 고달파 하는지라……."

"그 애도 참 못쓰겠구나. 맡긴 일이나 어서 잘 끝마칠 일이지, 징징거려서야 뭐가 해결되기라도 하겠니?"

아인츠는 아무 말도 하지 못하다가 사죄했다.

"송구합니다."

"아니란다. 그저 그 아이의 그릇이 그 정도일 뿐이지. 태생적인 것을 탓할 수는 없지 않니."

고상하게 위로하는 태도였지만 오늘 이 대화로 아벨라의 가치는 그대로 결정지어져 버렸다. 아인츠는 직감했다. 그의 누이는 버려질 것이다. 그녀가 설사 여왕이 원하는 것을 가져온다고 하더라도 결과가 닥쳐올 시기의 차이일 뿐 아벨라의 결말은 같았다.

이미 여왕은 아벨라에게 흥미를 잃어버렸다. 그저 관상용으로 놓아두던 것에 과한 기대를 했다가 혼자 실망하는 아이처럼, 꽃이 시드니 내다 버리는 것과 진배없었다.

아인츠는 내심 섬뜩했다. 이는 다른 방식의 경고였다. 그도 자칫하면 누이와 다를 바 없이 폐기 처분될 수도 있었다.

여왕은 그 속내가 뻔히 보인다는 듯 눈을 가늘게 휘어 웃었다.

"모자라도 동기이니 네가 어련히 잘 챙겨 주었겠지."

어젯밤 겨울 성에서 가장 빠른 전서구 편으로 서부로 보낸 서신을 꼬집는 것이다.

힘이 모자라 직접 돕지는 못하더라도 그가 누이를 아끼는 마음이 없는 것은 아니었다. 비록 제 안위를 걸지는 못하고, 아벨라 또한 곧 그것을 깨닫게 될지라도 말이다.

그는 여왕의 붉디붉은 손톱을 보다 눈을 내리깔았다.

백조들이 날개를 접고, 마차가 멈추는 부드러운 진동이 울렸다. 재빠르게 문을 열고 공손히 에스코트하는 아인츠의 손을 잡고 내려선 아델하이트가 나른하게 사방을 둘러보았다.

고왕국의 유산 중 폐허가 된 옛 첨탑이 울퉁불퉁 이 나간 맹수의 것 같은 황야에 우뚝 서 있었다.

중앙 왕국과 서부의 경계선에 놓인 이 오래된 망루는 옛 영광도 전부 스러진 채 먼지가 될 일만 남은 듯했다. 아델하이트는 빤한 푸른 눈으로 반쯤 허물어진 조상을 바라보다가 다 해진 계단을 올랐다.

제 옛집이라도 되는 양 천연덕스러운 발걸음이었다. 가루가 된 돌가루 더미와 하얀 발에 신겨진 고운 구두는 도저히 어울리지 않았음에도.

아인츠가 당황하여 따르려 하자 여왕이 빙글 돌아섰다. 둥글고 표표한 미소가 그를 멈춰 세웠다.

"여기서 기다리렴."

"네?"

저 밑에서 내심 기대했던 말일지도 모르나 아인츠는 찰나 머리를 굴렸다. 그가 단호하게 고개를 저으며 따라가겠다는 의지를 표명하자 아델하이트는 짧게 웃음을 터뜨리며 그의 턱을 쓰다듬었다.

말 잘 듣는 군견을 어르듯 만지다 움찔거리는 귓바퀴를 스쳤다.

여왕은 붉어진 앳된 청년의 귓가에 소곤거렸다.

"금방 다녀오마."

아델하이트는 그의 짙은 눈을 지나쳐 탑으로 들어갔다. 폐허가 달리 폐허가 아니었다. 사람의 풍화된 흔적은 남았으되 온기는 없는 이 낡은 건물은 무덤과 다르지 않았다.

뻥 뚫린 돌벽으로 스며든 바람이 스산하게 흐느낀다. 그것은 마치 상을 치른 여인의 통곡 소리 같았다. 그 사이를 가르고 또각또각 빈 탑을 가득 울리던 생소한 불협화음이 멎은 것은 확연한 피 냄새가 찬 공기에 섞여 뺨을 때리고 난 후였다. 아델하이트는 빙그레 미소 지었다.

"쥬다."

무너진 탑의 위층에 녹아 있던 사내의 그림자가 움직였다. 빗물로 고이 씻어 내린 양 일말의 감정도 보이지 않는 무표정, 무심한 눈이라.

그러나 폭풍 속에서 걸어 나온 사람처럼 격렬한 어떤 것이 덕지덕지 묻어 있었다. 그를 아는 이에게는 바로 보일 만큼 또렷한 흔적이었다. 여왕의 입술이 흐려졌다가 다시 요사스럽게 짙어졌다.

"오랜만이구나."

쥬다는 뚜벅뚜벅 걸어와 허리가 붕괴한 계단참에 걸터앉았다. 그가 폐허를 등지고 삐딱하게 고개를 기울이자, 전장의 권태로운 정복자 같았다. 혹은 잿더미 권좌에 앉은 악마처럼도 보였다.

살과 피가 흐르는 자라 보기에는 그에게서 풍기는 살의와 기이하게 뒤틀린 수려함이 지나치게 비인간적이었으므로.

"네가 여기에 있을 줄 알았어."

아델하이트는 저를 건조하게 내려다보는 사내에게 다정하게 말을 붙였다.

"살아 있는 이의 생기가 안 느껴지는구나. 벌써 죽었니?"

"희한한데."

쥬다가 처음으로 입을 열었다. 삭막하고 메마른 평이 이어졌다.

"평소 하던 대로 쓸데없는 잡스러운 말은 더 안 하나? 보통 더 지껄이며 실실 쪼개야 너다울 텐데."

"네가 저지른 일이 워낙 엄중하잖니. 이 누이도 아주 곤란하단다."

옛 이부동생의 깔보는 듯한 비아냥에도 그녀의 미소는 한 점 흐트러지지 않았다. 비록 '개소리'라는 모욕적인 조소가 들려와도 그랬다. 아델하이트는 예전이나 지금이나 쥬다에게 화를 내 본 적이 없었다.

원래도 쉬이 분노하지 않는 완벽한 조화 같은 여자였다. 단지 행하는 모든 것들이 분노 따위는 훨씬 뛰어넘는 광기의 영역에 있을 뿐. 감정적인 동요는 품위 없으며, 불필요하다 못해 이따금 몰이해한 것들이었다.

하지만 아무도 모를 것이다. 아델하이트의 일생에 '화', '격분', '노여움'과 비슷한 것들을 가장 번번이 느끼게 하는 이가 있다면 그는 쥬다라는 걸.

노골적으로 자신을 비웃는 쥬다에게 아델하이트가 상냥하게 속삭였다.

"내 딸 때문에 화가 나서 그랬다면서."

찬웃음이 뚝 그쳤다. 쥬다가 싸늘하게 입매를 비틀었다.

"함부로 입에 담지 마."

"그 애는 내 딸이야."

"그렇다 해도 이제 네 것은 아니지. 내 것이야."

그는 마땅히 정해진 제 소유를 주장하듯 선을 그었다. 여왕의 몽환적인 표정이 의미를 알 수 없게 옅어졌다. 물에 번지고 지워진 초상화처럼.

"그 아이가 마음에 드나 보구나."

"내다 버린 물건이 값어치가 올라가니 새삼 아쉽나?"

쥬다가 쌀쌀맞게 대꾸했다. 그녀는 잠시 말없이 주변을 둘러보았다. 티끌 한 점 없는 파란 눈에 눅눅한 널빤지처럼 널브러진 사람이 비쳤다. 시체인 줄 알았으나 희미하게 숨이 붙어 있었다. 아델하이트가 고개를 들고는 쾌활하게 물었다.

"안 죽였구나?"

"주, 죽…… 제발."

개미가 기어가듯 얕은 헐떡임이었다. 빈사 상태인 여자의 반쪽 눈이 아델하이트를 발견하고 무어라 버석한 입을 달싹였다. 그리고 그게 끝이었다.

얼음의 창에 반듯이 잘린 벨비나 부인의 목을 감상하듯 바라보며 아델하이트가 싱긋 웃었다. 그녀는 제 남편이 자신을 길러 준 여자의 부고를 듣고 어떤 표정을 지을지 흥미로웠다. 그녀가 불러낸 빙결들이 작은 손짓에 나비처럼 사라졌다.

"항상 저 여자를 죽이고 싶었는데. 뜻밖의 선물을 어떻게 갚아야 하나?"

"주지도 않은 걸 멋대로 풀어 보고는 감사 인사를 해? 웃기는군."

"어차피 홍도 떨어졌잖니."

그녀가 곰살맞게 웃는 걸 쥬다는 무시했다. 왕에게 말했던 대로 그는 벨비나 부인의 살려 달라는 애원이 간절히 죽음을 원하는 것으로 바뀔 때까지 착실하게 부수고 파멸시켰다.

그리고 그녀가 고통에 실성하는 것을 지켜보면서 생각했다. 그 애는 얼마나 아팠을까. 못해도 저것보다는 아팠겠지? 꼬맹이는 아마 지금보다도 더 어렸을 것이니 더 끔찍하게 아파했을 거다.

덜 여문 피부가 찢기고 그 위가 다시 찢어지면서 엉엉 울었겠지. 그 애처로운 몸부림을 다른 인간들은 깔깔거리며 구경질을 했을 테고.

그가 고개를 들었을 때는 벨비나 부인은 이미 사람의 형상이 아니었다. 무의식적으로 증폭된 마력이 격노해서 여자를 찢어발겼다.

그 모습을 무표정하게 응시하는 쥬다의 심장이 만족감을 느꼈느냐고 한다면 그건 아니었다. 부족했다. 중앙 왕국의 중심인 겨울 성을 밟아 부수고 타라의 치욕과 슬픔에 티끌도 안 되는 인간 몇을 죽인 데다, 그 아픔의 직접적인 당사자를 망가뜨려도 대중없는 이상한 갈증만이 계속되었다.

예전에는 족하다—는 일말의 감각이라도 있었는데 지금은 안 하면 돌아 버릴 것 같으니 하는 것에 가까웠다.

―그, 복수란 걸 하고 나면…… 전 행복해지나요?

왜 지금 여기서 그 꼬맹이의 말이 생각날까. 쥬다는 석화된 점토 인간처럼 그 자리에 서서 물끄러미 제 거뭇하게 가라앉은 그림자를 내려다보았다.

그가 갑자기 감상적인 허무감을 느꼈다거나 하는 건 아니었다. 이유는 간단했다. 첫 시작도 그 아이였듯, 끝도 그 아이였다.

이렇게 한다 한들 그 조그만 여자애가 느꼈을 절망과 모든 통증 이 사라지는 게 아니므로.

심지어 순박한 피해자는 어떤 보상이나 보복도 원치 않았다. 쥬 다가 저지른 살육은 그녀에게 무의미한 위로일 것이다. 하지만 이 짓거리들을 후회하느냐 하면 또 아니었다. 속에서 불쾌하게 일렁이 는 성만 풀린다면 그는 더한 짓도 할 수 있었다.

그러니 그는 단지…….

―쥬다!

꽃에 둘러싸여 환하게 돌아보던 소녀. 보름달처럼 차오르던 미 소.

타라.

＊　　　＊　　　＊

기분 좋게 비밀 통로에서 나온 건 좋았는데, 타라는 다시 반갑지 않은 인사와 대면하게 되었다. 정확히는 타라가 그녀를 찾아온 거였지만. 하얀 비둘기를 푸드덕거리며 날려 보낸 아벨라가 타라 쪽으로 돌아섰다.

막 편지를 쓴 참인지 아름답게 틀어 올린 금발과 무표정한 하얀 얼굴과는 달리 손에는 잉크 자국이 묻어 있었다.

아무래도 방금 마음먹은 것 때문일까. 어쩐지 그 짙은 악연인 아벨라가 낯설게 보였다. 그녀는 확연히 어제보다 친절해진 목소리로 물었다.

"그래, 결정은 내렸니?"

타라는 고개를 끄덕였다. 품 안에서 구김이 갈까 조심조심했던 편지를 꺼냈다. 아벨라의 눈이 그 편지를 따라왔다. 심호흡을 하고는 입을 열었다.

"난 돌아가지 않을 거야."

잘 그린 그림 같던 아벨라의 얼굴이 구겨졌다. 그녀는 날카롭게 물었다.

"왜? 여왕께서 널 부르신다잖아!"

"내 집은 이곳이야. 이제 난 겨울 성에 가고 싶지 않아."

타라는 다시 한 번 강조하듯 또박또박 말했다. 정말 간단한 진실을 오랫동안 고민했다. 그녀의 집은 이곳, 벨벳 성이었다. 다른 어떤 곳도 아니다.

그리고 타라의 가족은 모두 여기에 있었다. 그렇다면 타라가 왜 다른 곳으로 떠나야 하는가? 처음부터 돌아오라는 어머니의 편지를 봤을 때, 가슴의 두근거림과는 별개로 이곳을 떠나기 싫어하는 자신이 있었다. 돌아가야 된다는 의무감이 있었을지언정 가고 싶다는 생각은 들지 않았던 거다.

"그리고 내 후견인은 서부의 주인 쥬다야. 내 신상에 관한 모든 권리는 그분에게 있어. 나는 이곳 사람이니 어머니가 날 원하신다면 쥬다에게 먼저 물어보는 게 순서야."

조리 있고 또렷한 말씨에는 당연한 것을 읊듯 여상함이 있었다. 물렁한 하얀 과육 같지만 물러서지 않을 단단함이 조그만 얼굴에 서려 있다. 아벨라는 뭐 이런 멍청이가 다 있냐는 것처럼 짜증스럽게 말했다.

"여기서 정말 아가씨처럼 대해 주니까 전부 까먹은 모양이구나. 네 어머니는 아델하이트 여왕 폐하셔!"

"그래. 하지만 어머니가 먼저 날 쥬다에게 보냈어."

예전이라면 이런 말을 하면서 목에 가시가 걸린 것처럼 아파했을 것이다. 하지만 지금은 아니었다. 타라는 태어나 유일하게 어머니가 쥬다에게 자신을 보내 준 걸 감사하게 여겼다.

"내 보호자는 쥬다야."

"네 보호자는 여왕 폐하지!"

"아니! 그분은 단 한 번도 내 보호자이셨던 적이 없어."

타라가 처음으로 악다구니를 쓰듯 단호하게 소리쳤다. 내면에 있던 휴화산에서 불씨가 튀어 오르기라도 한 것처럼.

"어머니는 나에게 내 가족을 버리라고 말할 수 없어. 내 보호자? 이제 와서?!"

흠칫 놀라는 아벨라에게 잇따라 외쳤다. 여왕은 자신에게 어떠한 권리도 행사할 수 없다고. 그럴 자격도 권리도 없으며, 타라는 그녀에게 어떤 빚도 진 적이 없었다. 낳아 준 것에 감사하라면 지금껏 어미의 죄를 온몸을 다해 받아 내고 구르며 갚았다. 그러니 타라는 자유다.

"그녀를 미워하지 않지만 더 이상 애정을 원하지도 않아. 나는 내 할 도리를 다했고, 어머니와 나는 더 주고받을 게 없어. 그럼 끝인 거야."

이제 어머니라 해서 다 같은 어머니가 아니라는 걸 안다. 타라가 내도록 원해 왔고 기다렸던 모성과 보호는 이델과 같은 애틋함과 따뜻함, 쥬다와 같은 다정한 그늘이었다.

세상에 당연히 존재하는 것들을 알아 버렸는데 타라가 왜 그 차갑고 고통스러운 진창으로 걸어 들어가야 하는가? 타라는 고개를 저었다. 한 번, 두 번, 계속. 온 힘을 다해.

"싫어. 이제 내가 거부해. 돌아가지 않아. 다시는."

신경질적으로 머리칼을 매만지던 아벨라는 결국 그 마지막 말에 폭발했다. 예쁜 소녀를 담고 있던 거울이 와장창 깨지는 듯했다.

"이 빌어먹을 계집애! 네 어미란 년이 부르잖아, 그냥 곱게 따라가면 될 걸 왜 자꾸 찡얼거려?!"

언제나 완벽한 인형 같은 모습을 유지하던 아벨라가 비명처럼 화를 내자 타라는 깜짝 놀라 물러섰다. 흠칫거리는 작은 어깨를 억

세게 움켜쥐자 길게 자란 손톱이 약한 살을 찔러 들었다.

고통에 일그러지는 동그란 붉은 눈을 노려보며 가는 목을 졸랐다. 타라의 놀란 눈매와 순간적인 표정 위로 여왕 아델하이트의 것이 겹쳐 보였다. 컥컥거리는 비명도 안 들리는지 아벨라가 악다구니를 썼다.

"여왕이랍시고 그년 수발드는 것도 넌덜머리가 나. 난 처음부터 여기에 오고 싶지도 않았는데! 네깟 년 때문에! 그 여자가 나더러 뭐까지 해 오라는 줄 알아? 마레사의 눈 따위 내가 왜 찾아야 하는데?!"

호흡이 미친 짐승처럼 날뛰며 머리까지 치달아 아득하고 폐가 쥐어 짜이는 듯하다.

타라는 살기 위해 꿈쩍도 안 하는 아벨라의 팔을 긁어 생채기를 냈다. 찰나 졸라 오는 숨이 트이는 순간 무어라 비명처럼 소리쳤다.

─ 쥬다!

*   *   *

"왜 안 죽였니? 너답지 않구나."

영혼 한편에 자리 잡은 늪 같은 기억의 목소리에서 빠져나온 쥬다가 흘끔 아델하이트를 보더니 뒤돌아섰다. 돌연 만사 무의미해진 듯 그는 뻥 뚫린 벽으로 보이는 먼 서부의 혼탁한 지평선을 바라보았다.

좋은 말을 바꿔 타며 사흘 내내 달리면 벨벳 성에 닿을 것이다. 물론 그는 그렇게 오래 걸리지 않겠지만.

"무가치하니까."

"저 여자가?"

"여기에 있는 시간이."

죽기를 비는 버러지 따위를 죽여 보았자, 안락사시켜 주는 것밖에 안 되었다. 그렇게 쥬다는 모든 행위를 중단했다. 그의 머릿속에는 갑작스럽게 싹튼 귀환에 대한 욕구 외에는 없었다. 아, 한 가지더. 쥬다가 스산하게 이를 드러내며 아델하이트를 돌아보았다.

"왜 타라를 돌려 달라 하는 거지?"

"딸아이를 돌려 달라는 게 그렇게 이상한 일이니?"

"멍청한 말장난이야."

반 죽어 있는 벨비나를 대하던 무미건조함과는 비교가 안 되는 살기가 다닥다닥 돌아 아델하이트를 노렸다. 그는 그녀를 숫제 박살 내 버리기라도 할 것처럼 손가락을 까딱거렸다. 원래도 죽이고 싶던 여자였고, 사실 그리하는 게 현명했으나, 이제는 필수적인 이유가 생겼다.

타라는 어리고 부모의 정을 그리워한다. 그러니 아델하이트의 존재 자체가 쥬다에게는 위협이었다. 줄 생각도 없지만, 꼬맹이가 어머니의 부름에 흔들리는 것도 유쾌하지 않을 뿐더러 그녀가 만약 가겠다고 한다면 퍽 곤란했다. 쥬다는 타라 한정으로 강제할 방법이 매우 협소했다.

자신을 정말 죽일 작정인 걸 느꼈는지 아델하이트의 눈에 이채가 서렸다.

"세상에, 그 애를 정말 아끼는구나. 쥬다."

"잡소리 집어치우고 묻는 말에만 대답해."

다디단 적색 과일을 짓씹은 양 붉은 입술이 벌어졌다. 하얀 치열과 함께 스며 나온 목소리는 달콤하고 은밀했다. 글쎄.

"네가 이렇게 나오니까?"

"죽고 싶나?"

"하지만 사실인걸. 이런 방식인지는 몰랐지만. 그 아이가 내 딸이 맞기는 하구나."

아델하이트가 키득키득 짓궂고 요염하게 웃었다. 그 즉시 차가운 손이 그녀의 목을 틀어쥐었다. 확 조인 숨통에 희게 질린 얼굴을 지척에서 내려다보며 쥬다가 웃었다.

"지금껏 귀찮아서 살려 뒀더니 도를 넘어섰어. 내가 널 못 죽일 것 같나."

순식간에 투명한 피부에 푸른 핏줄이 비치고 갈고리 같은 긴 손가락에 점차 힘이 실렸다. 아델하이트는 거미에게 잡힌 나비처럼 순식간에 죽음의 문턱으로 밀려난 채로도 미소를 지었다. 사람이 아니라 도자기 인형에 금이 가는 듯한 광경이었다.

"나를…… 죽이면…… 타라가 좋아할까?"

쥬다는 무심하게 대답했다.

"그래도 상관없어. 어차피 그 애가 가장 애착하는 건 나니까."

타라는 그가 필요했다. 그러니 원망하더라도 결국에는 제 품으로 돌아올 것이다. 하나부터 열까지 제 손이 닿지 않은 게 없고 잠 못 드는 밤에는 그를 찾는다. 알게 모르게 어느 순간부터 자연스럽게 그리 길들여졌고, 길들였다.

찰나 광적인 집착으로 타라의 목을 감싸 쥐었던 그 순간처럼 아찔한 희열이 등줄기를 달렸다.

지금의 네 모습을 보라. 보잘것없는 조그만 소녀를 생각하며 그 어미의 목을 조른다. 이 여자가 널 빼앗아 갈지 모르니까. 허탈한 탈력이 뒤섞인 탄성이 마른 입술을 비집고 터졌다. 제기랄, 완전히 미친놈이 다 되었군.

쥬다는 완전히 목숨을 끊어 버리기 위해 다른 한 손으로 푸른 마력을 일으켰다. 단박에, 되살아날 가능성 따위 조금도 없게.

─쥬다!

족쇄가 풀리듯 확 손가락에 힘이 빠지자 무너지듯 주저앉은 아델하이트가 콜록콜록 기침을 터뜨렸다. 쥬다는 벼락 맞은 듯 굳어 있다 날카로운 눈을 서쪽으로 돌렸다. 심장이 기형적으로 뛰고 있었다. 이상하다. 순간 짜랑하게 타라의 목소리가 들렸다. 그것도 필사적이고 절박한 목소리로.

타라가 이렇게 그를 부르짖은 적은 한 번도 없었다.

원인 모를 초조함에 머리가 어지러웠다. 그는 목마른 맹수처럼 인상을 쓰고 목덜미를 문질렀다. 이 빌어먹을 기분은 대체 뭔가.

다리 풀린 아델하이트를 거들떠도 보지 않고 서둘러 걸음을 옮기려는데 킥킥킥 실성한 듯한 웃음이 터졌다. 쥬다가 짜증스럽게 내려다보니 목이 벌게진 아델하이트가 광소하고 있었다.

"하, 하하! 내가 제대로 된 걸 낳았구나. 그 고생을 한 보람이 있었어!"

그녀는 실핏줄이 터진 눈으로 가만히 멈춰 선 쥬다를 올려다보았다. 산발한 머리에 길게 번진 미소. 정상으로는 안 보였다. 그게 그녀의 본질이지만.

"쥬다, 내 사랑하는 동생. 널 위해서 하는 말이야. 그 아이를 돌려보내. 더 늦기 전에."

쥬다는 대꾸도 하지 않고 그녀를 지나쳤다. 그의 뒤에서 아델하이트의 웃음 섞인 마지막 말이 이어졌다.

"그 애는 널 파멸시킬 거야."

뒤통수에 박히는 무딘 칼 같은 예언이었다. 비스듬히 내려다보는 은청안에 대고 그녀가 소리 없이 속삭였다.

네가 파멸시켰던 그 남자처럼.

어느덧 걸음이 멈춰 있었다. 그리고 짧게 지체하다 떠났다. 쥬다가 남긴 말을 곱씹던 아델하이트는 허한 웃음을 흘리며 고개를 숙였다. 환희와 슬픔, 애증이 뒤섞인 요란한 색색깔의 빛에 쬔 것처럼 눈이 아렸다. 설명할 수 없는 눈물이 추락한다.

— 그 애가 설사 파멸이라 해도 상관없어.

나에게 삶과 사멸은 매한가지니까.

*   *   *

비명이 들렸다. 그리고 화내듯 물어 오는 목소리도.

[작은 인간아! 죽었어?!]

시야가 거무룩하게 잠겨 가다 겨우 빛이 돌아온 타라가 쿨럭거리며 정신을 차렸을 때는 자신이 바닥에 엎드러서 목을 쥐고 기침을 하고 있었다.

짠 눈물이 주룩주룩 흘렀다. 폐부와 목구멍으로 가쁘게 숨을 삼키며 고개를 들었다.

놀랍게도, 다리가 셋인 케랄이 아벨라의 팔뚝을 물어뜯고 있었다. 중간에서 뜯긴 사슬을 여전히 목에 감은 채, 검은 개가 아벨라의 분홍색 마력을 피해 물러섰다가 다시 달려들었다. 타라가 멍하게 중얼거렸다.

"케랄…… 씨?"

어떻게? 케랄은 맞지 않은 다리의 균형으로 아슬아슬하게 비틀거리며 아벨라와 대치했다. 피 묻은 주둥이를 핥은 케랄이 딱딱거렸다.

[네 목소리가 들렸어. 금방 죽을 것 같은 그런…….]

케랄의 푸른 눈이 힐끗 제 쪽을 살피자 타라는 눈물이 핑 돌았다. 그녀는 살았다. 저를 구하기 위해 무려 감옥 속에 갇혀 있던 개가 탈옥해 뛰쳐나와 그녀를 구한 것이다. 단 셋뿐인 다리로.

불안하지만 믿음직스러운 그 짐승의 뒷모습이 눈물겨웠다.

[이제 주인이 정말로 날 죽일지도 몰라.]

그가 딱딱하게 투덜거리자 타라가 고개를 저었다.

"아니에요. 쥬다는……."

"꺄아악! 이, 이 망할 개는 뭐야? 너! 뭐라고 지껄이는 거야?"

아벨라가 물린 팔에서 피를 흘리며 마구 화를 냈다. 그녀의 마력이 폭주할 듯 화르륵 치솟았다. 이제야 알겠다. 아벨라는 매우 불안정해 보였다. 갑자기 폭발해서 화를 내고 목을 조르는 건 찰나 이성을 잃었다 해도 폭력적이고 비정상적인 행동이었다.

무엇이 그녀를 그렇게까지 몰아갔을까. 타라가 따라가지 않겠다는 게 그렇게 큰일이었나? 기실 타라는 그저 화풀이이고, 아벨라는 여왕에게 원한이 커 보였다.

항상 볼 때마다 그녀에게 아양을 떨고 예쁘게 보이려 애쓰던 여자애였기에 타라는 오래전부터 축적되어 오던 그녀의 열등감과 불만을 알지 못했다.

"그만둬, 아벨라!"

"입 닥쳐! 네년이 가든 안 가든 기절시켜서 끌고 갈 거야."

주변에 있던 바위며 조각상, 나무들이 뿌리째 뽑혀서 타라를 노렸다. 아직 마력에 서툴고 능숙하지 못한 타라는 거기에 대항할 방법이 없었다. 자신을 덮쳐 오는 천사상이 느리게만 보였다. 동시에 움직일 수도 없었다. 커다란 붉은 눈에 절망적인 얼룩이 어른거렸다.

그 찰나, 거친 힘이 자신을 밀쳤다.

짐승의 고통스러운 신음에 정신이 번쩍 들었다. 쿵, 지반이 무너지는 소리, 우지직 무언가 깨지고 부서지는 굉음이 고막을 할퀴었다. 타라는 뒤늦게 자신이 비명을 지르고 있다는 걸 알았다.

"케랄 씨!"

무거운 조상에 깔려 축 늘어진 개의 모습이 망막을 어지럽혔다. 피, 질척하게 땅에 번져 가는 피도. 아무 생각도 들지 않았다. 한순간 극단까지 치달은 감정이 너무 여럿이라 무엇이 무엇인지도 분간이 가지 않았다.

그저 먹먹하고, 꼭대기 탑에서 밀쳐진 듯 공포감이 밀려왔다. 그녀가 놀렸던 검은 꼬리가 더 이상 움직이지 않았다.

그것을 본 순간, 끔찍한 분노에 사로잡혔다.

생전 처음 영혼을 송두리째 흔드는 어마어마한 격노가 그녀를 강타했다. 새빨간 눈이 천천히 아벨라를 노려보았다. 왜? 대체 왜…… 왜 그리 매번…… 목에 걸린 심해처럼 새파란 보석이 섬뜩하게 빛났다.

그 빛이 구름에 가린 달빛처럼 숨을 죽이는 순간, 강력한 마력이 타라의 작은 몸에서 폭사 되었다.

동심원을 그리며 사방으로 뻗친 그것이 아벨라가 일으킨 모든 부자재를 파괴했다. 거대한 원형의 파도가 역류해 죄 삼켜 버리는 듯했다. 성의 일부를 뒤흔들 만큼 강한 진동이었다. 제법 강하다 칭송받았던 아벨라의 분홍빛 마력은 기조차 펴지 못하고 밀려났다.

아벨라가 비명을 지르며 나가떨어졌다. 그녀는 당혹감에 바닥을 기어 뒤로 물러나면서 말을 더듬었다. 먼지구름 사이로 홀로 깨끗하게 서 있는 붉은 눈의 소녀에게서 전혀 다른 이질감이 느껴졌다.

"너, 너……! 쿨럭! 이게 어떻게 된……."

"가만두지 않을 거야. 용서 못 해! 난……."

케랄의 피에 젖은 꼬리가 계속 눈앞에 어른거렸다. 가슴이 울컥거리고 아파서 견딜 수가 없었다. 붉은 눈이 활활 타듯 번뜩였다. 온몸의 피가 활발하게 전신을 달리고 있었다. 무엇이건, 뭐든 할 수 있을 것 같았다.

억누르고 있던 어린나무의 가지가 기지개를 켜듯 짜릿한 부유감이 그녀를 도취시켰다. 타라는 아주 자연스럽게 아벨라에게 손을 뻗었다. 어린아이가 물건을 쥐듯 너무 쉽고 당연했다. 그게 이상하다는 걸 자각도 하지 못했다. 아벨라는 무형의 힘에 목이 틀어 쥐여서 허공에 들렸다. 아까와는 정반대로 역전된 상황이었다.

고통스러워하는 아벨라를 노려본다. 그녀가 더 아파했으면 했다. 더 끔찍한 몰골로 만들어 주고 싶었다. 파괴적인 충동이 마약처럼 타라를 유혹했다.

푸른 머리카락이 한 올 한 올 살아 있는 것처럼 나부꼈다. 마력이 들끓는다. 느닷없는 급격한 가열에 넘칠 듯이.

"아."

갑자기 심장이 욱신거렸다. 그것은 너무 내달린 탓에 숨넘어갈 듯 헐떡이는 두근거림과 흡사했다. 타라가 비틀거리자 아벨라도 쿵 바닥에 떨어졌다.

그녀가 겁에 질려 꺽꺽거리는 사이 타라는 터질 것 같은 심장을 부여잡으며 휘청 무릎이 꺾였다.

덜덜 떠는 손이 본능적으로 목에 걸린 푸른 보석을 움켜쥐었다. 차가운 돌이 달군 것처럼 뜨겁게 느껴졌다. 아니, 다른 생물의 산 심장처럼 맥박이 뛰는 듯한 착각이 들었다. 타라는 고통스럽게 신음하면서 순전히 본능처럼 누군가를 찾았다.

"쥬다."

아파. 아프다. 쥬다. 나 아파요. 어디 있어요?

울컥 울음이 나왔다. 이것은 아파서 우는 게 아니었다. 그저 너무 그리워서. 사무치게 보고 싶어서 나오는 눈물이었다. 결국 끝에 가면 울며 그를 찾는 어린아이가 저였다. 그가 없으면 타라는 아무것도 아니었다.

무방비한 상태로 전락한 그녀의 뺨이 돌연 화끈거렸다. 정신을 차린 아벨라가 만신창이가 된 몰골로 시근덕거리며 득달같이 눈을 빛내고 있었다.

"너! 그거, 그거 뭐야? 혹시 그게……? 그것 내놔!"

아벨라가 목걸이를 빼앗으려 굶주린 까마귀처럼 달려들었다. 타라는 필사적으로 몸을 웅크렸다. 안 돼! 쥬다가 저에게 준 것이었다. 그녀가 순순하게 내놓지 않자 아벨라가 씩씩대면서 다시 손을 들어 올렸다.

바로 그때, 검은 번개 같은 것이 섬광처럼 그 손을 물어뜯었다.

"아아악!"

핏덩이가 분수처럼 사방을 물들였다. 아벨라가 미친 것처럼 비명을 지르는 걸 타라는 멍하게 쳐다보면서 생각했다. 혹시 케랄

씨? 케랄 씨가 죽지 않았나? 괜찮아……?

살덩이를 퉤! 뱉은 검은…… 아니, 은회색과 잿빛에 가까운 늑대의 형상이 타라를 돌아보았다. 케랄인 줄 알았지만, 그 짐승은 케랄이 아니었다. 그는 늑대였다.

"타라 님! 괜찮아요?"

"이델?"

익숙한 목소리. 내내 보고 싶었던 그녀, 이델이었다. 이델이 황급히 뛰어오더니 타라의 다치고 할퀸 흔적이 있는 상처를 혀로 핥았다.

조그만 들꽃 같은 소녀는 여기저기 타박상이 없는 곳이 없을 정도로 엉망이었다. 그녀는 안타까워 어쩔 줄 몰라 하며 구슬픈 소리를 냈다.

"많이 아프세요? 조금만 참아요. 곧 안 아프게 해드리겠습니다."

"타라 님!"

고양이 한 마리가 날다람쥐가 하늘에서 낙하하는 것처럼 아벨라의 뒤통수를 후려치듯 짓밟고 근처에 내려섰다. 후다닥 날렵하게 타라의 무릎 위로 올라간 안티오크가 앞발로 멍든 어깨를 짚어 보며 냐오옹 날카롭게 울었다.

"저 개만도 못한 년이 기어이! 엄청 아픕니까? 저것을 매우 쳐서 죽여 버리겠다옹!"

"고양이는 빠져. 피 보는 건 이쪽 전문이니까."

타라의 생채기들, 그리고 목에 난 손자국과 부어오른 뺨을 살피고 있던 이델이 흉흉하게 날뛰는 안티오크의 선언을 잘라 먹었다.

타라는 이토록 화가 난 이델을 본 적이 없었다. 따지고 보면 수

인화한 모습도 처음 보지만, 안티오크의 경우와 똑같이 그녀가 이 델이라는 것은 따뜻한 초콜릿 빛깔 눈동자와 걱정스러운 눈빛, 짓는 표정만 봐도 알 수 있었다. 이런 점은 케랄 씨와는 또 다른⋯⋯ 타라는 번쩍 튀어 오르듯 다급하게 소리쳤다.

"케랄! 케랄 씨부터 먼저 치료해 줘요. 제발요!"

"케랄?"

안티오크가 안경을 하얀 앞발로 추어올리며 놀란 소리를 냈다.

"그게 어떻게 감옥을 빠져나왔지? 상급 요정도 도망치기 힘든⋯⋯."

"그런 건 지금 안 중요한 것 같은데. 걱정 말아요, 타라 님. 내 약초가 치료하지 못하는 건 세상에 몇 되지 않거든요."

이델이 부드럽게 타라를 어르며 진정시켰다. 게다가 케랄들은 자체 치유력이 매우 뛰어나니 죽지 않을 거예요. 쇼크 상태인 타라는 이델과 안티오크가 돌아가며 안심시키고 나서야 버겁게 납득했다.

벌써 벨벳 성의 고용인들이 아벨라를 포박하고 부서지고 깨진 주변을 어느 정도 정리한 상태였다. 타라가 안티오크의 부축을 받으며 일어서다 아찔한 현기증에 비틀거렸다. 실제로 그녀는 케랄의 상태가 걱정되지만 않았다면 이대로 쓰러져서 기절했을지도 모른다.

"타라."

그리고, 거짓말처럼 그가 나타났다. 부드럽게 등을 받쳐 주는 손길, 딱딱한 듯 온기가 있는 부름. 타라는 머리를 젖혀 자신을 부르는 남자를 올려다보았다. 해를 등진, 하얀 햇볕이 야속할 만치 눈부시게 그의 표정을 가리고 있었다.

하지만 보였다. 타라가 세상에서 제일 좋아하는 저 눈이. 톡, 작은 머리가 그에게 닿았다. 단단한 거목에 몸을 기대는 무력한 나비처럼.

"쥬다."

그에게 통째로 스며들듯이 부르자 하늘에서 내려오는 계단처럼 손이 뻗어 와 그녀를 안아 들었다. 아. 안도감으로 머리가 띵했다. 타라는 눈을 감으며 근처에서 울려 퍼지는 쥬다의 짙고, 천 년의 겁화가 꺼지는 듯한 한숨을 들었다.

뭐라고 해야 할까. 나른한 제 기분 탓일지도 모르지만 그건 탄식에 가깝게 들렸다. 하지만 고개를 들어 마주한 그의 표정은 대리석처럼 쌔하기만 했다. 그런 감정적인 안도 따위는 절대 배어 나올 일이 없을 듯이. 타라는 배시시 웃으며 그의 뺨에 제 볼을 비볐다.

"보고, 보고 싶었어요."

정말 많이. 하루하루 꺼져 가는 촛불처럼, 쫄쫄 굶으며 기다리는 바보처럼. 해가 일어나는 땅끝만 하염없이 바라보듯 계속 보고 싶었어요. 어딘가의 당신이 이렇게 기다리는 나를 조금이라도 느끼게. 이러면 마음 한 조각이라도 닿지 않을까 싶어서.

소복소복 쌓이는 계집아이의 속삭임을 듣고 있던 쥬다는 깜박깜박 감기는 동그란 머리를 가만가만 어루만졌다.

희미해져 가는 귓가에 그의 나직한 목소리가 어른어른 닿았다.

……나 역시.

　　　　　*　　　　*　　　　*

　눈을 의심할 만한 광경이었다. 타라를 어르는 저 남자는 악명 높은 불멸의 마도사가 아닌 피가 흐르고 심장이 뛰는 인간처럼 보였다.

　찰나간 얄팍한 얼음 너머 봄의 개울처럼 풀어졌던 그의 표정에 이델은 큰 충격을 받았다. 무언가 그녀가 자리를 비운 사이 엄청난 이변이 벌어졌다. 그건 천지가 뒤바뀌는 것과 다를 바 없는지라 잠시 망연하여 정신을 못 차릴 지경이었다.

　끌려가던 아벨라가 새파랗게 질려서 악을 지르지 않았다면 그녀는 한동안 그렇게 멍했을지도 모른다.

　"사, 살려 줘! 서부의 위대한 영주여! 저는, 저는 그저 아델하이트 여왕이 시키는 대로 했을 뿐입니다!"

　약삭빠른 그녀는 자신이 살 가망이 희박하다는 것을 기민하게 깨닫고 쥬다에게 넙죽 엎드렸다.

　모두들 울고불고하는 아벨라에게서 제 영주에게로 시선을 돌렸으나, 그는 고개를 숙이고 타라의 생채기 난 뺨을 쓸고 등을 다독이는 데만 신경 쓰는 것처럼 보였다.

　버러지를 무시하다 못해 존재를 눈치 못 채는 것도 같았지만, 사실 하나에 홀려 다른 것은 눈에도 안 들어오는 것에 더 가까웠다. 정신 팔린 이처럼 빤히 눈감은 소녀를 응시하던 쥬다가 건조하게 명령했다.

　"일단 가둬라."

　"예."

서부의 지하 감옥은 절대 빠져나올 수 없는 지옥이란 소문이 자자했다. 7개로 나누어진 사후 세계처럼 지상 너머에 존재하는 모든 고통이 가득해서 원하는 대로 반신불수의 병신을 만들 수도, 멀쩡한 육체에 정신만 망가뜨릴 수도 있다 했다. 여기서 살아 나가도 그녀는 정상이 아닐 것이다. 싫어. 싫어! 아벨라는 더 격렬하게 버둥거렸다.

"아아악! 안 돼! 내가 누구인지 알아? 클레멤논 왕의 조카이자 고귀한 핏줄의 후예야! 감히 내게!"

무지막지한 힘을 가진 두더지 수인에게 질질 끌려가던 아벨라가 버티려 애쓰다 멀어지는 쥬다의 등 너머로 보이는 푸른 머리에 눈을 희번덕거렸다.

"타라! 타라! 날 살려 줘! 응?!"

시끄러워. 헝클어진 연파랑 머리칼을 넘기던 쥬다가 미간을 찡그렸다. 역시 번거롭게 고문 같은 거 없이 목을 꺾어 버리는 게 더 편할 성싶었다.

이제 그는 천천히 공을 들여 고통스럽게 찢어발기는 것보다 타라를 더 보는 게 중했다. 그게 훨씬 비교할 수 없는 만족감으로 그를 충족시킨다는 걸 알았으므로.

"네 아버지가 누구인지 궁금하지 않아? 내가, 내가 알고 있어!"

끔찍한 정적이 내려앉았다. 쥬다의 뚝 멎은 뒷모습에 아벨라를 비웃던 벨벳 성의 사람들이 숨을 멈췄다. 그들 중 대다수는 조아린 할미꽃처럼 제 주인에게 절을 하고는 밀림의 제왕을 피해 도망치는 동물들처럼 자리를 피했다.

그 음산한 소란 속에서 쥬다의 나른한 손이 타라의 머리 위를 덮었다. 잘게 잠들어 있던 타라의 호흡이 이불에 덮인 듯 깊은 수면으로 빠져 고르게 변한다. 그가 천천히 돌아서자 공기의 흐름이 뒤바뀌었다. 거대한 성이 섬뜩하게 가라앉는 무게감으로 겹겹하게 잠겨 간다.

쥬다의 입술이 엷은 호를 그리자 이델이 가까스로 입을 열었다.

"쥬다 님."

"쉬이……."

긴 손가락이 얄팍하게 휜 입매를 비스듬하게 갈랐다. 누구도 그를 말릴 수 없다는 걸 깨달은 충실한 수족들이 침묵하며 물러섰다. 아벨라는 숫제 질식사할 것 같은 얼굴이었다. 서늘하게 혀 차는 소리가 울렸다. 단두대에서 떨어지는 빗방울처럼.

"그 주둥아리들은 항상 시끄러워."

경박하고, 주제넘지.

이윽고 소리가 거세된 비명이 온 사방에 범벅되었다. 악도 내지 못하고 바닥을 긁어내리는 손톱 빠진 손가락이 꿈틀거리다 이내 멎었다. 혼탁한 피 웅덩이가 그 주변으로 넓게 퍼졌다.

차마 끔찍한 장면을 보지 못하고 외면하고 있던 집사에게 그가 무심히 그 옆을 지나며 당부한다. 깨끗이 치워. 얼룩 하나 남기지 말고.

타라를 안은 쥬다가 자리를 뜨고 난 뒤 안티오크와 이델은 동시에 서로를 쳐다봤다. 누가 먼저랄 것도 없이 한숨이 터진다. 식은땀을 닦으며 안티오크가 파리해진 안색으로 중얼거렸다.

"난 주인님이 저럴 때면 내가 저분의 수하인 게 다행인지 불행인지 헷갈려."

"다행이지. 적이 아니라는 거니까."

똑같이 별로 좋지 않은 표정으로 이델이 맞받아 중얼거렸다. 그녀는 심각한 낯으로 나뒹굴고 있는 넝마 된 시체를 내려다보며 말했다.

"저거 그래도 왕족 아닌가? 일이 복잡해지는 건 아닌지 모르겠네."

"이미 그렇게 된 것 같은데. 나도 방금 안 사실이지만 주인님이 겨울 성에 다녀오셨다는군. 거기를 박살 낸 다음 말이야."

"뭐?"

기가 막힌 이델이 헛바람을 뱉었지만 안티오크가 그걸 농담이라고 철회하는 일은 없었다. 그들은 복잡하면서도 후련한 낯으로 각자 생각에 잠겼다. 이델이 한숨을 쉬었다.

"잘하면 내 대에 대륙 전쟁이 일어나겠는걸."

"기뻐하라고. 늑대는 피를 먹고 성장해야 강해진다며?"

그녀의 자식들을 염두에 두고 한 격려 같은 농담이었다. 쓴웃음이 나왔다.

"글쎄. 다행일까."

"나도 모르겠지만, 일단은 나쁘지 않아. 그들은 당해도 싸."

그 인간들이 무력한 소녀에게 저지른 짓들은 비인간적인 비열함의 극치였다. 아니, 오히려 그리하기에 외려 인간적일지도 모른다. 나의 생사와 무관하며 위협이 되지 않음에도 불구하고 상대의 인격을 짓뭉개고 처참하게 농락하는 건 사람이라는 모순된 인격체들만의 특징이므로.

안티오크에게 대략적인 타라의 사정을 전해 들은 이델도 그에 무언으로 수긍했다. 다른 모든 세속을 떠나서, 아이들은 인류에게 영속하는 유일무이한 희망이며, 그러하기에 그들은 동정할 가치가 없는 자들이었다.

세상이 돌아가는 단 한 가지의 이유가 있다면 그것은 미래, 무한한 가치를 품고 있는 어린 생명일 것이다. 최소한 이델은 그렇게 생각했다.

하지만 쥬다가 보이는 저 애착은 일반적인 동정과 가련한 애틋함을 훨씬 넘어선 유별난 것이었다.

"쥬다 님에게 타라 님이 매우 각별해지신 것 같네."

그녀의 묘한 중얼거림에 안티오크는 고개를 설레설레 저었다.

"넌 아직 그 반도 못 봤어."

＊　　＊　　＊

안티오크의 말이 씨가 된 것처럼 벨벳 성의 작은 아가씨와 그 후견인의 사이에는 또 다른 변화가 있었다. 얼핏 그들은 원래의 생활로 돌아온 것처럼 보였으나 은근하고 전체적인 전이였다.

타라는 이제 시시때때로 쥬다를 찾아 왔고, 쥬다는 예전처럼 굳이 그녀를 떼어 놓지 않았다. 아니 오히려 하루 종일 소녀를 제 옆에 두었다.

볕을 쬐어 피를 덥히고 있는 악어와 그 위를 노니는 악어새, 거목에 붙은 매미, 거미줄에 앉은 나비처럼 한시도 떨어지지 않고 쥬다에게 붙어 있는 타라를 아연하게 보던 이델이 쥬다에게 한소리를할 지경이었다.

"타라 님이야 큰일도 겪으시고 정서가 불안해지실 만도 하니 그럴 수 있다 치지만, 쥬다 님까지 얼씨구나 좋아하면 어찌합니까? 일시적인 분리 불안인 게 뻔한데."

멀쩡한 어른인 쥬다라도 정도를 지켜야 하는 거 아니냐며 우려 섞인 잔소리를 늘어놓는 이델의 말을 건성으로 듣던 쥬다는 태연자약하게 대꾸하여 그녀의 복장을 뒤집어 놓았다.

"그게 왜. 나쁠 것도 없지 않나."

"……그쪽이야 나쁠 것도 없지요. 타라 님에게 안 좋다는 겁니다."

이델이 팔짱을 끼며 딱딱거리자 한가하게 책을 훑고 있던 은청안이 그녀에게로 향했다. 그는 턱을 괴며 흥미로운 듯 되물었다.

"나와 있는 게 나쁘다?"

"오해하지 마세요. 정도가 너무 지나치니 드리는 말씀입니다. 양육자와 많은 시간을 보내는 건 좋은 일입니다. 하지만 뭐든 적당한 게 좋아요. 타라 님처럼 성장이 더디신 분은 실제 나이보다 자아 발달이 늦고 이제 막 주체성이 확립되기 시작했을 텐데, 지나친 과보호는 자칫 자립심을 해칠 수도 있습니다."

한숨과 함께 득달같이 쏟아진 말들에는 짙은 염려가 섞여 있었다. 쥬다는 걱정이 가득한 이델을 지나 다시 책장 위로 무심하게 시선을 돌렸다.

이델이 터질 것 같은 속을 잡고 뭐라 더 말하려는 찰나 농밀하게 가라앉은 목소리가 울렸다.

"그럴 수도 있겠지."

"아니 그러니까……."

"나는 그것도 나쁘지 않은데."

내가 방금 무슨 소리를 들은 거지? 이델이 믿기지 않아 입을 떡하니 벌렸다. 코앞에서 일상적인 모습을 한 기묘한 일이 벌어지고 있었다.

이델은 안티오크처럼 주인님께서 무언가 생각이 있으시겠지, 라거나 주인님의 뜻을 내가 어찌 거스르겠어, 라며 수긍하지 않았다.

그녀는 건강한 가정을 거느린 어머니이자 가족적인 유대가 강한 늑대족 수장으로서 타라는 물론 쥬다를 위해서도 짚고 넘어가야 한다고 보았다.

"쥬다 님은 그녀를 죽을 때까지 이곳에 옭아매 둘 생각이십니까?"

타라와 쥬다는 후견인과 피후견인이라는 관계로 묶여 있다. 그러나 그건 타라가 어디까지나 홀로 독립할 수 있는 능력이 없을 때까지만 유지되는 관계였다. 그녀가 성장해 다른 둥지를 찾아 안착한다면 언제든 파기될 수 있었다.

그런데 쥬다의 말은 그렇게 될 기회와 가능성을 애초에 싹부터 잘라 버리려는 것처럼 들렸다. 더 큰일인 건 그 혹시나 하는 우려가 영 진짜 같다는 거다.

그리고 곧 그게 현실이 되었다.

"그러면 안 되나?"

"쥬다 님!"

이델이 기함해서 소리쳤다. 평화롭게 보던 책을 덮고 그녀를 마주하는 쥬다의 표정은 답지 않게 온난했다. 마치 사방의 모든 것들이 만족스러워 웃는 맹수 같았다.

"그 애는 날 좋아해."

"예. 하지만 너무 지나치면 독입니다."

"그게 독인지 아닌지는 내가 판단한다."

"오판이십니다. 그걸 결정하는 건 타라 님이지요."

"그래서, 그 아이가 날 멀리할 성싶은가?"

낮게 웃으며 쥬다가 느긋하게 대꾸하니 이델은 할 말이 궁했다. 이델이 봐도 쥬다에게 잘 길든 타라는 쥬다가 먼저 그녀를 밀어내지 않는 한 먼저 그를 거부하거나 반항하지 않을 것이다. 아니, 그러는 모습의 타라 자체가 상상이 안 되었다. 이거 벌써 늦은 거 아닌가? 이델은 끙, 이마를 짚었다.

"그러니 자의식을 가지고 자율적으로 생각하고, 사고 할 수 있게 도와줘야 할 것 아닙니까."

"충분히 그러고 있다. 누가 들으면 감금해서 키우는 줄 알겠어."

"너무 거리감이 없으니 문제지요! 적당하고 건강한 간격을 두시란 얘깁니다."

"싫어."

쥬다가 딱 잘라 말했다. 이델은 기가 막혔다. 저딴 꼬마 여자애

내가 왜 신경 써야 하냐며 정 뚝 떨어지게 말할 때는 언제고.

"너무 한정적인 것만 보고 자라면 사고와 의식이 협소해지는 법입니다. 그러니……."

"레오니다스와 똑같은 말을 하는구나. 율리아 어디를 가도 여기가 제일 나아. 가장 안전하고. 내 옆에 있는데 못 배울 게 뭐지?"

쥬다는 진정 의문인 듯 가소로운 눈길을 보냈다.

애석하게도 '천고(千古)의 현자'라 불리는 마도사인 그만큼 방대한 지식과 해박함, 식견, 더불어 고대의 학문에 대한 폭넓은 이해를 갖춘 이는 없었다.

고왕국의 역사와 소양은 다섯 맹주 중 가장 고령인 요정 여왕보다 뛰어났으며, 명맥이 끊긴 사어(死語)들을 포함해 그가 아는 언어는 열 손가락을 가뿐히 넘겼다.

그의 머릿속에 들어 있는 것만 해도 인류의 보고라 말해도 부족하지 않을 정도다. 얄미울 정도로 맞는 말이라 이델은 잠시 아무 대꾸도 하지 못했다. 하지만 이대로 포기할 수는 없었다.

"그럼 타라 님이 당신을 벗어난다고 한다면 보내 줄 의향은 계십니까?"

이델과의 대거리에도 내내 무심한 듯 잔잔하기만 하던 은청안이 처음으로 차갑게 식었다. 서리가 발밑까지 퍼질 찰나 동안 대답이 없던 쥬다가 느리게 입을 열었다.

"타라가 진정 원한다면."

"정말 신빙성 있군요. 그 살벌하기 짝이 없는 표정만 아니라면 말입니다."

"어쩌라고."

바짝 날이 선 쥬다가 신경질을 냈다. 이델이 알 만하다는 듯 다시 길게 한숨을 쉬었다.

"알게 모르게 압박하고 눈치를 주는 것도 자율적인 것과 거리가 멉니다. 알아 두시길. 아니면 잘 길을 들여서 세뇌시키려는 요량은 아니겠지요?"

"북부에 갔다 오더니 혀가 참 길어졌어. 비제를 닮아 가나?"

"아 참, 그 녀석은 언제 돌아온답니까?"

"모른다. 강변에서 노니는 놈팡이 짓이 퍽 마음에 드는 모양이지."

제 수하의 일인데도 쥬다는 무신경했다. 하기야 비제의 산만한 성향이라면 그러고도 남는다. 유배나 다름없다지만 오섬 숲의 숲지기 생활이 그럭저럭 적성에 맞을 것이다.

어찌 보면 그가 친 사고 탓에 타라가 벨벳 성에 오게 되었으니 안티오크나 쥬다도 그에 대한 생각이 많이 유해진 듯했다.

잠시 침묵하던 이델이 짐짓 진지하게 입을 열었다.

"지금껏 경황이 없어 말씀드리지 못했습니다만 그때, 여왕의 조카가 타라 님을 해치려 할 때 말입니다."

싸늘한 사내의 눈을 마주하고 있는 이델의 표정은 굳어 있었다.

"제가 보았습니다. 타라 님이 마력을 일으켜 그녀를 공격하는 걸."

정적이 이어졌다. 쥬다가 나직하게 중얼거렸다.

"타라가?"

"예. 그것도…… 매우 압도적이었습니다. 한순간 왕가의 방계가 속수무책으로 당할 정도로."

늑대는 시력과 후각, 청각 등의 모든 감각이 여타 짐승 중에서도 매우 뛰어나다. 막 도착해 마중 나온 안티오크와 함께 있었던 이델은 성에 생긴 이상을 느끼고 강한 마력 파동이 느껴지는 진원지로 달려갔었다.

아무래도 근시인 고양이 일족 안티오크는 보지 못했지만 이델은 먼 거리였음에도 불구하고 타라가 아벨라를 공격하는 장면을 똑똑히 목격했다. 순간 제 눈을 의심했을 정도였다.

이델은 북부의 수족이자 서부 영주의 신임 받는 신하로서 수많은 고귀족들을 보아 왔다. 수 세기를 거뜬히 뛰어넘는 긴 수명과 힘을 가진 그들은 대다수 성격파탄자이거나 괴팍하고 비인간적인 면모를 보였다.

그것이 반복된 피의 역사 때문인지, 아니면 그들의 근원인 태고 시절 고왕국의 유산인지는 모른다. 전쟁의 판도를 결정하는 가장 강대한 병기인 고귀족들의 피에는 오랫동안 축적된 광기와 은밀한 폭력성이 존재했다.

위대한 문명을 건설했던 고왕국이 힘을 과하게 탐하여 하룻밤 새 자멸했다는 전설이 내려오는 만큼 그네들의 고귀한 혈통에 악마가 숨어 있다 해도 그리 놀랍지 않으리라.

하지만 작고 여린 소녀인 타라에게서 단 한 번도 그러한 일면을 발견한 적이 없었던지라 더욱 섬뜩했다. 하기야 그녀는 어리다 하나 직계의 피를 누구보다 짙게 타고났다. 어렴풋하게 타라의 출생에 대해서 눈치채고 있던 이델은 으스스한 싸늘함을 느꼈다.

"쥬다 님은 알고 계셨습니까? 타라 님의 마력이 범상치 않다는걸 요."

"⋯⋯."

쥬다는 침묵했지만, 그녀는 거기에서 꽤 여러 답을 유추해 내었다. 생각해 보면 아델하이트 여왕을 비롯해 걸리는 점이 많았다.

그렇게 막강했던 힘이 지금의 타라에게서 거의 느껴지지도 않는 것도 그렇고. 게다가 타라가 걸고 있던 목걸이는⋯⋯.

이델이 다시 입을 열기 전 쥬다가 손을 들어 올렸다. 그만.

"이 사실을 너 말고 또 누가 알고 있지?"

"저만 알고 있습니다."

"함구해라."

주종은 서로를 틈 하나 없이 주시했다. 언제나 그러했듯 이델이 허리를 숙였다.

"알겠습니다."

*   *   *

다시 평화가 찾아온 벨벳 성의 정원, 모처럼 햇빛 좋은 날 밖에 나와 있던 타라는 정신 사납게 뛰어다니는 이에게 핀잔을 주었다.

"다리 조심해요. 다시 붙은 지 얼마 되지 않았잖아요?"

케랄이 헥헥거리며 꼬리를 흔들었다. 그는 나비를 쫓는 눈 오는 날의 강아지처럼 뛰어다니다가 멈춰 서 귀를 쫑긋거렸다.

그 반짝반짝하는 눈이 덩치에 맞지 않게 귀여워서 웃음이 볼에 볼록하게 찼지만, 타라는 안쪽 살을 깨물어 참았다. 이 친근한 개는 보기보다 뒤끝이 길고 잘 삐쳤다.

[날아갈 것 같아. 다시 네 발로 걷게 될 줄은 몰랐어.]

타라를 향한 공격을 대신 맞은 케랄은 거의 사선에 가까워졌다가 훌륭한 약사와 의사의 의기투합으로 무사히 회복했다. 케랄 종족의 강한 육체와 회복력 덕분이었다. 그러나 대륙에서도 손꼽히는 명의 앙리펠과 유능한 약제사도 잘린 다리는 다시 붙여 줄 수 없었다.

— *쓸 만한 짐승이구나.*

하지만 쥬다는 달랐다. 그는 타라가 크게 다칠 뻔했다는 것에는 차갑게 노했다가 케랄이 대신 다쳐 의식 불명이라는 말을 듣자 레오니다스가 준 선물의 유능함에 의외라는 반응을 보였다. 어쨌건 그는 상벌이 확실한 군주였다.

쥬다는 지하로 내려가 어떤 검은 광석 같은 것을 가져왔다. 그것은 새카만 흑요석이라기에는 달군 무딘 쇠처럼 온기가 있고 단단했으며, 설명할 수 없는 묘한 광택이 돌았다. 꼭 검은 상아처럼.

쥬다는 그것으로 케랄의 다리를 고쳐 주었다. 정확히는, 새로 만들어 주었다. 신기하게도 의수가 아니라 살아 있는 다리 같았다.

그 후 케랄은 제 의지대로 걷고 뛰어다닐 수 있었다. 사지 중 하나가 절단된 적이 단 한 번도 없는 것처럼 자유로웠다.

회복된 지 얼마 안 돼서 좀이 쑤셔 하더니 금방 건강하게 뛰어다니는 개의 모습을 타라는 막연하게 상상만 했던 동화의 해피 엔딩을 보는 기분으로 바라보았다.

마법이란 참 신기하다.

타라도 날고 기는 고귀족들이 있는 겨울 성에서 자라 마법과 이능을 헤아릴 수 없이 많이 봤지만 쥬다의 마법을 보고 있으면 세상 불가능한 일이 없을 것 같았다.

쥬다의 것은, 특별했다. 겨울 성의 그들은 강하다 하나 힘의 분야나 속성적인 한계가 분명해 보였는데 그는 그렇지 않았다. 그냥 그의 의지 자체가 마법이었다. 책 속에나 존재하는 고대의 신이 인간의 껍질을 입고 있는 것처럼.

타라는 쥬다와 재회한 바로 이튿날 그의 서재에서 훔쳐 왔던 검은 책을 그대로 돌려놓았다. 이제 다시는 꺼내 보지 않을 거다. 현재 그녀는 이미 벅차다 못해 충분했으므로.

[무슨 생각 하니, 타라?]

"아니요. 그냥…… 이것저것……."

어?

무심코 대답하던 타라의 눈이 커다랗게 뜨였다. 그녀는 무슨 말인지 몰라 고개를 갸웃거리는 케랄에게 큰 소리로 말했다.

"어, 어?! 지금 날 이름으로 부른 거예요?"

[크흠흠! 그렇다만. 뭐 문제 있어?]

뾰족한 귀가 삐죽거리고, 검고 토실한 꼬리가 정신 사납게 홱홱 돌았다. 어쩐지 검은 털이 분홍빛으로 물드는 것만 같은 착각이 든다.

케랄이 잘 삐친다는 것 외에 새로 알아낸 점이 있다면 은근히 부끄러움도 잘 탔다. 타라는 함박웃음을 지으며 마구 고개를 저었다.

"아니요! 너무 좋아요!"

[당연히 그래야지.]

케랄은 잔바람에 나뭇가지가 나부끼듯 연이어 툴툴거렸다. 저가 인간의 이름을 먼저 부른 건 처음이라는 둥, 제 첫 경험(?)을 영광으로 알라는 둥 여러 가지였다.

그러다 대뜸 조용해진다. 투덜대는 듯한 거드름이 뚝 끊기고 찾아온 난데없는 정적에 타라가 의아해할 때쯤 까만 주둥이가 열렸다.

[케랄은 은혜를 꼭 갚아. 그건 내 아버지의 아버지, 그 위의 많은 아버지들도 그랬어. 아버지가 유일한 아들인 나를 사자 왕에게 보냈던 것처럼.]

가족사까지 나오니 숨을 죽이고 듣지 않을 수 없었다. 조용히 경청하는 타라의 맑은 눈을 바라보던 케랄이 끄응, 하고 낑낑 소리를 내더니 귀를 눕혔다가 세웠다.

[네가 배고팠던 나에게 네 음식을 나누어 주고 외로웠던 내게 찾아와 말을 걸어 주었기 때문에 나는 네가 위험에 처한 걸 두고 볼 수 없었어.]

"알아요. 감옥에서 뛰쳐나와서 나를 구해 주었잖아요."

타라가 발그레하니 감동한 기색을 내비치자 케랄은 겸연쩍은 듯이 다시 귀를 쫑긋거리며 뒤척거렸다.

[그냥, 나는 거기를 나올 수 있었고, 널 도울 사람이 있다는 확신이 없었으니까. 어쨌건, 내가 하고 싶은 말은 이거야.]

케랄의 푸른 눈이 빤히 저를 따라 쭈그려 앉아 있는 소녀를 내려다보았다.

[내 이름을 지어 줄래?]

어색하지만 결연하고 확신에 찬 부탁이 그들을 둘러싼 바람을 뛰어넘어 귓바퀴로 미끄러져 들어왔을 때, 붉은 눈동자가 크게 뜨였다.

이름이란 것의 의미. 케랄은 주인이 자신을 버렸으니 이름이 없다고 했다. 그런 이름을 그녀에게 지어 달라는 뜻은…….

[내 아버지에게 그랬던 것처럼 미우나 고우나 주인과 나는 서로 빚진 게 없어. 그러니 이번 주인은 내 의지대로 선택하고 싶어.]

내 주인이 되어 주겠어?

놀란 타라의 얼굴에 천천히 꽃물이 번져 가듯 활짝 웃음이 퍼졌다. 계속 고개를 끄덕였다. 좋아요!

"그럼 우리 이제 친구인 거죠?"

검은 개가 대답 대신 타라의 여태 붕대를 풀지 않은 어깨와 아문 뺨을 혀로 핥았다. 마치 다친 곳을 보듬어 주듯이.

나무를 베어 간 자리에 다른 나무가 찾아와 빽빽이 뿌리를 내린 양, 그래서 비어 있던 자리가 이제 싸하고 시리지 않은 것처럼…… 타라는 생각했다.

오래전부터 들러붙어 있던 긴 흉터들이 더 이상 아프지 않은 것 같다고.

7

찬란하고 빛나던 그날들

황량한 서부에도 봄이 찾아왔다.

연한 봄볕이 오래된 벽돌과 칭칭 자라난 담쟁이 넝쿨에 가루처럼 내려앉았다.

성 전체가 웅크려 자고 있는 노랑 짐승처럼 보였다. 차갑고 견고하며, 서늘한 응달 같기만 했던 벨벳 성이 유일하게 온기가 도는 때였다.

타라는 총 세 번의 봄을 보았다. 그녀가 나고 자란 겨울 성에는 내내 영원한 겨울만이 있었기에, 타라는 봄이 좋았다. 자신이 온전히 이곳 사람이 된 것만 같아서.

그녀는 키득거리며 연둣빛이 투박한 바위들 위로 살살 얕게 돋아난 언덕 위를 달려 올라갔다. 모처럼 발목까지 차오른 엉겅퀴며

보랏빛, 흰빛의 제비꽃들이 복숭아뼈를 간질거렸다.

[타라, 좀 천천히 가라.]

검은 개가 헥헥거리며 쫓아오다 풋풋한 풀 냄새며 이리저리 날리
는 민들레 씨앗에 에취에취 기침을 했다.
"왜 이리 느려요?"

**[네 부산스럽고 조심성 없는 걸음에 맞춰 주느라 그런 거잖
아.]**

그가 핀잔을 주자 타라의 입술이 살짝 비죽거리면서도 슬금슬금
옆으로 다가왔다. 그녀는 3년 전에 비해 많이 쾌활해지고 명랑해졌
지만, 기본적인 순한 성정은 그대로였다.

[네가 또 넘어졌다가는 네 후견인이 가만두지 않을 거야.]

"쥬다는 상냥한걸요."

**[네게만 그러지. 내 말은, 널 빼고 모두에게 불벼락이 떨어
질 거란 소리라고.]**

3년의 세월은 타라에게 정신적으로도 물론이요, 나이와 지식, 사

고방식 등의 성숙을 가져왔지만, 신체적 성장만은 예외였다.

엄밀히 말해 전혀 자라지 않은 것은 아니다. 다만 그 속도가 지나치게 느렸다. 정기 왕진을 오는 앙리펠이 체질상의 문제이니 걱정 말라고 했지만, 곧 스물이 되는 타라는 그게 말처럼 편하지만은 않았다.

빨리 키 크고 싶다. 한창 성장기인데 3년 동안 자란 게 겨우 5센티라니. 너무한 거 아닌가.

툴툴거리던 타라는 제 개의 등을 살살 쓸었다. 그는 처음 만났을 때부터 이미 성견이었던 터라 여전히 자신보다 훨씬 컸다.

쥬다는 타라가 그의 이름을 지어 주겠다고 했을 때 다소 뜸을 들이기는 했으나 그녀의 간절한 눈빛에 선선히 허락해 주었다. 딱 이 한마디를 덧붙이면서.

─만약 그것이 또 네게 이빨을 들이밀었을 시, 이번엔 다리가 아니라 목을 잘라 주겠다.

그게 농담이 아니라는 건 바보라도 알 것이었다. 검은 꼬리를 살랑이던 개는 쥬다의 살기에 흠칫 굳더니 후다닥 꼬리를 말고 타라의 뒤에 숨어 끙끙거렸다.

조그만 소녀 뒤에 송아지만 한 큰 개가 그러고 있는 모양이 웃긴다며 안티오크가 킬킬거렸다.

"쥰은 아직도 쥬다가 무서워요?"

타라가 지은 쥰이라는 이름은 '쥬다'에서 따온 것이다. 평생 처음으로 제 것이 되겠다고 해 준 이에게 저에게 가장 의미 있는 이름을 주고 싶었던 것이다.

쥰은 처음에는 유난이라며 약간 불만스러워했지만, 이제는 제법 마음에 들어 하는 눈치다.

쥰이 제 코를 핥으며 딴청을 부렸다.

[응. 조금.]

"으음…… 그렇구나."

다리를 잃은 사고가 있으니 어쩔 수 없다고 아쉬운 한숨을 쉬었지만, 실상은 약간 달랐다.

그녀와 온화하게 이야기를 나누다가도 종종 쥬다는 근처에 엎드려 있는 검은 개를 빤히 내려다보고는 했는데 그것이 딱히 노려보는 시선이 아님에도 쥰은 때때로 한기를 느꼈다. 상하 관계가 명확한 견종이니만큼 절로 움츠러드는 건 어쩔 수 없었다.

"정말 벌써 봄이 왔네요……."

율리아 대륙은 동서남북, 중앙의 다섯 개의 영토로 나누어져 있고 북부는 서늘한 가을, 동부는 다사로운 봄, 남부는 찬란한 여름, 중앙 왕국은 겨울 성을 중심으로 차디찬 한파가 일 년 내내 불고 있었다.

아이러니하게도 모든 대륙인이 기피하는 서부에만이 사계절이 함께했다. 이제 타라는 대륙 어디를 가도 서부만 한 곳이 없다고 확신하고 있었다.

성장이 더디다 하나 최근 성년에 가까워지면서 타라의 분위기는 어딘가 조금씩 달라졌다. 잡히지 않는 체취에 끌려 소녀의 뽀얀 표정, 일몰처럼 여러 빛을 내는 눈빛을 한 번이라도 더 들여다보게 된다.

저 동쪽에서 불어온 봄이 차츰 이 메마른 대지를 적시듯, 혹은, 막 개화하려 새벽을 기다리는 발그레한 봉오리처럼 형체 없는 변화였다.

그녀는 만개하는 봄의 물결 속에서 가만히 날을 헤아려보았다.

"날이 좀 더 풀리면 쥬다더러 소풍을 가자고 할까요?"

멍멍! 경쾌한 짖음에 절로 미소가 나왔다.

바야흐로 잠들어 있던 모든 것들이 껍질을 벗고 새로 맥동하는 시기였다.

*　　*　　*

벨벳 성에 돌아오자마자 깡충깡충 잰걸음으로 달려가 계단 밑에 섰다. 고동빛으로 반질거리는 오래된 나무에는 이미 수십 번 하얀 분필로 그어진 빗금이 여럿이었다.

타라가 다급히 도우미를 요청했다.

"안티오크! 안티오크! 어디 있어요?"

크게 소리치느라 목이 굽은 것 같아 얼른 다시 공을 들여 반듯이 했다.

"네, 갑니다. 또 키 재시려고요?"

복도를 돌아 삐죽 고개를 내민 고양이가 나른하게 꼬리를 세우고 걸어왔다. 준의 옆에 앉은 고양이 집사가 한숨을 쉬며 안경을 추어올렸다.

"타라 님. 어제도 하셨잖아요?"

"그, 그래도…… 혹시 모르잖아요. 하룻밤 새 자랐을지."

빤한 노란 눈에 지레 찔린 타라가 변명처럼 웅얼거렸다.

"에구, 에구. 알았습니다. 알았어요."

못 말린다는 듯 안티오크가 고개를 흔들고는 훌쩍 타라의 어깨를 타고 올라갔다. 흐음…… 눈을 게슴츠레하게 뜬 고양이가 중얼거렸다.

"하나도 안 자랐는데요?"

타라가 비 온 날 먹구름처럼 울상이자 안티오크가 풍성한 꼬리를 살랑이면서 솜방망이 같은 앞발로 동그란 정수리를 꾹꾹 눌렀다.

"아니지. 인제 보니 쬐에끔 큰 것 같기도?"

"얼마나요?!"

"글쎄요. 한 제 새끼발톱 정도?"

한쪽 눈을 감은 고양이가 제 아기 눈물같이 반짝이는 발톱을 들여다보며 진지하게 대꾸했다. 관성처럼 좋아하다가 저를 향한 준의 딱하고 어이없다는 시선에 정신을 차린 타라가 뾰로통해졌다.

"놀리지 마세요, 안티오크. 저는 진지하단 말이에요."

"저도 그렇습니다. 이 이상 묘사할 방법이 부족하여……."

"너무해요."

입술을 삐죽거리는 모양이 파란 병아리 같다. 이러니 놀리고 싶지. 안티오크가 킬킬거리며 웃었다. 고양이 모습이라 가르릉거리는 걸로밖에 안 들렸지만 말이다. 타라의 뺨을 훑고 말랑한 볼을 솜펀치 하듯 꾹꾹 눌러 대는 게 나름의 위로 같아서 타라는 약간 삐친 상태로 따뜻한 고양이의 몸을 안아 주었다.

"타라 님은 몰라보게 자라실 겁니다. 다만 지금이 아니어서 그렇지."

"그게 대체 언제인데요?"

바로 불만이 툭 튀어나온 입에서 꿍얼꿍얼 나왔다. 안티오크가 고개를 기울였다.

"아마 곧?"

"……."

"너무 걱정하지 마세요. 타라 님은 남들과 성장 속도나 방식이 다를 뿐이니까."

앙리펠을 비롯한 모두가 자주 하는 말이었다. 타라도 물론 그들을 믿었지만, 당사자로서는 조금 초조할 수밖에 없었다. 나도 이제 스무살 성인인데! 너무 느리잖아! 그런 타라를 안티오크는 새삼 흐뭇하고도 시원섭섭한 마음으로 바라보았다.

그녀의 보일 듯 말 듯한 성장을 성의 식구들 모두 조금씩 인지하고 있었다. 이렇게 소녀가 거울을 자주 보며 보채는 것 자체가 슬슬 어른이 되기 위한 준비를 하는 게 아니던가.

안티오크는 몇 년 새 순한 이목구비가 젖살이 살짝 빠져 유려해지고, 목련 꽃처럼 도톰하니 생기가 도는 타라를 보며 그녀가 각성기를 맞으면 어떻게 변할지 궁금하고 기대되었다. 사실 벨벳 성의 식구들 전부가 그렇게 생각했다.

딱 한 사람만 제외하면.

"그런데 쥬다는 안 커도 된대요. 난 빨리 크고 싶은데."

내심 서운했는지 타라가 작게 종알거렸다. 정확히 말하면 쥬다가 타라에게 한 말은 이랬다.

─커 봤자 꼬맹이가 꼬맹이지. 그런 거 신경 쓰지 말고 책이나 마저 읽어라.

속으로 혀를 차며 안티오크는 앞발을 할짝댔다. 주인님도 참, 한창 예민할 시기의 소녀에게 말씀도 박하시지.

쥬다는 어찌 된 일인지 타라가 성인이 되는 것에는 어딘가 냉담하고 시니컬하게 반응했다. 마치 타라가 영원히 제 곁에서 자라지 않았으면 하는 듯이.

'꼭 떠나보내기 싫어하는 것처럼, 불안해하시는 것도 같은…… 아, 그런 건가. 타라 님이 성인이 되시는 게 서운하신가 보군.'

나름의 결론을 내린 안티오크가 수긍했다. 놀랍게도 얼추 들어맞는 추측이었다. 고양이의 뾰족한 발톱이 딱 '새끼발톱' 정도로 분필을 긋는 사이 타라는 어휴 어휴거렸다.

"이제 나도 넘어지기 싫고! 책을 꺼낼 때 사다리가 없어도 편하게 꺼내고 싶고! 그리고 또……."

"그리고 또 뭐. 이제 온 성을 너 혼자 걸어 다니고 싶다고?"

쌀쌀맞고 나긋한 목소리에 타라의 작은 어깨가 딸꾹질할 듯 펄쩍 뛰었다. 짙은 암녹색 망토 차림의 사늘한 인상의 사내가 팔짱을 끼고 얼어붙은 제 피후견인을 빤히 응시하고 있었다.

타라가 고개를 홱홱 저었다.

"그건 아닌데요오……."

"그럼 그러시든가. 안 말려."

쥬다는 감미로울 만큼 상냥하게 입술을 휘었다. 그러고는 불편한 기류에 제 수염을 찡긋거리고 있는 안티오크에게로 휙 고개를 돌렸다.

"다녀왔다. 그간 별일은?"

"아니요. 없습니다. 아……"

딱 한 가지 있긴 한데…… 말을 이으려던 고양이 집사는 외면받은 강아지처럼 섭섭해서 끙끙거리고 있는 타라를 곁눈질했다. 어쩔 줄 몰라 하며 저만 빤히 보고 있는 타라를 모를 리가 없을 텐데 쥬다는 그쪽으로 눈길도 주지 않았다.

말도 안 될 만큼 다 퍼 줄 듯 굴다가도 이렇게 이따금 까칠하게 나오니 애를 키우는 건지 조련시키는 건지 모르겠다고 이델이 투덜거리는 게 이해는 갔다. 문제는 저 까끌까끌함이 매우 진심이라는 거지만.

"쥬다, 화났어요?"

결국 타라가 먼저 못 참고 쥬다의 망토 자락을 잡아당겼다. 쥬다의 싸한 벽안이 제 쪽으로 내려오자 그녀는 낑낑 소리만 안 냈다뿐이지 발을 동동 구른다.

권태로운 듯 표정 없이 찬찬히 뜯어보는 게 쥬다는 먹이를 관찰하는 맹금류 같았다. 참 성격 나쁘게도 그는 타라의 이런 모습을 좋아했다. 제일 귀엽기도 했고.

"별로."

부정이 돌아오자마자 작은 손이 냉큼 뻗어진다. 안아 달라는 뜻이다. 쥬다는 찬 눈을 나긋하게 반쯤 접었다.

이 조그만 게 진짜 여우가 다 되었다. 작은 머릿속이 뻔히 보이는데도 이럴 때마다 쥬다는 번번이 그녀를 안아 들 수밖에 없었다. 항상 그렇듯 속절없이.

다람쥐처럼 쪼르르 안기자마자 쥬다의 목을 꼭 끌어안은 타라가 헤헤 웃었다.

"잘 갔다 왔어요, 쥬다?"

쥬다는 북부와의 외교적인 문제로 어제 아침부터 벨벳 성을 비우고 북의 수족들의 땅에 다녀왔다. 그러니 하루 만에 얼굴을 보는 셈이다. 타라가 이마를 비비며 제 속마음을 마구 꺼내 보였다.

"보고 싶었어요."

약하게 올라간 입꼬리가 부드럽게 풀린 심사를 대면했다. 쥬다는 대꾸 없이 타라의 길게 자란 머리칼을 쓸어내렸다. 향긋한 향기가 코끝을 맴돌았다. 흰 목에 걸린 목걸이를 힐끗 본 쥬다가 입을 열었다.

"하라고 한 공부는 잘했나?"

"네! 전부 다요."

칭찬해 달라는 양 반짝이는 눈이 참 볼만했다. 이러면서 뭘 그리

빨리 크고 싶다고 그러는지.

그들은 오손도손 대화를 이어 가며 서재로 올라갔다.

레오 아저씨는 잘 계세요? 여전히 안 죽고 살아 있지, 네가 그걸 궁금해하는 거라면. 왜 요새는 성에 잘 안 놀러오세요? 보고 싶은데. ……오지 말라고 했다. 또 싸우셨나 봐요. 아니. 그냥 꼴 보기 싫어.

"쥬다, 우리 소풍 갈래요?"

서재 앞에서 쥬다가 저를 내려 주자마자 타라가 말했다. 뭘 별거냐는 듯 흔흔한 답이 돌아왔다.

"그러든가."

"언제가 좋아요?"

"네가 좋을 때."

쥬다는 흘낏 저들을 따라와 있는 안티오크를 보며 말했다. 타라가 눈치껏 이따가 서재에 들르겠다며 생긋 웃고는 제 방으로 돌아갔다. 소녀의 총총 흔들리는 푸른 머리에서 눈을 떼지 않는 쥬다를 향해 안티오크가 흐뭇하게 야옹거렸다.

"타라 님 참 많이 크지 않으셨습니까? 벌써 어른이 다 되셨습니다."

"어른은 무슨."

아직 한참 애다. 물론, 예전에 비해 많이 자란 건 사실이지…… 어째 요즘 들어 더 짙어진 타라의 마력 향을 떠올리며 쥬다는 입을 다물었다.

조그만 동물을 쫓아 깊은 숲으로 들어온 소년이 어느덧 낙원에 둘러싸여 영원히 돌아가는 길을 잃어버린 것처럼, 눈 하나 깜짝할 시간이 흐른 사이 소녀는 자라 있었다.

벽에 그어진 그녀의 낙서 같은 나이테와 젖살이 붙어 오동통하던 손가락의 길고 가늘어진 촉감을 느낄 때, 뭔가를 먼저 요구하고 생각하는 붉은 눈을 볼 때면, 문뜩문뜩 쥬다는 예전이라면 별 의미 없을 시간의 의미를 다시 되새겨 보았다.

그저 흘러가는 물에 불과했던 강 위로 자개 빛깔 여명과 누군가는 슬프고 아련하다 여겼을 노을이, 황혼이 지면 더 이상 무의미한 강이 아니게 되듯이, 타라가 그의 지난 몇 해의 삶에 물들인 색은 그리 엷지 않았다.

사막에 작은 싹이 난 정도가 아니었다. 온 모래와 버석한 메마름의 빛깔이 바뀌었는데 겨우 그 정도일 리가 없다.

단지 반 십 년도 되지 않은 찰나였는데. 걸어온 발자국이나마 새삼 봐 보려 되돌아서면 막막하기만 했다. 제 길에 조그만 발자국 한 쌍이 끼어들기 전의 것들은 까맣게 지워진 지 오래고, 조금 자란 오늘의 그 흔적과 앞으로 새겨질 것들에 관심이 생겼다.

현재는 그럴싸하다. 한데 미래? 미래라니. 그토록 긴 삶을 영유하면서도 앞으로를 그려 본 적은 없었는데.

퍽 놀라운 사실을 하나 알았다. 평생 알지 못하는 것이 드물었던 현자도 앞을 그려 보자니 범인들과 별다를 게 없었다. 감정이 얽힌 건 이리도 불확실하다.

─그 애는 널 파멸시킬 거야.

그 미친 여자는 신이라도 된 듯이 그리 자신했었는데.

"주인님?"

뭔가를 읽었는지 노란 묘안석 눈이 미심쩍게 올려다보았다. 쥬다는 고개를 저었다. 별거 아니다.

"하려던 말은."

"아. 비제가 돌아온다 합니다."

"그 녀석이?"

생각보다 이르다. 하기야 워낙 종잡을 수 없는 놈이었다. 그는 짧게 손을 휘젓고는 돌아섰다.

"알아서 해."

*　　*　　*

대륙에서 유일하게 사계절이 존재하는 땅, 황량하고 토박한 토양에 턱 발을 들인 사내가 높은 하늘을 올려다봤다. 얼굴을 칭칭 감은 붕대가 흙 섞인 온건한 바람에 이리저리 흔들렸다. 다 해진 붕대 사이로 남루한 몰골에 비해 형형한 눈이 빛났다.

눈살을 찌푸린 남자는 손차양을 세워 앞으로의 경로를 얼추 계산했다. 사막을 횡단한 탓에 물도 떨어지고 꼴이 말이 아니었다.

그래도 적당히 날은 좋다. 이게 어딘가. 땅 주인 성격을 닮아서인지 때로는 날씨가 마른하늘에 날벼락이나 우박이 내리는 둥 별 지랄을 다 떨며 뒤바뀌는데, 이 정도면 여행하기에는 나쁘지 않다.

문제는, 배가 고팠다.

꼬르륵…….

"이델의 요리 솜씨는 여전하려나."

그는 주린 배를 움켜쥐고 쩝쩝 입맛을 다시면서 늪과 날카로운 석영, 이리와 독사가 넘쳐 나는 황무지 속으로 걸어 들어갔다. 듬성듬성 풀리기 시작한 붕대 사이로 모래를 잔뜩 먹은 살굿빛 머리카락이 삐죽 튀어나왔다.

"배고프다……."

벨벳 성으로부터 한참 떨어진 서부 외곽, 타라가 북부에서 돌아온 쥬다를 반기기 이틀 전에 있었던 일이었다.

＊　　　＊　　　＊

소풍을 가겠다는 말에 이델은 썩 반기는 눈치였다. 그녀는 간만에 요리 솜씨를 발휘해 보겠다며 두꺼운 요리책들을 뒤적거렸다.

소풍 때 간식으로 먹을 것들과 도시락, 그리고 성으로 돌아와 저녁 만찬을 즐기기로 타라와 이델이 함께 계획을 짰다.

사소한 문제가 있다면 제 딸을 사교계에 내보내는 것처럼 타라를 꾸밀 생각이 만만한 이델의 열정이었다.

타라는 입을 딱 벌리고 방 안 가득 너부러진 원피스와 치마, 예쁜 레이스 카디건과 색색의 리본, 크고 작은 모자들을 바라보았다. 제 옷이 이렇게 많았나? 그녀도 몰랐던 참이다.

"이제 타라 님도 아가씨가 다 되었으니 모처럼 곱게 입자고요."

이델이 콧김을 뿜으며 씨익 웃었다. 타라는 그녀가 은근슬쩍 가져다 놓은 새 옷들을 이상타 여기며 뒤적거리다가 눈을 동그랗게 뜨고는 이델을 돌아보았다.

"아니, 이델. 바로 앞동산에 갈 건데 이렇게 차려입지 않아도……."

"어허! 무슨 소리세요, 타라 님? 오늘 같은 날은 예쁘게 입어야죠."

"이델도요?"

이델은 무슨 소리냐는 듯 예쁜 자수가 놓인 원피스를 들어 보이며 말했다.

"이게 저랑 어울릴 것 같아요? 이사신이 보면 기겁할 걸요?"

그리 말하면서도 제 남편에 대해 말하는 얼굴에는 시종 애틋함이 가득했다. 그는 내가 호랑이를 사냥하는 모습을 보고 반한 남자거든요.

타라는 완벽하게 커팅 된 아름다운 보석을 보고 있는 것처럼 그 표정에서 눈을 뗄 수가 없었다. 행복한 가정의 아내이자 어머니는 저렇게 웃는 거구나.

미성숙한 소녀는 처음으로 깨달았다. 그리고 이델을 남자로 착각한 게 말도 안 되는 일이라고, 그녀의 삶이 참 멋있고 부럽다고 여겼다.

"타라 님이 여자여서 저는 얼마나 좋은지 몰라요. 딸 키우는 기쁨을 이제야 처음 알게 됐다고나 할까. 사내애들은 이런 예쁜 걸 입힐 수가 없잖아요?"

타라를 친딸처럼 여기는 게 은연중에 드러나는 말이었다. 타라의 얼굴이 홍당무처럼 달아올랐다. 이델은 순한 소녀를 아주 손쉽게 다룰 줄 알았다.

"내 혼자만의 욕심으로는 타라 님이 온 세상의 여자들이 부러워하고 즐거워하는 걸 다 해 봤으면 해요. 예쁜 구두도 신고, 드레스도 마음껏 맞추고. 보석도 왕창 사는 거예요! 쥬다 님이야 돈이 썩어 넘치는데 타라 님이 조금 즐긴다고 티도 안 날걸요?"

"음, 사치는 안 좋다고 했는데."

책에서 읽은 도덕관을 읊조리며 종알거리는 타라였지만 그녀도 쥬다가 다섯 맹주 중 손꼽히는 부자라는 건 알고 있었다. 의외롭게도 거친 서부에는 금광과 다이아몬드, 사파이어 등의 광산이 존재했다.

고대의 호박 화석과 철광석 등의 다른 광물자원까지 따지면 그의 부는 천문학적인 수치를 넘나든다. 서부의 주민들의 숫자는 적어도 잘 먹고 잘사는 이유가 있었던 것이다. 타라의 말에 이델이 콧방귀를 뀌었다.

"우리 착한 타라 님. 주인님은 타라 님이 황금을 걸고 다녀도 눈하나 깜짝 안 할 거예요. 오히려 본인의 아가씨가 소박하게 하고 다니는 게 더 못마땅할걸요?"

이번에는 타라의 뺨이 다른 의미로 붉어졌다. 아가씨라니……. 그것도 쥬다의…….

"나는 아가씨가 아니에요, 이델. 나는 통 자라지 못했는걸요."

매일 아침 거울로 보는 작고 가느다란 소녀, 지금도 보이는 제 얼굴을 바라보며 타라는 폭 한숨을 내쉬었다. 이제 마냥 어리다는 핑계도 못 댈 테고.

"나도 내가 언젠가는 자랄 거 알아요. 그치만 내가 속상한 건 쥬다가 계속 이대로도 좋으니 크지 말라고 하는 거예요. 어른인 나는 별로일까요? 그러니까…… 별 볼 일 없어 보일까요?"

어쩌다 어렴풋하게만 스치던 제 깊은 속내까지 말해 버린 타라는 너무 커 버린 자신과 그녀를 조금 낯설게 여기거나 밀리하는 쥬다를 떠올렸다.

갑자기 더럭 겁이 났다. 그녀는 그들의 관계가 조금이라도 떨어지거나 하는 걸 바라지 않았다.

내가 안 예쁘거나 징그럽다고 하면 어쩌지? 강아지일 때는 예뻐하다가 덩치가 커 버린 개에게는 흥미가 시들해지듯이. 혹은…….

— 전혀 안 닮았군.

"성장한 내가 어머니를 너무 닮아 있으면 어떻게 해요? 쥬다는, 그러니까……."

어머니를 끔찍하게 싫어하는데.

타라는 매우 의기소침하여 의자 위에서 축 늘어졌다.

이제야 왜 그리 키에 집착했는지 알겠다. 내면에서는 이런저런 겁과 걱정의 반작용으로 빨리 크고 싶었던 것이다. 아니야! 쥬다는 나를 무척 좋아하니까 내가 크든 작든 상관없을 거야. 그걸 확인하고 싶어서 빨리 컸으면 하고…….

이제 돌연 크는 게 두려웠다. 안 컸으면 좋겠다. 조그매도 좋으니까 영원히 어린애였으면 좋겠어. 쥬다가 계속 나를 좋아하게끔.

부정적인 생각들로 낑낑거리는 타라를 어이없고 귀엽게 바라보던 이델이 푸시식 웃으며 우울한 볼을 아프지 않게 꼬집었다.

"무슨 생각을 하시나 했더니, 그런 고민을 하고 계셨어요?"

"으앗, 으응, 네."

"아이고 나 참. 쥬다 님은 참 복도 많으시지."

어디서 이런 여자애가 와서 이렇게 맹목적으로 애정을 보일까. 이델은 우스운 표정으로 계속 피식거렸다. 애더러 크지 말라고 하는 제 주군도 참…….

"……."

어떤 생각에 미친 이델이 아무렇지 않은 척 발개진 볼을 문지르는 타라에게 물었다.

"마력도 큰 변화를 보이지는 않으셨지요?"

"네. 할 수 있는 마법이 몇 개 늘기는 했는데…….'

타라가 재잘재잘 요즈음 수업 진도에 대해서 이야기하자 이델은 웃는 낯으로 맞장구쳐 주었다. 여러 생각이 스치는 눈동자가 항상 타라가 걸고 다니는 푸른 보석을 향했다가 아무렇지 않게 돌아왔다.

*   *   *

소풍날이 되었다. 타라는 푸른 바다빛 천에 붉은 실과 남색 실로 수놓은 원피스를 입고, 이델이 솜씨 좋게 몇 가닥 땋아 반 묶음 한 머리를 수줍게 만지작거렸다.

꾸미는 걸 싫어하는 여자는 없다고 했던가. 이델이 번거로울까 괜찮다고 종알거리긴 했으나 사실 타라도 '오늘'은 특별히 예뻤으면 했다.

오늘은 그녀가 손꼽아 기다리던 날이니까.

부끄러우면서도 기분이 좋아진 소녀는 발걸음도 가볍게 온 성을 돌아다니며, 치마폭에 꽃비를 받아내듯 고용인들의 칭찬들을 가득 들은 뒤 부주방장 게리가 건넨 도시락을 가지고 서재로 향했다.

쥰도 아직 자고 있는 이른 시각이었다. 새소리가 들려오는 창문은 파랬고, 공기는 숲의 한숨처럼 싱그럽고 맑았다. 들뜬 탓에 쏜살같이 달려가 콩콩콩 노크를 했다.

"쥬다! 어?"

항상 쥬다가 있던 자리에 그가 없다는 것은 그녀에게 마치 냄새를 맡는 것처럼 알아채지는 것이었다. 반면 그곳을 차지한 다른 이의 존재는 이물질처럼 바로 박혀 들어왔다.

뒷짐을 쥐고 서 있는 사내의 뒤통수엔 넝마가 된 헝겊 같은 것이 칭칭 감겨 있었다. 하얀 줄기가 뒤엉켜 자란 오래된 조각상 같기도 했다. 남자는 붕대가 감긴 손가락으로 뺨을 긁더니 힐끔 엉거주춤 서 있는 소녀를 돌아보았다.

가슴에 쨍하니 박힐 정도로 파란, 정말 푸르른 물빛 눈동자였다. 타라는 영문 모를 그 청량함에 시선을 빼앗겼다가 가까스로 정신을 차리고는 고개를 휘휘 저었다.

다시 보니 꾀죄죄한 그의 얼굴은 먼지 묻은 연꽃처럼 수려하다. 쥬다가 냉엄한 빙산의 고고한 아름다움을 닮았다면 그는 깎아 놓은 밤톨처럼 곱상한 미색이었다.

"저어, 누구……."

"그러는 너야말로 누구?"

그가 고개를 기울이며 되받아쳤다. 말투는 경쾌한 주제에 느렸다. 페어리의 느릿한 춤사위를 연상시키는 그 억양이 어쩐지 낯에 익었다.

타라는 벨벳 성에서 자신을 소개해야 하는 상황이 익숙지 않아서 어기적거리며 말했다.

"전, 타라인데요……."

"타라?"

남자가 그녀의 이름을 되풀이해 말했다. 그의 투명한 눈빛은 매혹적이면서도 마주하기가 버거웠다. 타라는 홀린 듯이 그를 올려다보았다. 사람을 삼키는 말간 호수 같다.

"난 들어 본 적 없는데? 조그만 여자애가 쥬다 이름을 툭툭 부르고……."

그가 고개를 갸웃대며 사막여우처럼 걸어온다. 의심하는 게 분명한데 상대방에게 그것을 느끼지 못하게 하는 건 그의 많은 잔재주 중 하나였다.

여러모로 수상한 여자애. 하지만 어수룩한 게 몰래 숨어든 침입자라든가 적의 앞잡이는 아니었다. 차림새부터 뽀얀 낯이 귀하게 다룬 백자 도자기 같은 게, 그런 부류와도 거리가 멀었다. 특히……,

─쥬다! 어?

쥬다를 이름으로 불러? 이 계집애 대체 정체가 뭘까.

어슬렁어슬렁 근처까지 다가갔던 그는 즉각 코를 벌름거렸다. 맛 좋은 냄새가 콧속으로 훅 들어온다. 얄팍한 손가락이 쭉 타라가 든 도시락 바구니를 가리켰다.

"그건 뭐야?"

"이건 도시락……."

"호오, 잘됐네."

남자는 손뼉을 치며 좋아했다. 잘됐다고? 뭐가? 타라가 눈썹을 작게 찌푸리자마자 화들짝 놀랐다. 그의 손이 어느새 바구니 뚜껑을 열어젖히고 안으로 들어와 있었다. 반사적으로 빽 소리쳤다.

"이게 무슨 짓이에요?!"

"배고파. 한 입만."

"안 돼요!"

타라가 재빨리 도시락을 사수하려 애썼지만 마치 뱀처럼 탁 샌드위치 하나를 빼 가서는 덥석 입 안에 넣는다.

아, 안 돼! 내, 아니 이델의 샌드위치! 망연자실한 타라의 앞에서 순식간에 반절을 게 눈 감추듯 먹어 치운 남자가 호, 입꼬리를 올렸다.

"이거 이델의 손맛인데? 야, 너 정말 이 성 식구니?"

"네! 그러는 당신이야말로 누군데요?! 나도 당신처럼 예의 없고 이상한 사람 이야기는 들어 본 적 없어요!"

잔뜩 흥분하고 속이 상한 타라가 저도 모르게 빽 화를 냈다. 작은 얼굴이 벌게져서는 붉으락푸르락하는 게 톡 찌르면 금방 펑 터질 것만 같다. 나머지 샌드위치를 입속에 구겨 넣은 그가 소스를 혀로 핥으며 화난 타라를 내려다보았다.

"난 이 성에서 가장 오랫동안 산 사람이야."

요상해지는 타라의 표정을 관찰하는 눈이 영롱하게 반짝였다.

"현 성주보다 더 예전부터."

벨벳 성에 쥬다보다 더 오래 살았다고? 그럼 몇 살이야…… 가 아니라! 타라가 무어라 말하려는 순간 정체불명 청년의 얼굴에 이채가 서렸다. 이봐, 너…… 황당하고 가벼운 공기가 일순 멎었다. 오직 새파랗게 가라앉은 저 눈뿐이다.

그의 손이 저에게로 뻗쳐지는 걸 붉은 눈이 놀라서 바라보았다. 까칠한 천이 감긴 손가락이 턱 끝을 스치듯 지나 아래로 내려간다. 솜털이 오소소 선 목덜미, 푸른 보석 위로.

채 닿기 전, 돌연 익숙한 목소리가 그것을 낚아챘다.

"뭐하나."

그의 눈이 희희낙락 웃으며 제 위로 향하자 타라도 위를 올려다보았다. 서늘한 손길이 머리 위에 얹혀졌다. 타라를 제 품으로 당긴 쥬다가 무표정하게 청년을 굽어보았다.

"언제 왔지."

응? 진짜 아는 사이? 타라가 놀라서 엉겁결에 물었다.

"쥬다, 아는 사람이에요?"

"가끔은 애석하게도."

쥬다는 혀를 차고는 저에게 딱 붙은 타라의 모습을 훑었다. 소박한 들꽃을 엮어 만든 화환처럼 아기자기하니 꾸민 그녀는 어여뻤다. 손길을 기다리는 초가을 들국화처럼. 그가 훈훈해진 얼굴로 그녀를 한 팔에 안아 들자 타라가 잇따라 묻는다.

"누구?"

"내 수하."

"쥬다, 그 꼬맹이 뭐예요?"

"그런 것치고는 버릇없는 놈이지."

태연자약한 질문을 무시하며 쥬다가 대략적인 설명을 마무리했다. 어쨌건 신원 보증은 된 셈이니 타라는 긴장과 경계가 풀렸지만 꽁한 게 완전히 사그라들지는 않은 채 남자를 힐끔거렸다. 그는 머리를 긁적이며 중얼거렸다.

"흠, 이거 내가 이방인인 느낌인데."

"일단 그 꼴부터 단정히 해라. 비루먹은 거지 같으니."

"어쩔 수 없잖아요. 저 사막을 걸어왔는데."

"어쩌라고."

딱딱 끊어지는 쥬다의 말에도 남자는 나긋하고 제 방인 양 평안하기만 했다. 타라는 기민하게 그들 사이에 흐르는 묘한 친숙함을 감지했다.

이 낯선 사람을 대하는 쥬다의 태도에서는 약간 남다른 데가 있었다. 무어라 종잡을 수는 없었지만.

괜스레 타라가 쥬다에게 머리를 묻자 그가 그녀의 머리칼을 쓸어내렸다. 그것에 사르르 풀려서 그녀의 기분이 좋아지려 했지만,

그 표정을 빤히 응시하는 물빛 눈동자와 마주치자 그쳤다. 타라는 얼른 입꼬리를 내렸다.

그리고 대뜸 그 남자가 폭탄을 터뜨렸다.

"이봐요, 주인. *예혼제(豫婚制)에 관심 있었어요?"

(*정식으로 혼례를 치르기 전에 미리 데려다가 데릴사위나 민며느리로 삼던 제도.)

잠깐 타라는 그게 무슨 뜻인지 자각도 못 했다. 하지만 쥬다의 살얼음 같은 표정을 보고 나서야 한 박자 늦게 이해되었다. 타라가 벌게져서 입만 뻐끔거리는데 쥬다가 제 이마를 꾹꾹 누르며 이갈 듯 말했다.

"그 주둥아리 좀 조심할 수 없나. 어째 나이를 그리 처먹어도 변함이 없는지 모르겠어."

"헤에, 아니에요? 딱 그건 줄 알았는데."

그가 신기하다는 듯 타라를 이리저리 뜯어보았다. 꿈처럼 몽환적인 얼굴이었지만 갈라보는 시선은 예리했다.

"쥬다가 그런 표정 짓는 거 처음 보는데…… 어린 신부님은 어디에서 왔어?"

"입방정."

쥬다가 살벌하게 말을 잘랐다. 그가 항복하듯 손을 올린다. 거기에는 다른 샌드위치가 하나 더 들려 있었다.

아, 어느새! 타라가 왈칵 삿대질했다.

"내 샌드위치!"

"굶어 죽을 것 같아. 한 입만."

"한 입만이 아니잖아요!"

저 분홍 냅킨으로 싼 건 특별히 쥬다 건데! 타라는 눈매를 모으고 시근덕거리며 발을 굴렀다. 저 사람 이상해! 엄청!

누군가를 먼저 싫어하거나 미워해 본 적이 없던 그녀는 이걸 어떻게 표출해야 할지 몰라 낑낑거렸다. 그래서 아무 말이나 내뱉었다.

"싫어."

최소한 지금은 진짜로. 약이 오르고 화딱지가 난다. 눈에 힘을 주고 있자니 갑자기 시야에 검은 그늘이 졌다. 막 피어오르는 불을 덮어 끄는 것만 같았다. 소녀의 눈을 가린 쥬다가 느릿하게 토닥이며 말했다.

"이번 기회에 알아 둬라. 바보를 진심으로 상대해 봤자 같은 바보밖에 안 된다. 속상해할 필요 없어. 저깟 거 얼마든지 만들어 줄 테니."

"쥬다에게 주려고 했단 말이에요."

야채와 재료는 이델이 다 했지만 위에 올리는 건 타라가 했다. 얼마나 정성껏 쌓았는지 저 사람이 어떻게 알아. 꿍얼거리는 조그만 목소리를 어찌 들었는지 손바닥을 홱 걷은 쥬다가 빤히 소녀를 내려다보았다. 입술을 삐딱하게 올린 그가 픽 웃었다.

"네가 직접?"

"응. 딱 하나만 만들었는데……."

"착하네."

손이 아직 야무지지 못해서 그랬다는 거였지만 쥬다는 저 좋을 대로 받아들였다. 이리하여 '저깟 거'를 가로챈 바보는 쳐죽일 대상이 되었다.

"그럼 저걸 어떻게 죽여 줄까."

좁혀 드는 살기를 느낀 그가 콜록거리며 얼른 뒤로 빠졌지만 푸른 불꽃이 넘실거리며 덮쳐 왔다. 신기에 가까운 빠르기로 회피하고, 남은 빵 쪼가리를 꿀꺽 삼킨 후 황당해하며 소리친다.

"겨우 빵 하나 가지고 치사하게 이러기야?"

"닥쳐."

"진심으로 상대할 필요 없다며!"

"가끔은 얼간이라서 죽는 경우도 있는 법이지."

쥬다가 악마처럼 웃으며 손가락을 튕겼다.

그가 과격한 모습을 보일 때마다 안절부절못하고 겁을 먹던 타라는 처음으로 이상한 만족감을 느꼈다. 그러니까 뭐라고 해야 하나. 쌤통?

*   *   *

"비제?"

타라가 머리를 빗겨 주는 이델을 올려다보며 물었다. 가는 머리카락들을 부드럽게 정돈해 주던 이델이 어깨를 으쓱거렸다.

"어찌 보면 쥬다 님의 첫 번째 수족(手足)이죠. 검술로는 서부에서 1인자이고, 대륙 전체로 따지면 다섯 손가락 안에 들걸요? 동부의 기사왕(騎士王)과 반나절 넘게 검을 맞대고도 쉬이 결판이 안 났다고 하니까요. 몇 해 전에는 큰 사고를 쳤지만요."

"큰 사고요?"

결국, 소풍은 미뤄지고 샤워 후 거울 앞에 앉아 머리를 말리던 중이었다. 타라는 가슴속 부푼 거품들이 꺼져 버린 듯 허하니 아쉬웠지만, 오늘도 사랑하는 사람들에게 가득 칭찬 받은 날이니 만족하자고 속으로 다독였다.

사실 낯선 그 남자 때문에 소소한 기대는 화와 호기심, 놀람에 밀려 다 까먹어 버렸다. 이델이 향유 병을 열다 말고 기억났다는 듯 말했다.

"그러고 보니 타라 님과도 연이 있네요."

"……?"

"비제가 한 5년 전, 클레멤논 왕의 망나니 아들과 크게 싸움이 난 적 있거든요. 시비는 그쪽에서 걸었다지만 정신없이 얻어맞고 허수아비가 된 건 그 멍청이여서 여러모로 중앙 왕국의 꼴이 우습게 되었어요. 노발대발한 쥬다 님에게 영토도 얼마간 내주고 품위는 품위대로 손상되었으니까요."

그리고 협상 도중 얼떨결에 타라는 벨벳 성으로 보내지게 되었다. 결국 쥬다를 만나게 된 것도 그 덕분이란 소리에 드는 감상은 떨떠름하고 오묘했다.

"그 일 때문에 분위기가 안 좋았던 거군요……."

클레멤논 왕에게는 아델하이트 여왕 이전에도 여러 애인이 있었고, 그들로부터 꽤 많은 자식을 얻었다고 한다. 어찌 된 영문인지 전부 말썽거리일 뿐 특출 난 이가 하나도 없어서 그렇지.

아델하이트가 왕과 성혼한 뒤로 왕의 자식들은 대다수 겨울 성 밖으로 독립해 나갔다. 여왕이 청소하듯 내쫓은 것과 다름없었지 만.

아무튼 타라의 경우가 특이했지, 왕족이란 귀했고 고귀족들은 각자의 가문에 소속되어 있는 사과나무와 다를 바가 없다. 많은 사 과가 열릴수록 풍요와 영광은 보장된다. 종자를 심을 가치는 있지 않겠는가.

그중 한 바보가 민감한 지역에서 해프닝을 일으켰고, 중앙 왕국 은 거기에서 완전히 발을 뺄 수 없었던 것이다.

무려 몇 년 만에 알게 된 사실이었다. 당시 먹구름이 낀 것처럼 어두운 귀족들의 기색, 절절매는 하인과 하녀들, 그 모두의 눈치를 보면서 숨을 죽이던 타라였으니 진상이 뭔지 알 턱이 없었다.

"어떻게 보면 내 은인이네요."

만약 겨울 성을 떠나지 못했다면 쭉 그 자리에서 지금까지 버텨 야 했으리라 생각하니 오싹 소름이 돋았다.

"그런 걸 생각하면 고마워해야 하는데."

천연덕스럽게 샌드위치에 손을 대던 곱상한 낯짝을 생각하니 갑 자기 짜증과 비슷한 게 올라왔다. 천적을 만난 다람쥐가 이러할까.

타라는 뾰로통하게 볼을 부풀리다가 머리 손질이 끝나자 내려왔 다. 탁자 밑에 엎드려 있던 준이 어슬렁어슬렁 소녀를 따라와서 침 대 옆에 누웠다. 벌써 창밖은 준의 털 빛깔처럼 검디검었다.

잠들 때가 되자 약간 우울해졌다. 결국 소풍 못 갔구나. 꾸물꾸 물 자러 기어들어 간 타라의 뺨을 다독인 이델에게 굿나잇 인사를 하자 기분 좋은 눈웃음이 돌아왔다.

"잘 자요, 우리 예쁜 타라 님."

오늘 정말 예뻤어요.

불이 후 꺼졌다. 배시시 미소를 띠고 옆으로 돌아누웠다. 익숙하고 폭신한 침구에 감겨 잠에 빠져들 무렵, 얕은 불빛이 얼굴 언저리에서 맴돌고 있는 것이 느껴졌다.

타라가 눈을 비비자 그 빛이 싹 사라졌다. 다시 떠진 시야에는 달빛이 촘촘히 내려앉은 사내의 실루엣이 보였다. 그가 빈 등불을 테이블에 내려놓고 타라의 부스스한 머리에 손을 뻗었다.

"쥬다?"

비둘기의 깃처럼 긴 손가락이 부드럽게 얽혀 들어간다. 그의 나직한 목소리가 밤공기를 타고 들려오는 먼 종소리처럼 울렸다.

"내가 깨웠나?"

"으응, 아니요."

그의 입술이 희미하게 휘는 것도 같았다. 거짓말은. 다독이는 그의 손길이 좋아서 타라는 뒤척거림 하나 없이 잠자코 있었다. 하품하지 않으려 눈을 자주 깜박거렸다.

밤에 이리 보는 쥬다는 독특하게 미려한 향을 풍겼다. 처음 그와 조용한 밤에 마주쳤을 때부터 그랬다. 고요하게 뜬 달그림자, 파동한 점 없이 흘러가는 수면처럼.

이상할 만큼 그를 볼 때마다 가장 외롭고 쓸쓸한 차가움이 가슴에 사무치게 되어서 그럴 것이다. 타라가 속삭였다.

"어쩐 일이세요?"

"그냥."

쥬다는 무미건조하게 답했다. 그저 보고 싶어서 ─ 같은 달큰한 말은 영영 나올 일이 없겠지. 그는 그런 사람이 아니니까. 하지만 좋았다. 나쁘지 않다.

이렇게 그는 나를 보러 왔다.

타라는 입을 다물고 제 후견인을 뚫어져라 쳐다보다 중얼거렸다.

"쥬다와 꼭 가고 싶었는데."

"뭘."

"소풍이요."

잠시 침묵하다 쥬다는 조용한 입매를 움직였다.

"더 좋은 날에 가자."

소풍. 타라는 참지 못하고 웃었다.

"좋아요."

"그래."

"비 오는 날도 좋고, 안개 낀 날도, 먹구름이 가득한 날도 좋아요."

"그러든가."

"나는 다 좋아요."

어슴푸레하게 빛나는 은청안이 그녀를 물끄러미 바라본다. 그저 귀한 그릇을 보듯, 또한 어처구니없이.

"그 정도 지났으면 이제 싫은 것, 안 좋은 것 가릴 때도 되지 않았나?"

"쥬다랑은 뭐든 좋은데요?"

"말을 말자. 새끼 여우야."

그가 고개를 가로저으며 그녀의 겨드랑이에 손을 끼워 침대 밑에 내려 주었다. 슬리퍼에 정확히 두 발이 들어가는 게 신기할 정도로 섬세한 동작이었다.

어찌 된 일인지 조그만 기색에도 번쩍 눈을 뜨던 준은 깊이 곯아떨어져 있었다. 숄을 그녀의 어깨에 둘러 주며 손을 잡은 쥬다가 자연히 발길을 옮기자 타라가 물었다.

"어디를 가요?"

"좋은 곳."

아. 어디 가는지 알겠다. 타라가 신이 나서 살랑살랑 뛰며 따라오자 쥬다가 낮게 웃었다. 잘 듣지 않으면 밤에 묻혀 스러질 듯 나지막하다. 아, 좋아. 저 소리.

사실 다 좋아. 그의 말대로 몇 년이 흐른다 해도 타라는 좋은 것 싫은 것도 분간 못 하는 바보일 것이다. 그에 관련된 것들은 전부.

익숙하게 비밀 통로들을 지나 그곳에 도착했다. 타라와 쥬다만이 갈 수 있는 아름다운 정원. 오늘도 물결치는 들판과 흰 껍질의 나무들, 자색 하늘에 떠 있는 달은 아름다웠다. 둥그스름하며 한 편이 약간 깎인 달빛을 보던 타라가 문득 궁금해져서 물었다.

"그런데요, 쥬다. 어떻게 이 깊은 지하에 저런 달이 뜰 수가 있어요? 마법이라고 하기에는 너무 자연스럽고, 실제 달이라고 하기에는 조금 특이해요. 초승달이 뜰 때도 보름달이 걸려 있잖아요. 아니, 지금은 아주 조금 줄어든 것도 같고."

한 귀퉁이가 엷게 접힌 달을 보니 신기했다. 내내 보름달이었는데 다른 달도 뜨는구나, 하고.

쥬다의 대답은 저 일말의 줄어든 편린만큼 표나지 않게 늦게 들려왔다.

"달이 차면 언젠가 기우는 거다. 그건 순리야."

타라는 몽환적인 정원을 등지고 선 그 마법사의 목소리에 그를 돌아보았지만, 그림자에 덮인 까마득한 위에 있는 그의 표정은 잘 보이지를 않았다.

타라는 자각도 하지 못한 채 속삭이듯 제가 느낀 바를 말했다.

"순리라지만…… 그건 슬프게 들려요."

"뭐가. 어차피 달이야 다시 뜨는데."

구름의 방향이 바뀌면서 쥬다의 냉철한 얼굴이 드러났다. 언제나처럼 만물을 재단하는 재판관인 양 서느렇다. 아마 평소의 타라라면 그가 무슨 말을 하든 수긍했으리라. 하지만 괜히 그러기 싫어서 입술을 삐죽거렸다.

"그래도…… 저건 진짜 달이 아니잖아요."

"진짜 맞아."

"정말요?"

"현실에 존재하고 누군가에게 진실된 의미를 가진다면 진짜겠지."

타라는 그의 손에 이끌려 꿈결 같은 그곳을 걸었다. 사락사락 풀이 밟히는 소리, 반딧불이와 풀벌레의 노랫소리, 무어라 형언할 수 없는 싱그럽고 단 향이 폐부 속으로 밀려 들어온다.

거품처럼 부드럽게, 피할 수 없이 환상적인 모든 것들이 오감을 저만의 색채들로 칠해 간다. 타라는 그의 손가락에 쥐어진 제 손마디에 더 따끈한 힘을 주어 깍지를 꼈다.

자개가 돋아나듯 허연 나무들과 꽃향기 그득한 바람, 허하고 단아한 달. 무섭도록 아름다운 것들을 보다 보면 마치 그들에게 빨려 들어가 다시는 못 나올 것 같은 기묘한 경도감이 생긴다.

이곳이 그러했고, 그녀의 손을 잡고 있는 그가 그러했다. 솜털이 곤두선 작은 귀에 그의 목소리가 감겨 왔다.

"이 정원은 이 거칠고 황량한 대지의 모든 시간들이 갇혀 있는 곳이다. 그러니 나의 시간, 너의 시간, 너와 나의 시간도 여기에 고여 가고 있는 거야. 그러니 저 달도 진짜다."

너와 내가 허상이 아니듯.

수천 수억 년이 흘러도 우리의 시간이 거짓으로 변질하는 게 아닌 것처럼.

우리가 인지하는 모든 것들 속에서 우리의 시간은 흘러가고, 그런 방식으로 숨 쉬고 있다.

"쥬다."

당신과 나의 시간.

타라는 손을 만지작거리며 불쑥 물었다. 조그만 이파리에 잎맥을 따라 이슬이 알알이 맺히듯 맞붙은 손이 축축했다.

"내가 자라는 게 싫어요?"

쥬다의 빤한 시선을 피해 고개를 숙였다. 커 버린 나는 별로인가요? 더 이상 귀엽지도 않고 볼품없을까요? 딸은 어미를 닮는다는데 그녀와 비슷해져 갈 나는 보기 싫나요?

"아니 그냥…… 안 자라도 된다고, 안 컸으면 좋겠다고 그래서……."

"아니."

기대도 못 한 단호함에 타라가 번쩍 고개를 들었다. 그리고 그를 보고 말문이 막혔다. 어떤 생각도 들지 않았다.

"그 반대다. 난 항상 네가 자라는 걸 기다려 왔어."

"정말요?"

"예뻐. 성인이 된 너는 예쁠 거다."

그렇지 않은 적이 없었지만.

"타라."

막 대지에서 새로 싹튼 태양의 색을 띤 눈동자를 내려다보며 그는 오래전부터 생각해 왔던 말을 했다.

"생일 축하한다."

타라는 잠시 아무 말도 못 하다가 겨우 잠겨 가는 목소리로 말했다.

"제 생일은 좀 더 남았잖아요."

"공식적으로는 그렇지. 하지만 진짜는 오늘이지 않나."

이제는 먹먹함도 완전히 틀어막혔다. 아무도 몰랐다.

타라의 생일이 두 개인 이유는, 겨울 성의 명부 기록관이 타라가 태어났을 때 술을 진탕 먹고 뻗어서고, 팔삭둥이로 태어나 비실비실하니 곧 죽을 아이 뭐하러 적어 올리나, 모든 이들이 그리 생각했기 때문이었다.

타라가 질기게 살아남자 왕의 심기를 어지럽힐까 봐 다시 또 미뤄졌다. 결국 타라는 기록상에 존재하지 않는 아이로 세 달하고 14일의 시간 동안 살았다. 기록관이 가물가물한 기억으로 뒤늦게 그녀의 이름을 올렸을 때가 타라의 생일이 되었다.

타라가 제 진짜 생일을 아는 이유는 순전히, 델피가 성 나르가의 축일 둘째 날을 위해 기운 모자가 떨어지자 화가 나서 양동이를 걷어찼더니, 갓 태어난 아기가 빼액 울어 대서 잠을 못 잤다고 몇 번이고 구시렁거리는 걸 들었기 때문이었다.

아주 가끔, 아무도 챙겨 주지 않는 생일을 자각할 때면 먼지 낀 바닥에 가장 먹고 싶어 하는 음식, 가지고 싶은 물건을 썼고, 그리고 짧은 자축을 했다. 때로 그것은 먹음직스러운 케이크, 예쁜 인형, 닭고기가 잔뜩 들어간 수프였다.

언제 눈물이 고였을까. 타라는 그렁그렁한 눈을 깜박이며 소곤거렸다.

"어떻게, 어떻게 알았어요?"

"나만의 방법이 있다고 해 두지."

궁금했지만 더 묻지 않았다. 쥬다니까 그런 게 있겠지 해서다. 그들은 일곱 번째 석비 앞에서 구름처럼 그득 핀 하얀 안개 꽃밭에 앉았다. 달은 여전히 밝다. 타라는 배시시 웃었다.

"고마워요."

흰 튤립 꽃망울을 닮은 소녀의 낯은 고왔다. 아직 다 피지 않아 애처로운 계집아이. 그래서 아쉽고, 덜컹거리는 안도감이 느껴지는. 월식이 걷히듯 그의 눈이 달라졌다. 혹은, 드러났다.

타라는 제 뺨에 와 닿은 손가락의 차고 더운 온기를 낯설다 여겼다. 깡깡 얼어붙은 얼음에 화상을 입듯이, 화끈거리고 싸늘했다.

"쥬다?"

아니. 낯선 것은 저 눈일 것이다. 말랑한 눈덩이 위로 숨결이 느껴졌다. 서리꽃이 피듯 엷게 흩어지다, 이마에 말캉한 더위가 내려앉았다. 절대 불가한 중력에 끌려 낙하하는 바위처럼, 가슴 언저리도 쿵 내려앉는다.

타라가 푸드덕대는 심장을 안고 그를 보았을 때는 그는 이미 돌아서 있었다.

그녀는 홀린 듯 그를 바라보았다. 이 정도 입맞춤은 그들에게 일상인 일이다. 그러나…… 대체 무슨 일이 일어난 걸까.

타라가 따라오지 않자 발걸음이 멈춘다. 그녀는 벌떡 일어나 홀린 듯 팔랑팔랑 그에게로 갔다.

수천 가지 은하수가 교차하는 어지러운 그 밤, 소녀는 성인이 되었다.

*   *   *

타라는 벌떡 일어나자마자 비몽사몽 굴러떨어지듯 내려가 슬리퍼를 신고 밖으로 나갔다. 비틀비틀 벽에 부딪치려는 걸 따라 나온 쥰이 원피스 끝을 잡아당겨 말을 몰듯 반듯이 걷게 했다.

타라는 검은 개에게 반쯤 몸을 기대고 계단을 내려오며 늘어지게 하품을 했다. 아, 졸리다. 더 자고 싶어.

[주인아. 이럴 거면 그냥 들어가서 더 자지 그러냐.]

준이 터벅터벅 계단을 내려가는 타라에게 따라붙으며 투덜거렸다. 타라는 고개를 저었다.

"이제 늦잠 안 잘 거예요."

성인이 되었으니 이제 어른처럼 행동할 거다!

타라가 눈을 비비며 계단 아래에 섰다. 습관처럼 자연스레 안티오크를 부르려다가 그가 한창 쥬다의 시중을 들고 성 전체를 깨우고 있을 거라는 데 생각이 미쳤다.

아, 바쁘겠구나. 판단 착오다. 타라는 풀이 죽어 콧등을 찡그렸다.

"뭐해?"

"아니, 키를 재야 하는데…… 꺅!"

제 바로 위에서 들린 목소리에 무심코 대답했던 타라가 놀라 소리를 질렀다. 새벽하늘처럼 맑고 푸른 눈이 바로 지척에서 내려다보고 있었다.

"깜짝 놀랐잖아요, 그……."

"비제, 맞아."

해바라기처럼 굽어보던 청년이 허리를 펴며 태평하게 대꾸했다. 타라는 그 희끄무레한 낯을 멍하니 쳐다봤다. 푸르른 눈동자와 연홍빛의 머리칼, 덜 마른 흰 석고에 얇은 칼로 매끈하게 다듬은 듯한 생김새는 확실히 홀릴 만한 구석이 있었다.

이렇게 잘생긴 남자는 처음 보았다. 그러니까, 쥬다도 있지만 그와는 뭔가 다른 느낌의……

눈을 여러 번 깜박이는 타라에게 비제가 알 만하다는 듯이 픽 눈웃음쳤다. 약이 오른다. 그녀는 입술을 삐죽거리며 달아올랐던 얼굴을 다른 쪽으로 돌렸다.

"일찍 일어나셨네요."

"보통 다들 이때쯤 일어나잖아?"

"……."

그건 그렇다. 이 사람은 왜 이렇게 하는 말마다 마음에 안 들까. 다시 콧등을 찡그렸다. 비제가 나른하게 지적했다.

"어린애가 인상을 참 많이도 써."

"인상 안 썼는데요. 그리고 어린애 아니고요."

"거짓말하는 건 나쁜 애인데."

쥬다가 그건 안 가르쳐 줬나 봐. 흥얼거리듯 중얼거린다. 저 투명한 눈 빛깔 탓인지 그는 시선을 마주하고 있으면서도 이곳에 주의를 기울이지 않는 것 같은 느낌을 주었다.

좋게 해석하자면 신비롭고, 나쁘게 하자면 기분이 별로 유쾌하지 않았다.

타라는 꿍한 표정으로 꾸벅 인사하고는 자리를 뜨려 했다. 긴 팔이 앞을 막지 않았다면. 타라가 어이가 없어서 진짜로 인상을 쓰고 휙 도끼눈을 떴다.

"왜요?"

"키 재려는 거 아니었어? 내가 해 줄게."

"됐어요."

타라가 앙칼지게 대꾸했다. 그리 말하고도 저가 놀랐다. 아니 내 목소리가 왜 이러지? 약간 충격을 받아 멍한데 비제는 기분 상한 기색도 없이 친절하게 소녀의 어깨를 부드럽게 잡고 벽에 반듯이 서게 했다.

얼떨떨한 타라의 정수리에 놀랄 만큼 딱딱한 손이 내려앉고, 사각사각 분필이 그어지는 소리가 났다. 타라는 힐끔 고개를 숙이고 눈을 내리깐 남자를 바라보았다. 살굿빛의 반지르르한 머리칼은 물기가 말라 가는 듯 윤이 흘렀고, 깎아지른 턱은 희고 고상했다.

성격이 조금 이상한 것 같지만 예쁘긴 참 예쁜 사람이다.

그러함에도 불구하고 유감스럽게도 그에게 썩 호감이 안 간다는 것이다. 쥬다의 측근이고 타라를 대하는 태도는 호의에 가까웠으나 그에게서는 어딘가 타라의 경계심을 부추기는 냄새가 났다. 왜 그러지? 단순히 첫인상이 별로여서?

비제가 분필을 계단참 끝에 올리고 손을 털자 타라는 얼른 그의 아래서 빠져나왔다.

두 사람은 서로를 마주 보았다. 잠옷 바람의 소녀, 바지춤에 손을 끼워 넣은 한량 같은 청년.

"아저씨는 이 성에서 오래 살았어요?"

"응."

"쥬다는 어떻게 만났는데요?"

비제는 입가에 묘한 미소를 띄웠다. 처음으로.

"그게 왜 궁금하지?"

"그냥요. 물어보면 안 돼요?"

"아니, 뭐. 안 될 건 없지."

그가 고개를 기울이자 불그스름한 머리칼이 하얀 이마 위로 늘어졌다.

"난 원래 이 성의 하인이었어. 그저 이곳의 주인이 쥬다로 바뀌었고, 자연스레 그가 내 새 주인이 되었을 뿐이야."

"하인이요? 기사라고 들었는데."

타라의 눈이 그의 허리춤에 걸려 있는 검으로 향했다. 비제가 킬킬거렸다.

"시키는 대로 다 하는 게 하인이지."

"그런데요……."

"궁금한 게 많은 소녀네."

"왜 쥬다를 이름으로 불러요? 다들 존칭을 쓰는데."

유치한 심리일지도 모른다. 하지만 타라는 자신 외에 그를 이름으로 부르는 이를 처음 보았다. 비제는 심드렁하게 받았다.

"처음부터 그랬고, 당사자도 별말 안 했으니까."

그건 타라도 그랬다. 내심 그것에 기뻤던 타라는 비제의 말을 듣자 별안간 아무나 그래도 별로 상관없었던 것 아닐까 싶어 기분이 울적해졌다. 아, 괜히 물었어. 시시각각 변하는 작고 하얀 얼굴을 구경하던 비제가 픽 웃었다. 귀여운 꼬마네.

"그럼 이제 내가 질문할 차례인가?"

"네?"

"얘 봐라. 그럼 날름 너만 물어 대고 빠지려고?"

쥬다가 가정 교육을 잘 시켰네. 무양심적인 게 딱 닮았어. 비제가 가벼운 야유를 던지자 타라는 울컥해서 소리쳤다.

"하세요! 누가 안 한댔어요?"

"그럼 사양 안 하고 질문 하나. 너 쥬다랑 무슨 사이야?"

"쥬다가 내 후견인이죠?"

"그런 거 말고."

"……?"

옹달샘 속의 물고기 같은 눈매가 둥글게 휘었다. 갸름한 벽안 언저리만 슬며시 보이고 반달처럼 접히는 게 꼭 여우의 웃음 같다.

"남녀 사이야? 쥬다가 애 취향은 아닐 테니 미래형으로? 가끔 같이 자기도 한다면서."

"무, 무, 무슨!? 아니에요!"

타라가 뻥 터질 것처럼 얼굴이 시뻘게져서 바락 소리를 질렀다. 발작적인 부정을 예리하게 관찰하던 비제가 흠, 고개를 끄덕였다.

"뭐, 아직은 아닌가 보네. 하긴 애가 지금은 어리니."

이게 대체 무슨 소리야? 공황 상태에 빠진 타라가 다급하게 다다다 변명했다.

"그건, 그건! 제가 자주 악몽을 꿔서요! 그래서 쥬다가 재워 주는 거예요! 아니 대체 무슨 생각으로 그런 말을!"

"너 스무 살이라며? 그 정도 나이면 이런 소리 나오는 게 당연한 거 아닌가?"

말문이 턱 막힌 타라를 훑으며 비제가 말을 이었다.

"아직 각성기가 안 왔다뿐이지, 너. 성인이나 다름없잖아."

이것은 정말이지 새로운 관점이었다. 그녀가 어렸을 적부터 보아 왔던 벨벳 성의 식구들, 쥬다까지 누구 하나 타라를 어엿한 성인 여성으로 대하는 이가 없었다.

우선 그들에게는 타라가 언제나 여린 여자아이라는 인식이 컸고, 시각적으로 타라는 소녀가 맞았다. 하지만 비제는 툭 그들이 모르고 있던, 인지하지 못했던 사실을 지적하고 있는 것이다.

망연하고 복잡한 심정의 타라에게 비제가 두 번째 손가락을 폈다.

"질문 둘. 너 정말 아델하이트의 딸이냐?"

"맞는데요. 그래서요?"

잠깐 멈칫했다가 조금은 날카롭게 반문하는 타라에게 비제가 어깨를 으쓱거렸다.

"아니, 얼핏 보기에 안 닮아서 물어봤어. 그런데 다시 보니까 물을 필요도 없겠는걸. 너 엄마 많이 닮았어. 지금 말고, 좀 어릴 때의 아델하이트."

"내가…… 요?"

처음 들었다. 어머니와 자신이 닮았다니. 항상 안 닮았다는 소리만 못이 박히게 들었는데. 막상 지금에 와서야 듣게 된 건 그리 달갑지 않았다.

보드라운 낯 위로 떠오른 거북함을 그대로 읽은 비제가 미소 지었다.

"엄마를 안 좋아하나 보구나?"

"싫어하지도 않아요."

"그게 싫어하는 거 아닌가."

"미워하지 않는데 그게 어떻게 같아요?"

"닮았다는 게 언짢고, 마음에 들지 않는 정도면 싫어하는 거 맞지. 미움이 극에 달하면 내가 편해지자고 그걸 무시하거든. 어찌 보면 현명해. 평화로운 방식이고. 나는 마음에 들어."

비제가 나긋하게 눈을 기울였다. 사실 개인적으로 피 보는 걸 싫어해서.

타라는 그를 빤히 올려다보다 딱 잘라 말했다.

"거짓말."

"너무 단호하군. 상처받게시리."

투덜거리는 그에게 타라가 쌀쌀맞고 높낮이 없는 음성으로 말했다.

"이제 가 봐도 되죠? 아침 맛있게 드세요."

휙 지나가 버리는 소녀를 따라 빙글 돌아선 비제가 고개를 기울였다. 아무래도 미움을 산 모양이다.

요즘 애들은 학습도 빠르지. 비제가 장난스럽게 입꼬리를 올리며 손가락을 까딱거렸다.

"질문 하나 더. 너 왜 나를 아저씨라고 불러? 암만 봐도 내가 아저씨 소리 들을 정도는 아닌데."

타라가 고개를 돌리더니 방긋 웃었다.

"이 성에서 제일 오래 살았다면서요? 그 정도 나이면 이런 소리 나오는 게 당연한 거 아니에요?"

"······."

이번에는 이쪽이 한 방 먹었다. 그는 멀어지는 작은 머리를 멀거 니 바라보다 피식 웃었다. 고놈 성깔 있네.

*　　*　　*

달그락거리는 식기 소리 외에 조용한 식탁 위는 분위기가 묘했 다.

타라가 아무 말 없이 양상추를 우물거리자 고양이 집사가 홍차 를 따르다 말고 그 모양을 힐끔거렸다. 쥬다가 차를 마시다 말고 울적한 게 분명한 타라에게 물었다.

"무슨 일 있나?"

제 머리만 한 호밀빵을 야금야금 먹던 타라가 고개를 붕붕 젓다 가 빤한 은청안에 돌연 얼굴을 붉혔다. 시선을 내리니 어제 이마에 닿았던 단정한 입술이 보였다.

이상하고 종잡을 수 없는 기분이 증기처럼 뭉게뭉게 피어올랐 다. 그 사람은 이상한 소리를 해 가지고는!

─남녀 사이야? 쥬다가 애 취향은 아닐 테니 미래형으로?

아아아악!

속으로 비명을 지르며 빵 쪼가리를 뚝 떨어뜨렸다. 입맛이 싹 가 셨다. 타라가 허겁지겁 과격하게 샐러드를 푹푹 찌르기 시작하자 쥬다는 눈썹을 올렸고, 이델과 안티오크는 서로를 바라보았다.

묘하고 기이한 시선을 알아차리기에는 타라는 너무 정신이 없었다. 그녀는 감자 샌드위치를 우물거리다가 불쑥 조금 정신이 돌아와 물었다.

"그런데 그 아저씨는 어디 있어요?"

이제 턱을 괴고 뚫어져라 타라를 주시하던 쥬다가 바로 되물었다.

"아저씨?"

"그, 비제란 사람이요."

아침 식사 자리의 공기가 기묘하게 냉각되었다. 세 쌍의 눈이 눈치 보듯 제 쪽으로 모아진 걸 무시하며 쥬다가 입꼬리를 올렸다.

"알아서 뭘 주워 먹건 했겠지."

"아, 네."

밥 잘 먹으라고 했던 건 같이 먹기 싫어서 반사적으로 돌려 말한 건데 그걸 알아들었나? 뭐, 자기 말대로라면 여기서 그렇게 오래 살았다는데 제 밥 정도는 알아서 챙기지 않겠는가. 어쨌건 아침까지 같이 먹었으면 체했을 거다.

"그 비제 아저씨는 대체 몇 살이에요?"

이제 쥬다의 얼굴에 습관 같은 냉소도 가셔 있었다. 그는 알 수 없는 눈으로 타라를 바라보며 입을 열었다.

"나보다는 적지."

"정말요? 이 성에서 제일 오래 살았다고 했는데."

"그놈의 숙부가 부모 없는 그 녀석을 여기로 데려와서 맡아 길렀으니까."

"아."

뭔가 사연이 있나 보다. 괜히 물었나 싶어서 머쓱해하는데 이번에는 쥬다가 질문했다.

"그게 왜 궁금하지? 안 본 새 벌써 친해졌나?"

"아니요!"

타라는 쥬다의 표정을 보고 나서야 저가 필요 이상으로 과민하게 부정했다는 걸 알았다.

"그냥, 물어봤어요. 이상해서."

"뭐가."

"어, 그……."

그 사람이 이상한 소리를 해서 기분이 뒤숭숭해요ー라고 설명하기에는 너무 창피했다. 그것도 쥬다에게? 절대 안 돼! 타라는 두서없이 말했다.

"머리 색도 특이하고…… 이상하잖아요. 꽃잎 같기도 하고, 꼭 연어 살처럼 말랑해요. 아니 눈이 더 특이해. 꼭 물 알갱이처럼 잡티 하나 없는 게 사람이 아닌 것 같은…… 왜 그렇게 봐요, 안티오크?"

차를 따르며 괴상하기 짝이 없는 표정을 짓고 있던 안티오크가 헛기침하며 찻주전자를 물렸다. 홍찻물이 넘쳐흐른 걸 슬쩍 치우며 말한다. 아무것도 아닙니다. 그는 대신 심기가 편해 보이지는 않는 주인의 눈치를 보았다.

"그래서, 그놈이 반반해서 특이하다고?"

"네? 아니 뭐…… 잘생기시기는 했는데……."

잘생기기는 했다. 저절로 눈이 갈 정도로. 끝을 흐리는 타라의 말허리를 자른 쥬다가 빙긋 웃었다.

"그러니까, 정리하자면…… 새로 온 아저씨가 잘생겨서 더 알고 싶고, 궁금하다?"

이쯤 되니 타라도 자신이 넋을 놓고 있는 사이 괴상망측 마구잡이로 질주해 있는 이 상황을 뒤늦게 눈치채게 되었다. 화사한 듯 이를 드러내고 얇은 미소를 짓고 있는 쥬다의 기세가 흉흉했다.

그제야 타라는 놀라서 부정했다. 사실도 아닐 뿐더러 아까 전 일의 연장선상으로 그런 오해는 사양이었다.

"아니에요! 어, 그러니까! 꼭 여우 같다고요! 혹시 그 아저씨도 수족이세요?"

날로 늘어 가는 임기응변으로 타라가 재빨리 질문했다. 비제 여우 수족설에 벨벳 성의 식구들은 전부 풉, 웃음을 터뜨렸다. 암만 보아도 여우상이니 오죽하랴. 이델이 낄낄 웃으며 손사래를 쳤다. 그녀는 눈에는 눈물까지 맺혔다.

"비제가 우리 동족인 줄은 미처 몰랐네요. 하긴 사람 홀리게는 생겼지."

"비유하자면 요부상이죠."

안티오크가 가세해 가차 없이 촌철살인을 날렸다. 이델과 고양이 집사가 서로를 쳐 대며 웃어 대는 사이 쥬다는 안도의 숨을 내쉬는 타라만 응시하고 있었다.

그는 눈을 가늘게 떴지만 이내 다른 곳으로 시선을 돌렸다. 아몬드와 호두, 건포도 등과 같은 견과류를 타라의 플레인 요구르트 위에 뿌려 준 뒤 타라의 의문에 대해 답했다.

"비제는 요정 혼혈이다."

동그랗게 뜨인 타라의 눈을 보며 그가 말을 끝마쳤다.

"모친이 물의 요정이지. 그래서 눈이 '특이'한 거고."

"아. 그랬군요."

이걸로 모든 설명이 되었다. 선원들을 유혹하는 아름다운 목소리를 지녔다는 물의 요정과 퍽 어울렸으니 말이다. 그의 긴 수명과 젊음도 요정의 피가 흐른다면 이해가 되었다.

"요정…… 아."

다른 의문도 하나 해결된 것 같다. 비제는 타라가 본 두 번째 요정이었다. 첫 번째 요정이었던 세랑트에게 죽을 뻔했던 타라였으니 요정 내가 물씬 풍기는 비제에게 거부감을 느꼈을 법도 했다.

줜을 처음 봤을 때 트라우마 때문에 겁에 질려 아무 생각도 안 났던 것처럼. 그리고 타라는 줜 덕분에 이제 개가 무섭지 않았다.

비제는 어떨까. 그로 인해 요정들에 대한 거부감이 가실까? 아니면……

*　　*　　*

하얀 실로 엮은 주렴 사이로 온화한 바람이 불어왔다. 물 진주와 조가비, 작은 풍경이 부대끼며 우는 소리에 가는 손이 그것들을 걷어 내고, 뒤이어 조그만 얼굴이 불쑥 고개를 내민다.

주변을 사르듯 붉은 머리였다. 강렬한 머리칼이 감싼 뽀얀 얼굴은 오목조목 고왔다. 잎사귀를 오려 낸 듯 진초록 눈은 새뜻하고,

긴 귀는 유니콘 뿔처럼 갸름하다. 싱그러운 색채가 넘실거리는 미인이었다.

그녀는 얕게 흔들리는 가마 창틀에 턱을 괴고는 무료한 한숨을 쉬었다.

"대체 언제까지 더 가야 해?"

그녀가 불같은 어머니에 비해 냉정한 성정이라 하나 그건 상대적인 것이었다. 아름다운 불의 요정 브리지트는 흥미 없는 것에 쓰는 시간은 질색이었다. 더구나 마음에도 없는 짝을 구하기 위해서라면 더더욱.

브리지트의 신경질에, 난쟁이 가마꾼들을 독려하고 있던 수행원 야센이 잿빛 유니콘을 몰아 그녀의 곁으로 다가왔다. 그는 수풀 같은 머리칼을 제외하면 눈동자와 피부까지 온몸이 진갈빛인 듬직한 나무의 요정이었다.

오랜 세월 다듬은 단단하고 매끄러운 나무 조각 같은 남자의 눈은 말 없는 숲처럼 고요했다. 실제로 그는 수다스러움과 거리가 멀었다.

"그만 좀 짜증 내십시오. 모두가 당신의 눈치를 보느라 행군이 더 느려지고 있지 않습니까."

"내가 뭘."

브리지트가 팔짱을 끼고 투덜거렸다. 야센이 한숨도 없이 묵직하게 고개를 앞으로 돌렸다.

"곧 서부에 도착합니다. 조금만 참으시길."

"그래. 봄바람이 부는 걸 보니까 네 말이 맞기는 하구나."

그녀가 눈을 가늘게 떴다. 마침 서부는 한창 따뜻한 봄이 도래할 때였다. 아쉽기 그지없다. 이왕 고향을 떠난 김에 그 차갑고 시리기 그지없다는 눈이나 실컷 보았으면 했는데.

오후의 고양이처럼 축 늘어진 그녀의 초록 눈이 묵묵히 말을 몰고 있는 야셴 쪽으로 향했다.

"야셴."

굵고 시원시원한 이목구비의 옆선이 미동도 없는 채로 단단한 씨앗 같은 눈만 이쪽으로 움직였다.

"내 짝은 누가 될까?"

"……"

"응? 말해 봐. 넌 어떨 것 같니."

"제가 어찌 알겠습니까."

"참 성의 없는 사내야. 너 인기 없지?"

"……"

묵묵부답. 브리지트는 기지개를 켜며 벌렁 뒤로 누웠다.

여왕이 사랑하고 아끼는 딸을 위해 특별히 내준 넓은 가마에는 황금 양의 털로 만든 쿠션과 대왕 거미가 짜다 바친 반지르르한 비단, 고왕국의 멸종된 꽃과 곤충이 담긴 크고 작은 색색의 호박 구슬과 숲의 보물들이 가득 쌓여 있었다.

브리지트는 아마 가장 귀중한 보물일 불사조의 깃으로 장식한 부채로 제 얼굴을 부치다가 그마저도 귀찮아서 획 집어 던졌다.

심심하고 따분했다. 사실은, 짜증이 났다. 남부의 날고 기는 훌륭한 신랑감들도 눈에 안 찼는데, 다른 곳으로 간다고 해서 괜찮은 사내가 있을까?

번식기에 접어들었는데도 남자들을 거들떠보지도 않는 딸 탓에
애가 탄 타니아가 백방으로 신랑 후보들을 모아 왔지만 전부 다 삥
삥 차이기만 했다. 일단 브리지트가 내건 조건이 워낙 어처구니가
없을 정도로 높았다.

　—나보다 강해야 되고, 대륙 제일로 잘생겨야 하며, 눈은 호수처럼
　맑고, 어깨도 듬직하고, 성격도 자상하면서 사내답고 가정에 충실하
　며……:

우선적으로 남부 요정의 땅에서 여왕이 후계자로 은연중에 점찍
은 브리지트 공주보다 강한 사내 자체가 손에 꼽았다. 사실상 독신
선언이나 다름이 없었다. 진지하게 딸을 앉혀 두고 귀담아듣던 타
니아는 기가 차서 이리 말했다.

　—넌 눈이 머리에 달렸니? 그쯤 되면 네 남편은 환상의 동물이나
　다름이 없단다.

하지만 브리지트는 태연했다. 그게 뭐? 그럼 내키지도 않은데 아
무 사내와 짝을 이뤄야 한단 말인가?

확실히 저도 이런 부분에서 여타 요정들과 다르게 별나다는 건
그녀도 알았다. 어쩌겠는가, 제 마음이 그런데. 팔베개를 하고 다리
를 까딱거리던 그녀는 돌연 벌떡 일어나 다시 창밖으로 고개를 내

밀었다.

"서부 영주가 그렇게 강하다며? 넌 봤어?"

강하다 — 는 면에서만 보자면 서부의 주인이오, 이티오팔의 무법자 쥬다 또한 그녀의 신랑감 조건에 들기는 했다. 게다가 고귀족이니 후손 문제도 해결된다.

요정들에게 수족을 제외한 모든 종족과의 혼인이 잦은 이유는 반쪽이 이방인의 피라도 대다수의 경우 요정의 아이들이 태어나기 때문이었다. 특히 상대가 고귀족인 경우 거의 구할 이상으로 순혈 요정이 탄생했다.

브리지트의 호기심 섞인 독촉에 야센이 얕은 한숨을 쉬었다.

"전장에서 한번 본 적이 있습니다."

"우와. 정말?"

"두려운 자입니다."

야센은 무어라 더 말할 듯 무거운 입을 뗐다가 결국 다시 다물었다. 더 표현할 방법을 모르겠다는 것처럼.

확실히 그것으로 충분했다. 과묵한 전사인 야센이 거리낌 없이 '두렵다'고 말하는 이는 처음이었다.

그녀는 흠, 턱을 만지며 생각에 잠겼다. 어쩌면 서쪽으로 여행지를 정한 건 잘한 일일지도 모르겠다. 설사 짝을 찾는 것을 실패한다 해도 의미 있는 여행이 될 것 같았다.

"우선 그런 학살자가 가정적일 리가 없잖아."

브리지트는 냉정하게 제 판단을 중얼거렸다. 밖에서는 피를 가득 묻히고 오면서 제 아내와 자식들에게는 상냥하다? 우엑, 암만 저한테 잘해도 뭔가 소름 끼치는…… 그녀는 아름드리 수목을 닮은 야센의 커다란 대검과 도끼를 보면서 말끝을 흐렸다. 그러고는 고개를 갸웃거렸다.

아니다. 반전 매력이 있어서 괜찮은가?

*　　*　　*

"요정족의 공주가 온다고요?"

비제가 사과를 베어 먹다 말고 물었다. 쥬다는 양피지를 넘기며 묵묵부답이었다. 즉, 긍정했다.

허…… 아삭, 깨물어 삼키며 비제는 미간을 찡그렸다.

"여기는 남부처럼 물과 풀이 넘치는 지상 낙원도 아닌데 대체 여기까지는 왜 온답니까?"

"신랑감을 찾는다는군."

이미 저만치 구석에 놓여 있는 타니아의 친필 서한을 깃펜 끝으로 가리키며 쥬다가 말했다. 비제가 흐응, 짓궂게 눈을 휘며 물었다.

"그 공주가 당신을 신랑으로 점찍고 오는 거면 어쩌려고 그렇게 무사태평이래?"

"설마 남부를 이을 후계가 그 정도로 머리에 꽃이 폈을 리가."

"혹시 알아요. 남쪽의 따뜻한 햇볕을 종일 받아서 싹이 텄을지."

비제가 제 머리에 대고 검지를 빙글빙글 돌렸다. 문서의 글자들 위를 맴돌던 은청안이 창가에 앉아 있는 청년 쪽으로 향했다.

잘 익은 과일처럼 진분홍빛이 감도는 머리칼과 나른한 상앗빛 얼굴, 미루나무처럼 뻗은 유려한 사지. 바위 위에 누운 여우처럼 느긋하기 짝이 없는 광경이다. 그러다 문득 한 기억이 떠올랐다.

—머리 색도 특이하고…… 이상하잖아요. 꽃잎 같기도 하고, 꼭 연어 살처럼 말랑해요, 색이. 아니 눈이 더 특이해. 꼭 물 알갱이처럼 잡티 하나 없는 게 사람이 아닌 것 같은…….

—네? 아니 뭐…… 잘생기시기는 했는데…….

조그만 게 벌써 사내 얼굴에 관심이 있나? 쥬다는 냉철하게 고심했다. 그가 알기로 타라는 단 한 번도 이성에 대한 호기심이라든지 연애 감성 같은 걸 드러낸 적이 없었다.

물론 쥬다 역시 그녀에게 그러한 이성 분야를 가르쳐 본 역사가 없다. 뭐하러 알려 주는가? 아직 어린애한테. 교류가 있는 또래 계집애들이 이 성에 있는 것도 아니고…….

"이델."

아니 딱 하나. 타라에게 성교육 같은 걸 해 줄 만한 위인이 한 명 있기는 했다. 게다가 이델의 교육관은 이따금 쥬다와 의견 충돌이 있지 않았는가.

쥬다는 꽉 미간을 찡그렸다. 설마……?

"이델은 왜 찾습니까. 배고파요?"

"……."

이델이 밤마다 겨울 성의 음탕한 귀족들이나 즐겨 볼 법한 붉은 책을 초롱초롱한 눈의 타라 앞에서 펼쳐 보이는 장면을 떠올리던 쥬다가 무표정한 얼굴로 잉크병을 비제에게 집어 던졌다.

보지도 않고 정확한 저격이라 비제는 바로 고개를 틀어 피해야 했다. 살벌한 파공성에 귓바퀴가 얼얼하고 솜털이 빳빳이 곤두선다. 한데도 그는 남은 사과를 마저 먹으며 빙긋 눈웃음쳤다.

"누가 보면 이델이 청혼이라도 한 줄 알겠네. 잘 말려서 늑대 카펫을 만들어도 이상하지 않을 만한 살벌한 얼굴인 거 압니까?"

비제가 지적하든지 말든지 쥬다는 턱을 괸 채 검지로 관자놀이를 두드렸다.

"타라가 이델을 너무 따라서 문제야."

물론 그녀가 타라의 정서적 안정에 많은 기여를 한 건 쥬다도 인지하고 있었다. 하지만 그들의 타라를 아끼는 방식은 그 목표나 방식이 매우 상이했다.

사실상 이델의 뜻과 타라를 위한 말들은 백번 옳다. 이델은 순수하게 타라의 미래와 행복을 원하고 그를 위해 수고를 아끼지 않았다.

하지만 쥬다는?

그 또한 물론 타라의 행복과 안위를 위한다. 그 아이가 항상 웃고, 즐거워하며 해맑은 미소가 온전히 보전되기를 원해. 그러기 위해 필요하다면 세계의 모든 진귀한 부와 행운, 인간이 탐하는 갖은 보배를 티끌 한 점까지 전부 끌어다가 작은 발 앞에 깔아 줄 수도 있었다.

하지만 그녀의 행복한 미래는 언제나 제 손안에서 이뤄져야 한다.

그게 달랐다. 이델이 언젠가 비난하듯 지적했듯이 그의 애정은 그 애를 위한 것이 아니라 순전히 저를 위한 탐욕적인 부류일지도 모른다. 소녀의 사랑스러움은 갈구하듯 독점하고 탐하게 만드는 기이한 마력이 있었으니.

왜곡된 우주의 기형적인 자력과 같은 그런 감각은, 그리 속절없이 빨려드는 느낌은 일생 경험해 보지 못했다. 무생물을 만겁 동안 굶주린 아귀로 탈바꿈시키는 위험한 끌림이었다.

쥬다는 주변의 공기가 멎은 양 무감각한 눈으로 마침내 천천히 자각했다. 어쩌면 뒤늦은 깨달음이었다.

아, 그런가. 그 아이도 곧 성인이 되겠지.

마침내 오고야 만 대지의 끝을 내려다보는 기분으로 그는 타라가 한 살씩 자라나던 지금까지의 기억을 되짚어 보았다.

스물. 어른이라 하기에는 부족하고, 미완성인, 그러나 아이로만 취급하기에는 애매한 그 시기가 목전이다. 벌써―라는 감상이 먼저 들었다. 너무 짧다. 부질없이 빠르다. 아쉽고 아쉬워서 쓰릴 만큼 허할 지경이었다.

―커 봤자 꼬맹이가 꼬맹이지. 그런 거 신경 쓰지 말고 책이나 마저 읽어라.

―이대로도 괜찮으니 자라려고 기를 쓸 필요 없어.

농담과 핀잔인 척하였으나 진심 한 가닥이었으리라. 영원히 아이여도 괜찮을 것 같았다. 네가 불완전한 상태에서 날개가 돋지 못

하고 멈추어도. 그래서 제 품으로 도로 굴러떨어져도 나쁘지 않을 듯했다.

아쉬운 집착인지 겁인지 모를 소용돌이 속에서 그는 막연하게 소녀가 여인으로 자란 모습을 그려 보았다.

결과는 예상외였다.

별빛의 파편처럼 추상적이었으나 뜻 모를 아찔한 만족감이 그를 잠식했다.

쥬다는 더 이상 무표정을 유지할 수 없었다. 아니, 저가 어떤 눈을 하고 있는지 짐작도 되지 않았다.

아. 이런.

이제 나는 네 성장한 모습도 욕심이 나나 보다.

"이봐요, 쥬다? 혹 뭔가를 때려 부수고 싶으면 밖에 나가서 해 주겠습니까? 지금 당신 되게 이상해."

그는 턱을 괸 팔을 풀고 매우 떨떠름하다 못해 꺼림칙해하는 비제 쪽으로 뒤늦게 천천히 시선을 두었다. 하지만 머릿속은 태풍이 휩쓸고 간 뒤의 산란함처럼 여태껏 소란했다.

예쁠 거다. 당연히 예쁘겠지. 내일 필 싱그러운 장미, 고치를 찢고 나올 찬란한 봄 나비의 그것처럼.

언제 깨질지 모르는 부화할 알을 안고 있는 듯했다. 섬뜩할 만치 묘한 설렘이랄까, 교묘하고 교활한 욕망으로 머리가 어지러웠다. 돌연 만사가 귀찮아졌다. 쥬다가 신경질적으로 손을 내저었다.

"나가라. 귀찮으니."

"아니, 세상에. 갑자기 다짜고짜…… 나이 들면 변덕이 죽을 끓는

다더니.”

비제가 상처 입은 척 충격을 받은 표정을 하자 쥬다는 다른 사고를 거칠 것도 없이 문진을 들어 집어 던졌다.

이번에도 그 귀신같은 반사 신경으로 아슬아슬하게 공격을 피한 비제가 씨익 배부른 고양이처럼 입매를 올렸다. 그러나 쥬다는 뿌듯해하는 제 수하에게 냉랭하게 명함으로써 그 기분 좋음을 산산조각 냈다.

“가서 주워 와. 깨끗하게 흠 하나 없이.”

“……방금 댁이 창밖으로 던졌지 않습니까. 명령에도 상도덕이 있는 겁니다.”

“십 초 준다. 하나.”

“와, 양아치네!”

“둘, 셋, 열.”

“잠깐! 으아! 셋에서 열로 바로 뛰는 게 어디 있어?! 쥬다 님아! 으아악!”

기겁하는 비제의 앞으로 온 쥬다가 그의 뒤통수를 후려쳐서 창밖으로 내던졌다. 가까스로 창가에 달라붙은 손가락을 친히 하나하나 찍어서 걸레짝처럼 떨어뜨렸다.

긴 비명이 울리고, 요란한 착지음을 들으며 쥬다는 평온하게 뒤돌아 다시 책상으로 걸어갔다. 나직한 중얼거림이 조용해진 서재를 울렸다.

“이왕이면 낯짝이 곤죽이 되었으면 좋겠는데.”

*　　*　　*

줜이 갑자기 쫑긋 귀를 세우자 타라가 책을 읽다 말고 빼꼼 고개를 들었다. 왜요?

[어디선가 비명 같은 게 들렸어.]

비명? 누가 일하다 다쳤나?

[피 냄새도 안 나고, 비명이 그렇게 처절하지도 않아. 신경 안 써도 될 것 같은데.]

주둥이가 찢어져라 하품을 한 뒤 커다란 검둥개는 눈을 감았다. 케랄인 줜의 감각은 인간의 것을 훨씬 뛰어넘는다. 아마 저 말이 맞을 것이다.

뭐 그렇다면야. 타라는 도로 책을 읽기 시작했다.

그들은 볕이 좋아 밖으로 나와 한가로운 시간을 보내고 있었다. 쥬다가 추천해 준 책 중 한 권을 가지고 나온 타라의 눈이 책 위로 미끄러졌다.

지금 타라가 읽는 책은 율리아 대륙의 전쟁사에 대해 다루고 있었다. 한 시각에서 집중적으로 설명하는 역사서를 보는 건 처음인 탓에 타라는 제법 흥분해 있었다.

황금 갈기의 커다란 사자가 기사들을 물어 죽이는 신화적인 그림체의 삽화를 보고는 콧등을 찡그렸다. 혹시 이 사람이 그 유명한 패왕 욜란드일까?

레오니다스의 아버지. 한편으로는 전쟁광으로 평가절하 되는 전대 수족의 우두머리. 당시 황금 성의 성주이며 동부의 맹주였던 청년 왕, 붉은 기사 존의 창을 맞고 전사했다고 알고 있다.

파죽지세로 밀고 내려오던 북부를 막아선 그 공으로 동부의 젊은 주인은 영웅으로 칭송받았다. 그러나 병으로 요절한 탓에 '청년 왕'이라는 별호가 붙었다고 했지.

타라는 주의 깊게 본 탓에 존의 바랜 초상화와 짧은 일생도 잘 알고 있었다. 그 사람이 여왕 아델하이트의 아버지, 즉, 타라에게는 외할아버지가 되는 자이기 때문이었다.

자신과 같은 피가 흐르는 사람이 역사서에 남는 고명한 인물이라는 사실은 참 이상한 기분이었다.

"살벌한 걸 보고 있네."

"살벌하다니? 이건 역사잖아요."

툭 생각나는 대로 반박하던 타라는 화들짝 놀라 꺅 소리를 질렀다. 하지만 상대는 그녀보다 더 놀란 모양이었다. 비제는 징징 울리는 제 귀를 잡고 검지를 입에 대며 쉬쉬거렸다.

"이봐, 조용히 좀 해 줄래? 안 그러면 네 후견인이 달려올지도 몰라."

그리고 낮잠에서 깨서 으르렁거리는 쥰도 가리켰다. 이왕이면 네 개도 조용히 좀 시키고.

타라는 일단 쥰의 목을 다독이면서 눈을 못마땅하게 떴다. 이 사람은 왜 항상 기척 없이 등장한담.

"왔으면 소리를 내거나 인사를 하셨어야죠. 참 경우가 없으시네요."

"뭔가에 집중하고 있는 사람을 방해하는 건 싫었거든."

비제가 태연하게 대꾸하자 타라는 남몰래 입술을 삐죽였다. 말은 잘해.

"여기까지는 어쩐 일이신가요?"

"친애하는 내 주인이 친히 나를 산책하라고 던져 주었지. 꼭대기 층에서 1층으로."

"……?"

무슨 말인지 모르겠다. 고개를 갸웃하며 타라가 중얼거렸다.

"모두 일하시는 시간인데."

"안티오크야 집사고, 이델은 요리하고 약제도 만들잖아. 다 바쁘지만 애석하게도 당장 내가 할 일은 없네."

좋은 거 아니겠어? 칼 쓸 일이 없다는 거니까.

비제는 빙그레 웃고는 타라의 곁에 앉았다. 쥰은 그에 대한 경계가 수그러들지 않은 듯 타라의 옆에 붙어서 그녀의 무릎 위에 머리를 올렸다. 비제는 즉각 흥미를 보였다.

"케랄이군."

"네. 제 친구예요."

타라는 다정하게 쥰의 머리를 쓰다듬었다.

"특이하네. 주인이라고 해도 그렇게 동네 강아지처럼 따르는 경우는 흔치 않은데. 그것도 이렇게 다 큰 성견이."

"쥰은 착한걸요."

"그게 특이한 거야. 보통 그네들은 안 착하거든."

성격이. 느슨하게 휜 입꼬리와 눈이 젖은 구름처럼 부드럽기 그지없다. 파스텔톤 유화로 그린 삽화처럼 고왔지만 타라는 다른 것이 떠올랐다.

요정 혼혈. 그것도 물의 요정이라고 했지. 책과 이야기로만 접한 요정은 그들의 종족적인 특성상 신비롭고 멀게만 느껴졌다. 타라가 저도 모르게 빤히 봤는지 비제가 그녀를 향해 나긋하게 말을 걸었다.

"왜 그렇게 처다보니?"

"아니요. 뿔도 없고, 생긴 건 사람이랑 똑같다고 생각……."

무심결에 속 얘기를 말한 타라가 입을 벌렸다. 비제는 이번에도 흥미를 보였다.

"쥬다가 내가 하프(half)라는 걸 말했나 보네."

제가 말실수를 했나 싶어 타라는 말없이 고개를 끄덕거렸다. 어쨌건 사람을 앞에 두고 그의 출신에 대해 호기심을 갖고 외양을 살피는 건 무례한 행동이었다.

타라도 그런 취급이 얼마나 불쾌감을 줄 수 있는지 잘 알고 있었다. 그래서 타라는 제 머리를 쓰다듬는 그의 손길을 피하지 않았다.

"의외야. 너 정말 사랑받고 있구나."

타라는 생각보다 이 남자의 손이 따뜻하다고 여겼다. 그에게서 잘 말린 과일처럼 기분 좋은 냄새가 났다. 비제가 툭, 말을 던졌다.

"물어봐."

"네?"

"궁금할 거잖아. 마음대로 물어도 된다는 소리야."

난데없이 굴러온 초콜릿 사탕 같았다. 타라는 덥석 물었다.

"저어, 정말 물의 요정들은 물속에서도 숨을 쉬나요?"

"응. 목덜미에 얇은 비늘 모양의 아가미가 있지."

"진짜요?"

타라가 신기해서 눈을 휘둥그렇게 떴다. 그 순진한 반응에 비제가 키득키득 웃었다. 응, 물론이고말고. 그래서…… 물의 요정이라는 것까지 말했다는 거군. 그는 점점 더 흥미로워졌다.

"나는 혼혈이기는 하지만 인간에 가까워. 잠수를 오래 하는 편이기는 해도 물속에서 살 수는 없지."

"얼마나 오래 물속에 있을 수 있는데요?"

"글쎄. 반나절에서 하루 정도?"

"우와. 그냥 오래 하는 편이 아닌데요."

그 정도면 인간 수준을 이미 훌쩍 뛰어넘은 게 아닌가. 그녀는 순수하게 감탄했다.

"대단하네요."

조그만 새끼 고양이를 구경하듯 타라를 보고 있던 비제는 고개를 삐딱하게 기울였다. 그는 가볍게 웃었다.

"신기한 능력이기는 하지. 그다지 쓸모는 없지만서도."

"왜 그렇게 말해요?"

타라는 정말 이해가 가지 않아서 머리를 갸웃거렸다.

"좀 더 정확히 말하자면 딱히 감사해 본 적은 없다는 뜻이야. 싫지도 않지만."

"그게 싫어하는 거 아니에요?"

어디선가 들어 봤던 대화였다. 같은 기시감을 느꼈는지 비제가 눈웃음쳤다.

"그게 어떻게 같아?"

"칭찬받는 게 언짢고, 마음에 들지 않는 정도면 싫어하는 거 맞는 것 같아서요."

정해진 답을 말하는 것처럼 타라가 유려하게 대꾸했다. 그들은 서로를 마주 보다가 동시에 피식 약한 실소를 흘렸다. 비제가 노래하듯 중얼거렸다.

"우리 조그만 공주님은 배우는 게 빠르군."

"칭찬 고마워요."

"칭찬 아니야. 그냥 그렇다는 거지."

"심술 맞아."

샐쭉하게 구는 게 얄미워서 타라가 작은 목소리로 꽁알거렸다. 역시 조금은 밉상인 사람이었다. 그는 뾰로통한 그녀를 턱을 괴고 빤히 보다 히죽 웃었다.

"역시 집 안에 예쁜 여자애가 있으니 기분 전환이 되네."

"빈말인 거 알아요."

"아니? 이건 진담인데."

비제가 태연하게 즉답하자, 타라는 할 말이 궁해졌다. 부끄럽기도 하고 민망하기도 했다.

참 표정이 그대로 다 드러나는 소녀였다. 괜히 소복소복하니 가만히 있는 것도 찔러 보고 싶을 만큼.

"예뻐. 너무 조그매서 그렇지."

"곧 클 거예요! 아직 각성기가 안 와서 그렇지, 클 거라고요!"

울컥해서 빽 소리쳤다. 타라가 씩씩거리니 비제는 호, 입을 동그랗게 벌리고 부들거리는 조그만 소녀를 위아래로 훑었다.

"그래. 기대해 볼게."

"기대하지 말아요. 누가 아저씨 보여 준다고 큰대요?"

벌떡 일어난 타라가 지기 싫어서 코웃음을 치듯 팔짱을 끼고 눈에 힘을 주었다. 토끼가 있는 힘껏 쨰려보는 것 같다. 비제는 세운 무릎에 팔을 걸친 채 히죽 웃었다.

"그래, 쥬다 보여 주려고 크겠지?"

"아, 진짜!"

바락바락하며 발을 쿵 굴리자 보조개가 쏙 들어가는 악동 같은 미소가 따라온다. 킬킬거리는 게 꼴 보기 싫어서 타라는 작은 얼굴을 옴팡 씽그리고는 쿵쿵거리며 뒤돌아섰다. 뒤에서 부르는 소리에 금방 멈춰 서야 했지만.

"곧 성에 손님이 올 거야."

손님? 멈춰 서자 달큰한 목소리가 들려온다. 궁금하지? 타라는 꿍한 낯으로 정면을 보다 흥, 최선을 다해 조소했다.

"안티오크한테 물어보면 되거든요?"

그러고는 다시 갈 태세를 하자 비제가 다시 히죽 웃었다.

"여자던데?"

그것도, 신랑 구하러 오는 여자.

저도 모르게 휙 돌아서니 바로 보이는 까딱이는 손길. 여기 앉아 봐. 제 옆을 탁탁 두드리는 게 사탕을 흔드는 나쁜 어른 같았다. 타라가 마지막 반항으로 꿍얼거렸다.

"손님 오는 게 뭐 어떻다고."

"뭐가 어떻긴. 네 후견인한테 아내가 생겨도 아무 상관없나 봐?"

아내? 쥬다가?

정말 모를 일이었지만, 순간 심장이 쿵 내려앉은 것 같았다. 정신 차리니 이미 홀린 듯이 그의 옆에 앉아 있었다.

"그게 무슨 말이에요?"

"남부 요정 여왕의 딸이 짝짓기 시즌을 맞아 신랑감을 찾기 위해 서부로 오는 모양이야. 브리지트 공주의 이상형이 그녀보다 강한 남자라는 건 유명한 사실이니 후보군이야 뭐, 뻔한 것 아니겠니."

요정? 여왕? 공주? 갑작스러운 단어들의 나열에 머리가 핑글핑글 돌았다. 짝짓기? 하지만 쥬다는…… 그 이후에는 더 무어라 이을 말이 없어서 속이 허했다.

그녀는 생전 처음 느끼는 공허함과 바늘로 콕콕 쑤시는 느낌에 입술을 오므렸다. 박탈감이라고 할까. 서운함이라고 할까. 확연한 건 이거 하나였다. 오랜만의 벨벳 성에 온 새 손님의 방문은 전혀 기쁘지 않았다.

타라는 바람을 탄 비구름처럼 몰려오는 복잡한 감정에 정신이 팔려서 비제가 그녀의 표정을 가만히 응시하고 있는 것도 알지 못했다.

"이런, 울라고 한 말은 아니었는데."

"안 울어요."

반사적으로 부정하고도 확신이 없었다. 자신이 울고 싶은 건지, 아니면 눈물을 참고 있는 건지. 타라도 이성적으로 후견인이 결혼한다고 우는 건 어린애같은 행동이라는 걸 잘 알고 있었다.

하지만 섭섭하고 가슴이 저리는 걸 어찌하겠는가. 이건 제 의사로 멈추거나 열릴 수 있는 게 아닌데.

요정이라면 엄청 예쁠 것이다. 이 앞의 비제도, 예전의 그 무서운 요정도 그랬듯이. 혹시 그 아름다운 요정님을 보느라 쥬다가 저에게 소홀해지거나 멀어지게 되면 너무 마음이 아플 것 같았다.

그저 서운한 정도가 아니었다. 하늘이 무너진 양 속상하고 엉엉 울고 싶었다.

갑자기 푹 숙인 머리 위로 따끈한 손이 닿았다. 쓱쓱 쓰다듬는 손길에 고개를 들었다가 다시 내렸다. 지금은 아무에게도 제 얼굴을 보이기 싫었다.

큰 사내의 손끝이 부드럽게 작은 어깨를 붙잡고 햇살에 너녁하게 데워진 풀밭 위에 앉혔다.

"미안."

"뭐가요."

타라는 제 목소리가 코맹맹이처럼 들리는 게 지독하게 창피하고 싫었다.

"이렇게 슬퍼할 줄은 몰랐어."

"……."

"그냥 좀 심술이 나서."

의아함에 타라가 축축한 눈을 들어 올리자 가만가만 머리를 쓸어 주던 남자가 설핏 웃었다.

"나는 여태껏 한 번도 찾지 못한 귀한 것을 그는 찾은 것 같아서."

그것도 그 작자가. 그래서 눈꼴서.

가볍고 사는 것이 그저 태평한 유희인 것만 같던 고운 얼굴에서 그런 표정을 발견할 줄은 몰랐다. 마치 풍화된 자갈처럼, 갈라진 점토상처럼…….

놀라서 눈물도 쏙 들어간 타라의 뺨을 다독인 비제가 돌연 장난꾸러기처럼 웃었다.

"너무 사이가 좋으면 신도 질투하는 법이야."

그러니까 조심하라고.

얼빠진 타라가 제법 웃겼는지 키득거리는 웃음소리가 허공에 맴돌았다.

어쩐지 이상하게 그 웃는 얼굴이 아련해서 잠시 멀거니 보았는지도 모르겠다. 하지만 그 순간은 아주 빠르게, 과격한 방식으로 산산조각 났다.

"분명 주워 오라고 보낸 것 같은데 여기서 뭐하나."

비제의 머리가 바닥에 박히는 말뚝처럼 짓눌려졌다. 대륙에서 손꼽히는 기사를 맨손을 짓누르고 타라를 내려다보는 이는 쥬다였다.

그리고 그는 아직 얼이 돌아오지 않은 타라를 보자마자 미간을 일그러뜨렸다.

"너, 울었구나."

"네?"

아니, 그게. 저도 모르게 볼에 희미하게 남은 눈물 자국을 당황스럽게 더듬는데 그사이 쥬다는 버둥거리며 짜증을 내는 비제의 목덜미를 잡아 일으켰다.

"아, 왜! 쥬다, 내가 암만 당신 수하라도 이건 비인도적인 노동자 학대라고요. 알기나 합니까? 그리고 아까 물건 던져 놓고 주워 오라는 것도……."

"네가 울렸나?"

"네?"

주절거리던 입이 바로 닥쳤다. 비제의 눈이 힐끔 타라를 보다가 눈치를 보듯 살벌한 쥬다를 돌아보았다.

"아니, 난 별말 안 했다고! 이봐, 설명 좀 해 봐. 난 그냥……."

"넌 닥치고."

쥬다가 손가락을 튕기자 그의 입이 딱 붙었다. 읍, 읍거리는 모양이 주둥아리가 붙은 붕어처럼 픽 웃겼다. 타라는 우습기도 하고 아주 조금 고소하기도 해서 입술을 실룩거리다가 쥬다의 채근 어린 눈길에 어물쩍거렸다.

뭐라 할 말도 궁했다. 뭐라고 말해? 남부에서 예쁜 공주님이 온다던데 그 신랑감이 쥬다일까 봐 겁이 나고 싫어요?

극도의 창피함과 수치심에 타라의 얼굴은 새하얗게 질렸다가 빨개졌다가 얼룩덜룩해졌다. 절대, 절대 말 못 해!

사정을 모르는 쥬다는 팔짱을 끼고 바닥을 탁탁 두드리다 못 참고 신경질적으로 을러댔다.

"빨리 말해. 배로 패 줄 테니까."

"아니, 그게……."

"저게 어쭙잖은 입을 함부로 놀렸나."

보나 마나 뻔하다는 듯 쥬다가 비제의 주둥아리를 잡고 무심하게 흔들었다.

신선한 고기 한 근 고르듯 거침없는 손길이었다. 비제가 끙끙거리며 쥬다의 손목을 찰싹찰싹 때렸다. 참 방정맞은 모양새라 타라는 그 와중에 품 웃음이 나왔다. 아 참, 이럴 때가 아니지.

"아니요. 그냥 별거 아닌……."

"……게 아니겠지. 너 어지간하면 안 울잖아."

"그렇긴 그런데요, 진짜 별거 아니에요."

진땀을 흘리는 타라를 게슴츠레하게 보던 쥬다가 얕게 웃었다.

"거짓말하면 못 쓴다고 했을 텐데."

오수에서 깬 맹수가 느른하게 미소 짓는 것만 같았다.

쥬다는 타라를 너무 잘 알았다. 그녀가 우물쭈물하는 사이 어찌 붙은 입을 뽁―하고 떼어 낸 비제가 아픈 입가를 문지르면서 투덜거렸다.

"진짜 유난이네. 애 울렸다고 멀쩡한 기사 잡는 주인이나, 남쪽에서 공주 오는 게 싫다고 우는 꼬맹이나……."

"으아아악!"

참 몰인정하게 있는 그대로를 발설하는 비제의 말 위로 타라의 다급한 비명이 엎질러졌다. 하지만 이미 옆에 있던 쥬다는 다 듣고 난 뒤였다.

그도 황당했는지 옆에서 계속 구시렁거리는 비제를 잡을 생각도 못 한 채, 시뻘게져서 어버버거리는 타라를 멀뚱히 바라보았다.

"공주가 오는 게 싫어서 울었다고? 왜?"

"눈치 없긴. 아, 그거야……."

"꺄아악! 입 닥쳐요!"

타라는 너무 당황해서 옆에 있던 책을 그대로 비제에게 집어 던졌다. 악력도 얼마 없는 소녀인데 순간적인 다급함이 괴력을 발휘해 두꺼운 책이 정통으로 면상에 명중했다. 그것도 모서리가. 부산스러운 공기도 단번에 조용해질 정도로 큰 소리가 났다.

타라는 경악했고, 인간들의 재미있는 설전에 꼬리를 흔들던 쥰은 흠칫 굳었으며, 쥬다는 팔짱을 낀 상태 그대로 남 일인 양 시큰둥하게 비제를 쳐다보았다.

책이 툭 떨어지고 얼마 안 가 후드득 닭똥처럼 굵직한 코피가 떨어졌다. 쌍으로 터진 코피를 훔치며 비제가 바보 같은 얼굴로 타라를 바라보자 그녀는 쩡하니 얼어붙어 있는 상태였다.

사람을 처음으로 때렸다. 그것도 쌍코피…… 평생 무력하게 풀만 뜯던 생물이 처음으로 살생을 저지른 양 이 사태는 그녀의 일반적인 허용 범위를 넘어섰다.

당황, 충격, 미안함으로 머릿속에서 폭죽이 터졌다. 즉, 이번에야말로 그녀는 펑펑 울어 버렸다.

"죄, 죄송해요! 죄송해요!"

"어? 아니 괜찮…… 일단은 괜찮아."

"아프세요? 죄송해요! 저도 모르게……."

너무 놀라서 발작적으로 울음을 터뜨리는 소녀의 모습에 비제도 당황했는지 손사래를 쳤다. 하지만 움직이니까 핏줄기가 다시 주룩 흐른다. 타라가 와악 더 서럽게 울었다. 쥰도 놀라서 멍멍 크게 짖기 시작했다.

비제가 피를 철철 흘리는 얼굴로 횡설수설 타라를 다독여서 더 울어 재끼게 만드는 사이 타라는 타라대로 제 소매로 코피를 닦으려 애썼다.

하지만 둘 다 정신이 없어서 계속 헛발질을 했다. 가관이었다. 쥬다는 이마를 짚고 한숨을 쉬다 우선적으로 가장 먼저 당연히 해야 하는 일을 했다.

타라의 눈물을 막 닦으려던 비제의 손을 냉정히 쳐 내고 그에게서 떼어 내듯 타라를 안아 들었다. 그러고는 무정하게 제 애스콧타이를 풀어 비제에게 내던졌다.

"닦아."

우는 타라는 붉어진 눈가와 끝이 처진 눈망울이 그렁그렁한 게 보기만 해도 안타깝고 애처로운 어린 짐승을 연상시켰다. 쩡하고 애잔해서 머리라도 한번 쓰다듬고 싶게 만들 정도로.

비제는 자신이 맞은 당사자임에도 불구하고 마음 한편이 불편해져서 저도 모르게 손을 뻗은 참이었다. 하지만 대번에 대상이 낚아채졌고, 허망하게 허공에 헛손질만 한 후 스카프를 얻어맞고 나서야 정신이 들었다.

그는 연속 동작처럼 바로 쓱쓱 제 코를 막고 지혈하면서 힐끗 쥬다에게 안겨 훌쩍이는 소녀의 조그만 뒤통수를 바라보았다.

뭐지? 순간 뭔가에 씐 것 같았다. 찰나 저를 보는 붉은 눈만 시야에 가득 차고 그 외 모든 감각은 파도에 밀린 듯 떠내려갔다. 비제는 미간을 찡그렸다.

"비제."

착각일까. 경고처럼 울리는 이름이다. 비제는 날카로운 은청색 눈동자와 맞닥뜨렸다. 그의 주인은 겨울 내내 먹이를 쌓아 두고 독점하던 굴에 다른 들짐승이 들어오기라도 한 것만 같은 표정이었다.

비제는 제 군주를 물끄러미 마주하다 왕에게 우아하게 허리를 숙이는 신하처럼 천천히 시선을 내리깔았다. 어깨를 으쓱이는 그를 쥬다는 한참 더 내려다보다 타라에게로 시선을 돌렸다. 비제의 미소가 가셨다.

저거였군. 확실히 뭔가가 있는 여자애였다.

타라를 안은 쥬다가 망토를 펄럭이며 자리를 뜨고 나자 옷자락을 털고 일어난 그는 따끔거리는 뺨을 문질렀다. 어찌나 살벌하게 노려보던지 살기에 반응한 피부가 찌릿거릴 지경이다. 손 좀 댔다고 아주 거슬려서 못 참는군. 애착인지 집착인지 모를 그건 상상 이상의 수위였다. 잘못하면 손 하나 날아갈지도 모른다.

끔찍한 제 예상과 달리 태평하게 씩 웃은 비제는 괜스레 타라의 눈물이 닿았었던 손가락을 만지작거렸다. 짠 바닷물에 담갔던 것처럼 바스락거리는 소금기가 남은 것 같았다. 절로 생각은 그 붉은 눈동자, 찰나 훅 풍겨 오던 묘한 향기로 되돌아가 있었다.

고개가 갸웃 기운다. 마력 향? 마력도 그리 강해 보이지 않았는데, 왜 갑자기? 정신없이 딴생각을 하고 있던 그의 발치에 뭔가가 밟혔다.

응? 비제가 한쪽 발을 들어 올리자 파랗게 빛나는 돌이 잔디 사이에 반짝이고 있었다. 그는 사륵거리는 은색 줄을 잡아 올리고는 그 묘한 물건을 빤히 들여다보았다.

본 적 있는 물건이다. 아까 울던 소녀의 목에서.

*　　　*　　　*

"어떻게 해요? 코피도 막……."

타라가 어미를 보채는 새끼 사슴처럼 낑낑거렸다. 쥬다는 심드 렁하게 그녀의 훌쩍임을 듣다가 한 손으로 단번에 홍수 난 얼굴 반쪽을 닦아 내면서 핀잔을 줬다.

"그까짓 게 뭐. 전쟁터에서는 그보다 더한 부상은 비일비재해. 그건 모기가 문 수준이니 대성통곡할 것 없어."

"으엉! 모기가 쌍코피를 내지는 않잖아요!"

"그건 그렇지."

참 무신경한 수긍이었다. 타라의 울망울망한 눈이 수위를 넘어 서려고 하자 그는 다소 심술궂어진 표정을 바꾸면서 한숨을 쉬었다.

"자업자득이다. 그놈은 원래 맞을 짓하며 사는 게 인생의 반을 넘어. 네가 태어나기도 전부터 그랬으니 유난히 굴 것 없어."

"그건 그런데……."

순하면서도 무정한 수긍이었다. 타라는 인정하면서도 우울하게 중얼거렸다.

"누군가를 해친 건 처음이에요."

"그래. 놀랄 만하지."

네 콩알만 한 새가슴에는. 그리 속으로 되뇌다, 문득 언제나 그런 것만도 아니지 않나, 생각했다.

이 아이는 지금보다 훨씬 어리고 겁 많던 어린 시절에도 첫 대면에서 쥬다에게 질문을 하며 눈을 피하지 않았고, 언젠가 왕의 사과를 훔치려 한 적도 있었다.

쥬다는 같은 맹주들 사이에서도 버거운 아우라를 지닌 인물이며, 왕의 것에 손을 댄다는 행위 자체도 보통 담력으로 할 수 있는 일은 아니었다. 개를 그리 무서워하면서 지하 감옥까지 내려가 먹이를 준 것도 그렇고.

쥬다는 힐끗 졸졸 따라오는 검은 케랄, 준을 보았다. 사나운 케랄을 길들여 데리고 다니는 것도 예사롭지 않았다. 겉보기에는 이리 약하고 사랑스럽기만 한데. 네 안에는 대체 무엇이 들어 있을까.

쥬다는 제 어깨에 얼굴을 묻은 소녀의 등을 쓸어내렸다. 얇은 숨이 솜털처럼 흩날리다 그녀가 고개를 들어 그를 비스듬히 올려다본 순간 찬 목덜미에 그 보송함이 얼마간 묻었다.

한없이 부드러운 칼날이 피부를 가르기라도 한 것만 같았다.

쥬다는 어찌 통제도 못 할 새에 멈춰 섰다. 무표정하지만 형언할 수 없는 그 낯에 영문 모를 타라가 의아해했다.

"왜 그래요, 쥬다?"

"……아니, 아무것도."

쥬다의 눈이 야트막한 숨, 애틋하고 귀여운 말, 배시시 예쁜 미소와 뭉근한 향이 풍기는 작은 입술을 스쳐 지나갔다. 그는 타라의 머리를 어깨 너머로 돌리게 꼭 고쳐 안고는 걸음을 빨리했다. 한없이 흡족하고 아슬아슬한 기분이리라.

서재에 도착한 그가 타라를 조그만 의자에 내려놓은 뒤 벽장을 열어 와인을 꺼냈다. 타라는 쪼르르 붉은 술을 따르자마자 입으로 가져가는 쥬다를 바라보았다.

"그래서……."

그가 그녀의 맞은편에 앉으며 반 이상 비운 와인잔을 흔들었다.

"왜 울었다고?"

다시 원점이었다. 입을 꾹 다문 타라를 내려다보는 눈빛이 청회빛으로 짙고 가늘었다.

"공주가 오는 게 왜 싫어. 요정이 무서워서?"

그런 것치고는 요정의 피가 흐르는 비제에게는 타라 치고 꽤나 막 대하는 편이었다. 분명 다른 이유다. 그리고 그건 그가 꼭 알아야 했다. 쥬다가 순순히 물러날 기세로 보이지 않자 타라는 끙끙거리다 자그맣게 물었다.

"그냥 모른 척해 주면 안 돼요?"

"어, 안 돼."

못됐다. 비제와 달리 원망스러울지언정 감히 미워는 못 한다는 게 큰 차이였다. 그러한 탓에 타라는 쥬다를 이겨 본 적이 없었다. 그녀도 모르게 그를 무력하게 만드는 경우는 많았음에도.

아, 정말 말하기 싫은데. 어물거리며 시간을 끄는 타라를 내려다보던 쥬다는 흠, 머리를 괴면서 최후통첩을 날렸다.

"그럼 그 여자 내쫓을까?"

"네?"

"그러면 남부와 시끄러워지기는 하겠지. 타니아가 제 딸을 아긴다 했으니."

입이 떡 벌어질 말을 아무렇지 않게 한 쥬다가 타라의 머리칼을 긴 손가락으로 비비 꼬았다.

"아니면…… 역시 실종 처리되는 게……."

"아니요!"

타라도 이제 어렴풋이 그가 손색에 있어 가차 없다는 걸 알고 있었다. 예전에 갑자기 없어진 아벨라도 그 끝이 좋지 않았을 거라는 것도. 누구도 자세히 설명해 주지는 않았지만 이델의 모르는 게 좋을 거다―라는 충고는 진심이었다. 타라는 더 망설일 것 없이 쏟아내듯 두서없이 말했다.

"그 공주님이 신랑감 구하러 오신다면서요. 그래서……."

그 이상 차마 더 자세히 못 하고 얼버무린다. 하지만 쥬다가 그 뜻을 다 알기에는 모자람이 없었다. 메마른 입술이 움찔거렸다. 그는 아무렇지 않은 척 되물었다.

"그래서?"

"……."

아, 미치겠다. 긴 손가락이 눈가를 가리고는 짧은 웃음이 터졌다. 눈 댕그랗게 뜨고 눈치를 보는 저 계집애는 저가 무슨 짓을 하는지도 모르겠지.

쥬다는 답지 않게 큰 소리로 웃다가 어안이 벙벙해진 타라를 바라보았다. 피식피식 계속 웃음이 샜다. 서늘한 침엽수에 새 연둣빛 잎새가 싹트기라도 한 것 같은 광경이었다.

"내가 그 여자랑 결혼이라도 할까 봐?"

조그만 성냥에 불이 붙은 듯 두 볼이 새빨개진다. 타라는 머뭇거리다가 고개를 끄덕였다. 결국 쥬다는 못 참고 손을 뻗었다. 이리와. 그녀가 안겨 올 새도 없이 그가 먼저 타라의 안아 올렸다.

꽉 끌어안는 힘이 너무 강해서 조금 버거울 정도였다. 답답할 만큼 세게 안겨 호흡도 조심조심 가누지 못하던 귓가에 평소와 같으나 다른 목소리가 울렸다.

"네가 싫어하는 짓은 안 해."

타라가 눈을 굴렸다.

"진짜요?"

"웬만하면."

그는 웃음기가 아직 가시지 않은 가벼운 어조로 대꾸했다.

"내가 정말 진정으로 바라는 게 네 뜻과 맞지 않을 때도 있을 게 아니냐."

"예를 들면요?"

"글쎄."

가둬지듯 안긴 품이 답답할 법도 했으나 익숙해지니 도로 편해졌다. 토닥토닥 등과 머리에 닿는 온기도 좋고. 이대로 계속 있으면 잠이 들지도 모른다. 아까의 울 것만 같던 불안감은 딴 세상의 일이었던 것처럼. 안도감에 타라가 괜히 투덜거렸다.

"보통은 말만이라도 다 해 주겠다, 하지 않나요."

"그건 다 사기꾼들이야. 세상에 다 되는 건 부모 자식 간에도 없다. 알아 둬라."

"그건, 그러네요."

타라가 빙긋 웃었다. 등을 쓸던 손이 머리에 안착했다. 그래도……

"나는 아주 최소한을 제외하면 네게 전부 다 할 생각이다. 최소이상, 최대 무한의 한도 내에서."

세계수의 씨앗은 어느 마른 땅, 바위 위, 불구덩이의 지옥에 떨어진다 해도 무조건 싹을 틔운다 한다. 황폐해진 고왕국의 폐허에서 새 시대를 탄생시킨 것도 그러한 강인한 생명의 박동이었다.

타라는 그 씨앗을 저도 모르게 삼킨 건 아닐까 생각했다. 그렇지 않고서야, 심장이 이렇게 가쁘게, 벅차게 뛸 리가…… 가슴 한구석에 싹이 튼 것 같다. 그게 부서질까 조마조마한 상태로 타라는 고개를 들어 그를 보았다. 입을 열어, 제 가장 심중에서 자라난 잎 하나를 내밀었다.

"쥬다가 가장 좋아하는 게 나였으면 좋겠어요."

은청색 눈동자가 변함없이 그녀를 보았다. 그 눈을 똑바로 보며 타라는 일평생 가장 이기적인 말을 했다.

"그러니까, 결혼하지 마세요."

이기적인 요구를 하는 주제에 설레는 건 무슨 조화일까. 그건 아마도, 그가 제 부탁을 들어줄 것을 알고 있기 때문일지도 모른다.

"그래."

단조롭고, 그래서 더 묵직하게 파고드는 대답이었다. 그의 인생에 큰 가지인 그 부분 따위는 타라에 비하면 최소의 축에도 안 끼는 것처럼. 저가 하지 마라 한 주제에 벌게져서 어쩔 줄 모르는 타라가 재미있는지 쥬다는 눈을 가늘게 접었다.

"내가 딴 여자랑 결혼하는 게 그렇게 싫었나? 울 정도로?"

"굳이 정확하게 말할 필요는 없잖아요."

"싫은데."

이게 내 최소한이라서.

삐딱하게 웃는 게 못됐다. 타라는 입술을 삐죽거렸다.

"치사해."

쥬다의 긴 손가락이 그 오리 주둥이처럼 튀어나온 입을 꾹꾹 눌렀다. 빙하가 녹듯 부드럽기 짝이 없는 눈이 살피듯 주시해 온다.

"재미있는 걸 봐서 기분은 나쁘지 않다만, 불필요한 눈물이야. 난 그 요정에게 관심도 없을뿐더러 타니아가 내게 딸을 넘길 리가 없어. 그것도 제 후계자라면 말할 것도 없지."

"왜요? 쥬다가 어때서요?"

괜히 울컥한 타라가 두 주먹을 불끈 쥐고 고슴도치도 제 후견인은 함함하다고 하는 걸 몸소 보여 주자 쥬다는 어이없어 했다.

"딴 여자랑 결혼하는 거 싫다며. 그건 또 왜 기분 나빠 하나."

"그건 그거고, 이건 이거잖아요."

"참 편리해서 좋구나."

결혼 안 한다고 하니 기분이 좋아졌는지 해맑게 헤헤거리는 게 우습다. 쥬다는 끌끌 혀를 차며 타라의 보조개를 장난스럽게 검지로 찌르다가 마저 입을 열었다.

"불완전하고 후일 어찌 될지 모르는 이에게 제 딸을 주고 싶지 않겠지. 그것도 만에 하나의 경우 제 통제가 안 먹힐 이라면."

"그게…… 무슨 말이에요?"

"요정의 시각에서 고귀족이라 하더라도 인간이란 그런 존재란 거다. 터무니없이 약하면서 강력하고, 변질되기도 쉽다. 그러니…… 더더욱 어려운 존재고."

쥬다는 뇌까리듯 읊조렸다. 그건 타라의 입장에서는 너무 어렵게 들렸다. 그저, 헤아리려 애쓸 뿐. 그리고 그 또한 어린 그녀에게 이상하고도 복잡한 이야기를 굳이 하고 싶어 하지 않았다.

"이제 도움 되는 이야기를 해 볼까. 오늘 무엇을 읽었지."

"율리아의 전쟁사에 관한 책이요."

그녀는 재잘재잘 저가 읽은 것을 독후감 쓰듯 말했다. 고왕국 이래 무수히 많은 전투와 전쟁이 있었고, 그 비극적인 사건들 이후 율리아의 정치와 역사는 이리저리 흐름을 타며 뒤바뀌었다.

북부와 중앙 연합군의 전쟁에 대한 주제로 건너뛰자 쥬다가 첨언을 덧붙였다.

"욜란드는 미친 숫사자라는 별명으로 유명했다. 말년에는 그저 피를 보고 싶어서 전쟁을 하는 건지 헷갈릴 지경이었으니까."

"그분이 레오 아저씨의 부친 맞으시죠?"

"그래. 피는 못 속인다고 덕분에 그놈도 망나니지."

엄밀히 말하자면 바보과의 망나니지만 말이다. 쥬다가 흥 코웃음 치자 타라가 재차 물었다.

"청년 왕 존이 그를 막아섰다고 읽었어요."

"그의 목을 잘라서 성문에 내걸었지. 레오니다스가 수장 자리에 오르자마자 가장 먼저 한 일이 황금 성의 북문을 깨부수고 그 머리를 되찾아 온 거였다."

여기까지 듣던 타라는 새로운 사실을 깨달았다. 청년 왕 존이 타라의 외조부라면 그는 레오니다스의 원수이고, 그렇다면 타라와도 묘한 관계가 생성되는 셈이다. 불편해진 심정을 귀신처럼 알아챈 쥬다가 혀를 찼다.

"고귀족과 요정, 수족의 긴 삶에서 서로가 서로의 친구이자 혈족, 원수가 아닌 이는 아무도 없다. 레오니다스는 그런 과거의 일로 널 불편하게 여기지 않아. 아비와 살가운 사이도 아니었고."

"그렇지만 기분이 이상한걸요. 어쨌든 제 외할아버지이시니까요."

쥬다는 잠시 아무 말 없이 타라의 푸른 머리를 만지작거렸다. 그는 한 박자 늦게 입을 열었다.

"내 선대였던 마레사에 대해 알고 있나?"

"네."

미치광이 마레사. 광포하기 짝이 없던 괴팍한 흑마법사였다고 들었다. 그 시절의 서부는 남부의 요정들과도 불화가 잦고, 중앙 왕국과는 전쟁이 나지 않는 게 이상할 정도로 적대 관계였으며, 북부와도 사이가 좋지 못했다.

포로와 노예를 가혹하게 다루며 갖은 실험을 하고 시체를 수집

한다는 흉흉한 소문까지 도는 벨벳 성을 모두 악의 소굴이라고 불렀다.

아마 한 번 성에 들어간 포로가 다시 성 밖으로 나온 적이 없었기에 그런 괴소문이 돈 게 아닐까 한다. 어쨌건 사실 여부를 확인해 줄 생존자는 한 명도 남지 않았으니 모를 일이었다.

그리고 악명이 자자했던 마레사는 쥬다의 손에 살해당했다.

"그는 온 대륙에 증오와 두려움을 뿌리고 다녔지만 내가 그를 죽이면서 산 원한도 적지 않다. 최악의 악당이라도 그런 자를 사랑하는 이도 있더군."

"그게 누군데요?"

"무어라 일컬어야 할까. 가족이라 해야 할까, 도구라 해야 할까."

그는 낮게 되짚듯 중얼거렸다. 과거를 반추해 보는 서늘한 벽안이 타라에게로 돌아왔다.

"그때도 지금도 나는 그러한 광적인 집착과 애증을 이해하지 못한다. 하지만 이제 조금은 알 것도 같아. 애정이란 것이 그리 강력하다면, 그게 뒤틀린 다른 감정들 또한 짐작할 수 없는 깊이겠지."

기이하게 꼼짝 못 하게 하는 깊디깊은 눈빛이었다. 타라는 박제되어 수집된 푸른 나비처럼 그를 멍하니 쳐다보다가 물었다.

"나도 알 것 같아요."

아주 조금은요. 쥬다는 피식 웃었다. 대화에 비해 가볍기만 한 웃음이었다. 괜히 타라가 걱정되어 말했다.

"그럼, 안 좋은 거 아니에요? 그 사람은 계속 쥬다를 미워할 거잖아요."

"새삼스럽기는. 이 율리아라는 좁은 새장에서 덩치 큰 강자로 산다는 건 걷기만 해도 짓밟히는 원한들이 우후죽순 생기기 쉽다는 얘기다. 그렇다고 구석에 처박혀서 숨만 쉬며 살 수는 없잖나."

"그래도, 노력은 하는 게 좋잖아요."

"맞아."

"어?"

의외로 쥬다가 순순히 수긍한지라 놀란 타라가 이상한 소리를 냈다. 그는 무심히 그녀의 머리카락을 흐트러뜨렸다.

"네 말대로 그러는 게 좋다. 내가 얼마나 강하건, 신에 필적한 능력을 소유했건 간에. 하지만 당시에는 그걸 몰랐어. 그럴 이유도 없었고."

중요한 건,

"나는 과거로 돌아간다 해도 같은 일을 할 것이다."

"왜죠?"

"그래야만 하니까."

기이한 확신이 서린 눈, 부드럽고도 딱딱한 목소리였다. 그의 이야기가 아주 오랜 옛날, 타라가 태어나기도 전의 시절임에도 왠지 저를 향해 말하는 것만 같았다. 이상한 착각이라고 타라는 생각했다.

"내가 그자와 관련된 오래된 악연을 말하는 이유는, 세상에는 어찌할 수 없는 인연이라는 게 있다는 거다. 그러니 네가 한 일도 아닌데 부채감을 가지지 마라. 그런 것 외에도 어쩔 수 없이 지고 갈 짐은 알아서 생길 테니."

"무섭게 들려요."

"그런 거 아니야. 필수 불가결한 일에 쓸데없이 마음 쓰지 말라는 것뿐."

그리한다 해서 변하는 것도 없으니.

*　　*　　*

어, 없어졌어!

이상을 깨달은 건 저녁을 먹고 샤워를 할 때였다. 항상 목에 걸고 있던 무게감이 느껴지지 않았다. 순간 너무 당황해서 눈앞이 깜깜해질 지경이었다.

어떡하지? 아니, 대체 어디에서 잃어버린 걸까? 타라를 따라 씻고 젖은 털을 말리며 벽난로를 쬐던 준이 삐죽 고개를 내밀었다.

[왜 그러니?]

"으아아아! 목걸이! 목걸이가 없어졌다고요!"

[쯧, 그거 네 후견인이 준 거 아니야?]

"네! 저 어쩌죠!"

나 죽는다고 낑낑대고, 훌쩍이고 갖은 재주를 다 부리는 주인을 심란하게 보던 준이 잠시 생각해 보다가 말했다.

[혹시 낮에 후원에서 떨어뜨린 것 아닐까?]

"아!"

그럴듯했다. 그 난리를 쳤으니. 타라는 우울하게 웅얼거렸다. 어쩌지. 혹시 벌써 없어져 버렸으면…….

타라가 겉옷을 걸치고 나갈 채비를 하자 쥰이 귀를 쫑긋 세우고 따라 일어났다.

[지금 가게?]

"어쩔 수 없죠. 가서 찾아봐야지."

[어차피 목걸이에 발이 달린 것도 아닐 텐데 내일 아침에 찾지그래?]

"그래도…… 잠이 안 와요."

마음이 가시방석이라서. 쥰은 한숨을 쉬더니 등불을 쥐는 타라의 곁에 섰다. 주인 하나와 개 한 마리는 온 성에 어둠이 내려앉은 밤의 복도를 걸었다.

후원으로 가는 내내 마음이 급해 걸음을 빨리하면서도 타라는 계속 투덜거렸다.

"아 정말, 나 왜 이리 바보 같을까요. 아마 계속 만지작대는 통에 끌러졌을지도 몰라요."

[그러게. 요새 자주 그러던데 조심하도록 해.]

"아니요. 기분 탓일지 모르지만 그걸 건 목이 이따금 화끈거려서요."

싸구려 금속처럼 독이 오른 것도 아닐 텐데 이상한 일이었다. 지금껏 내내 그런 적이 없었는데. 차갑기도 하고, 뜨겁게 느껴지기도 하는 것이 괴상해서 손을 대면 또 멀쩡했다. 쥰이 고개를 갸웃하다 말했다.

[이상하네. 네 후견인에게 말해 보는 건 어때?]

"으응. 하지만 별거 아닐 거예요."

요즘 들어 이런저런 일로 바빠진 쥬다인데 괜한 투정을 부리고 싶지 않았다. 그것도 오늘 그런 일도 있었는데. 그가 결혼하는 거 싫다고 울기까지 한 건 다시 생각해도 창피했다. 타라는 폭 한숨을 쉬었다.

"도착했어요. 한번 샅샅이 찾아봐요, 우리."

[알았어.]

그들은 구석부터 꼼꼼히 풀숲을 뒤지기 시작했다. 정원사 덴버가 잘 다듬어서 풀이 그리 무성하지는 않았지만 좀처럼 보이지 않았다.

거의 막바지까지 오자 타라는 다시 울상이 되었다. 어떡하지? 정말 없는데? 그럼 대체 어디에 있는 거야? 콧등에 주름이 잡힐 정도로 집중해 있던 준이 갑자기 머리를 번쩍 들고는 멍 짖었다.

"찾았어요?"

[아니…… 나 좀 급해. 잠깐 실례.]

아, 네. 타라는 다시 우울하게 눈썹을 늘어뜨리고는 준이 헐레벌떡 뛰어가 나무 아래서 한 발을 드는 것에서 매너 있게 등을 보이고 섰다.

저 영역 표시를 정원사 아저씨가 보면 또 노발대발하겠지만 타라에게는 지금 그걸 신경 쓸 정신머리가 없었다. 덴버는 있는 듯 없는 듯 조용하고 거의 얼굴을 비치지 않아서 타라가 그를 본 건 딱 두 번에 불과했다.

한 번은 정원에 실례하고 온 준의 똥을 들고 타라의 방문을 두드려 '이러시면 곤란합니다' 딱 한 마디를 내뱉는 그에게 죄송하다고 계속 사과했던 적이 있었다. 이후 봉지를 들고 다니며 준의 대변을 치우는 타라를 본 쥬다가 짜증스럽게 준을 노려보았다.

─ 다 큰 놈이 제 개똥 하나 처리를 못 하나?

똥 처리를 못 하면 똥 만드는 근원을 친히 처리해 줄 기세였다. 결국 준은 제 대변을 잘 가리고 티 나지 않게 묻는 방법을 깨우쳤다.

덴버를 처음 본 건 불과 2년 전이었다.

　—안녕하십니까, 아가씨.

그는 그때도 무척 과묵했다. 색도 기억이 안 날 만큼 연한 잿빛 머리와 회색 피부, 존재감이 지워질 듯 희미한 가운데 푸른 눈만이 뚜렷하게 인식되었다.

막 쥬다의 마법 정원으로 내려가려던 찰나에 마주친 타라는 조금 놀랐지만 반갑게 인사했다. 드디어 인사 한 번 못 해 본 성의 마지막 식구와 대면하는 셈이었으니까.

그는 유심히 타라를 내려다보다 느리게 한 마디 했다.

　—당신이로군요.

우묵하게 떨어져 땅에 팬 빗물 같은 목소리였다. 그러고는 공손히 절 하고 물러갔다. 거의 얼굴을 보이지 않으며 조용히 성의 모든 정원을 관리한다는 덴버는 같은 고용인들도 그에 대해 딱히 본 게 없을 만큼 겉도는 이라 한다. 가장 오래된 하인 중에 하나라고 했고.

집사인 안티오크도 꼭 필요한 일이 아니면 만난 적도 없다고 했다.

　—그는 제가 아닌 주인님의 직속 수하니까요. 저도 정확히 그에 대해 아는 게 없습니다.

어쩌면…….

　　─그가 저보다 이 성에 대해 더 잘 알고 있을지도 모르겠군요.

어딘가 뚜렷하지 않고 고요하며 쥬다의 신임을 받고 비밀 정원에 자유롭게 드나들 수 있는 유일한 사람. 그런 그의 별명은 '유령'이었다.

당연하게도 타라에게는 유령을 볼 수 있는 눈이 없었다.

"혹시 목걸이를 보지 않았냐고 물으려고 해도 어디에 있는지도 모르는걸."

타라는 한숨을 폭 내쉬었다. 벨벳 성은 그녀의 집이었지만 오래된 역사만큼 수만 가지 비밀과 숨겨진 이야기들이 수두룩하게 많은 신비로운 곳이다.

백여 개의 계단과 수백 개의 아름다운 방, 열려 있는 문과 잠겨 있는 문, 쥬다가 자유롭게 이용하는 비밀 통로들은 다른 세계를 잇는 다리처럼 곳곳에 숨어 있다.

타라도 쥬다가 들려주었던 속삭임을 통해 개중 꽤 많은 것을 알았지만 전부 다 인지하고 있지는 못했다. 아마 그것들을 전부 알려면 100년도 모자를지 모른다.

빛이 비치는 성의 도드라진 흰 면들과 그렇지 않은 응달의 그림자, 양면으로 지어진 이상하고 신기한 고성(古城). 벨벳 성은 아름답고 깊이를 알 수 없는 쥬다 그 자체와 같다.

타라는 무릎을 안은 팔 위에 제 얼굴을 올리고 비할 데 없는 절경을 바라보며 생각했다. 자신은 퍽 욕심쟁이일지도 모르겠다고.

쥬다를 혼자 독차지하고 싶은 만큼, 그의 오래된 역사, 과거, 저가 모르는 모습도 궁금해진다.

옛날을 회상하는 그의 눈을 마주하면서 깨달은 사실이었다. 만약 저 푸름이 바다의 밑바닥이라면, 기꺼이 빠져 죽을 텐데. 제 발로 걸어 들어가는 것도 망각한 채, 영원히.

풀이 밟히는 얕은소리가 났다. 타라는 고개를 들었다. 예상과 다른 이라 조금 실망했고, 의외의 사람이라 다소 놀랐다.

"여기서 뭐해?"

비제는 불빛 하나도 들지 않고도 아무런 장애도 없이 성큼성큼 그녀 쪽으로 걸어왔다. 준이 고개를 들더니 빠르게 타라의 곁으로 다가와 비제를 날카롭게 쳐다보았다.

"물건을 잃어버려서. 찾으러 나왔어요."

"아."

그는 산더미처럼 커다란 개가 저에게 털을 곤두세우고 있는데도 타라만 흥미롭게 바라보고 있다가, 입을 벌리고 감탄사를 터뜨렸다.

"그 목걸이 말이지?"

"어?! 혹시 봤어요?"

"보다마다."

그는 잠깐 생각하듯 타라를 물끄러미 보다 고개를 한쪽으로 까딱였다. 지금은 없고, 따라올래? 잠깐이면 되는데.

타라는 조금 망설였지만 고개를 끄덕였다. 어차피 벨벳 성 안일 테니까. 비제는 빙긋 웃고는 몸을 옆으로 틀어 타라가 제 곁으로 올 때까지 기다리다가 함께 걷기 시작했다.

조그만 풀벌레 소리나 멀리 이리의 울음도 들리지 않는 조용한 달밤에 말 없는 그들의 동행이 이어졌다. 입을 다물고 달빛을 받고 있는 그는 정말 요정 같았다. 순간, 예전의 기억이 떠올라서 뒷덜미가 섬뜩했다.

"나는 보통 이 시간에 산책을 나오곤 해."

타라는 갑자기 입을 여는 그를 올려다보았다.

"인적 없는 이 나이 든 성을 홀로 걷고 있으면, 꽤 근사한 걸 보게 되거든."

"달이 뜬 벨벳 성이 아름답기는 하죠."

"아름답다라. 그래, 그건 그렇지."

비제는 미려하게 웃었다.

"그거 아니? 가끔은 태양보다 달이 평소에 안 보이는 것들을 보여 줄 때가 있다는걸."

"평소에 안 보이는 것들요?"

타라는 어쩐지 낮과는 달라 보이는 그를 빤히 응시했다. 하긴 이 사람은 이델과 안티오크보다도 오래 산 사람이니까……

"여자도 낮에 보는 것보다 밤에 보는 게 더 예뻐. 아, 우리 타라 양은 아직 어려서 무슨 뜻인지 모르나?"

"알아요! 무시하지 마세요."

생글거리며 하는 말이 저질 그 자체라서 빽 소리를 질렀다.

아, 괜히 기대했다. 역시 분위기 좀 탄다고 사람이 바뀌는 게 아닌데. 비제가 의외라는 듯 고개를 기울였다.

"호오, 알아? 아무것도 모르는 순진무구한 소녀 그 자체인 줄 알았는데 이런 발칙한 면이 있었네?"

"발칙하다니? 실례예요. 저도 스무 살이라고요."

"그래. 요즘 애들은 다 빠르다더라. 쥬다도 아니?"

"뭐, 뭘요?"

세게 나가던 타라도 쥬다의 이름이 나오니 말을 더듬었다. 비제는 하얀 여우처럼 눈가를 휘었다.

"네가 이것저것 아는 것 말이야. 보아하니 네가 순수의 결정체라고 착각하고 있는 것 같던데. 애 키우는 사람들은 그게 문제야. 자기 애를 본인이 다 안다고 믿거든."

"놀리지 말아요. 비제도 본인이 가끔 비호감이라는 건 모르시는 것 같네요."

타라치고는 강수를 둔 말이었다. 비제도 놀란 것 같았다.

"세상에. 가끔? 나는 우리 타라 양이 나를 항상 싫어하는 줄 알았거든. 착하기도 하지."

"아, 진짜!"

결국 타라가 짜증을 냈다. 깔깔거려 대는 그 웃음소리를 듣고 있자니 정말 말 섞는 것도 못 할 짓이었다. 뾰로통해서 입을 다문 그녀를 귀엽게 쳐다보던 비제가 그녀의 머리칼을 헝클어뜨렸다.

"진짜 귀엽다, 너. 쥬다가 매일 끼고 다니는 게 이해가 될 정도야."

"아부는 저리 치워 주시죠."

"미안. 너무 예뻐서 그랬어."

이 사람은 확실히 이상하다. 깃털처럼 가볍게 약을 올리다가도, 아무렇지 않게 부끄럽고 직접적인 호감과 감정을 그대로 표현하니 말이다.

미워하기도 좋아하기도 어려운 어중간한 남자. 마구 괴롭히며 심술 맞게 놀리다가 울거나 화를 낼라 치면 다정하게 군다. 그의 말대로라면 애정 표현이 괴상하기 그지없지 않은가.

"낮에는 귀여웠는데 밤에 보니 귀여운 것보단 예쁜 것 같아."

뭐라고 해야 할지 몰라서 눈만 끔벅이자니 시선을 기울이며 머리카락을 쓸어내린다. 마디마디 단정한 손가락의 감촉이 예민하게 두피를 스쳤다.

이 이상한 남자 때문에 타라는 이상한 기분이 들었다. 예전의 무서운 요정이 떠올라서 오싹했던 것과는 다른, 약간은 짜릿함에 가까운 오싹함. 타라는 그게 당황스럽고 익숙지 않아서 얼른 그 손을 걷어 냈다.

"좋은 말로 달래려 하지 말아요. 이미 아저씨 점수는 바닥이거든요."

"너무하는군. 이렇게 열심히 노력하는데."

그는 굳이 내쳐진 손을 더 뻗으려 하지 않고 픽 웃으며 거뒀다. 집요하던 걸 저리 말끔히 그만두니 외려 싱숭생숭했다.

"쥬다는 네가 이렇게 밤늦게 돌아다니는 걸 좋아하지 않을 것 같은데."

"쥰이 있으니까 괜찮아요. 그리고 성안인데 뭐가 문제겠어요."

"순진한 생각이군. 사람의 눈이 없는 곳, 해가 없는 곳, 사람의 흔적은 켜켜이 쌓여 있으나 손길이 닿지 않은 곳에서는 어떤 일이든 일어날 수 있어. 쥬다가 가르쳐 주지 않았니? 밤의 벨벳 성이 얼마나 위험한지."

선연한 경고나 은근한 가락을 띤 읊조림이 선선한 바람을 타고 울렸다. 타라는 어깨를 으쓱했다.

"이미 알고 있어요."

죽을 뻔한 적도 있는데 뭘. 한 번은 준에게, 나머지 한 번은 비제와 같은 요정족에게.

"알고 있다고?"

"네."

"그렇다면 정말 대단한걸. 용기인지 만용인지는 모르겠지만."

감탄인지 빈정거림인지 헷갈리는 것도 저 묘한 말투 탓일까. 타라는 쌀쌀맞게 대꾸했다.

"알 바 아니잖아요."

"그건 그러네."

순순히 수긍하니 좋지도 않았다. 입술을 오므리는 그녀를 그가 힐끗 내려다보았다.

"그냥 내가 상관하고 싶어서."

"……."

타라는 미간을 모았다. 이 사람은 나를 좋아하는 걸까, 싫어하는 걸까? 그녀는 그가 이끄는 대로 복잡한 통로를 지나 처음 보는 곳으로 접어들자 이거다 싶어 말을 돌렸다.

"별관에 이런 곳이 있었네요?"

"응. 몰랐니?"

"네. 저야, 처음에만 잠깐 별관에 머물렀으니까요."

별관에 이리 와 본 것도 사실 오랜만이었다. 타라는 새삼스레 처음 악몽을 꾸고 정신없이 달렸었던 서늘한 복도를 둘러보았다. 그러다 쥬다를 만났지. 약간 기분이 나아진 타라가 다른 걸 물었다.

"이 성에서 오래 사셨다면 모르는 곳이 없겠네요."

"있지. 왜 없겠어."

"어디를?"

"본관 지하의 묘지는 나도 가 본 적이 없어."

이번에야말로 타라는 화들짝 놀라 멈춰 섰다. 그녀는 묘한 눈으로 비제를 바라보았다.

"그곳이 묘지라는 걸 아시는군요."

"그건 내가 물을 소리 같은데. 그 정원의 진짜 용도를 넌 아는구나."

비제의 흥미로운 시선이 저를 향하자 그녀는 입을 다물었다. 그는 희미하게 웃었다.

"그곳이 묘지라는 걸 안다…… 넌 들은 게 아니야. 직접 가 보았어."

네 눈으로 본 듯이 말하고 있잖아. 타라는 부정하지 않았다. 잠시 그들은 서로를 바라보았다. 그가 픽 가볍게 웃을 때까지.

"눈치 볼 것 없어. 그곳은 벨벳 성의 주인이자 라 엔포르테의 수문장인 쥬다의 권한 안에 있지. 너를 그곳에 데려갔다면 그가 뜻하는 바가 있어서 그랬을 거야."

알 듯 모를 듯한 탐색 어린 분위기가 비제의 산들산들한 목소리에 깨졌다. 그는 정말 대수롭지 않게 여기는 것 같았다.

"아름다운 곳이에요. 그런데 벨벳 성의 주인은 그렇다 치더라도 '라 엔포르테의 수문장'이라는 호칭은 무슨 상관이죠?"

쥬다의 공식적인 수많은 별호와 이름들은 저마다 사연과 명예를 상징하는 고유의 뜻이 있었다. 하지만 '라 엔포르테의 수문장'은 무엇을 뜻하는지 잘 몰랐다. 예전 클레멤논 국왕에게 보내는 서신에서 그 이름이 있었던 것도 같은데…….

"서부의 영주에게 이어져 내려오는 두 번째 이름이야."

"그건 저도 알아요."

"말 그대로, 수문장. 파수꾼이라는 뜻이지."

수문장이라기보다는 주인이라고 불러야 될 것 같지만. 비제는 어깨를 으쓱했다.

하지만 타라는 수문장이라는 단어가 마음에 걸렸다.

보통 수문장이라함은, 문을 지키는 자를 의미하지 않은가? 파수꾼도 뜻은 비슷했다. 대체 무엇을 지키길래?

어떤 것으로부터?

"정확한 건 그에게 물어봐. 너라면 자세히 설명해 줄걸."

타라가 고개를 끄덕이는 사이 그가 경쾌하게 외쳤다.

아, 다 왔네. 고동빛의 평범한 고용인용 문이었다. 비제가 윙크하고는 말했다.

"여기서 잠깐만 기다려."

제 굴로 들어가는 여우처럼 쏙 방으로 들어가는 뒷모습을 타라는 물끄러미 바라보았다. 쥰이 꼬리를 흔들며 타라의 발치에 앉았다. 헥헥 입꼬리를 올리고 있던 개가 문이 닫히자마자 불쑥 말했다.

[저 인간 너 좋아하나 봐.]

"어딜 봐서요?"

[수컷들이야 단순해서 하는 거 보면 뻔히 보이지.]

타라는 진심으로 기가 차서 콧방귀를 뀌었다.
"그게 진짜면 변태겠죠! 계속 작다고 놀리는데. 아직 덜 크긴 했지만⋯⋯."
쥰이 웃는 표정을 지었다. 이럴 때 보면 개도 사람처럼 웃는 게 똑같다.

[그래도 너 좋아하는 건 맞는 것 같아. 그게 어떤 방식이건.]

"⋯⋯그냥 이상한 사람이에요."
타라는 괜히 흥흥거리며 팔짱을 꼈다. 그랬다가 갑자기 문이 벌컥 열려서 깜짝 놀랐다. 생쥐처럼 꼼짝도 하지 못하고 굳어 있는 그녀를 비제가 고개를 기울이고 내려다보았다.

"자. 가져가."

"고마워요."

쥰은 참, 이상한 말을 해서는. 타라는 속으로 툴툴거리며 목걸이를 받아들였다. 아니 손바닥에 내려앉기 전, 파란 달 조각 같은 것이 도로 휙 위로 올라갔다. 콧등을 찡그리며 올려다보니 비제가 빙긋 소녀의 뒤로 돌아갔다.

"뭐……."

"걸어 줄게. 기다려 봐."

긴 손끝이 푸르른 머리칼을 한쪽으로 모았다. 물망초를 모아 꽃다발을 만들듯이. 타라는 머뭇거리며 그 위에 손을 얹었다. 은빛 사슬이 가는 목과 청발을 얄팍한 화환처럼 두르더니 찰칵 채워졌다.

"됐다."

"고맙습니다."

타라는 얼른 돌아서서 꾸벅 감사 인사를 했다. 비제가 장난스럽게 고개를 까딱인다. 천만의 말씀. 그럼 가 봐. 혼자 갈 수 있지? 그의 푸른 눈을 멀거니 보던 타라는 한 박자 늦게 겨우 대답했다.

"네! 당연하죠."

"응. 좋은 꿈 꿔."

그가 문에 기대 가볍게 손을 흔든다. 타라는 눈을 한 번 깜박이고는 쥰과 함께 자리를 떴다. 복도 끝에 다다라 뒤를 돌아봤을 때 그는 들어갔는지 보이지 않았다. 타라는 어깨를 으쓱이고는 부지런히 발을 옮겼다.

먼 남쪽 나라에서 올라온 여름 손님이 갑작스레 찾아왔다. 타라는 정말 오랜만에 크림색의 단정한 드레스 차림으로 성장(盛粧)한 뒤 조금 긴장한 눈으로 빤히 아직 열리지 않은 성문을 바라보았다.

허리를 졸라맨 검은 비단 띠를 꾹꾹 잡아당기기도 하고 하얀 눈꽃 무늬 자수가 놓인 끝자락을 꼼지락대며 정신없이 구는 타라를, 옆에 서서 팔짱을 끼고 있던 쥬다가 힐끗 내려다보고는 그녀를 불렀다.

이제 타라는 제 푸른 머리를 배배 꼬다 못해, 어린아이처럼 허리에 매인 까만 띠의 가장자리를 이로 잘게 우물거리고 있었다.

"정신 사납다."

"네에. 죄송해요."

타라는 움찔거리고는 입에 물고 있던 비단 자락을 뱉었다. 토끼풀 뜯던 소동물이 눈치 보며 먹이를 뱉는 것 같은 광경이다. 단정히 서 있으려 노력하는 눈이 귀여워서 쥬다는 구겨진 드레스 주름을 펴 주며 긴장한 소녀의 머리칼을 쓸어 주었다.

"형식적인 거니까 부담 가질 거 없어. 불편하면 먼저 들어가든가."

"싫어요."

타라는 즉각 머리를 붕붕 저었다. 토끼 같은 빨간 눈에는 답지 않은 고집이 보였다. 그 요정 공주가 궁금했다. 그러니까…… 얼마나 예쁜지.

쥬다의 눈이 가늘어지자 타라는 얼른 변명했다.

"요정 공주님은 처음 본단 말이에요. 그리고 쥬다도 이렇게 마중 나왔는데."

"귀찮긴 하지만 다음 남부의 통치자가 어느 정도의 역량인지는 봐 둬도 나쁘지 않겠지."

그러다 한마디 덧붙였다.

"네게도 좋은 경험이 될 거고."

"네?"

꼭 정치적인 일 때문이라기보다는 타라의 현장 체험 학습을 위해 몸소 움직였다는 것처럼 들렸다. 제 바람이겠지? 타라는 표정을 관리하려 애쓰다 돌연 걱정이 되었다.

"제가 뭐 실수하면 어쩌죠?"

"뭐, 어떤가. 그걸 신경 써야 할 건 이쪽이 아니라 저쪽인데."

쥬다가 대수롭지 않게 대꾸하자 타라는 입술을 오므렸다. 그래도…… 타라는 제 후견인을 망신시키고 싶지 않았다.

"그렇다 해도 이번 기회에 배우면 되겠지. 내가 왜 시간을 쪼개서 여기에 서 있겠어."

그는 정말 아무렇지 않게 타라의 기대를 긍정했다. 저절로 입꼬리가 하늘로 치솟으려 하는 걸 잡아 보려 애썼지만, 얼굴은 이미 벌게졌을 거다. 타라는 결국 못 참고 헤헤 웃으며 쥬다의 손을 꼭 잡았다.

"저 열심히 배울게요!"

"언젠가 성의 내정도 네가 돌볼 수 있어야 하니까. 객을 대접하는 건 기본이다."

"네?"

뭔가 엄청난 선언을 들은 것 같다. 그리고 쥬다는 절대 빈말을 하는 인사가 아니었다. 어벙벙한 표정의 그녀에게 폭탄을 던진 주제에 쥬다는 대수롭지 않게 입을 벌린 타라를 내려다보았다.

"들었잖아. 왜 못 들은 척 해."

"내정이면…… 쥬다나 안티오크가 하는……."

"그래. 지금은 그렇지."

내정, 말 그대로 안식구들을 챙기는 안살림은 주로 성주의 반려자나 노부모, 형제자매, 자식이 돌보는 게 보통의 관례였다.

예컨대 겨울 성의 세세한 잡무는 왕의 유모였던 벨비나 부인이 맡아 했더라도 그 모든 내정을 총괄하고 관리하는 건 왕의 아내인 아델하이트였다.

그러나 벨벳 성은 성 주인 쥬다에게 딸린 식구가 없기에 자연히 그와 집사인 안티오크가 처리해 왔다. 그런 엄청난 권한을…… 내가? 타라의 머리에 혼란이 올 무렵 쥬다의 선명한 목소리가 들렸다.

"네가 내 유일한 가족이니 당연한 거다."

그 일상적인 색깔을 띤 채, 푹 찔러 오는 따뜻하고 뭉근한 첨단을 피할 길이 없었다. 아니 방법이 있다고 해도 그냥 서서 받을 것 같다.

가족. 유일한. 타라는 감사든 애틋함이든 무엇이건 말하고 싶었으나 입을 열어도 어떤 소리도 나오지 않았다. 그저 좋아서 아득했다. 그가 항상 감히 기대도 안 했던 걸 쉽게도 쥐어 줄 때면 늘 그러했듯이.

대신 작은 손 가득 애를 쓰듯 꽉 그의 손을 잡았다. 그 작은 용기를 가뿐히 앞지르듯이 길고 가는 단단한 손가락이 그녀의 따끈한 손을 네 조각으로 갈라 파고들어 오듯 단단히 깍지를 껴 왔다.

"남부 요정 왕국의 객(客), 브리지트 공주님께서 도착하셨습니다."

안티오크의 카랑한 목소리가 울리고 거대한 문이 열렸다. 타라는 천천히 제 얼굴 위로 희게 일자로 부어지는 빛에 눈을 질끈 감았다가 떴다.

일렁이는 모호한 붉음 외에 가장 짙게 풍기는 향기는 남부의 울창한 싱그러움, 달콤한 과일 향에 가까웠다. 타라는 놀란 눈으로 풍성하게 늘어뜨린 생생한 붉은 머리칼이 감싼 희고 조그만 얼굴을 바라보았다.

오목새김을 한 양 아름다운 눈매 안에서는 샘물 같은 초록빛 눈이 반짝거렸다. 그녀는 하얗디하얀 새순의 유려한 줄기처럼 투명하고 그저 고와서, 이질적인 뾰족한 귀조차 귀하고 우아해 보였다.

상아 세공품처럼 금을 입힌 긴 귀 장식 외에도 공주의 옷차림 또한 여태껏 보지 못한 이국적인 차림새였다. 잠자리 날개처럼 얇고 미려한 흰 튜닉은 금실로 엮은 가장자리 외에 별다른 장식이 없었음에도 지독하게 화려해 보인다.

사실 타라는 그녀가 벌거벗은 남루한 차림이라도 지금과 반응이 그리 다를 것 같지 않았다.

넋을 잃은 타라와 브리지트 공주가 눈이 마주친 건 그때였다. 타라의 시선과 마찬가지로 천천히, 그러나 짧은 찰나에 탐색을 마친 녹안이 빙긋 기울었다. 타라는 확 얼굴을 붉혔다.

"처음 뵙겠습니다. 서부의 주인이시여. 요정들의 어머니, 타니아의 딸 브리지트입니다."

우와. 목소리도 예뻐. 산뜻하고 춤추는 듯한 요정식 절을 함에도 공주는 왈츠를 추는 것처럼 고상했다. 쥬다는 그녀의 놀랄 만한 미모에도 시큰둥하게 고개를 까딱였다.

"먼길 오느라 피곤하겠군. 방을 내줄 테니 쉬도록."

"호의에 감사드립니다. 한데, 곁에 그 아가씨는 누구인지 물어도 될까요?"

짙은 에메랄드빛 눈이 정면으로 자신을 바라보자 타라는 움찔했다. 쥬다와 마찬가지로 그녀 또한 보는 이를 압도하는 미인이었다.

율리아에서 가장 아름다운 여자가 타라의 어머니 아델하이트와 요정 여왕 타니아, 북극의 하얀 새 공주와 멸망한 고왕국의 마지막 여제라고 들었다. 하얀 새 공주가 거의 세상에 모습을 드러내지 않는 소문만 무성한 인물이고, 남은 하나도 이미 오래전에 흙으로 변한 전설임을 고려하자면 남은 미녀는 결국 아델하이트와 타니아뿐인 셈이다.

그리고 아델하이트가 공공연히 타니아를 질투하고 싫어했던 걸 생각해 보면 저 공주의 어머니인 요정 여왕은 얼마나 아름다울까? 또다시 멍해졌던 타라는 쥬다의 손이 제 어깨에 얹히자 정신을 가다듬었다.

"내 피후견인인 타라다."

"고귀한 공주님을 뵈어요. 타라라고 불러 주세요."

타라는 다소곳하게 치맛자락을 잡고 인사했다. 작고 아담한 나팔꽃이 팔랑거리는 듯했다. 브리지트는 생긋 웃었다.

"귀엽고 예쁜 소녀네요."

"……감사합니다."

진짜 엄청 예쁜 사람이 예쁘다고 해 주니까 기쁘기는커녕 외려 민망할 지경이었다. 그냥 빈말이겠지만 그래도! 타라의 볼이 다시 붉어지자 그녀가 후후 웃는다. 다시 멍해지기 직전에 쥬다의 서늘한 목소리가 울렸다.

"본디 이 아이가 그대를 안내해야 하겠지만 보다시피 아직 어려 부족하다. 그러니 집사를 따라가라."

쥬다의 눈짓에 집사복 차림의 안티오크가 한 발 앞으로 나왔다. 하지만 수월하게 흘러가던 흐름은 브리지트의 돌발 발언에 흐트러졌다.

"부족하다지만 저는 타라 양의 안내를 받고 싶은데요? 이렇게 사랑스러운 소녀가 나를 인도해 준다면 밤에 잠도 잘 올 것 같아요."

"공주님."

쥬다의 정갈한 눈썹이 대번에 찡그러지자 내내 가로수처럼 가만히 공주 뒤에 서 있던 그녀의 수행원이 제지하듯 불렀다. 전사를 뜻하는 이마의 띠와 등에 찬 대검을 보아하니 요정 왕국의 기사인 모양이다.

하지만 그의 우려 섞인 시선과 날카로워진 공기에도 브리지트 공주는 요지부동이었다. 그녀의 에메랄드빛 눈이 차가운 쥬다의 얼굴을 피하지 않고 바라보았다.

"안 되나요?"

쥬다는 제 심기를 숨기는 자가 아니었다. 그러니까, 불쾌에 가깝다면 굳이 참지 않는다는 말이었다. 그가 단칼에 거절하려던 찰나에 타라가 급히 나섰다.

"좋아요. 제가 안내해 드릴게요."

"타라."

쥬다가 못마땅해하며 미간을 찡그리자 타라가 어색하게 웃고는 고개를 저었다. 괜찮아요. 조그만 손이 날뛰는 용의 날개를 잡듯이 쥬다의 소매를 당겼다.

그는 명백히 주제넘게 요구 따위를 해 오는 요정 여자 때문에 짜증이 났지만 타라의 긴장한 눈을 보고는 성마르게 고개를 까딱였다. 그의 허락이 떨어지자 타라는 그제야 방긋 웃었다.

"그럼, 저를 따라오시겠어요?"

타라가 앞장서서 요정들을 이끌고 나가는 걸 홀에 남은 쥬다는 냉랭한 눈으로 응시했다. 안티오크는 흐뭇하게 타라의 의젓한 뒷모습을 지켜보다가 영 짜증이 가시지 않는 쥬다의 눈치를 살폈다.

"저렇게 손님을 능숙히 대하시는 게 퍽 기특하지 않습니까? 주인님. 좋게 생각하세요."

"저거 마음에 안 들어."

"예?"

"타니아의 딸 말이다."

과민 반응이나 과보호 등의 단어를 떠올리는 안티오크의 귀에 쥬다의 서느런 읊조림이 울렸다.

감이 안 좋아.

"앞으로 영 성가시게 굴 것 같군."

*　　　*　　　*

"벨벳 성은 크게 별관과 본관으로 나누어져 있어요. 보통 손님들은 별관에 머무시는데……."

타라는 열심히 조그만 입을 쉬지 않고 설명했다. 다소 긴장하고 흥분한지라 상대방이 저를 작달막한 부리로 삐악삐악하는 병아리 구경하듯 보고 있다는 건 알지 못했다.

"그리고 송구지만 유의하실 점은……."

"알아. 본관에 가면 뼈도 못 추린다는 거."

브리지트가 피식 웃으며 상큼하게 껴들었다. 그녀의 쾌활한, 아니 어찌 보면 악동 같은 미소에 다시 혼이 빠지려다 중요한 사실이 떠올랐다.

예전 벨벳 성에 몰래 숨어들었다가 된통 당해서 쫓겨난 요정 세랑트는 요정 여왕의 사촌이다. 타라는 조금 머쓱하게 웃었다.

"네. 잘 아시네요."

"이미 지난 일이지만 참 부끄럽고 수치스러운 일이야. 그자 때문에 어머니가 얼마나 골치를 썩혔는데."

그녀는 금팔찌를 두른 가는 팔로 붉은 머리를 쓸어 넘기며 투덜거렸다. 뭉근한 향기에 타라는 저도 모르게 코를 벌름거릴 뻔했다가 가까스로 예의 바른 미소를 유지했다.

"숙부님이 되신다고 들었어요."

"맞아. 사실은 난 그 작자한테 관심이 없어. 그냥 한심할 뿐이지."

공주의 호위를 위해 왔다는 여왕의 기사 야셴이 들릴 듯 말 듯 한숨을 쉬었다. 타라가 눈치를 보았지만 브리지트는 입을 가리고 키득키득 웃었다.

"그는 신경 쓰지 않아도 돼. 은근히 참견쟁이에 잔소리꾼이라서."

"적어도 뒷담은 제가 듣지 않는 곳에서 해 주십시오."

야셴이 드디어 첫 마디를 뗐다. 그는 신비한 녹빛 머리칼의 듬직한 사내였음에도 그가 말을 하자 꼭 거목이 움직이기라도 한 것처럼 특이한 느낌이 났다.

"무슨 소리야? 이건 뒷담이 아닌데."

"그럼 칭찬입니까."

"아니? 그냥 앞에서 욕하는 거지. 보통 앞담이라고 해. 이왕 하려면 너 들으라고 해야지, 뒤에서 떠들어 봤자 효과가 있기라도 하니?"

예쁜 입술에서 나왔다고 하기에는 상상 이상의 열을 돋우는 단어의 나열이었다.

와, 말발 봐. 타라는 제 비종목에 특화된 인물을 만나서 감탄했다. 저런 건 어디서 배우는 걸까. 곱게 웃으며 야셴을 닥치게 만든 브리지트가 타라를 돌아보더니 눈웃음쳤다.

"얘, 너 정말 귀엽다?"

"네?"

"깜찍하고 순진해 보이는 게 내 취향이야. 사실 거기서 좀 더 앙칼진 맛이 있어야 되지만, 신선하니 이것도 괜찮네. 하긴 세상에서 제일 사랑스럽고 귀여운 건 사실 우리 엄마거든. 넌 2등 정도로 해 둘까?"

"네?"

"눈도 반짝반짝 루비 알 같고, 머리색도 정말 예뻐. 하얀 제비꽃이나 물망초 같아. 피부는 왜 그렇게 고와? 아기 피부 같네. 아직 어려서 그런가? 뭐로 관리해?"

"네에……?"

"이렇게 귀여우니까 저 얼음 같은 이티오팔의 무법자가 총애하는 거겠지. 아까 보니까 널 보는 눈이 꿀 떨어지겠더라. 세상에, 밖에서는 개차반이면서 안에서는 상냥한 남자는 비정상이거나 비현실이라고 생각했는데 직접 보니 그것도 제법 괜찮은 거 있지. 부럽다, 얘."

그녀는 별달리 힘을 들이거나 하는 것 같지도 않은데 말이 나긋하고 그러면서도 촬촬 할 말을 다 했다. 타라는 첫인상과는 너무 괴리되는 그녀의 소탈한 수다에 정신이 없어서 계속 어버버거렸다.

"둘이 무슨 사이야? 혹시 너 크면 신부 삼는대?"

"네?!"

타라가 경악해서 어쩔 줄 몰라 하니 브리지트는 얼굴이 빨개졌다며 귀엽다고 또 깔깔거렸다. 뒤에서 이 상황을 묵묵히 지켜보던 야센이 한숨처럼 훈수를 뒀다.

"적당히 하십시오. 자칫 서부 맹주의 기분을 상하게 할 수도 있습니다."

"그 양반보다 이 여자애가 더 세던데 뭘."

그녀의 입 안에는 폭죽이 있을지도 모른다. 그렇지 않고서야 저렇게 형형색색의 불꽃같은 충격을 연달아 터뜨릴 수 있을까. 놀라는 것도 적당히 해야 하는 거 아닌가 헷갈리는 타라에게 브리지트가 살살 웃었다.

"놀랄 것 없어. 사내란 단순해서 하는 걸 보면 뻔하지. 단순히 딸이나 누이 보는 눈이 아니야, 그건."

왠지 기시감이 든다. 이와 비슷한 말을 또 들었던 것 같은데.

"몇 살이니? 대충 결혼 시기는 잡았을 것 아니야."

"네?"

브리지트가 처음으로 뾰로통한 표정을 지었다. 하지만 그것조차 다 큰 여인이 하는데도 간장이 떨리게 어여뻤다.

"넌 네, 라는 말밖에 모르니?"

"네? 아, 아니! 아니에요."

타라는 화급히 부정했다. 어쨌건 이 공주님은 타라가 마음에 드는 것 같았고, 그런 그녀가 호의를 보이고 있으니 최선을 다해 말동무를 해드리는 게 예의였다.

"조금 당황해서. 제가 이런 대접은 익숙지 않아서요."

"흐응, 아니야. 사실 나도 오는 내내 이야기 나눌 말벗도 없고 정말 심심했거든. 너무 오랜만에 같이 이야기할 여자애를 만나서 흥분했나 봐. 이해해 줘."

이 나뭇등걸 같은 남자 좀 봐. 이런 사람이랑 보름 가까이 붙어 있었는데 내가 얼마나 따분했겠어?

야셴은 이제 해탈한 듯 저 먼 황무지의 돌산을 보고 있었다. 어쩐지 이 상황이 웃겨서 타라가 피식 웃으니 브리지트가 눈을 동그랗게 떴다.

"예쁘네."

"……?"

"웃으니까 엄청 예뻐. 여기 영주님도 애타겠구나. 네가 빨리 자라야 할 텐데 말이야. 아니, 잠깐! 그럼 이거 그건가? 어린 꼬마 숙녀를 잘 보살피고 키워서 후일 자기 아내로 홀랑 잡아먹는……! 와, 그 양반 대단하네. 도둑놈 중에 상도둑놈이네 아주."

"아니, 그! 공주님. 오해세요, 쥬다는……."

타라는 그녀의 오해를 풀려 머리를 쥐어짰지만 뭐라고 해명해야 할지도 막막했다. 오해 자체가 터무니없는데 대체 어디서부터 풀어야 돼? 끙끙거리던 타라는 사실상 할 말이 궁했다.

"쥬다는…… 그러니까……."

"왜. 이렇게 하면 널 가질 수 있을 거라 생각했대?"

"……네?"

"공주님…… 소설을 너무 많이 보셨습니다."

어벙벙한 타라가 다시 네?―라는 소리를 내며 우는 새처럼 입을 벌렸고, 야셴이 이제는 이마를 짚으며 충언을 했다. 브리지트는 민망 한 점 없이 도리어 뻔뻔하게 히죽거렸다.

"솔직히 저 사람 딱 스타일이 그러잖아. 집착 강하고 소유욕 강하고, 제 손안에 넣고 다 가져야 직성이 풀리고. 절대 아니라고는 말 못 할걸?"

"설사 그렇다 해도 타라 양 앞에서 할 말은 아니라고 봅니다."

야센이 나직하게 말을 자르자, 브리지트가 흥미로운 듯 고개를 틀었다.

"왜? 후견인이든 애인이든 알 건 알아야지."

"이건 공주님이 그리 평가절하했던 뒷담이니까요. 타라 양?"

"네?"

다시 타라 새가 네?─라고 울었다. 야센이 묵직하지만 퍽 부드럽게 말했다.

"안내를 계속해 주시겠습니까. 공주께서도 어서 여독을 풀어야 할 듯합니다."

어서 여독을 풀어서 입을 다물게 해야 한다는 의지는 굳이 말이 많지 않아도 풍겨져 나왔다. 브리지트도 입술을 삐죽거렸지만 두말하지는 않았다.

요정 일행에게 내어진 방은 별채의 안락하고 고풍스러운 방이었다. 남부 여름의 땅에서만 자라는 눈바오밥나무로 만든 침대와 벽장식, 님프들의 손을 거쳤을 자수 장식의 커튼과 이불, 기하학적 무늬가 있는 카펫으로 요정 왕족의 취향에 맞춰진 방 곳곳은 다행히 공주의 마음에 드는 것 같았다.

브리지트는 짐을 푸는 페어리들과 벨벳 성의 시종들을 피해 하늘하늘 방 안을 거닐다가 덩굴무늬 창문을 열고 밖을 내다보았다.

썰물이 다 쓸고 나간 자리에 덩그러니 남은 청회빛 갯벌처럼 어둑하게 펼쳐진 거친 대지와 산, 멀리 아지랑이가 이는 사막까지. 그리고 성의 정원으로 시선을 옮겼다가, 의외의 것을 발견한 양 눈살을 찌푸렸다.

"타라."

"네."

타라가 재빨리 곁으로 다가오자 브리지트는 턱을 괸 채 손가락으로 밑의 어느 지점을 정확히 가리켰다.

"저자는 누구지?"

타라는 고개를 빼고 그곳을 보았다가, 아는 얼굴에 어렵지 않게 그녀의 의문을 풀어 주었다.

"비제 아저씨예요. 쥬다의 기사죠."

"비제?"

햇빛에 어른거리는 살굿빛 머리칼, 헐렁하고 가벼운 셔츠를 걸친 남자는 벨벳 성에 딱 한 명이었다. 그를 가늘게 뜬 눈으로 응시한 브리지트가 흐응, 소리를 냈다.

"저 사내로구나?"

그때, 기척이라도 느낀 듯 비제가 멈춰 서서 정확히 위를 올려다보았다. 나긋한 바람이 그들의 머리카락을 헝클어뜨렸다. 연홍색 머리칼 사이로 빛나는 푸른 눈을 마주한 브리지트의 입가에 묘한 미소가 어렸다.

그 소문 자자한 서부의 개.

　　　　*　　　*　　　*

　벌새처럼 날아든 남부의 요정 공주는 아주 자연스럽게 이목을 집중시키는 존재감이 있었다. 덕분에 성의 고요한 분위기도 어딘가 조금은 부산스럽고 경쾌한 분위기로 바뀌었다.

　우선, 브리지트 공주가 타라에게 지대한 관심을 보였기에 두드러지는 변화였다. 공주가 열중한 것은 남편감 물색이 아니라 관광객처럼 느긋하게 시간을 보내고 벨벳 성 요리사의 실력에 감탄하며 타라와 노는 것이었다.

　"어머나, 이 카넬레랑 밀푀유 정말 맛있다! 내 성에 초대하고 싶네!"

　브리지트가 핑크빛 뺨을 감싸며 황홀경에 빠진 표정으로 말했다. 타라는 그녀의 완벽한 얼굴에 묻은 과자 부스러기들을 닦을 냅킨을 내밀면서 어색하게 웃었다.

　"그건 안 될걸요. 이델은 쥬다의 측근이기도 하지만 늑대족의 수장이기도 해서 그렇게 멀리까지는 못 갈 거예요."

　"그래? 아쉽네."

　마카롱 하나를 입에 넣고 오물거리며 푸념하는 모양새는 이제 처음의 고고하고 신비스러운 왕녀의 이미지와 거리가 멀었다.

　그녀는 차갑고 세련된 인상을 풍겼지만 타라에게 하는 건 그냥 편한 동네 언니 같았다. 타라도 그 반전스러운 모습에 퍽 괴리감을 느꼈으나 지금은 그냥저냥 적응한 상태였다. 불과 사흘 만의 쾌거였다.

브리지트는 땋은 붉은 머리를 어깨에 늘어뜨린 채 빤히 커다란 아치형의 창을 바라보았다. 숲과 부지가 없어서 황량하지만, 그래서 풍화된 대지가 그대로 꾸밈 하나 없이 보이는 서부의 영토가 푸른 하늘 아래 펼쳐져 있었다.

"서부도 참 좋은 것 같아. 볼수록 경관도 근사하고. 무엇보다 사계절이 뚜렷하잖아? 율리아 어디를 가도 이런 곳은 없어."

"그렇지요? 서부는 아름다운 곳이에요."

타라가 반색했다. 그녀는 젖과 꿀이 흐른다고 할 정도인 남부의 공주님이 진심으로 서부의 풍경에 감탄하는 것이 기뻤다. 신이 난 타라가 귀엽다는 듯 브리지트가 킥 웃었다.

"누가 보면 네 고향을 칭찬하는 줄 알겠구나."

"제 고향이나 다름없어요."

한 치의 망설임도 없이 타라가 말했다. 브리지트는 흥미로운 듯 팔짱을 꼈다.

"네가 태어났다던 겨울 성도 세계에서 가장 아름다운 장소 중 하나라고 들었는데. 너에게는 별로였나 봐. 하긴, 거기는 너무 춥겠지?"

"네. 추운 땅이죠."

뼛속까지 아리고 영혼이 얼어붙을 만큼. 타라는 자랄수록 겨울 성에 있었던 기억 같은 것은 꺼내 보기도 싫어졌다. 예전에는 아픔이라는 것도 미처 자각하지 못해서 상처를 드러내 놓고도 아무렇지 않았다면 지금은 아니었다. 어렸던 타라 또한 자신이기에 성장한 시선으로 회상하다 또 다른 상처를 받는 식이었다.

타라는 그것이 싫어서 되도록이면 과거를 돌아보지 않았다. 상처보다도, 무의미하게 불필요한 미움과 원망 따위를 품게 되는 게 불쾌했다.

사실 이 모든 것들은 쥬다만 옆에 있다면 전부 해결되었다. 달빛 아래서 피는 달맞이꽃처럼 어두컴컴한 그림자에 갇혀 있어도 그의 존재가 그녀를 꽃피게 했으니까. 그런 탓일까. 요즘 들어 부쩍 더 자주 옆에 있고 싶어지고, 보고 싶었다.

타라는 뒤늦게 자신이 너무 오랫동안 딴생각을 했다는 걸 알았다. 머쓱하게 빤히 응시하는 브리지트에게 미안한 미소를 지었다.

"전 추운 곳이 싫어요. 겨울이 오면 얼마나 두껍게 껴입고 다니는지 모르실걸요."

"흐응, 그렇구나."

브리지트는 더 묻지 않고 싱긋 웃었다.

"그럼 언제 남부로 놀러 와. 네 마음에 들 거야. 추울 겨를이 없는 곳이지."

"요정들의 땅은 아주 특별한 손님이 아니면 들어갈 수 없다고 들었는데……."

"별소리를 다 하는구나. 넌 내 손님이잖니."

그녀는 대수롭지 않게 대꾸했지만 타라는 살짝 감동을 받았다. 이 공주님은 대체 제 어디가 마음에 들어서 이렇게 잘해 주는 걸까?

브리지트는 도착한 이튿날부터 타라를 찾았다. 벨벳 성의 이곳저곳을 돌아다니며 안내를 빙자한 수다를 떨고, 허기가 지면 바로 그 자리에 자리를 깔고 간식거리를 주방에 주문해 놓고먹었다.

그녀는 요정들 사이에 있었던 재미있는 소문이나 사건들, 그녀가 알고 있는 풍부한 지식이나 남부의 후계자로서 겪는 고충 — 귀찮은 일들 — 을 말했고, 타라는 흥미진진하게 그것들을 귀담아들었다.

브리지트의 삶은 타라가 이제껏 살아왔던 생활들과 천지 차이로 달랐다. 요정 여왕의 여러 자식들 중 하나로 태어나, 강력한 마력과 재능을 인정받고 특출한 형제들을 전부 제치고 당당한 후계가 되기까지 결코 쉽지 않았을 게 아닌가. 타라가 제 이러한 생각을 말하자, 브리지트는 시큰둥하게 이리 말했다.

"아니? 그냥 우리 엄마가 날 제일 좋아해서인데?"

"……아?"

"물론 위대한 어머니께서 나를 가장 아끼고 사랑하는 이유는 내가 그녀의 자식 중 가장 영특하고 예뻐서이지만."

타라. 넌 모르겠지만, 한 어머니를 두었다고 모든 형제자매들이 다 같이 아름답고 똑똑하지는 않단다. 같은 피가 흘러도 한숨 나오는 종자란 꼭 있는 법이지. 예컨대, 세랑트 같은 멍청이들 말이야.

제 가족사를 가볍게 나열한 브리지트가 눈을 찡긋했다.

"그리고 나는 내 혈족을 아끼고 사랑해. 세랑트 빼고."

"그렇군요."

뒷말이 강조되기는 했지만, 화목한 가족인가 싶어 타라는 고개를 끄덕였다. 듣자 하니 요정의 나라는 그들의 정점인 여왕의 말이 절대적이어서 별다른 분란도 없다고 한다.

어쨌건, 항상 대부분이 평균보다 모자랐던 타라가 보기에 브리지트는 충분히 대단하고 멋져 보였다. 그녀에게서는 저가 가진 것을 쉽게 부리고 이용하는 데에 거리낌이 없는 여유와 우아함이 있었다.

각성기를 맞아 정말 어른이 된다면 그녀를 조금쯤은 닮고 싶다고, 타라는 생각했다.

물론 계속 붙어 있다 보니까 다른 모습들도 많이 보였다. 브리지트는 아름답고, 직선으로 표현할 수 없는 구체 같은 사람이었다. 똑부러지고 고고하다 싶으면 인간적인 다정함이 보이고, 어쩔 때는 놀랄 만큼 아이 같기도 했다. 그래서 타라와 잘 노는 건지는 모르겠지만.

하루는 이런 일도 있었다.

이런저런 수다를 떨다가 타라의 가장 좋아하는 취미인 독서에 대한 얘기가 나왔다. 그리고 쥬다가 가지고 있는 넓은 장서관과 서재에 대한 것들도. 그 말에 브리지트는 관심을 보였다.

"요정들은 수명이 긴 만큼 지식의 축적과 그 기억에 대한 정산과 정돈을 매우 중요하게 생각해. 문제는 기억력이 너무 좋아서 그걸 믿고 기록을 남기는 걸 게을리하던 이들이 나중에 낭패를 보고는 하지."

"그렇게 기억력이 좋은가요? 신기하네요."

"음, 예컨대 다섯 살 때 일 년에 비가 몇 번 왔는지, 그해에 엄마가 선물해 준 숲에 나무가 몇 그루 자랐는지 기억하는 정도?"

"우와."

타라가 감탄사를 터뜨리자 브리지트는 도도하게 부채를 부치며 호호 웃었다. 들뜬 그녀가 호기롭게 말했다.

"그럼 우리 그 장서관 가 볼래? 가보자!"

타라가 엉거주춤 고개를 끄덕이자 브리지트가 그녀의 손을 잡고 앞장서서 걸었다. 그 박력에 밀려 약간 멍하게 따라가던 타라가 아차, 해서 말했다.

"공주님! 그쪽 아닌데요?"

"응? 그래? 알았어. 네가 앞장서."

말은 그렇게 했지만 둘은 그냥 손잡고 나란히 걸었다.

보호자나 돌봐 주는 어른이 아닌 이와 이런 접촉을 해 본 적이 처음이라 타라는 조금 낯설어서 신경이 쓰였지만 브리지트는 모른 척하는 건지, 정말 모르는 건지 손을 놓지 않았다. 괜히 낯간지러워 타라는 눈을 굴렸다.

"타라. 여기서 멀어?"

"네? 아, 아니에요. 조금만 더 가면…….."

주거니 받거니 하다가 장서관에 다다르자 손이 풀렸다. 약한 안도의 숨을 내쉬었지만 풀린 손이 조금은 허전했다. 타라는 머쓱하게 머리를 긁적이다가 저를 부르는 소리에 얼른 따라 들어갔다.

"괜히 천고의 현자라고 불리는 게 아니구나. 우리 어머니의 서재보다 훨씬 책이 많네."

"네! 쥬다는 항상 책을 읽어요. 정말 대단한 사람이에요."

브리지트가 무의식적으로 입술을 두드리며 감탄하자, 타라가 얼른 대꾸했다. 그녀는 자기 칭찬보다 쥬다 칭찬이 더 기분이 좋았다. 꼬리라도 흔들듯 설레어 하는 타라의 얼굴을 브리지트는 어이없고 귀엽다는 듯 보다가 피식 웃었다.

"그렇게 네 후견인이 좋으니?"

"네! 세상에서 제일 좋아요. 하늘만큼 땅만큼."

"그게 뭐야."

어린아이같이 천진하고 순수한 그 애정에 브리지트가 황당하다는 듯이 웃었다. 아빠가 좋아요, 우주에서 최고로! 하는 것과 뭐가 달라.

확실히 흥미로운 관계다. 뭐라고 해야 할까. 브리지트가 보기에 쥬다와 타라는 시공간이 미세하게 어긋난 상태에서 하염없이 서로만 바라보고 있는 사람들 같았다.

브리지트는 무언가를 묻고 싶었으나 타라의 순진한 눈망울을 보고 말을 삼켰다. 처음 대놓고 질문한 것도 타라는 장난으로 여기는 것 같았는데.

"여기 책 빌려도 되니? 밤에 읽다가 잠들고 싶은데."

"네. 제 이름 앞으로 달아 두면 되거든요."

그들은 책을 꼭 끌어안고 재잘재잘 떠들며 방으로 돌아가기 시작했다.

그날 하루는 완벽했다. 아주 사소하게도 브리지트가 타라에게 먼저 팔짱을 꼈고, 소녀들은 더 돈독해진 기분으로 신이 나서 서로에게 몰입하느라 발 닿는 대로 걸었으며, 어딘가 엉뚱한 곳으로 온 것을 깨달았을 땐 브리지트가 별거 아니라는 듯 걷기 시작한 것만 빼면 말이다.

"아, 나 여기 길 알아. 가까우니까 조금만 더 가면 되겠네."

"어, 잘됐네요!"

벨벳 성이 집이라 잘 알기는 하지만 아직도 비슷비슷한 몇 군데는 헷갈리던 참이라 고심하던 타라가 반색했다. 거침없이 성큼성큼 발을 내딛는 브리지트가 퍽 믿음직스러웠기에 그들은 다시 하하 호호거리며 한참을 더 갔다. 그리고 생판 외딴곳에서 다시 멈췄다.

"어머? 생각보다 머네?"

"멀었나요?"

이제 조금 다리가 아파 왔다. 타라는 암만 본관 전체를 하루 종일 돌아다녀도 다리가 아프지 않았기에 고개를 갸웃거렸다.

얼마나 걸은 거지? 근처에 시계도 없어서 잘 모르겠다. 브리지트는 뺨을 긁적이며 창가를 내다보고는 손뼉을 쳤다.

"우리가 너무 걸어서 지나쳤나 봐! 괜찮아! 조금만 더 가면 될 거야!"

"그래요?"

이번에도 타라는 의심 없이 따랐다. 그리고 슬슬 뭔가 잘못 돌아가고 있다는 걸 느꼈을 때는 이미 하늘이 어둑하게 변하고 성 안의 마법 촛대에 저절로 불이 붙었을 때였다. 이제 팔짱을 끼고 심각하게 고민하고 있는 브리지트의 옆에 쭈그려 앉은 타라가 울상을 지었다.

으…… 힘들다. 이렇게 오래 걸은 적도 오랜만이었다.

"공주님……."

"으응, 타라. 내가 분명 아는 길이었거든? 매일 창밖으로 보았던 데란 말이야."

"아니, 잠깐만요. 그럼 직접 걸어 본 적은 없으시고 멀리서 눈대중으로 보기만 했다는……."

"어…… 그렇지?"

"……."

망했다. 타라의 머리를 잠식한 건 허탈한 이 세 글자였다.

이후 그들은 한참 더 헤매다가 저녁 시간이 다 되어도 타라가 보이지 않자 성을 탈탈 털다시피 역정을 내는 쥬다에 의해 구출되었다.

분노한 주인에게 쫓겨 헐레벌떡 벨벳 성 전체를 뒤지고 다녔던 안티오크와 이델도 추워서 꼭 붙어 앉아 브리지트가 피운 불빛을 쬐고 있는 소녀들을 발견하고 안도의 한숨을 쉬었다.

다 아는 듯해도 벨벳 성 자체가 고대부터 천혜의 요새로 복잡한 역사가 그대로 담긴 곳이기에 몇백 년 살던 자도 미로에 빠지기 쉽다는 잔소리를 한가득 듣고 나서야 그들은 지친 걸음으로 귀환할 수 있었다.

그나마도 쥬다의 냉랭하기 짝이 없는 시선에 브리지트는 딴청을 부렸고, 야센에게 따로 한 소리를 들어야 했다. 딱딱한 표정과 달리 걱정했는지 연신 폭폭 한숨을 쉬는 그는 독한 연기에 시달린 피곤한 나무 같았다.

"제발 어디를 갈 때 먼저 앞서 나가시지 말라고 몇 번 당부를 드렸습니까."

"아, 미안해! 바로 근방인 줄 알았지!"

"근방이어도 공주님이 길잡이를 하는 건 어부에게 금 캐라고 곡

괭이를 쥐어 주는 격입니다. 못하면 가만히 좀 계시란 말입니다. 어렵습니까?"

"알았어! 나 길치다! 됐냐?!"

"잘 아시니 다행인데 그다지 다행인 것 같지 않으니 큰일입니다."

쥬다에게 '꼭 앞으로도 저 여자랑 놀아야겠냐'며 은근한 을러댐을 듣고 나온 타라는 서로 면박을 주고 짜증을 내는 두 요정들을 멍하게 바라보며 깨달았다.

아. 저 언니 좀 허당이구나.

어쨌든 그 일 때문에 고생도 했지만, 심리적 거리가 부쩍 가까워진 것도 사실이었다. 타라는 점점 그녀가 좋아졌다. 그들은 하루 종일 책도 읽고 두꺼운 카펫 위에 앉아 사람의 얼굴 무늬, 고양이와 개의 얼굴, 십자가 모양도 찾아보면서 깔깔대며 놀았다.

단순하고 유치한 장난인데도 함께하니 신이 나고 좋았다. 정원에서 야센을 술래 세우고 숨바꼭질을 했던 것처럼. 물론 나무의 요정인 그는 아주 쉽게 나무 수풀에 숨은 타라를 찾아냈다가 브리지트에게 면박을 들었다. 목석같아 가지고는 눈치는 더럽게 없다고.

"왜 그렇게 봐?"

과자를 집어 먹고 손을 탁탁 털던 브리지트가 타라의 시선을 느끼고 반문했다. 타라는 조금 머뭇거리다가 솔직히 물었다.

"왜 저한테 이렇게 잘해 주세요?"

브리지트가 의외의 질문이라도 받은 듯 눈썹을 올렸다. 그녀는 팔짱을 끼고 곰곰이 생각하더니 대답했다. 귀여워서.

"난 귀엽고 사랑스러운 게 좋아. 우리 어머니처럼."

고개를 갸웃거리는 타라에게 브리지트는 생긋 웃었다.

"나는 요정족 중에서도 나이가 어린 편이야. 하지만 나는 정말 어렸을 때도 귀염받은 적이 없어. 나를 어리게 보는 요정도 거의 없었고. 여왕의 피가 짙어서 그런가, 변태(變態)를 빨리 했거든. 육체도 자아도 유소년기를 거칠 새 없이 커 버린 거지. 나는 내가 자랐다는 자각도 없었는데 눈떠 보니까 벌써 어른이 되어 있는 거야. 가끔은 내가 잠을 겨를도 없이 좀 더 천진해도 되었을 시절을 빼앗긴 기분이 들어. 천천히 인간처럼 느리게 자라는 자매들을 보면 괜히 부럽더라고. 걔들은 나를 부러워하지만. 뭐, 대리 만족인 거지."

그리고 그것 말고도 결정적인 건 이거지. 브리지트는 피식 어깨를 으쓱했다.

"네가 예뻐서?"

"공주님은 예쁜 사람한테 다 그렇게 친절하세요?"

"이제 네?—라고 안 하는구나."

짓궂은 말에 타라는 얼굴을 붉혔지만, 그녀의 눈을 똑바로 마주 보는 걸 그만두지는 않았다. 그 순수하고 올곧은 시선에 브리지트는 옅은 미소를 지었다.

"물론 다 그러지는 않아. 예쁘면서 싸가지 없으면 짜증 나거든. 특히 나보다 더 예쁘면."

"그럼 왜?"

"잘 모르겠는데."

"네?"

저도 모르게 반문해 놓고 아차 싶어서 눈을 굴렸다. 브리지트가 깔깔거렸다.

"사람 좋아하는데 이유가 꼭 필요하니? 그냥 마음이 가는 거지. 넌 네가 아끼는 사람들을 합당한 이유가 있어서 좋아하는 거야?"

"아뇨, 그렇진 않지만…… 저희는 본 지 얼마 되지도 않았고……."

"네가 호감을 느끼고 좋아할 만한 사람이니 그런가 보지. 쓸데없는 데 신경 쓰지 말고 내 드레스나 골라 줄래?"

브리지트가 휘휘 손짓하며 옷방으로 걸어 들어갔다. 타라는 잠깐 멍하니 그녀의 뒷모습을 바라보다 황급히 쫓아 들어갔다. 어쩐지 귓가가 뜨거웠다.

*　　*　　*

"타라는 오늘도 그 공주랑 놀고 있나?"

"예. 아마도……."

공손히 대답하면서 안티오크는 슬쩍 쥬다의 눈치를 보았다. 쥬다는 펜으로 톡톡 양피지를 두드리며 턱을 괸 채 생각에 잠겼다.

"다른 꿍꿍이가 있는 건 아니겠지?"

예컨대 타라만 아직도 정확한 행방을 모르는 아벨라나, 타라를 위협했던 요정 세랑트처럼.

"그건 아닌 것 같습니다. 브리지트 공주는 그냥…… 아무 생각이 없어 보이던데요."

쥬다는 침묵으로 긍정했다. 사람 속내를 꿰뚫어 보는 것에서 그는 뒤떨어지는 편이 아니었다. 공주는 허탈할 만치 그저 발랄한 소녀 같았다. 딱 타라 또래의.

물론 요정 나이가 보이는 그대로는 아닐 테니 여기서 말하는 또래란 정신연령 따위를 말한다. 그렇다면…….

"타라에게는 첫 번째 친구겠군."

대다수 소년 소녀는 또래 집단에 소속되어 사회성을 익히고 영향받으며 정체성을 형성한다. 일정 나이가 차면 자신과 비슷한 존재와 교감하기를 원하게 되는 것이다.

타라의 자아 성장이 더딘 탓인지, 아니면 그 착한 아이가 내색을 안 하는 건지 모르겠지만 지금까지 타라는 그런 종류의 외로움을 내비치지는 않았다. 하지만 앞으로도 그러리란 보장은 없다. 이델의 주장대로, 그녀의 세계를 넓혀 주는 것도 필요하게 되리라.

기회는 우연히, 뜻밖에 찾아왔다.

얼핏 보기에는 브리지트에게 타라가 끌려다니는 것처럼도 보이지만 쥬다는 알고 있었다. 타라가 은연중에 그녀를 동경하고 호기심과 호감을 느끼고 있다는 걸.

안티오크는 어쩐지 싱숭생숭해 보이는 쥬다를 힐끔거리고는 소리 없이 눈을 기울여 웃었다.

"서운하십니까?"

이런 질문도 타라가 없었던 때에는 상상도 하지 못했다. 쥬다도 그녀로 인해 보이지 않게 많이 변한 것이다. 집사의 꼬리가 낭창하게 하늘거렸다. 쥬다는 덤덤히 대꾸했다.

"그럴 리가."

"그럼요?"

"그냥 거슬리는 거지, 조금."

그게 서운한 것 같은데요. 안티오크는 뒷말을 삼켰다. 그는 아직 주인 손에 가죽이 벗겨져 고양이 카펫이 되고 싶은 마음은 없었다.

"타니아의 공주는 다소 과하다. 적당하고 안전한 단짝으로는 타라에게 아직 부담스러워."

"그건 그렇지요."

그러니까 아니다 싶으면 스삭 ― 하기에 귀찮아진다는 뜻이로군. 충실한 집사답게 찰떡같이 알아들었다.

브리지트 공주는 어디로 튈지 모르는 공이었다. 그 불확실함 자체를 쥬다는 내키지 않아 했다.

"하지만 어쩔 수 없지요. 타라 님이 공주님을 퍽 마음에 들어 하시니."

그래서 일단 내버려 두고 있었다. 이델은 아이란 항상 뜻대로만 자라지 않는다고 했다. 맞는 말일지도 모른다. 쥬다는 낮게 한숨을 쉬고는 화제를 돌렸다.

"중앙 왕국은 어떻지?"

"한결같습니다. 주인님의 '방문' 이후에도 조용했으니까요."

3년 전 쥬다가 겨울 성을 난장판으로 만든 사건으로 불사의 마도사의 새 악명이 추가되었다. 겨울 성의 마룡. 쉬쉬해도 전 대륙이 수군대고 있으니 중앙 왕국에서 무언가 움직임이 있을 법했는데 아무런 낌새가 없었다.

클레멤논이 '감히' 그를 상대로 전면전을 벌일 일은 없겠지만 명목상 율리아의 맹주인 건 사실이었다. 본인의 명예와 권위를 위해서라도 허울뿐인 뭔가라도 해야 정상이라는 얘기다.

쥬다도 몇 년 안에 외교적 마찰이나 가벼운 무력시위 정도는 기대하고 있던 터라 어떠한 도발이나 보복도 없는 것에 의외라고 여기고 있었다.

아니면, 따로 노리는 게 있던가.

그는 쌀쌀맞게 혼잣말했다.

"그 여자의 입김이 들어간 거다."

"아델하이트 여왕이 말입니까?"

대꾸 없이 팔짱을 꼈다. 독사 같은 여자. 그들은 서로를 너무 증오하거나, 어쩔 수 없이 감정적으로 얽힌 역사 탓에 상대의 심리를 얼추 파악할 수 있었다. 애석하게도.

"이와 별개로 중앙 왕국의 군사적 강화는 계속되고 있습니다. 아무래도 왕의 검이었던 동부와 소원해졌으니 어쩔 수 없는 결과이지요. 인지는 하고 계셔야 할 듯합니다."

"그가 왜 갑자기 왕에게 반기를 든 거지?"

"반기를 들었다기보다는, 맹목적인 군사적 후원을 고사하겠다는 거지요."

"그게 그거지."

따뜻한 봄의 땅, 평화로운 초원이 펼쳐져 말이 뛰어놀기 적합한 동부는 기사(騎士)들의 성지였다. 대대로 율리아의 안정을 위해 황금 성의 주인은 겨울 성의 왕에게 우호적이고 그를 지키는 데 수고를 아끼지 않았다.

이 특별한 신뢰 관계는 그 유명한 청년 왕 시절부터 그의 아들이 군림하는 현재까지도 유지되고 있었는데 웬일인지 과하다시피 점잖게 굴던 동부가 중앙 왕국과의 외교적인 거리를 유지할 것을 공표한 것이다.

아마 겨울 성이 벌집이 되어도 이때껏 얌전한 건 동부와 틀어진 이유도 한몫할 것이다. 그만큼 왕에게 있어 동부의 군사력을 잃는 것은 성이 좀 부서진 것보다 큰 출혈이었다.

쥬다는 멍청한 왕이 한 방 먹은 건 고소했으나 갑작스러운 동부의 노선 변경도 그리 달갑지는 않았다.

"일전에 말한 대로 중앙부의 간자들에게서 서신이 오는 대로 내게 보고해라. 경계하는 걸 게을리하지 말도록."

"예. 안 그래도 부쩍 바빠질 겁니다. 북부에서 곧 움직일 테니 말입니다."

쥬다라고 손 놓고만 있었던 것은 아니었다. 최근 쥬다가 북에 들렀던 결과물이 이제 슬슬 발동될 때가 왔다. 굳이 귀찮은 들개를 쫓는데 직접 나설 필요가 있는가.

야생 늑대무리를 들개 둥지로 몰면 될 일이다. 동부라는 방패를 잃은 중앙 왕국은 한동안 수족들과 드잡이질을 하느라 서부에는 신경도 못 쓸 것이다.

안티오크는 최소 근 백 년간은 벨벳 성에 틀어박혀 현상 유지를 위한 통치만 해 온 쥬다가 공격적으로 움직이는 것이 낯설면서도 기꺼웠다.

사실 지금도 집권 초기만큼 시도 때도 없이 폭발하는 불화산처럼 적극적이지는 않았다. 현재 서부의 대응 방식은 강한 공격형 방어에 가까웠다. 그답지 않은 '제 둥지 지키는 맹금' 같은 태도에서 한 소녀가 떠오르는 건 왜일까. 안티오크는 괜히 흐뭇해져서 야옹 낮게 울었다.

"한동안 대륙 전체가 시끌시끌하겠군요. 남부와 저희를 제외한다면 말입니다. 브리지트 공주님도 신랑 찾기 할 땅을 잘 고르셨어요. 여왕의 현안일까요?"

"모를 일이지."

쥬다는 찰나 뜸을 들이다 말했다. 두루마리를 정리하던 안티오크가 앞발을 탁 쳤다.

"그러고 보니 비제 경이 요정을 별로 안 좋아하지 않습니까. 예전에 불미스러운 일도 있기도 했고요. 혹 타라 님이 공주님과 더 가까워질지도 모르니 그를 잠시 외근을 보내는 건 어떨까요?"

공주의 성격이나 타라와의 친밀감, 또 만만치 않은 비제의 성격상 그들은 안 부딪치는 게 최고였다.

비제는 영리한 사내라 일 처리 완벽하고 말끔한 기사처럼 굴다가도, 이따금 예전 사건처럼 큰 사고를 쳐서 본인의 범상치 않음을 ─ 쥬다는 덜떨어진 또라이라고 평했다 ─ 증명하곤 했다.

다른 것보다 안티오크는 타라가 상처받는 일이 없었으면 했다. 쥬다도 거기에 생각이 미쳤는지 곧바로 허락했다.

"좋은 생각이야. 당장 내보내."

"그런데 어찌 된 일인지 이번에는 오래 붙어 있군요. 어련히 공주가 오기 전에 떠날 줄 알았는데."

비제는 확실히 별났다. 홀쩍 왔다가 이튿날이면 또 말도 없이 휙 떠나기가 부지기수였다. 쥬다가 그의 방종을 묵언으로 허락했기에 가능한 일이었다.

한데 그런 그가 한 달여가 다 되도록 짧은 외출 한번 없이 내내 성에 머무르고 있다. 쥬다는 무심히 대꾸했다.

"밖에 나가지 않아도 신기한 게 여기에 있으니까."

"무엇을 말씀하시는지……."

"안티오크."

긴 손가락이 청동 시계의 오래된 석류 장식을 쓸었다. 은청안이 가늘어진다.

"사람의 눈이란 건 결국 다 거기서 거기다. 내게 귀하고 흥미가 이는 건 다른 이에게도 그렇다는 뜻이지."

그놈은 어떻게 정의를 내릴지 모르겠지만.

*   *   *

쥬다와 안티오크의 우려는 조금 늦은 감이 있었다. 모든 사건 사고가 그러하듯이.

타라는 모처럼 한가롭게 정원에 산책을 나와 책을 펼쳤다. 아침에 내린 봄비로 잔디들이 이슬 맞은 양 축축했지만, 미리 준비해 온 모포를 깔고 위에 앉으니 그럭저럭 괜찮았다. 털을 부스스 털고 그녀의 곁에 앉은 준이 물었다.

[오늘은 그 요정 공주랑 안 노네?]

"비 오는 날은 밖에 나가기 싫으시대요. 방에서 뒹구는 게 최고라나."

불의 요정이라 그럴까? 비만 내리면 유독 게을러지는 것 같다. 어젯밤 홀짝거린 와인이 숙취가 있는 것 같다며 그녀가 이불에 폭 얼굴을 묻고 손사래를 치는 걸 보고 나온 타라는 오늘은 혼자 시간을 보내야겠다고 마음먹었다.

"있잖아요, 준. 왜 사람들은 술을 먹는 걸까요?"

[그거야 뭐, 맛있으니 먹겠지.]

"정말 그게 그렇게 맛있어요? 안티오크는 쓰다고 투덜거리면서도 계속 먹던데."

쥬다가 항상 와인을 즐기는 것처럼 벨벳 성 사람들도 술을 퍽 좋아했다. 이것도 최근에 안 사실이다. 그들은 어린 타라 앞에서 주정뱅이질을 하는 건 지양해야 한다는 암묵적인 규칙을 가지고 있는 것 같았다.

그래서 지난 몇 년간 타라는, 아침에 어딘가 해쓱하거나 퀭한 눈으로 썩은 미소를 지은 이들이 좀비처럼 골골거리다 오후쯤되면 다시 말짱해지는 이유를 몰랐다.

물론 이것도 벨벳 성 사람들 중 극소수에 속하는 이들로, 거의 대다수는 독한 럼주나 맥주 따위에는 입에도 대지 않는 것처럼 굴었다. 예컨대 술을 좋아하지만 마시는 것에 약한 안티오크가 음주 이틀날 고양이 얼굴로 속 쓰린 티를 팍팍 낸다면, 이델의 경우 쌩쌩하게 휘파람을 불며 벨벳 성 식구들에게 먹일 해장 수프를 끓였다.

양배추와 오이가 가득 들어간 그 이상한 라솔 수프를 일주일에 족히 네 번은 아침으로 먹길래, 타라는 그게 서부의 특산물인 줄만 알았다.

"아니 글쎄, 석 달 전이었을 거예요. 밤에 책을 읽다가 따뜻한 우유가 먹고 싶어서 주방에 내려가지 않았겠어요? 그런데 이델, 안티오크, 게리랑 마부 엔케 아저씨까지 전부 부어라 마셔라 킬킬거리며 놀고 있는 거예요! 목수 아리앙 씨는 이미 바닥에 뻗어 있었고요."

타라는 시끌벅적한 소리에 이상하다 생각하며 문을 열었다가 술에 취한 안티오크가 널브러진 아리앙의 위를 야옹야옹 밟고 뛰어다니는 걸 보고 충격을 받았다.

노란 털에 딱 맞춘 집사복까지 그대로였지만 이마에 넥타이를 매고 이델이 먼지떨이를 흔드는 대로 폴짝폴짝 그것을 잡으려 애쓰는 그는 딱 취객 고양이였다.

—푸하하하! 봐 봐라? 얘 몇 잔만 마시면 그냥 고양이라니까?

—캬오옹! 내놔랑! 야옹!

—집사님. 힘내세요. 거기, 거기, 그 짝으로…… 딸꾹!

난장판이었다. 타라는 얼어붙었다가 소리 없이 문을 닫고 뒤로 물러섰다. 뭔가 봐서는 안 되는 걸 본 기분이다.

조금 서운하기도 했다. 타라는 이때껏 성의 식구들이 밤마다 저렇게 노는 것도 몰랐는데. 그녀가 잠들 시간에 모두가 함께 잠이 든 건 아니었던 거다. 소외감이 들려다가도, 저가 이해해야 하는 건 아닐까 하는 생각이 들었다.

타라가 어릴 때부터 돌보아 온 저들은 항상 다정하고 어른스러운 모습만 타라에게 보여 주고 싶지, 저런 유흥에 정신줄을 놓은 모습은 보여 주기 싫을 수도 있었다.

그러니 이해하고 모른 척해야지. 그냥 타라가 빨리 자라면 해결될 문제였다.

타라는 잠시 그 부엌문 앞에 쪼그려 앉아 그들의 왁자지껄한 웃음소리를 듣고 있다가, 발소리를 죽여 조심스럽게 방으로 돌아갔다. 어쩐지 그 밤에는 벨벳 성이 너무도 커다랗게 느껴졌다.

"당시에는 내가 괜한 욕심을 부리나 보다 했어요. 그런데 이상하죠, 요즘은 안 그래요."

타라의 종알거림을 듣던 쥰이 꼬리를 흔들며 물었다. 왜?

"으음, 쥬다가 내 생일을 축하해 줬고, 그리고…… 아."

타라는 새삼스럽게 비어 있는 옆자리를 바라보았다.

"공주님 때문인 것 같아요. 밝은 분이라서 옆에 있으면 항상 마음이 반짝반짝하거든요."

태초의 불의 요정이자 요정족의 첫 번째 여왕이 태양이 떨어뜨린 눈물, 활활 타오르는 염화 속에서 태어났다고 하는데, 일리가 있는 것 같다. 브리지트도 불꽃에서 태어났다면 따뜻한 벽난로나 여행자의 몸을 데워 주는 모닥불에서 첫눈을 뜨지 않았을까?

"그래서 요즘은 참 즐거워요. 원래도 행복했지만, 더 충만해지는 기분?"

[요컨대 놀아 줄 사람이 생겨서 심심하지 않다는 건가.]

준이 결론을 내리고는 어쩐지 심통이 난 것처럼 등을 돌리고 앉았다. 그들의 교감적 거리 덕분에 바로 그의 기분이 전달된 타라가 놀라서 그를 부르자, 준은 아예 엎드려 버렸다. 곧 동그래진 눈과 눕혀진 귀 덕에 순하고 우울해 보이는 덩치 큰 검은 멍멍이가 낑낑 소리를 냈다.

[나도 너랑 놀아 주잖아.]

"당연하죠! 그냥……."

[요새 그 요정이랑 논다고 나랑 자주 산책도 안 가고. 공 턴 지기도 자주 안 해 주고.]

나름 쌓여 있었던 건지 불평불만이 주둥이 사이로 슬금슬금 기어 나왔다. 저보다 훨씬 큰 개인데도 아래에서 울망울망한 눈으로 올려다보니까 타라는 가슴에 지대한 양심적 가책을 느꼈다. 보송보송

도톰한 꼬리가 축 늘어져 있다. 그녀는 얼른 준을 안으면서 외쳤다.

"미안해요, 준. 내가 나빴어요. 내가 준을 얼마나 좋아하는데요! 신경 못 써서 미안해요."

[흥. 이미 늦었어. 네 친구가 나보다 더 좋지?]

"아니 그……."

브리지트가 친구?

타라는 새로운 자각에 눈이 동그래졌다. 그리고 준에게 처음 이름을 지어 주었을 때도 생각났다. 타라는 슬금슬금 입술에 배어 나오려는 미소를 억누르며 헤헤헤 준의 머리와 등을 쓸었다.

[왜 기분 나쁘게 웃어? 흥! 이 정도로 내가 풀어질 거라 생각한다면……]

"간식 먹을래요? 개 껌 줄까요?"

[하! 위대한 우리 케랄족을 뭐로 보는 거야? 그런 잡스러운 씹을 거리 정도에 기분이 좋아질 줄 알아?!]

몇 분 후, 개 껌을 씹으며 눈을 가늘게 뜨고, 꼬리를 살랑거리며 기분이 좋다 못해 행복해 보이는 검은 개의 머리를 살살 만지면서 타라는 생각에 잠겼다.

친구…… 그렇구나. 나는 친구가 갖고 싶었는지도 몰라. 어릴 적 또래 아이들이 웃고 떠들며 세상 가장 즐거워 보이던 그 풍경을 기억했다.

양손으로 뺨을 감쌌다. 이제 보슬보슬 떨어지던 비는 그치고, 크림빛 구름 사이로 드러난 햇살이 푸르게 곱슬거리는 머리칼을 간지럽혔다. 비 온 뒤의 헝클어진 땅 냄새, 풀 냄새가 뒤섞인 향기가 물씬 맡아진다.

겨울이 가고 봄이 왔음에도 타라는 이 후원의 사계절을 모두 알았고, 개중 눈이 소복소복 쌓였을 때, 쥬다가 그녀가 만든 눈사람에게 제 단추를 떼어 눈을 만들어 줬던 걸 지금도 생생히 기억했다.

눈사람이 녹는 게 슬퍼서 시무룩한 그녀를 위해 쥬다가 몰래 아침마다 그 눈덩이에 마법을 걸었던 것도.

그가 그렇게 수고하는 게 싫어서, 아니 이제 충분하다 못해 차고 넘쳐서, 녹아도 괜찮다고 말하고는 그 단추만 제 보석함에 소중히 넣어 두었다.

이제 타라는 해마다 눈사람이 녹으면 아쉽기는 해도 슬프지는 않다. 이미 쥬다가 그녀에게 선물한 크고 작은 눈사람들이 심장에 가득하니까.

사실, 누구나 각자의 결핍을 하나씩은 안고 살아간다.

─난 귀엽고 사랑스러운 게 좋아. 우리 어머니처럼.

─나는 여태껏 한 번도 찾지 못한 귀한 것을 그는 찾은 것 같아서.

─타라 님이 여자여서 저는 얼마나 좋은지 몰라요. 딸 키우는 기
쁨을 이제야 처음 알게 됐다고나 할까.

그건 특별하지 않은 사소한, 누구나 가지고 있는 얼룩점이다. 그
러니 타라는 과분하게도 넘치게 운이 좋은 편에 속할 것이다. 그리
정의를 내리니 사고의 가지가 더 안쪽으로, 내내 피하던 곳으로도
뻗어 갔다.

유년기의 궁핍조차 지금의 가득한 풍요에 대한 공평한 값을 치
르기 위해서였다면, 그것도 나쁘지 않다고, 그 모든 일들도 의미 있
는 일들이었을지도 모른다고 그리 생각해 보기로 하자. 처음부터
너무 과한 게 주어졌다면 그 가치조차 모르는 바보가 되었을지도
모르니.

개운한 얼굴로 쭉 기지개를 켰다.

"아, 날씨 좋다."

하지만 술은 궁금하긴 했다. 시험 삼아 술을 조금 먹어 보고 싶
다고 말하면 모두 어떤 표정을 지을까. 경악 어린 시선들을 상상하
니 짓궂은 만족감이 들었다. 타라가 잠깐 고민하다 도리질했다.

"아니야. 술 같은 건 쥬다에게 물어봐야지."

"술? 너 술도 먹어?"

"아니요! 절대 아니……."

저도 모르게 대꾸하다가 타라는 눈썹을 찡그리고 터덜터덜 제
쪽으로 걸어오는 비제를 바라보았다. 봉 뜬 살구색 머리칼이 햇볕
에 닿아져 찰나 금빛으로 반짝였다. 타라가 저를 물끄러미 보아 오

자 비제가 고개를 갸웃거렸다.

"왜 그래?"

"그냥······."

그의 독특한 말투를 어디서 들었나 고민했는데 이제야 알았다. 어느 무서운 밤, 이 후원에서, 타라를 꾀어내고 유혹했던 목소리. 그 달콤한 억양을 닮아 있었다. 그는.

"아저씨 목소리를 어디에선가 들어 보았다고 생각했었거든요."

웃고 있던 비제의 얼굴이 천천히 가라앉았다. 수면에 떠 있다 바닥까지 소리 없이 내려앉듯이.

"그런 말은 처음 듣는데."

아름다운 갸름한 얼굴이 가늘게 옆으로 기울었다.

"사실 그러기가 힘들지. 나와 비슷한 목소리를 들으면 다음에 비교하는 것도 힘들거든."

보통 그 첫 번째로 죽으니까.

바람이 찰나 멎은 것 같다. 가을 하늘처럼 파란 눈과 단풍보다 짙은 붉은 눈이 마주쳤다. 탐색하는 시선. 순식간에 그물에 걸린 물고기가 돼 버리는 듯한 눈빛이었다. 소녀의 뭉근한 얼굴선과 투명한 시선을 응시하던 무미한 낯에 느리게 어떤 것이 그려졌다.

그의 입술이 떨어졌을 때, 그보다 먼저 누군가가 그들 사이에 끼어들었다. 따뜻한 불과 같은 어깃장과 함께.

"무슨 재미있는 얘기 중이야? 아니, 사실 유쾌한 대화는 아닌 것 같은데."

"브리지트 공주님?"

타라가 놀라 부르자, 야셴을 거느리고 후원에 들어선 브리지트가 한쪽 손을 올려 인사를 받았다. 그녀는 타라의 앞을 가로막고 팔짱을 끼며 무표정한 얼굴의 비제를 똑바로 바라보았다. 붉은 입술이 빙긋 휘었다.

"드디어 만나네. 나 알지?"

비제는 따라 웃으며 대꾸했다.

"남부의 귀한 공주님을 나같이 미천한 기사가 알 턱이 있나."

"모를 건 뭐 있나. 그대도 귀한 혈통을 타고났는데."

귀한 혈통? 타라의 의아한 표정은 곧 놀람으로 바뀌었다. 브리지트의 이어진 말은 전혀 예상치도 못한 폭로였음으로.

"물의 요정족의 왕, 코넬리어. 그녀의 유일한 아들이 그대 아닌가?"

비록 모친의 살해범이 그 아들일지도 모른다는 건 유감이지만 말이야.

8

어른이 된다는 건

모친의 살해범이라니. 이건 대체 무슨 소리지? 타라는 반사적으로 사실 확인을 하듯 비제를 쳐다봤다. 모욕적인 말에도 그의 얼굴은 시종 변화 없이 무감각했다.

브리지트를 바라보던 벽안이 일순 이쪽으로 움직였다. 미처 표정을 수습하기도 전에 움찔거렸다.

저가 어떤 얼굴을 하고 있을지 저 자신도 잘 상상이 안 간 타라는 그가 시선을 돌려 버리자 지레 초조하고 가슴이 따끔거렸다. 비제가 갸웃하더니 빙긋 웃었다.

"그건 아주 오래전에 끝난 일 아닌가? 요정족이 그런 의혹 따위로 아직껏 원한을 가지고 있을 줄은 몰랐는데."

그런 소인배인 줄은 미처 몰랐다는 듯 상냥한 낯이었다. 브리지트는 싸늘하게 입술을 말아 올렸다.

"물의 일족이야 저들끼리 노는 족속인데 원한 따위가 있겠어? 남의 집안일에는 관심 없어. 그건 우리 어머니도 마찬가지고."

"그런데?"

"하지만 그쪽이 그런 인간이라는 '전과'는 남지. 사람을 신뢰하고 평가하는 데 내게 잘하고 아니고는 중요한 게 아니야. 그가 저보다 약한 자, 오래된 지인, 가족에게 어찌하는지를 보는 게 더 정확하다고 보거든, 나는."

브리지트는 싹 정색하고는 비제를 쏘아봤다.

"방금 타라를 위협했잖아."

"내가?"

내내 잔잔히 미소를 짓고 있던 비제가 눈썹을 올렸다. 그가 다시 타라를 다시 돌아보았다. 말간 눈을 마주한 타라는 애매한 기분을 느꼈다.

위협이라고 하기에는 그는 너무도 무해하고 투명한 시선으로 바라봐 온다. 아까도 일순 묘한 기세에 움찔하기는 했으나 그가 자신을 해칠 것 같지는 않았다. 이상스러운 직감이었다. 타라는 어느새 고개를 젓고 있었다.

"아니에요. 저 사람은 그냥……."

쏟아지는 시선 한가운데서 타라는 머뭇거렸다. 무어라 형언해야 할지 헷갈렸다. 엉겁결에 말했다.

"그냥, 신기하고…… 걱정한 것뿐이에요."

저가 말해 놓고도 타라는 이게 뭔 말인지 이해가 가지 않았다. 브리지트도 괴상한 광대버섯을 내려다보는 표정으로 자신을 보고 있었다. 볼이 뜨거웠다. 힐끔 이 일의 원흉을 보니까 비제 또한 무표정한 얼굴은 아니다.

비제가 타라를 멀뚱히 응시하면서 느릿하게 입술을 꿈틀거렸다. 갸름한 눈썹이 활처럼 휘더니 이내 푸하하, 웃음을 터뜨린다. 난데없이 박장대소를 해 대는 모양에 세 사람이 모두 눈을 깜박이며 비제를 쳐다보았다.

낄낄거리며 눈물까지 괸 그가 비틀비틀 타라에게 걸어왔다. 브리지트가 그를 제지하기도 전에 비제는 잔디밭에 털썩 주저앉아 타라의 볼을 꼬집었다. 타라는 황망해서 볼이 쭉 늘어난 채 어리벙벙해했다.

"하하하. 귀여워라. 그렇게 보였어?"

비제가 혀 짧은 소리를 내며 싱글벙글 웃는 것에서 정신이 번쩍 들었다. 타라는 열이 확 올라 뺨에 닿은 손을 얼른 쳐 내면서 짜증을 냈다.

"왜, 왜 이래요! 아프게!"

"아팠어? 미안."

순순히 물러나서는 머리칼을 가만가만 쓰다듬는 게 신경질적인 고양이를 어르는 것처럼 다정해서 맥이 탁 풀렸다. 볼 꼬집는 건 쥐다도 안 한 건데! 이 사람 완전히 나를 애 취급하잖아?!

둘을 번갈아 보던 브리지트가 떨떠름하게 물었다.

"둘이 친해?"

"아니에요!"

"……그렇다는데? 서운하게시리."

비제가 턱을 괴면서 섭섭한 낯을 하자 타라는 어버버거렸다. 장난일 게 뻔한데 괜히 무안하고 미안했다. 당황이 가득한 그 조그만 얼굴을 눈에 담는 푸른 눈이 가늘게 휜다.

못마땅하게도, 그를 보면 자주 그러했듯 타라는 이번에도 넋을 놓았다. 마치 바닷속 세이렌의 손짓처럼 저도 모르게 고개를 쭉 빼고 보게 되는 마력이었다.

달도 없는 밤, 속절없이 파도와 하얀 거품이 이는 깊은 수렁으로 끌려갈 것처럼.

그때 그의 손가락이 딱 코 앞에서 튕겨졌다. 앗. 타라가 흠칫 눈을 깜박이는 사이 엷은 웃음소리가 들려왔다.

"이러니까 걱정되지, 이 아가씨야."

꿈결 속에서 울리는 종소리처럼 흐트러지는 웃음 다음에는 나직한 목소리가 경고를 담았다.

"정신 똑바로 차려. 확 잡아먹히기 싫으면."

꼬집힌 손자국 탓에 불그스름한 타라의 볼을 톡톡 두드린 비제가 자리에서 일어났다. 얼이 빠져서 그가 멀어질 때까지 가만히 앉아 있던 타라는 브리지트가 푹 찹쌀떡 같은 제 뺨을 찌르자 깜짝 놀랐다.

"네, 네?!"

"타라, 정신 차리렴. 그 남자는 갔으니까."

"아, 네……."

연속으로 정신 차리라는 말을 듣고 나서야 정말 정신이 들었다.

타라는 아직 열이 식지 않은 제 볼을 문지르면서 얼떨떨함과 민망함을 둘 다 느꼈다. 뭐야. 이건 꼭 위협 아닌 위협을 당한 기분이었다. 정말 이상한 아저씨야. 브리지트가 뚱한 소녀의 앞에서 손을 흔들었다.

"걱정돼서 급하게 왔더니 그렇게 위험한 분위기는 아니네?"

"어…… 나쁜 아저씨는 아니에요."

아마도? 확신 없는 두둔에 브리지트는 흠, 고개를 기울였다.

"네 후견인 수하라고 편드는 건 아니고?"

"아니에요."

타라는 고개를 흔들었다. 외려 쥬다가 그를 나름대로 총애한다는 걸 알았을 때 조금 싫었다. 유치한 질투라면 질투지만 그냥 첫인상부터가 별로였으니까.

그래서 지금도 싫으냐고 묻는다면…… 타라는 입술을 삐죽이며 또 꾹 다물었다.

"이상한 아저씨예요."

"그런 것 같아."

브리지트가 투덜거리면서 타라의 옆에 털썩 주저앉았고, 야센은 비가 아직 다 마르지 않은 자리에 엉덩이를 깔고 앉은 그 모양을 빤히 응시하고 있었다. 타라가 눈치껏 가지고 온 담요를 펼쳐 톡톡 두드렸다. 여기 앉으세요. 응. 브리지트는 두말없이 엉금엉금 옮겨 앉았다.

"정말 이상해. 나는 그자가 영락없이 너를 을러대는 건 줄 알았단 말이야. 푸르스름한 눈으로 뚫어져라 쳐다보는 게…… 으! 난 물의 요정들은 그런 게 싫더라. 물귀신 같잖아."

"물귀신이요?"

타라가 킥킥 웃자 브리지트는 뭘 모른다는 듯 검지를 까딱거렸
다.

"틀린 말도 아니지. 그들이 사는 곳에서 실종되는 사내들이 얼마
나 많은 줄 아니? 물의 요정족은 전원이 여인들이거든. 사내를 유혹
해서 아이를 갖고 가끔은 아무 이유 없이 물에 빠뜨려 죽게 만들기
도 해."

"세상에."

끔찍하고 무서운 이야기였다. 방금 자신도 비제의 매혹적인 미
모에 홀리지 않았던가.

찰나 밤에 마주쳤던 그의 신비롭고 은밀한 미소가 머릿속을 잠
식했다. 오싹 소름이 돋아서 머리를 흔들었다. 그러다 엉겁결에 넘
어갔던 충격적인 이야기를 다시 떠올렸다.

"저기, 그런데 아까 비제 아저씨가 물의 일족의…… 그러니까 왕
자님 같은 건가요?"

"왕자님 같은 오글거리는 단어로 단정 짓기에는 좀 그렇고, 그들
의 수장이 인간 사내와 사랑에 빠진 적이 있어. 주변에서는 얼마 못
갈 불이라고 여긴 모양인데 그래도 퍽 오래갔다나. 그 사이에서 태
어난 혼혈이 저치야."

사실 그 뒤가 더 흥미로워.

"결국 그 불멸의 로맨스는 최악의 형태로 끝장났거든. 이런 걸 너
한테 말해 줘도 되는지 모르겠다."

"왜요?"

그런 말에는 더 덩달아 호기심이 치밀 수밖에 없으니 타라도 몰입해서 얼른 되물었다.

"그 반려가 마음이 식은 거야. 다른 여자를 사랑하게 되었다나. 하지만 영원에 가까운 삶을 사는 그녀는 그것을 용납하지 못했어. 그래서 제 손으로 그를 끝장내었지."

이상하다. 어디선가 이와 비슷한 말을…… 아.

　ㅡ요정들은 언제나 빚을 갚는 종족이지요. 특히 복수에서는요. 자신과 결혼한 인간 남편이 바람을 피웠다고 익사시켜 죽여 버린 물의 요정도 있는걸요.

타라는 아주 오래전 안티오크가 스치듯 말한 그 이야기가 비제의 부모님에게 벌어졌던 비극이었다는 걸 뒤늦게 깨달았다. 뒤숭숭한 마음으로 타라가 중얼거렸다.

"그럼 어머니의 일은……."

"나도 정확히는 몰라. 내가 태어나기도 전의 일이라. 다만 그녀가 누군가에게 살해당한 건 확실해. 우리 엄마가 말하길 코델리어는 절대 자연스러운 죽음을 맞은 게 아니라고 했어. 그렇게 강력했던 바다의 마녀를 죽일 수 있는 자도 거의 없거니와, 그녀의 죽음을 목격하고 처음 일족에 알린 자는 그 아들이었으니 당연히 의심스러울 수밖에."

타라는 생각했다. 그리고 아마도…… 비제가 그 의심스러운 시선에 어떤 구구절절한 변명을 했을 것 같지도 않았다. 그냥, 그녀가 본 그는 그러했으므로.

브리지트는 그 후 물의 일족에서 쫓겨나 서부로 간 그가 새 영주가 된 쥬다에게 거둬졌고, 한창 살육을 벌이던 파괴마의 밑에서 얼마나 '서부의 미친개'로 활약했는지에 대해 종알거렸다.

"직접 보니까 어미의 피를 강하게 물려받은 모양인데. 내 화기(火氣)를 느꼈을 텐데도 눈 하나 깜짝 안 하는 것 좀 봐. 에이, 자존심 상해."

"그런데 물의 요정족은 전부 여성이라면서요? 비제는 남자인데."

"그러니까 저 사내가 반요(半妖)라는 거야. 이백 년에 한 번 나올까 말까 한 일이라서 당시에도 모두 놀랐대."

"그렇구나."

타라는 작게 중얼거리며 그가 사라진 쪽을 바라보았다. 그녀는 싱숭생숭함을 잊으려 일부러 화제를 돌렸다.

"숙취는 다 풀리셨어요? 오늘 하루 종일 안 나오실 줄 알았어요."

"흥! 그쯤이야 뭐, 괜찮아. 너 날 너무 약하게 보는구나. 내 주량이 얼만데."

"그게 자랑이십니까."

가만히 듣던 야셴이 한숨도 없이 묵직하게 대꾸했다. 브리지트는 평소와 달리 입술을 삐죽이면서도 못 들은 척 했다.

"우리 언제 술 먹자! 이제 성년이라며? 그럼 괜찮지 않나?"

"어…… 그런가요?"

하지만 쥬다가…… 싫어하지 않을까? 하지만 타라는 엉겁결에 고개를 끄덕였다. 지금 당장도 아니고…… 조금이면 괜찮겠지, 하면서.

*　　*　　*

서부의 군주인 쥬다와 그를 주군으로 모시는 비제에게는 그들만의 정확한 복종과 상하 관계가 존재했다. 그래서 저 잔인한 자가 저런 방자함을 용인한다는 것에 많은 이들이 의아해했으나, 정작 그들 사이는 몇백 년에 달하는 긴 시간 동안 큰 문제가 없었다.

쥬다는 드문 비제의 거절에 고개를 삐딱하게 기울였다.

"이유는?"

"이미 그 여자 만났어요."

"언제."

"조금 전에."

잠깐의 뜸 이후 여상스러운 목소리가 울렸다.

"별일은 없었나 보군."

안 어울리게 기분이 좋아 보이는 걸 보니. 얼핏 무관심해 보이지만 떨어지지 않는 벽안이 의미하는 건 뻔했다. 비제는 길든 여우처럼 나른하게 턱을 괴고는 설핏 웃었다.

"있잖아요, 걔 너무 귀여운 것 같아."

"그 요정 공주가? 몇백 년 흘렀다고 새삼 엄마가 보고 싶나? 비슷한 게 귀여워 보이다니."

냉담하게 빈정거리는 쥬다에게 비제는 단호하게 검지를 흔들었다.

"아니, 그쪽 말고. 더 작은 쪽."

쥬다의 표정이 미약하게 찌푸려지는 걸 보며 그는 웃음기 섞인 목소리로 첨언했다.

"당신이 돌보는 아이. 피후견인."

"걔는 원래 귀여웠어."

얼빠질 정도로 낯 두껍게 쥬다가 딱 잘라 말했다. 그러자 팔불출이란 놀림도 없이 한술 더 떠서 비제는 바로 긍정했다.

"응. 그렇더라고. 그래서 말인데, 주인님."

"안 돼. 싫어. 꺼져."

"……무슨 말도 안 했는데."

변태 성희롱범의 면상을 후려갈기는 것처럼 연달아 날아온 부정에 비제도 떨떠름해했다. 알 만하다는 듯 쥬다는 팔짱을 끼고 으르렁거렸다.

"네놈의 가볍기 그지없는 천방지축 변덕에 맞춰 줄 생각 없어. 그 애는 더더욱 안 되고."

"너무 부정적인데요. 순간순간의 감정에 솔직한 게 왜 변덕입니까. 내가 뭘 어쨌다고?"

"네가 그런 눈을 해서 상대가 성한 적이 없으니까."

가차 없었다. 그게 진실이어서 그런지 더더욱. 퍽 오랜만에 넘실거리는 것처럼 흥미로 반짝이던 푸른 눈이 잔잔히 가라앉았다. 쥬다는 냉정하고 무심하게 그 모양을 응시했다.

"거기에 의지가 들어가 있든 아니든 그딴 건 안 중요해. 결국, 망가졌다는 결과만 남을 뿐."

아끼는 보물, 친구, 연인, 혹은 조그만 동물. 늙지 않는 아름다운 청년에게는 수많은 것들이 다가오고 맴돌다 불쏘시개로 스러지듯 사라졌다. 결국 독사의 새끼는 똑같은 독사고 거미의 알에서 나온 것은 역시나 제집에 걸린 것들을 잡아먹는다.

상처를 준 쪽도, 받은 쪽도 별다른 감흥도 없이 무언의 수긍 후 서로를 바라보았다.

비제도 제 이런 '물귀신' 같은 숙명을 잘 알고 있었다. 하지만 그렇다고 마냥 찬연한 추억은 아닌지라 그는 삐뚜름하게 웃었다.

"그건 그렇지. 그런데 주인님? 하나 간과한 거 아닌가. 우리 조그만 아가씨도 나와 같은 과이면 어떡합니까."

"그 애는 아델하이트와 달라."

"알지. 하지만 자식이 어미를 닮는 건 어쩔 수 없는 거라. 내 경험상 그렇다는 말입니다. 예컨대 그 아이가 '그것'을 가지고 있던데."

아무래도 좋다는 듯 지금껏 묻지 않았던 걸 그는 대수롭지 않게 질문했고, 쥬다 역시 그쯤 별거 아니라는 양 시큰둥하게 대답했다. 사안의 중대성과는 다르게.

"타라는 마력을 다루는 게 서투르다. 그래서 준 것뿐이야."

"'열쇠'를?"

비제가 뺨을 괴고는 물었다. 읽던 책을 서가에 꽂아 넣은 쥬다의 시선이 무두질된 잿더미처럼 까만 책에 머물렀다. 그는 미끄러지듯 그 옆의 다른 책을 뽑아 뚜벅뚜벅 비제의 옆을 지나쳤다. 싸한 새벽

바람처럼 차고 적막했다. 거기에 대고 비제는 푸념하듯 중얼거렸다.

"어쩌다 줬다 해도 다시 가져와야지. 계속 두는 건 무슨 심보인지."

"네가 알 바 아니야."

"타라가 빨리 자라고 싶어 하던데요. 알고 보니 족쇄가 채워져 있는 새끼 짐승 신세였다는 걸 알면 어떻게 하려나."

자못 안쓰러워하는 읊조림에 쥬다의 눈이 정면으로 그를 쏘아보았다. 답지 않게 그는 곧장 이를 드러냈다.

"뭐하자는 거냐. 죽여 달라는 건가?"

"하하하. 아직은 아니고."

비제는 유쾌하게 손을 내저었다. 쥬다는 얼마간 그 희끄무레한 낯을 노려보다 고개를 돌렸다. 잠깐의 침묵이 흘렀다.

펜이 양피지 위를 긁는 사각거림과 두 사내가 각자 다르나 같은 상념의 강을 역행하는 무음이 묵직하게 깔렸다. 이번에는 소리가 멎음으로써 정적이 깨졌다. 그는 눈가를 덮었다가 천천히 주먹을 쥐는 쥬다의 건조한 낯을 바라보았다.

"그 애가 날 멍청하게 만들어."

"어떻게?"

은청안이 비제의 하얀 얼굴 위에 머물렀다. 그는 상대에게 했듯 이번에도 다를 바 없이 신랄하게 말했다.

"이도 저도 싫은 얼간이처럼 굴게 되는 거지."

시간이 더는 흐르지 않고 계속 이 자리를 맴돌며 고여 있기를 갈망하게끔.

"걔가 크는 게 무서워요?"

"아니. 그런 단순한 게 아니다. 더…… 복잡한 문제지."

"왜요. 역시 직접 기른 애를 키워서 잡아먹는 건 양심에 찔려요? 안 어울리게시리."

"……그냥 죽여 줄까."

쥬다가 무미건조하게 푸른 화염을 만들어 내자 비제는 현명하게 곧장 입을 다물었다. 그는 얇은 한숨을 쉬었다.

"아직 애가 어리잖아요. 너무 이른 걱정 아닙니까."

"걱정이 아니라 심란한 거야. 걱정 따위를 할 게 무어 있다고."

걱정이란 막연한 미래형에 가까운 단어다. 수 세기를 무넘하게 살아온 자로서 그는 앞날을 '걱정'하는 것이 무의미한 종류의 인간에 속했다. 하나 쥬다의 말에 비제가 얕은 웃음과 함께 대꾸했다.

"타라잖아요. 그게 걱정이죠."

"……."

그는 힐끗 그 잿가루가 묻은 듯한 미소를 보다 고개를 돌렸다. 언제나 그렇듯 비제는 그가 어디까지 보고 있는지 알지 못했다. 그리고 자신이 그의 문제를 해결해 주지 못할 거라는 것도. 대신 비제는 제가 하려던 말을 했다.

"나는 그 애가 마음에 듭니다. 같이 오래 있어도 재미있고 심심하지 않을 것 같아."

"이유는?"

"뭐, 당신이랑 같은 이유지."

사랑스럽잖아. 예쁘고.

"비제."

"네."

"너무 좋아하지는 마라."

"견제합니까?"

농담조에도 돌아오는 대답이 없다. 비제는 비실비실 알았다며
웃었다. 잔잔하고 평온한 낮이다.

"알아요, 알아."

나처럼 재수 없고 이상한 놈의 불운이라도 잘못 튀면 안 되잖아.

                    *   *   *

노을이 내리고 있었다.

타박타박 계단을 올라가던 타라는 울긋불긋 석양 꽃이 핀 넓은
창에 시선이 꾀어 멈춰 섰다. 매일매일 보는 것이라도 그 아름다움
은 하루하루마다 다르다.

점점 달아오르듯 붉어지다가 그 정점에 올라 눈이 부시게 빨갛
기만 한 낙조가 낙낙하게 사방에 으스러지고 번졌다. 타라는 눈가
를 게슴츠레하게 뜨고 해가 침몰해 가는 과정을 말 없는 집중으로
바라보았다.

인간의 생은 끝이 있어 찬란하고, 꽃은 질 수밖에 없기 때문에 어
여쁘듯이, 그것과 비슷한 이유로 모든 것들의 끝이란 그래서 사람을
홀리는 건지도 모른다. 어쩐지 더 고귀하고 안타깝고, 그저 슬퍼서.

끝이 있어서 무의미하지 않다는 건 삶의 진리겠지만 타라는 아직 그런 말이 싫었다. 그녀는 아이라서 뚝 끊기는 직선보다는 끝이 없는 원의 모양이 좋다. 삐죽 나온 입술을 만지작거리면서 창틀에 매달렸다.

뒤꿈치를 든 소녀의 그림자가 길게 늘어났다. 자라고 싶어 애쓰듯이 쭉쭉 길쭉하게……

"여기 있을 줄 알았다."

타라가 고개를 돌렸고, 이내 보조개 가득 노을이 맺힌 채로 활짝 웃었다. 그녀가 꽃이었다. 죽어 가는 불꽃에서 새로 태어난 작은 불사조 같기도 하다.

"쥬다."

복도 저편에서 서 있던 남자가 천천히 걸어왔다. 그는 저에게 달려온 그림자 끝자락에 잠시 멈춰 서서 조그만 소녀를 바라보다가 비스듬히 틀어 그림자를 밟지 않고 지나갔다.

쥬다는 적당한 거리에서 벽에 기대섰다. 그의 손으로는 열 뼘 정도, 타라의 손은 그보다 더 잘게 여러 번 오가야 할 지점에서 그는 붉고 노란 화관을 흐드러지게 쓴 듯한 소녀를 내려다보았다.

"오늘도 보고 있구나. 질리지도 않나?"

"매일 밥 먹는 거랑 웃고 이야기를 하는 게 질릴 리가 없잖아요."

그런 것들과 같이 당연하다는 말이었다. 쥬다는 잠시 침묵하다가 입을 열었다.

"위로받을 일이 있는 건 아니고?"

―나는 석양이 좋아요. 해 질 녘의 붉고 노랗게 물든 하늘을 보면
　위로받는 것 같거든요.

언젠가 저 입에서 나왔던 말이다. 투둑 구슬처럼 떨어져 내려 소
리 없이 흩어지던 생채기 많은 단어들. 타라는 고개를 갸웃거리다
가 눈을 크게 떴다.

"그, 그 말을 아직도 기억하세요?"

"알다마다. 워낙 인상적이게 청승맞아서."

쥬다는 시큰둥하게 대꾸했다. 그 청승에 눈이 가고 심장이 움직
이고 결국에는 손을 뻗는 저도 이상한 놈이다 싶을 뿐.

이번에야말로 타라의 얼굴이 새빨개졌다.

"그야…… 그땐 어렸잖아요."

"지금은 안 어린 것처럼 구네."

쥬다가 얕게 피식거렸다. 반쯤 해 질 녘빛이 묻은 얼굴이 따뜻하
게 빛났다. 빛이 사물을 만나 제 색을 내는 거라지만 타라의 눈에는
달리 보였다. 시선을 떼기 힘들어서 계속 보았다. 안 그럴 이유가
없잖아.

"나는 네가 느리게 자랐으면 좋겠어."

쥬다가 갑작스레 말했다. 타라가 그런 그를 물끄러미 올려다 보
았다.

"지금도 그러고 있잖아요."

"아니. 좀 더. 천천히."

느리다 못해 하품이 나올 만큼 따분하게 네 시간이 더디게 흘렀

으면 좋겠다. 작은 발걸음에 맞춰서 나 또한 느리게 걸을 테니.

타라는 쥬다의 표정을 알 수가 없었다. 여전히 그는 멀다. 이토록 바라보고 있는데도.

"왜요?"

"아까우니까."

그는 그 이상 덧붙이지 않았지만 두루뭉술함 속에서 확연한 애틋함을 모를 수 없었다. 타라는 더 붉힐 얼굴도 없어서 괜스레 툭툭 바닥을 찼다. 쑥스럽고 좋았다. 그녀는 겸연쩍게 투덜거렸다.

"그래도 나는 쥬다가 허리를 숙여 주지 않아도 뺨에 손이 닿을 만큼까지는 자라고 싶어요."

"그게 왜."

"그냥……."

"난 널 보려고 허리를 숙이는 게 나쁘지 않은데."

눈을 맞추기 위한 수고로움이 기껍다는 것처럼 들린다. 착각이라도 너무 달콤한 착각이라 타라는 눈을 굴리다가 결국 못 참고 헤헤 입을 벌려 웃었다.

톡 찔렀더니 잘 익은 과육이 먹음직스럽게 벌어지는 것 같았다. 그녀는 한 걸음 더 가까이 다가와 말을 건다.

"있잖아요, 또 하고 싶은 게 있어요."

"뭔데."

"술 마시기."

쥬다가 바람 빠지는 소리를 냈다. 그는 가소롭다는 듯 눈을 가늘게 떴다.

"쪼끄만 게 되바라져 가지고."

"그게 왜요. 보니까 다 마시는구만."

나만 빼놓고. 타라는 볼을 부풀렸다. 쥬다는 팔짱을 끼고 삐딱하게 퉁퉁 불은 표정을 살폈다.

"그것들이 네 앞에서 마시나?"

"아니요. 어쩌다 봤어요. 밤에."

타라는 눈을 굴리다가 불쑥 그를 힐끔거렸다. 그러고는 졸졸 다가와 조심스레 묻는다. 두 걸음 더 가까이.

"쥬다도 술 좋아하잖아요."

서재의 유리장에 포도주는 물론이요 브랜디와 보드카며 압생트, 위스키 등 없는 술이 없었다. 안 보는 것 같아도 힐끔힐끔 다 봤다.

어른과 소녀의 경계선에 선 아이의 호기심이란 옛날과 비교할 수 없이 왕성해서 요새는 같으면서도 다른 시각으로 주변을 둘러보는 중이다.

브리지트의 영향을 받아서일까, 알던 것도 요즘은 조금씩 달리 보였다. 듬직한 이델의 섬세하고 감성적인 모습이라든지, 냉철하고 지인에게만 상냥한 안티오크가 의외로 낯가림과 부끄러움이 많다는 것도 타라는 뚜렷하게 알지 못했다.

부옇게 인지만 하고 있던 게 어느 순간 선명하게 윤곽이 드러났다. 아는 만큼, 눈높이만큼 보이는 거였다. 사고가 깊어지고 아는 게 많아지니 자연 그리되었다. 왜 그동안 몰랐나 싶을 만큼.

호기심이 가득한 타라를 쥬다는 마음에 드는 건지 아닌 건지 모를 모호한 낯으로 응시했다. 그는 떠보듯 말꼬리를 올렸다.

"좋아하면?"

"같이 먹어요."

그의 표정에 타라가 얼른 덧붙였다. 나중에 내가 정식으로 크면 요. 탈선한 강아지 보듯 서늘해졌던 쥬다는 느릿느릿 못마땅하게 찌푸린 미간을 피며 혀를 찼다.

"나중에 어련히 마실까. 쓸데없는 생각 하지 마."

"안 해요. 나 참, 저를 뭐로 보고."

"저 괄괄한 공주가 꾀면 홀랑 넘어갈 꼬맹이로 보지."

정곡이 찔린 탓에 가슴이 뜨끔거렸다. 사실 넘어갈 생각이 조금, 아니 많았다. 하지만 긍정했다가는 쥬다가 브리지트를, 애를 꾀어 내 비행의 길로 이끄는 나쁜 친구로 볼 게 뻔했기에 타라는 엄숙하 게 선언했다.

"저는 대마법사 쥬다의 피후견인이에요. 경거망동하지 않는다고 요."

"그러시겠지. 뒷감당이 두렵지 않다면 말이야."

부드럽고 자상한 위협이었다. 타라가 침을 꿀꺽 삼키고는 어색 하게 웃었다. 고왕국 시대의 양각 무늬 난간을 맴돌던 그의 긴 손가 락이 소녀의 흰 손등 위로 올라와 간질였다.

노을에 너무 달궈진 탓일까, 자주 그가 하던 가벼운 애정 표현임 에도 어쩐지 간지럽다 못해 따끔거렸다. 꼼지락거리며 제 쪽으로 고개를 숙인 남자의 고상한 실루엣을 올려다본다.

가는 눈썹은 벼랑에 앉은 매의 날개 같고 갸름하게 패인 눈초리 안에 담긴 파르스름한 눈은 안개를 품은 바다 같았다. 차고 서늘하지만 그를 이루는 모든 색채가 은은했다. 그 위를 흠뻑 정반대의 붉은빛이 적시고 있으니 극단의 대비가 또 다른 찬연함이었다. 기분 좋은 심장의 고동이 느껴진다. 타라는 순간 그를 이해했다.

─아니. 좀 더. 천천히.
─아까우니까.

아. 시간이 느리게 갔으면 좋겠다. 금방 바스러질 설렘에 쫓기듯 저도 모르게 중얼거렸다. 하지만 굳이 그럴 필요는 없잖아. 어차피 그와 나는 항상 함께일 텐데. 지금까지 그래 왔던 것처럼.

그들은 영원처럼 서로를 바라보고 있었다. 그를 비추던 어스름한 황혼이 설핏 어둑하게 얼룩이 질 때 타라는 떠밀리듯 말했다.

"브리지트 공주님이랑 비제가 사이가 안 좋은 것 같아요. 오늘 만났거든요."

"알아."

쥬다는 간단히 대답했다.

타라는 비제가 뒤집어쓴 죄목이 진실인지 거짓인지, 그라면 알고 있지 않을까 싶었다. 아니나 다를까, 쥬다가 되물었다.

"안 묻나? 네가 궁금해할 줄 알았는데."

"궁금하지만, 안 물을래요."

다른 사람의 아픈 이야기는 본인에게서 듣는 게 아닌 이상 일부러 알아보려 할 필요가 없다.

만약 브리지트의 말대로 그가 그런 일을 저질렀다면…… 타라는 애매하고 복잡한 얼굴을 했다. 그냥 모르는 게 나았을 것 같다.

제 머리를 쓰다듬으며 희게 웃던 얼굴이 생각났다. 설마…… 그런 말간 낯을 하고 어머니를 살해했을까? 상상이 잘 가지 않았다.

  —신기한 능력이기는 하지. 그다지 쓸모는 없지만서도.
  —좀 더 정확히 말하자면 딱히 감사해 본 적은 없다는 뜻이야. 싫지도 않지만.

모친에게서 물려받은 물에 대한 친화력을 그는 달갑지 않다는 듯 말했다. 그런 그에게 그게 싫어하는 거 아니냐고 타라는 물었었고.

비제와 타라는 공통점이 있었다. 모친에 대한 미움이라기에도 뭣하고 무관심이라고 딱 자르기에도 그런, 모호하게 뒤틀린 감정.

오랜만에 아름답고 비정한 어머니의 얼굴을 떠올렸다. 만약 타라가 쥬다를 만나지 못하고 계속 겨울 성에 있었다면 어떻게 되었을까. 어머니에 대한 이런 애매한 감상을 유지할 수 있었을까? 혹 애증을 넘어서 증오하고 혐오하게 되지는 않았을까.

오싹 소름이 돋았다. 타라는 이미 상대를 해치고 싶은 악의를 알고 있었다. 순간이었지만 그녀는 아벨라를 짓누르고 더 나아가 죽이고 싶었으니까.

준을 해친 것에 대한 격노라 할지라도 그것은 완벽한 면죄부가 될 수 없을 것이다. 분명 당시 그녀는 타인을 공격하고 고통을 주는데에 분노 외에는 무감각했고, 희미한 희열까지 느꼈다.

이런 타라가 계속되는 고독과 핍박 속에서 타인을 해치는 괴물로 변하지 않았을 거라고 어떻게 장담할까. 과연 그런 타라가 비제를 꺼려하고 잘못되었다 비난할 수 있나?

결국, 선악의 경계도 확실한 건 없었다. 누구나 단 한 걸음의 차이로 벼랑으로 떨어져 최악을 범할 여지가 있기 때문이었다. 저 자신도 완벽한 존재가 아닌데 어떤 잣대로 타인을 평가한다는 말인지.

타라가 얕게 한숨을 쉬었다.

"어렵네요. 정말."

*　　*　　*

사건의 발단은 타라가 파자마 파티를 해 보고 싶다고 말한 데서였다. 하고 싶으면 당장 하면 되지! 타라는 얼떨떨하게 커다란 베개를 안고 잠옷 차림으로 제 옆자리를 팡팡 두드리는 브리지트를 바라보았다.

그녀는 자둣빛 머리를 핑크색 리본으로 묶어 올린 후 발랄하기 짝이 없는 땡땡이 잠옷을 입고 있었다. 아마 이게 브리지트의 진짜 취향일 것이다. 그녀는 귀여운 걸 좋아하니까.

"오늘 실컷 놀다가 같이 자는 거야. 어때?"

정작 먼저 말을 꺼낸 타라보다 브리지트가 더 설레 하는 것 같았다. 타라도 거기에 전염되어 헤실 웃고는 폭신하고 말랑한 매트 위에 올라가면서 물었다.

"파자마 파티 좋아하세요?"

"응."

"요정들은 어떻게 하는데요?"

"몰라? 나도 처음인데."

"······아?"

그 태도가 너무 당연하고 당당해서 순간 타라는 아, 그렇구나, 고개를 끄덕여야 하나 생각했다.

사실 브리지트는 워낙 독특하고 화려한 존재감을 가지고 있어서 엉뚱한 행동을 한들 그게 딱히 불쾌하지 않았다. 브리지트는 남의 시선을 의식하지 않았고, 남에게 피해를 주는 사안이 아니라면 뭐든 하고 싶은 대로 행동하고 말했다.

생각이 많고 자기 자신보다 자연히 타인의 눈치를 보게 되는 타라로서는 정반대에 가까운 그녀가 부러웠다. 그냥 옆에만 있어도 저절로 들뜨게 된다고 할까.

타라는 콧노래를 부르며 손톱에 꽃물을 들이는 병들을 줄줄이 늘어놓는 브리지트의 옆에 나란히 누워 구경하다 물었다.

"남부의 요정들은 항상 축제를 벌인다고 들었어요."

"그렇긴 해. 세상에 요정만큼 노는 걸 좋아하는 종족은 없을걸."

새빨간 색을 고른 그녀가 피식 웃었다. 초록빛 눈동자가 게슴츠레하게 휘었다.

"밤새 포도주와 과일주를 마시며 달밤 아래서 춤을 추고 논단다. 음식들은 향긋하고 술은 첫새벽의 이슬과 첫 꿀보다 달고 상쾌해. 천상의 낙원 같지. 한순간 사라질 한여름 밤의 꿈같기도 하고."

"와아."

타라는 나른한 그녀의 음성을 들으며 탄성을 질렀다. 듣기만 해도 그 환상적인 장면들이 그려졌다. 브리지트가 키득키득 웃으며 푸른 곱슬머리를 새집처럼 헝클어트렸다.

"영원한 여름의 나라라니. 신기해요. 매일매일 더운가요?"

"기본적으로 덥지만, 그만큼 소나기가 자주 내려서 후덥지근하지는 않아. 요정들에게 날씨 같은 건 크게 상관없긴 해. 우리 엄마가 워낙 노는 거에 환장해서 말이지. 매일매일이 축제야. 네가 우리 집에 놀러 와서 요정들을 본다면 전부 술에 취한 것처럼 보일지도 몰라. 틀린 건 아니지. 사실 맞거든."

타라의 세계관에서는 마치 별나라처럼 들렸다. 그녀가 그렇게 말하자 브리지트는 음, 잠깐 생각하더니 고개를 끄덕였다.

"하긴 서부는 사계절이 다르니 그럴 수도 있겠네. 아니다, 겨울 성도 매일 매월 겨울이잖아? 그거랑 완전 같지는 않겠지만 비슷해."

"그렇겠네요."

그러고 보니 그녀는 내내 한 계절만 반복되는, 혹은 한 계절에 갇혀 있는 세상에서 산 적이 있었다. 물론 느낌부터가 전혀 달랐지만.

"풍족한 지상낙원에서 태어나고 자란 건 어떤 기분이에요?"

"뭐 다를 게 있겠니. 그냥 그렇지. 사람 사는 곳은 다 똑같아."

그런가. 타라는 벨벳 성과 겨울 성의 전혀 다른 온도를 생각했다.

"나는 아니었어요. 겨울 성은 내게 조금도 어울리지 않았거든요."

"그럴 것도 같아. 너는 봄이 더 어울려."

그런 뜻은 아니었는데, 기분은 나쁘지 않았다. 별거 아닌 듯 산 뜻한 평이 위로라도 받은 것 같아서 타라는 키득 작게 웃었다. 브리 지트는 비스듬하게 머리를 괴고 제 작은 친구의 머리카락을 귀 뒤 로 넘겨 주다가 물었다.

"있잖아, 타라. 요정들의 기원을 아니?"

"음…… 요정족의 첫 번째 어머니인 '고귀한 랑카'가 순수한 태고 의 불꽃에서 탄생했다고 들었어요."

최초의 요정 여왕 랑카는 선명한 불꽃을 머리에 이고 태어났다. 그녀의 눈에는 생생하고 치열한 생이, 그녀의 코에는 더운 바람의 숨이 감돌았고 입술에는 습윤한 물을 머금고 있었다고 전해진다.

랑카의 자식들이 태어나 다시 아이를 낳고 요정족을 번성케 했 다. 오래된 서책에서 읽었던 요정들의 창세 설화는 이 정도였다.

브리지트는 삐딱하게 고개를 끄덕였다.

"그래, 그러니까 결국은 위대한 어머니, 고귀한 여왕 랑카도 처음 에는 보잘것없는 님프(nymph)에 불과했다는 말이지."

요정의 사촌격인 님프는 나무와 강, 돌과 샘 등에 깃들어 있는 자 연의 정령이었다. 평범한 인간보다 오래 살지만 덧없이 죽거나 소 멸하는 님프들을 요정은 가엾고 약한 존재로 치부하여 그들의 시 중과 공물을 받는 대신 그들을 보호해 주었다.

기실 이것도 일반적인 명분에 불과한 것으로, 마력을 얻기 위해 이따금 인간들과 계약을 하는 님프들을 동정하거나 천하게 여기는 시선이 지배적이었다.

"현재 이 대륙에 살고 있는 인간, 수족, 요정 할 것 없이 모든 생명체들은 멸망한 고왕국의 잔여물들에 불과해. 그러니 누가 더 잘났다, 못났다 할 필요도 없단다. '진짜'를 아는 사람들은 다 알고 있어. 랑카를 낳은 그 신성한 불꽃도 과거 고왕국의 신전을 밝히던 성화(聖火)였지. 여제의 막내딸이 덧없이 꺼지는 불이 안타까워서 제 눈물과 향유를 끼얹었대. 그 어린 소녀의 동정을 먹고 랑카는 강력한 님프로 눈을 떴어. 여자애 하나가 별거 아닌 감상으로 울지 않았다면 지금의 요정족의 번영도 없었을 거야. 웃기지 않니?"

숲이 숨 쉬듯 짙고 생생한 눈이었음에도 무심하고 비정한 눈빛이었다. 그 관조적인 시선에 타라는 꽤 오랜만에 그녀가 요정 왕국의 차기 여왕이라는 사실을 실감했다.

브리지트가 자리에서 일어나 창가로 걸어가자 그녀와 어울리듯 어울리지 않는 잠옷이 나풀나풀 날개처럼 흩어졌다. 흠, 나직한 봄바람을 들이쉰 브리지트가 픽 웃었다.

"역시 밤공기는 내 고향이 좀 더 낫네. 상쾌하지가 않잖아."

"아직 흙바람이 불어서 그래요. 여름에는 정말 좋은걸요."

"지 후견인 집이라고 편들기는."

브리지트가 쯧 혀를 차자 타라는 어깨를 으쓱했다.

브리지트는 창문을 쾅 닫고 춥다면서 오소리처럼 타라 옆의 이불 속으로 기어들어 왔다.

그녀가 대뜸 옆구리를 간질여 대자 타라가 요상한 웃음을 터뜨리며 몸을 오므렸다. 한참 그렇게 서로 지분질을 하고 장난을 하다

둘 다 지쳐서 헥헥 천장을 올려다보았다.

"그런데 랑카의 이야기는 왜 갑자기 꺼내신 거예요?"

"응? 아, 그거."

이마에 팔을 올리고 있던 브리지트가 타라 쪽으로 돌아누웠다. 그녀의 영민한 초록빛 눈이 밤고양이처럼 반짝 빛났다.

"그냥…… 하찮아 보이는 것도 위대한 시작이 될 수도 있다는 걸 말해 주고 싶었어."

왜냐고 묻는 얼굴이네. 브리지트가 짧게 웃었다.

"너랑 내가 친해진 지 꽤 된 것 같은데도 넌 어머니 얘기를 안 하더라. 내가 하루에도 몇 번씩 우리 엄마를 입에 담으면 자연히 네 모친 말도 할 법도 한데."

"그건……."

하긴 그랬다. 그녀들의 어머니인 두 여왕은 저잣거리와 여행자들의 우스갯소리에서도 종종 속담처럼 같이 입에 오르는 일이 잦았으니까.

타라는 어쩐지 겸연쩍고 부끄러운 마음에 눈을 피했다. 하얗고 가는 손이 다가와 그런 그녀의 뺨을 살살 다독였다.

"불편한 화제면 미안해. 그냥 내 말은 이런 거지. 이 나이 먹고 엄마랑 쎄쎄쎄 하는 내가 특이한 거지, 부모님이랑 사이 나쁠 수도 있는 거야. 그게 죄도 아니고 창피한 것도 아니니까 상심하지 않았으면 좋겠어."

지금 이렇게 말을 꺼낸 것도 그녀로서는 조심스러워하는 게 티가 났다.

어쨌건 흔하고 의례적인 안 됐다는 말이나, 어머니란 여자가 못 됐다는 욕도 아니고, '그럴 수도 있다'고 말해 준 건 브리지트가 처음이었다.

타라가 겪었던 불행이 특별한 저주나 불운이 아니라 누구나 겪을 수 있고 부끄러워할 게 아니라고. 그러니 당당해지라고.

어쩐지 눈물이 날 것 같았다.

"어어……! 울어?!"

"아닌데요."

"아니긴! 안 그래도 큰 눈이 왕방울만 해져서 그렁그렁하는구만!"

아주 운다고 제대로 묘사까지 해 주는 브리지트에게 타라가 우는지 황당한 건지 모를 히끅거림을 삼키며 코맹맹이 소리로 투덜거렸다.

"이럴 때는 그냥 좀 모른 척해 주는 거예요."

"싫어. 모른 척하면 네 눈물을 못 닦아 주잖아."

브리지트가 장난스럽게 웃으며 제 소매로 타라의 젖은 뺨을 닦아 주었다. 정말, 못 미워할 사람이다. 그녀가 작은 소녀를 꼭 끌어안고 토닥토닥 두드렸다.

아 정말, 이러면 내가 너 울린 것 같잖아. 아니지. 그냥 울어! 울 때는 각 잡고 펑펑 우는 거야! 타라는 결국 그녀의 가느다란 어깨 너머로 푸시식 웃어 버렸다.

"너 울다가 웃으면 뿔난다."

"뿔나도 괜찮아요."

지금은 웃고 싶으니까. 좋은 냄새가 나는 따스한 어깨에 얼굴을 묻었다. 브리지트가 놀리듯 속삭였다.

"울보가 따로 없네."

"나 원래 울보예요."

제가 생각해도 타라는 잘 울었다. 마치 그간 꽁꽁 얼어 있던 가슴속 눈물이 녹아서 주룩주룩 끊임없이 흘러나오기라도 하는 것 같았다.

한참을 브리지트에게 꼭 안겨 있던 타라는 울음이 가라앉고 나서야 브리지트의 손에 이끌려 벌게진 눈으로 일어나 새로 올라온 간식을 주워 먹었다. 폭신한 에그 타르트, 딸기와 생크림이 올라간 과일 타르트, 오이가 들어간 샌드위치, 마카롱이었다.

신선한 젖과 꿀, 크림이 듬뿍 들어간 코코아를 후루룩 삼킨 브리지트가 끌끌 혀를 찼다.

"눈이 복어처럼 퉁퉁 부었구나. 얼음찜질해야겠는걸."

"으으, 내일 아침에도 이러면 어떡하죠."

창피한 건 그렇다 쳐도 타라가 우는 건 귀신같이 아는 쥬다가 추궁해 올 게 걱정이었다.

"어쩌긴. 귀신 꿈 꿨다고 해. 지금 변명 생각하고 있잖아?"

"싫어요! 애도 아니고."

질색하는 게 언제 비슷한 거로 놀림당한 적이 있는 모양이다. 아마…… 그 얼음 같은 후견인이라든가. 브리지트는 턱을 괴고 관찰하듯 타라를 보다가 입을 열었다.

"타라."

"네."

"너 정말 네 후견인에게 어떤 감정도 없니?"

"감정이라니요?"

"그러니까, 풋사랑이라도…… 남자로 본 적 없냐는 말이야."

쿨럭! 타라가 거하게 기침을 했기에 브리지트는 끌끌 혀를 차며 바들거리는 등을 두드려 주어야 했다. 잔기침이 겨우 잦아들고 나서야 타라는 새빨개져서 어쩐지 흐뭇해 보이는 브리지트에게 다급히 소리쳤다.

"그, 그, 그게 무슨 말씀이세요? 쥬다는 제……."

"후견인이지. 알아. 그런데 그 관계가 혈연은 아니잖아. 네가 다 크고 나면 남는 건 남자랑 여자 아닌가?"

"아니, 어, 그런……."

한 번도 그를 그렇게 생각해 본 적이 없다. 당연한 게 아닌가? 쥬다는 그녀의 가족이자, 보호자고 스승이며 절대적인…… 당황해서 별별 생각이 두서없이 떠올랐다. 타라는 자신이 뭐라고 지껄이는지도 모른 채 황급히 떠들어 댔다.

"한 번도 그런 생각은 감히 해 본 적도 없어요! 말도 안 돼요."

"왜 말이 안 돼? 남녀 사이는 아무도 모르는 거란다."

그녀는 본격적으로 자리를 잡고 앉아서 검지를 폈다. 자고로 여자들끼리의 밤이란 수다와 연애 이야기가 정석 아니겠는가.

"내가 왜 이걸 아는 줄 알아? 내게는 함께 자란 동복 오라비가 있었어. 아버지는 다르지만, 뭐, 친형제나 다름없이 자랐지. 요정족이 친혈육 외에는 근친 관념이 없다 해도, 나는 그치를 한 번도 그런 식으로 생각해 본 적이 없단 말이야. 나이 차가 크거나 떨어져 자랐다면 몰라. 그런데 내가 성년식을 치르니까 그 사람이 그러더라. 날 한 번도 누이로 본 적이 없었대, 자기는."

어느새 타라는 당혹감도 가라앉은 채 그녀의 말에 귀를 기울이고 있었다. 특히 마지막 말을 읊조리는 브리지트의 표정이 너무 담담해서, 그래서 더 쓸쓸하게 들렸다.

그는 순수하게 제 마음을 고백한 것일지 모르지만 브리지트의 입장에서만 보자면 절친한 오라비 하나를 잃은 것이었다. 타라는 숨을 죽이다가 조그맣게 물었다.

"그래서, 뭐라고 하셨어요?"

"뭐라고 하겠니. 내 일평생을 함께했던 오빠는 처음부터 존재하지도 않았다는데. 냉수를 머리에 끼얹어 주면서 오라비가 아닌 당신은 내게 아무것도 아닌 사내이니 당장 꺼지라고 말했지."

브리지트다운 칼 같은 거절이었다. 동시에 잔인하기도 했다. 그녀는 코웃음 쳤다.

"몰인정하건 말건 내 알 바 아니야. 그놈은 당시 내 모든 삶의 절반을 속인 거나 마찬가지라고. 통째로 부정당한 게 지뿐인 줄 알아?"

백 년도 전의 이야기라면서 브리지트는 지금도 화를 내고 있었다. 아직까지 타고 있는 그 불이야말로 그녀의 애정이 아니었을까.

타라가 그녀의 마음에 완전히 공감할 수는 없겠지만, 상실감은 어렴풋이 알 것 같았다.

"어쨌건, 이 구질구질한 사연에서 얻을 수 있는 교훈은 하나야.

뭘 것 같니?"

"어…… 금단의 사랑은 위험하다? 아얏!"

타라는 맹하게 중얼거렸다가 약간 아프게 이마를 쥐어박혔다. 조금 억울해서 머리를 감싸 쥐고 토끼 눈으로 그녀를 올려다보자 브리지트가 끌끌 혀를 찼다.

"땡! 정답은, 마음은 이성과 관념으로 통제가 안 된다는 거야. 자연스레 가치관의 울타리 때문에 애정의 흐름이 막힐 수는 있지. 하지만 기본적으로 사랑에는 눈도 귀도 없어서 불가능한 게 없어. 그러니 위험한 거고."

그녀는 저가 때려 놓고도 걱정스러운지 둥근 이마를 살살 쓰다듬어 주며 웃었다.

"심지어 그와 나는 함께 있으면 누구나 남매라고 볼 정도로 닮았단다. 항상 손을 잡고 다녔고, 그가 내 생각을 모른 적이 없었고 그의 표정을 내가 알아채지 못한 적도 없었지. 그만한 유대였는데, 참 쉽게 부정당한 게 어이없지 않니."

일순 그녀의 깊은 초록빛 눈동자에서 상처를 본 것도 같았다. 무언가 위로를 해 주고 싶은데, 어찌해야 할지 몰랐다. 타라는 온기라도 전해 주고 싶어서 그녀의 손을 꼭 잡았다. 다행히 조금은 효과가 있었던지 브리지트는 웃음을 흘리며 말했다. 왜 네가 울 것 같은 얼굴이냐고.

"그 사람도 내가 자신을 어찌 여기는지 알았을 테니 마음을 돌리려고 애써 본 적도 있었을 거야. 하지만 그게 생각대로 될까."

그래. 그도 아팠겠지. 그녀는 마침내 한마디를 던지고는 잠시 침묵했다. 이내 다시 입을 여는 하얀 낯은 무슨 일이 있었냐는 듯 잔잔하고 유쾌했다.

"그러니까 결론은 너도 완전 남 일이 아니란 거지."

다시 원점으로 돌아온 화제에 타라가 기 막혀 했다.

"결론이 그거예요?"

"그래! 내가 뭐를 위해서 구구절절 떠들었겠니? 누구나 다름없이 도 여자로 볼 수 있는 게 사내야! 내가 이 성에 와서 차 따르는 고양이 외에 제일 놀랐던 게 뭔지 알아? 여기 사람들은 너랑 자기들 성주가 그렇게 콩을 볶아도 그런 쪽으로는 전혀 생각을 안 하는 것 같더라? 아니 대체 뭘 믿고 그렇게 지 주인을 신뢰하는 거야?! 내가 이상한 건가. 하여간 위쪽 사람들은 전부 보수적인 경향이 있어서 문제야."

남부 요정 왕국은 애정 관계와 사생활이 잘 이해가 안 갈 만큼 개방적이고 터부시하는 게 적었다. 자연의 정에 뿌리를 둔 탓인지 옭아매기 힘든 자유분방함이었다.

반대로 인간과 북부의 수족들은 각자 문화가 천양지차이기는 했지만 오랜 전쟁과 휴전을 거치면서 서로 융화되어 사소한 생활 예법과 인삿말, 풍습 등이 겹치는 경우가 종종 있었다.

그래서 요정 공주의 눈에 바로 잡히는 미묘한 감정들이 벨벳 성 사람들에게는 '오구오구, 참 사이도 좋으시네. 보기 좋아라.' 정도로밖에 안 비치는 것이었다.

대자연의 화신으로서 외양보다 본질을 꿰뚫어 보는 요정의 피는, 이미 부쩍 성장해 성년이 되기를 기다리고 있는 타라 내면의 웅크린 여인을 그대로 알아보았다.

네가 각성하면 어떤 모습일까? 어렴풋하지만 예쁜 건 확실한데.

"그래서, 내가 궁금한 건 이건데. 이제 대답해 봐. 정말 풋풋하게 좋아해 본 적도 없어?"

"아니라니깐요. 저는 절대……."

한사코 부정하던 타라의 난감한 웃음이 약간 식었다. 좋아한다니 설마…… 찰나 어떤 장면이, 그 아름다운 밤의 쿵쾅거리던 심장 소리가 온 감각을 사로잡았다. 이마에 닿았던 그 희뿌연 애틋함도.

— 생일 축하한다.

순식간에 가슴 한구석을 흔들고 지나갔던 지진을 기억한다. 아직도 만져 보면 그날 실낱처럼 금이 갔던 아릿함이 남아 있을 것이다. 타라는 덜컥 형언할 수 없는 쿵 떨어지는 소리를 들었다. 아마 저에게만 들릴 게 분명한.

— 그러니까, 풋사랑이라도…… 남자로 본 적 없냐는 말이야.

아주 잠깐이라도 그런 적이 없어?

이제 타라는 그 질문에 섣불리 대답할 수 없게 된 것만 같았다. 그녀는 불안하게 손을 꼼지락거렸다. 마침 브리지트는 타르트 조각을 자르는 데 신경을 쓰고 있어서 혼란이 찾아온 타라를 보지 못했다.

덕분에 그사이 감정을 추스를 수 있었다. 이 요상한 기분은 자신만의 비밀로 간직하기로 했다. 만약, 입을 열어 내뱉고 나면 뭔가가 걷잡을 수 없을 만큼 뒤바뀌어 버릴 것만 같아서.

"이거 맛있네. 너도 먹어 봐."

"네에……."

약간 얼이 빠져서 고개를 주억거렸다. 브리지트가 아, 하고 소리를 내며 타르트 조각 하나를 내밀자, 새 모이처럼 받아먹었다.

"있잖아요, 공주님은 신랑감 안 찾나요?"

"브릿."

"네?"

"브릿이라고 불러. 언제까지 공주님, 공주님 할 거야? 닭살 돋게. 브리지트는 너무 길고, 역시 브릿이 낫겠어."

"네에……."

타라는 애매하게 어물쩍거리다가 겨우 고개를 끄덕였다. 브릿. 그녀의 애칭이라니. 왠지 설레었다. 들떠서 헤헤 웃는 소녀를 밉지 않게 보던 브리지트가 묶은 머리를 빙글빙글 돌리며 하품을 했다.

"신랑감? 그거야…… 귀찮아. 때 되면 내 신랑이야 알아서 나타나겠지."

고개를 끄덕이던 타라가 손바닥에 주먹을 치며 새로운 가설을 꺼내 들었다. 사실은 전부터 물어보고 싶었다.

"그럼 야센은요? 야센도 멋진 분이잖아요."

이번에는 이쪽이 한 방 먹었다. 마침 칵테일을 홀짝이다가 주룩 뱉어 버린 브리지트가 젖은 입술을 닦을 생각도 못 한 채 말갛게 웃고 있는 타라를 가늘게 뜬 눈으로 쳐다봤다. 애가 이렇게 복수를 하네.

"그는 내 호위야. 어머니가 아끼는 기사기도 하고."

"그러니까 멋있잖아요. 원래 책에서 보면 항상 공주님은 기사와 사랑에 빠지던걸요?"

"틀렸어. 왕자랑 더 많이 해."

확률상 그건 그랬다. 괜한 시비를 걸면서 브리지트는 입술을 오므렸다. 또렷하지는 않았지만, 거기에 서린 건 미약한 당황이었다.

"걔는 남자가 아니라 그냥 목석이잖아. 말 그대로 나무라고. 너 나무랑 연애하는 거 봤니?"

"나무치고는 잘생겼고, 말도 하고, 혼내기도 하시던걸요."

"너도 참 은근히 안 지더라."

브리지트가 투덜거렸다. 낭패한 그녀가 재미있기도 하고 귀엽게 느껴져서 타라는 어깨를 으쓱했다. 누구에게 물든 것 같아요. 그게 누구인지는 모르겠지만요. 관두자, 관둬. 브리지트는 항복 선언하듯 손을 올렸다. 그들은 결국 마주 보고 웃어 버렸다.

* * *

날씨가 좋아 성 이곳저곳을 돌아다니던 타라는, 문득 누군가 계속 보이지 않는다는 걸 알아차렸다.

"비제 아저씨는요?"

아무 데서도 안 보이던데. 별관까지 가 보았는데도 없었다. 각각 뒤의 텃밭에서 무를 뽑고 말의 여물을 주던 부주방장 게리와 마부 엔케는 서로를 마주 보고는 다시 타라를 향해 고개를 붕붕 저었다. 잇따라 말이 쏟아진다.

"그러고 보니 오늘 내내 안 보이네."

"아침 먹으러도 안 왔습니다."

"아, 이제 보니 그 양반 말이 없어졌네. 황무지로 산책을 갔을 게 뻔하지요."

"말이요?"

그가 황무지로 갔다는 것보다 그에게 말이 있다는 게 더 신기해서 물었다. 하긴 기사(騎士)이니 본인 소유의 말 한 필은 있겠지.

타라도 승마를 배우고 싶었다. 예전에 쥬다를 졸라 한 번 배웠다가 실수로 말에서 떨어질 뻔한 일 이후로 완전히 금지당했지만. 당시 그가 얼마나 정색했던지 타라는 다시 배우고 싶다는 말조차 꺼내지 못했다.

입술을 우울하게 삐죽이던 타라는 마구간 안에 있는 어떤 것을 보고 눈을 휘둥그렇게 떴다.

"우와."

그건 유니콘이었다. 비 온 날 먹구름 빛깔 같은 털은 은은한 은회빛으로 빛났고, 갈기는 반지르르하니 부드러워 보인다. 무엇보다 신비로운 건 잘생긴 이마에 돋은 진주빛 뿔과 말의 초록빛 눈이었다. 창조주가 이 생물을 위해 첫눈 내린 가지를 태운 재와 우묵한 연둣빛 샘물을 떠다가 빚어 놓은 모양새였다.

그 유니콘은 타라가 자신을 본다는 걸 알았는지 영리하게 그녀를 똑바로 바라보았다. 순하게 깜빡이는 눈빛에서 눈을 뗄 수가 없었다.

이렇게 아름다운 동물은 처음 보았다. 타라가 넋을 빼자 쥰이 고개를 쭉 빼고 고고한 유니콘을 보더니 으르렁 낮게 짖었다. 영 못마땅하게.

[저거 뭐야. 눈깔이 영 요상하게 생겼네. 머리에는 혹이 나 있고.]

"유니콘이에요."

[나도 알아.]

누가 몰라서 이러냐는 듯 쥰은 투덜거렸다. 한차례 덩치가 산만한 검은 개와 전설이나 동화책 속에 나오는 우아한 유니콘 사이에 눈싸움이 벌어졌다. 유니콘은 투레질을 하면서 발을 구르더니 고상하게 고개를 돌려 버렸다. 쥰은 더 짜증을 냈다.

[나 저거 재수 없다, 주인아.]

"와, 진짜 아름다워요."

[내 말 듣고 있는 거야?]

준이 꿍얼거리는 걸 한 귀로 듣고 한 귀로 흘리면서 좀 더 가까이 다가갔다. 잿빛의 유니콘은 소녀의 눈을 피하지 않았다. 호기심 어린 소년 같으면서도 온화하게 관조하는 것 같은 시선이었다. 광활한 초원을 마주한 양 평온한 기분이 들었다. 저절로 손을 뻗었다. 하지만 마부 엔케가 다급히 말렸다.

"그 요정의 말은 본인에게 손 대는 걸 무척 싫어합니다. 까다로우…… 어?"

조그만 손가락들이 갈기와 말의 볼에 닿자 유니콘은 물이 흘러가듯 스르륵 눈을 감았다. 타라의 미소가 짙어졌다. 그녀는 본능적으로 알 것 같았다. 이 말은 저를 해치기는커녕 오히려 궁금해하고 호감을 갖고 있다고.

다시 유니콘이 눈을 뜨고 타라를 바라보자 그녀가 다정하게 속삭였다.

"안녕? 너 정말 예쁘구나."

그리고 기대하지 않았던 대답이 돌아왔다.

[너도 마찬가지야. 상냥한 아이야.]

어?! 타라의 동그래진 눈이 사방을 둘러보고는 다시 잔잔하게 웃는 것 같은 유니콘에게로 돌아왔다. 아무래도 동물과 대화할 수 있는 타라의 기이한 능력이 또다시 발휘된 모양이었다.

이 능력은 될 때도 있고 안 될 때도 있었지만, 타라가 나이를 먹어 갈수록 안정화되어 가는 듯했다. 요새는 마음먹어서 되지 않는 경우가 없었다. 하지만 유니콘과도 대화를 나눌 수 있게 될 줄은 몰랐는데. 고마워요. 타라는 조심조심 목소리를 죽여 감사를 표했다.

"전 유니콘을 처음 봐요."

[우리 일족은 남부에서만 머무르니까.]

근 몇 천 년간은 항상 그랬지. 옥구슬이 굴러가듯 부드럽고 풍부한 목소리가 나긋나긋하게 이야기했다. 반쯤 흥분하고 신이 난 타라가 고개를 끄덕였다.

"유니콘은 요정족의 말이라고 들었어요."

[정확히는 그들과 함께 공존하는 거야. 우리는 서로에게 도움을 주는 존재란다. 옛 여왕 랑카가 내 선조와 한 맹약 덕분이지.]

"그렇군요. 몰랐어요."

저도 모르게 실례를 저지른 것 같아 사과했다. 유니콘은 기분이 상하지 않았다며 고개를 흔들었다. 부드러운 갈기가 어린아이의 바람 맞은 금발처럼 살랑살랑 흔들렸다.

[인간 소녀와 이렇게 대화를 나누게 되다니 나는 운이 좋아. 너에게는 언령(言靈)의 힘이 있구나.]

"언령이라니요?"

[너처럼 언어에 '의지'와 '혼'을 담을 수 있는 힘 말이야. 옛 고왕국의 선택받은 사람들은 언령을 다룰 줄 알았지. 지금은 존재조차 무척 희귀해졌지만.]

처음 듣는 말이었다. 제 독특한 특기에 대해서 궁금해하지 않을 수 없어서 오래된 서책도 뒤져 보았지만 드물게 나타나는 재능이 며, 고왕국의 실전된 여러 신비로운 힘 중 하나라는 것밖에는 찾지 못했다. 쥬다도 그 이상 언급하거나 가르쳐 주지 않았고.

한데 언령이라니. 그 단어에 담긴 알 수 없는 묘한 마력에 타라는 이끌리듯 호기심을 느꼈다.

"전 그저 동물과 말을 할 수 있을 뿐인걸요. 그렇게 거창한 것까지는……."

희고 옅은 머리가 좌우로 흔들린다. 회백색 하늘을 등진 나무가 고개를 젓듯이.

[아이야, 가장 태고의 근원과 가까운 혼백(魂魄)의 조각을 가진 소수만이 대자연과 소통하고 그들을 움직일 수 있는 힘을 가지는 거란다. 나뭇잎 하나를 겨우 흔들 속삭임이더라도 가장 강력한 권한이지. 무언가를 부수고 휘두르는 것들만이 마법이 아니야. 언령의 고귀함에 비하면 현세대에 흔해 빠진 그런 것들은 전부 조잡스러운 부산물일 뿐. 아무도 네게 가르

쳐 주지 않았니?]

타라는 커다란 숲이 일어나 자신을 바라보는 듯한 선량하고 지혜로운 눈동자에 압도되었다. 마치 더렵혀지지 않은 자연, 대지의 어머니가 속삭이는 것처럼 그가 하는 모든 말이 전부 옳게 들렸다.

[언어로써 모든 것을 통제했던 이는 고왕국에서도 단 한 사람만이 가능했지.]

오래된 비밀 이야기를 듣는 것만 같았다. 타라는 그 목소리에 온 감각이 몰입된 채 홀린 듯 물었다.

"그게 누구죠?"

"타라 님?"

머릿속에 울리던 아리아 같은 대화의 흐름이 뚝 끊겼다. 타라는 실망을 숨기지 못한 채로 드물게 놀란 표정을 하고 있는 야센을 돌아보았다.

그의 우묵한 눈빛이 오묘하게 얌전한 유니콘과 타라를 번갈아 보더니 다시 침착해졌다. 요정족의 기사는 제 말을 보러 왔는지 가벼운 옷차림이었다.

"죄송합니다. 제가 방해했습니까?"

"아니에요. 전 구경꾼일 뿐인걸요."

아쉬움을 누르며 고개를 흔들었다. 하지만 붉은 눈이 도로 조용해진 잿빛 유니콘 쪽을 향했다. 그런 타라에게 야센이 말했다.

"마치 대화를 나누시는 것 같군요."

가슴이 뜨끔했다. 야센은 묵직한 거목처럼 통찰력이 깃든 시선을 보내고 있었다. 타라가 어물쩍 말끝을 흐렸다.

"어, 음, 네. 보기만 해도 마음이 편해지네요."

사실 그게 맞고, 아까도 그러고 있었다고 구구절절 말하기에는 겸연쩍었다. 무엇보다 쥬다가 한 말도 있고.

　─네 능력을 아무 데나 말하지 마. 웬만하면 누구에게도.

　─왜요?

　─흔하지 않은 건 굳이 알릴 필요가 없다. 저와 다르다면 인정보다도 배척과 질투일 경우가 더 다분한 것이 세상사. 불필요하게 네 전부를 내보이지 마.

싸늘한 경고에 가까운 충고이자 조언이었다. 타라는 고개를 끄덕였지만 한 가지를 더 물었다.

　─나와 가까운 사람한테도요? 이델이나 안티오크도?

　─그들은 괜찮을지도 모르지. 하지만 굳이 그럴 것까지 있나?

　─친구라면 다 이해해 주지 않을까요?

　─글쎄. 과연 그럴까.

쥬다는 무구하게 그들을 믿고 있는 타라를 애매한 눈으로 보며 회의적인 반응을 보였다. 그 순진함이 애틋한 듯, 혹은 어리석은 이를 동정하고 몰이해하게 쳐다보듯. 백한 가지 말보다 타라는 그의 그런 눈빛에 감화되어 그의 말을 진심으로 받아들이고 새기게 되었다.

　—그렇다 해도, 타라. 무기는 결코 먼저 내보이는 게 아니다.

　네 앞날에 그것이 동아줄이 될지, 타인으로부터 널 지킬 검이 될지, 홍수가 난 세상을 헤쳐 갈 노가 될지는 아무도 모를 테니.

"타라님?"

야셴의 의아한 부름에 타라는 아무렇지 않게 생긋 웃었다.

"아무것도 아니에요. 말을 타러 오셨나요?"

"프레야를 달리게 한 지 오래된 것 같아 바람을 쐬게 해 주려고 나왔습니다."

"프레야(Freya)?"

타라는 미소 짓고 고개를 끄덕였다. 잘 어울리는 이름이네요. 옛 고왕국의 토속신앙 중에서 프레이야라는 풍요와 대지의 여신이 있었다.

밤에 내리는 눈 빛깔을 띤 짐승은 온순하고 우아하게 야셴의 손에 이끌려 걸어 나왔다. 발굽을 무용수처럼 사뿐사뿐 내딛는 게 주인이 아닌 온전히 제 의지대로 움직이는 것처럼 보였다.

타라는 아까부터 제 발에 붙어 끙끙거리는 쥰의 머리를 쓰다듬어 주면서 질문했다.

"프레야는 몇 살이에요?"

"유니콘 치고는 어리지만, 저보다는 많을 겁니다."

"야셴 경이 그를 잘 존중해 주나 보네요."

야셴은 프레야의 목을 쓰다듬어 주다 묵직한 눈을 타라에게 돌렸다.

"말에 대해 잘 아십니까?"

"아니요. 하나도 몰라요. 그냥, 좋은 친구 사이 같아서요."

타라는 여전히 프레야에게 반쯤 정신이 팔린 채로 소탈하게 말했다. 야셴의 나무껍질 같은 낯이 조금 움직였다. 그는 한층 부드러워진 목소리로 말했다.

"예. 그는 저에게 소중한 친우지요."

"멋지네요. 저한테도 그런 친구가 있어요."

야셴이 제 몸만 한 검은 개를 꼭 끌어안는 타라를 보았다. 그렇군요. 그가 나직하게 긍정하자 타라가 헤헤 웃는다.

요정 일행이 벨벳 성에 온 지 꽤 되었지만 정작 그들은 항상 브리지트와 함께 만났을 뿐 이렇게 따로 본 적이 처음이었다. 그래서 타라는 야셴에 대해 아직 잘 몰랐다.

"브릿, 그러니까 공주님은 어디에 계세요?"

"낮잠 주무시고 계십니다."

무뚝뚝한 대꾸에도 왠지 정감이 느껴지는 건 지나치게 긍정적인 해석일까? 타라는 브리지트와 밤에 속닥거렸던 얘기들을 생각했다.

브리지트는 타라를 영 숙맥에 아무것도 모른다고 여길 테지만 타라도 눈치로는 어디에서 빠지지 않았다.

남녀의 감정에 대해 잘 모를지라도 호감의 온도, 개중에서 관심과 무신경한 정도에 대해서 어느 정도는 눈치챌 수 있었다. 그리고 옆에서 본 바로는 야센과 브리지트는 퍽 잘 어울렸다.

본인들은 모르지만 함께 있을 때의 긍정적이고 온난해지는 공기는 주변 사람이 더 잘 알지 않은가.

야센은 딱딱해도 은근히 살뜰하게 공주를 챙기고 그녀를 바라보고 있을 때가 많았으며, 브리지트는 그를 긁고 짜증 내고 투정을 부리면서도 그에게 많이 기대는 것처럼 보였다.

아마 막상 서로가 없으면 허전하지 않을까? 하지만 이것도 당사자가 아니니 섣부른 판단은 하지 말자며 타라는 생각을 접었다.

"타 보시겠습니까?"

멍하니 유니콘을 보고 있는 게 그런 식으로 해석된 모양이다. 야센이 그 모습이 안돼 보였던지 말을 건네자 타라는 거절하려 했다. 그러다 멈칫했다.

이번 기회에 말을 타 보는 것도 좋잖아! 이게 무슨 횡재야? 거기다 보통 말도 아니고 전설의 유니콘인데! 결국 그녀는 말까지 더듬고 말았다.

"지, 진짜요? 제가 감히 그래도 돼요?"

흥분해서 벌게진 작은 소녀를 무표정하게 보는 입술 끝이 보일 듯 말 듯 올라갔다. 타라가 모르는 것이 있었는데, 브리지트와 야센은 공통점이 있었다. 그게 무언고 하니, 귀여운 것에 사족을 못 쓴다는 것이다.

덕분에 타라는 유니콘을 타 보게 되었다. 야센이 부드럽게 어르자 프레야의 눈이 다시 타라를 향했다. 첫사랑에 빠진 여자애처럼 타라는 확 얼굴을 붉혔다. 잿빛 몸체가 천천히 다가오자 아까부터 심통이 나 있던 준이 딱딱거렸다.

[저 말 새끼는 왜 자꾸 꼬리 쳐? 어이, 주인아. 저런 거에 넘 어가면 안 된다구. 타라? 듣고 있어?]

"프레야."

프레야가 대답이라도 하는 것처럼 고개를 숙였다. 타라가 그를 쓰다듬으며 작게 속삭였다.

"내가 당신을 타 보아도 될까요?"

말이 미소를 지을 수는 없겠지만 그 비슷한 무언가를 본 것만 같았다. 프레야가 대답했다. 물론이야.

[오히려 내가 영광이지.]

경악 어린 탄성들이 터졌다. 프레야가 네 발을 굽혀 성의 돌바닥에 꿇어앉았던 것이다. 작은 소녀를 위해서 기꺼이 긍지와 고고함을 지닌 유니콘이 절을 하듯 몸을 굽혔다. 이례적이고 놀라운 일이었다. 표정이 그리 다양하지 않은 야센조차 놀란 기색을 감추지 못했다.

아름다운 말 머리가 그녀를 향해 있었다. 긴 속눈썹 아래 초록 눈빛과 숙인 유니콘의 뿔, 푸른 머리의 하얀 소녀. 성화 속에 나오는 한 장면만치 경건하고 고아하다.

모두 차마 말을 꺼내지 못하는 가운데 오직 쥰만이 타라의 옆에서 뒷발로 머리를 긁으며 멍멍거렸다.

[아주 별짓을 다 하는군. 희멀건 간신배 놈.]

"타라 님, 타 보십시오."

타라가 얼떨떨하니 멍해서 굳어 있자 야센이 먼저 입을 열었다. 아. 퍼뜩 정신을 차리고 그의 위에 올랐다.

프레야는 그녀가 놀라지 않게 조심스럽게 자리에서 일어났다. 갑자기 높아진 시야에 어, 어 소리를 내며 어깨를 들썩거렸다. 프레야가 반쯤 고개를 돌리며 나긋하게 그녀를 달랬다.

[걱정 마렴. 내가 널 떨어뜨릴 일은 없을 거야.]
[주인아! 위험해! 괜찮아?]

"괘, 괜찮아요."

밑을 보니 무서워서 얼른 듬직한 말의 뒷머리를 보며 타라가 중얼거렸다. 타라의 몸이 붕 뜨자마자 느긋하게 앉아 있던 몸을 벌떡 일으킨 쥰이 멍멍 짖어 댔다.

프레야가 좀 더 기다리다가 물 흘러가듯 발자국을 내딛자 타라는 고양감일지 모를 감각에 약한 한숨을 터뜨렸다. 그사이 안달이 난 쥰이 말의 주위를 빙글빙글 돌면서 연신 속사포처럼 떠들어 댔다.

**[침착해! 괜찮아! 네가 떨어져도 내가 받아 줄게! 이 자식,
쟤 멸구면 그 잘난 뿔을 으깨 주겠어!]**

"괜찮으십니까?"

"네. 좋아요. 후아."

그때 따그닥따그닥 천천히 프레야가 주변을 걷기 시작했다. 타라
의 볼이 발그레 상기되었다. 그 뒤를 쫓아가며 쥰이 더 크게 짖었다.

**[으아! 아무래도 위험해. 역시 뛰어내리는 게 낫겠어. 하나
둘셋 하면 뛰는 거야! 알았지?]**

"아무래도 타라 님 애완견이 흥분한 것 같은디."

근처에서 구경하던 마부 엔케가 귓가를 긁적이며 훈수를 두었
다. 한시도 가만히 못 있고 짖어 대는 쥰 쪽을 힐끗 본 야센이 정신
이 없는 타라에게 말했다.

"아무래도 '친구분'께서 놀라신 것 같습니다."

"……아, 쥰! 괜찮아요!"

[뭐라고? 무서워서 말도 잘 못 하는 거야?!]

쥰이 저 혼자 경악해서는 꼬리를 맹렬하게 돌리며 낑낑거리고 으
르렁거렸다. 당장 프레야의 목덜미라도 물어뜯을 기세였다. 동문
서답을 하며 정신 사납게 구는 쥰에게 타라가 다급히 소리쳤다.

"괜찮다고요! 걱정 말아요."

이번에는 못 알아들을 수 없었다. 깨갱 멈춘 쥰이 침울해져 삐진 듯이 꼬리를 흔들며 자리에 앉자, 야셴이 눈에 이체를 띠었다.

"동물을 잘 다루시는군요."

"어어…… 쥰과 매우 가까워서 그래요. 눈만 봐도 알거든요."

쥰은 구석에 쭈그려 누워 외면하듯 아예 눈을 감아 버렸다. 덩치는 망아지만 하면서 꼬리가 축 처진 것이 미안하면서도 귀여워서 웃음이 났다.

프레야가 은근하게 말했다.

[저 개가 널 무척 좋아하는가 보구나, 아이야.]

타라가 키득거리며 웃었다. 그녀가 적응한 듯 보이자 프레야가 조금 더 빠르게 후원을 돌았다. 그 모습을 보는 모두가 나직하게 감탄했다.

소녀의 옷자란 푸른 머리칼과 묵빛이 감도는 잿빛의 말, 현악기의 재치 있는 음률처럼 경쾌한 움직임은 그림처럼 어우러졌다. 그리고 까르르 굴러떨어지는 해맑은 웃음소리까지. 그 소리에 이끌려이 광경은 곧 성안의 모든 사람들이 보게 되었다.

낮잠을 자다가, 차를 우리고 약제를 다듬는 등 일을 하다가, 책을 읽던 이들이 익숙한 웃음소리에 창밖을 내다보았다. 가장 먼저 밖으로 고개를 내민 건 브리지트였다. 부산스러운 머리를 벅벅 긁다 말고 창가에 팔을 괸 그녀는 말에게 무어라 속삭이고 있는 소녀를 바라보았다.

하얀 오후의 햇살이 노란 밀가루처럼 나긋하게 쏟아지고 있었다. 반짝이는 붉은 눈과 인어의 꼬리처럼 휘어진 입술, 흰 건반처럼 듣기 좋은 소리를 내는 하얀 이, 조그만 보조개 위로, 담뿍. 그녀는 피식 웃었다.

"보기 좋게 신났네."

하나둘, 도미노처럼 같은 이유로 모두 비슷한 미소를 지었다. 빠르게 주르륵 무너지다가 가장 꼭대기 층의 창가에서도 드르륵 창이 열렸다.

"왜 이리 시끄러워."

고양이 얼굴이 삐죽 나와 아래를 보더니 그 자세 그대로 한참을 있는다. 하얀 목화솜 같은 발이 창문을 활짝 열고 아예 자리를 잡고 앉아서는 본격적으로 구경을 했다.

까만 집사복 뒤로 고양이 꼬리가 산들산들 움직였다. 그는 야옹, 짧게 울고는 주인을 불렀다. 주인님. 이리 와 보십시오. 책에서 고개를 든 남자가 우윳빛 햇살과 떠들썩함이 흘러들어 오고 있는 창가를 바라보았다. 책이 덮였다. 그가 뚜벅뚜벅 걸어가 아래를 내려다본다.

"……."

온통 눈이 부신 오후가 아닌가. 반짝이는 빗물들이 삭막한 공간을 가득 적시기라도 하고 있는 듯했다. 그런데, 작게 파인 홈에 가득 고인 여우비처럼, 한 곳만 반짝였다. 그래, 그녀, 저 아이. 너 하나만.

"음, 위험하시다고 말려야 할까요?"

말이 없는 그를 힐끔거린 안티오크가 예전 타라의 낙마 사고 때문에 몹시 노했던 것이 걸려서 조심스레 물었다. 쥬다는 대꾸 없이 턱을 괴었다. 청회빛의 짙은 눈만이 소녀를 쫓았다. 안티오크는 눈치껏 조용히 침묵했다. 이미 다른 것들은 안중에도 없으신데 부산스럽게 할 이유가 없었다.

그때 마침 햇볕을 가리려 무심코 손을 올리던 타라가 쥬다를 발견했다. 어? 그녀가 환하게 손을 흔든다. 쥬다! 저를 부르는 목소리에 그는 일순 태양빛에 정면으로 눈이 찔린 것처럼 눈가를 씰룩거렸다. 손을 올리던 차에 멈칫 굳는다. 유니콘이 부드럽게 몸을 돌렸고, 그사이 타라는 여전히 쥬다 쪽만 올려다보며 웃고 있었다.

눈 하나 깜짝할 새에 쥬다는 후원에 서 있었다. 타라는 프레야가 흠칫거리며 멈춰 서는 통에 몸이 약하게 흔들리다 불쑥 제 앞으로 다가온 손을 발견했다.

나부끼는 은발과 찬 얼굴, 얼음 파편 같은 눈에는 정반대의 온기만이 감돈다. 당연한 듯 양손을 뻗는 것과 그가 낚아채듯 제 품으로 끌어당기는 건 동시에 일어난 일이었다. 쥬다는 푸른 뒤통수를 감싸자마자 한소리 했다.

"말도 못 타는 게 딴 데 정신 팔면 어쩌자는 거냐."

"아, 죄송해요."

타라는 엉겁결에 사과했다. 하지만 변명처럼 덧붙였다.

"그래도 프레야는 유니콘인걸요."

"유니콘이라도 말이야."

그가 아니꼽게 쳐다보니 프레야가 투레질을 하며 뒷걸음질을 쳤다. 약하게 떠는 잿빛 몸체를 야센이 다가와 달랬다. 그는 무감동한 서부의 영주에게 정중하게 고개를 숙였다.

"위대한 서부의 주인을 뵙습니다."

야센의 어두운 진갈빛 눈동자는 지극히 공손했지만 동시에 잠들어 있는 거인의 옆을 지나는 여행자처럼 긴장이 감돌았다.

"프레야는 현명한 생물입니다. 타라 님께도 온순하고 호감을 보여 등에 태웠습니다. 혹여 불쾌하셨다면 용서하십시오."

"이둔(Idun)의 기사인가."

전혀 기대하지 않은 말을 들은 것처럼 야센이 놀라워했다. 그는 다시 예를 갖췄다.

"그렇습니다."

"언젠가 한 번 본 기억이 나는데. 이르곤 전투에서였던가?"

"바바로사의 꼬리를 자르셨을 때 저도 그 현장에 있었습니다."

항시 브리지트에게 잔소리를 해도 높낮이가 없던 담담한 야센의 어투에서 미세한 흔들림을 느낀 타라가 눈을 깜박였다. 바바로사. 어디서 들은 이름인데. 머지않아 바로 기억해 냈다.

마룡 바바로사. 쥬다에게 '이티오팔의 무법자'라는 칭호를 안겨준 최대 최악의 마룡. 그의 머리를 자르고 봉인한 건 바로 쥬다였고, 그 덕에 연합군들이 승리할 수 있었다고 했다.

후에 '마룡 전쟁'이라 칭해진 이 전쟁에 야센도 참전했었다니. 역사를 좋아하는 타라는 무뚝뚝하고 좋은 분이라고 생각한 야센이 달리 보였다.

타라가 멍하니 야센의 단단한 손이나 그가 등에 차고 다니는 도끼와 창들을 힐끔거리자 갑자기 쥬다가 타라를 고쳐 안는 바람에 자연히 그녀의 고개가 돌려졌다. 역사의 한 현장의 목격자인 야센에게 쥬다는 냉랭하게 평했다.

"200년 전이었나? 안 죽고 오래도 살았어."

"당시 저는 풋내기 애송이였습니다."

야센이 쓴 미소를 지었다. 기사라 하나 어린 소년에 가깝던 야센이 그 지옥 같은 전쟁에서 살아남은 건 순전히 행운에 가까웠다.

마지막 전투인 이르곤에서는 바바로사의 화염에 그 자리에 있는 전부가 불타 죽는 게 확정되어 있었다. 사실상 마룡이 더 날뛰는 걸 억제하기 위해 준비된 자살 부대와 다를 바가 없었다.

야센 또한 알고 있었지만 물러날 수는 없었다. 그들이 도망치면 포악한 용의 앞에 짓밟기 좋은 남부의 낙원이 펼쳐져 있었으니까. 고향을 화마에서 지키기 위해서라면 못 할 짓이 없었다.

그 절망적인 상황에서, 홀연히 나타나 바바로사를 처음으로 패퇴시킨 쥬다는 공포스러운 구세주였다. 오랜 시간이 지났음에도 그는 화염과 폐허 속에서 피를 흘리며 도망가는 마룡을 무심하게 응시하던 마도사의 뒷모습을 또렷이 기억하고 있었다.

그만큼 충격적이었고, 그럴 수밖에 없는 기억이었다. 검은 재를 광적으로 짓눌러 칠한 듯 쾌쾌한 추상, 비정상의 끝을 달리던 일그러진 그 혼돈의 아수라장에서…… 저 홀로 선명하던 한 사내.

전쟁은 불사의 마도사가 기어코 이티오팔에서 마룡의 머리를 베고 지상을 위협하던 괴물을 봉인시키고 난 다음에 끝이 났다. 그 시절을 거쳤던 모든 이들에게 강렬한 흉터를 남긴 전쟁이리라.

최근까지도 야센은 불을 싫어했다. 살이 타는 냄새도 역겨워서 고기는 입에도 대지 않았다.

  —이게 얼마나 맛있는데 안 먹어? 그 나이 먹고 편식하는 거야?

어쩌다 보니 불보다 더 강렬한 누구를 만나 예전의 습관과 같은 후유증도 얼떨결에 잊고 있었지만 말이다.

어느새 딱딱한 입매가 완화된 야센은 묵직하게 손가락을 이마와 심장에 대며 요정 왕국 기사의 예를 표했다. 약식화되기는 했지만 그로서는 가장 최선을 다한 예우였다.

"당신께서는 가시는 길에 무의미한 한 걸음이었을지는 모르나 그로 인해 저는 살았습니다. 남부도 그날에 멸망했을지도 모르지요. 이제라도 감사를 표합니다."

숲 가지가 허리를 굽히는 것처럼 산뜻하나 우아한 절도가 심처럼 박혀 있는 인사였다. 타라는 속으로 감탄했다가 자신을 안고 있는 쥬다를 새삼스레 바라보았다. 역시 쥬다는 대단해.

괜히 저가 뿌듯하고 기분이 좋아서 타라가 헤실헤실 웃었다. 그 랬다가 돌연 쥬다의 시선이 제 얼굴에 꽂혀서 뺨이 붉어졌다. 그가 민망해하는 타라를 빤히 보더니 고개를 돌린다.

"무용함을 안다면서 말이 길구나."

게다가 한참 뒷북이고.

"그렇다 해도 제게는 중합니다."

무료한 면박에도 야센은 강직하게 대답했다. 그조차도 쥬다의 성정상 긍정적인 호응이 돌아올 거라 여기지 않았다. 외려 귀찮은 버러지 취급을 당하면 모를까. 하지만 아름다운 괴물 같다던 그에게선 놀랍게도, 건성 어린 회답까지 나왔다.

"좋을 대로."

이건 정말 의외였다. 벨벳 성의 모든 사람들이 놀란 표정을 짓는 가운데 그는 타라를 안고 자리를 떴다.

창틀에 앉아 모든 상황을 지켜보던 안티오크가 제 앞발을 핥으며 중얼거렸다. 어찌 보면 당연하지.

"저 자리에 타라 님이 있잖아."

그의 주인은 세상 모든 만물에 잔악해도 제 소녀 앞에서는 퍽 너그러워지니 말이다.

*　　　*　　　*

한참 책을 들여다보던 타라는 고개를 들었다. 역시 없다. 그녀는 팔짱을 끼고 볼을 부풀리다 풍선을 터뜨리듯 후, 제 앞머리를 입바람으로 흐트러뜨렸다.

'언령'이라는 것에 대해 듣고 난 타라는 쥬다와 헤어지자마자 바로 도서관으로 향했다. 언령이 어떤 힘인지 자세히 알아보고 싶었던 것이다. 물론 쥬다에게 물어보는 게 빠를 테지만 질문은 혀끝까지 굴러 나왔다가 도로 삼켜졌다. 문득 의문이 들었기 때문이다.

프레야가 말했던 대로 그렇게 독보적이고 대단한 능력이라면 왜 쥬다가 그녀에게 진작 설명하지 않았을까? 이건 좀 이상했다.

그녀의 배움에서 그 부분이 빠진 것은 어쩌면 의도된 것일지도 모른다. 사실상 아무리 머리를 쥐어짜 내 봐도 그런 추론이 여러모로 옳았다. 쥬다가 친부에 대해서 알려 주기 꺼려 하는 것과 마찬가지로.

만약 그게 사실이라면 이유가 뭐지? 위험하니까? 타라에게 득이 되지 않아서? 그리고 쥬다가 정말로 그런 의도로 함구한 거라면 이렇게 찾아보는 것도 안 되지 않을까? 머리가 아팠다. *끄응*, 소리를 내며 손톱을 깨물었다.

"하지만 궁금한걸."

어릴 적에도 그랬지만 그녀는 천성적으로 알고자 하는 욕구가 풍부하고 호기심이 많았다. 쉴 새 없이 쥬다에게 질문했던 건 유년기의 억눌린 보상 심리도 있었을 것이다.

그런 타라가 아버지에 대한 조사를 멈춘 것은 스스로 내린 결정이었다. 하지만 이번에야말로 타라는 정말 아는 게 아무것도 없었다. 지금의 추측들도 그냥 앞뒤를 끼워 맞춘 추리에 불과했다.

유니콘인 프레야가 거짓말을 할 수는 없을 테니 언령의 존재는 분명 사실이지만서도…… 입술을 잘근거렸다.

그냥 프레야에게 다시 가서 물어볼까.

아니 그러니까 그건, 결국 알아본다는 거잖아. 볼살이 축 밀리도록 뺨을 괸 타라가 한숨을 쉬었다.

"그런데, 정말 나한테 위험한 거면 쥬다가 말해 주지 않을까?"

그런 건 굳이 회피할 필요 없이 직접 경고하는 게 쥬다의 방식이었다. 그는 항상 확실한 수단을 선호하니까. 그렇게 생각해 보자 다른 꿍꿍거리는 문제들도 자연히 풀렸다. 그러니까 지레짐작해서 땅을 파고 있을 이유는 없는 것이다. 타라의 표정이 밝아졌다. 좋아! 알아봐야지!

"문제는 아직까지도 안 보인다는 건데."

타라가 뺨을 긁적이며 주변을 둘러보았다. 그녀의 근처에는 책장 곳곳을 숭숭 뚫어 놓은 책들이 가득 쌓여 있었다.

'고왕국의 역사', '사라진 옛 고왕국', '사라진 고왕국의 발자취'…… 있을 만한 건 다 찾아본 것 같은데. 손톱을 깨물면서 책장을 주르륵 훑다가 에효, 한숨을 내쉬었다.

"으, 안 되겠어. 쥰, 머리 아파요. 아."

그러나 쥰은 낮의 일로 아직 삐져 있던 탓에 방에서 홀로 자고 있었다. 타라가 뺨을 긁적거렸다.

그러고 보니, 이렇게 혼자 있는 건 퍽 오랜만이었다.

짙은 커튼이 반쯤 가린 창문을 보니 벌써 밤이 다 되어 있었다. 초저녁에 먹은 밥이 전부 소화되었는지 출출한 게 시간이 꽤 흐른 것 같다. 잠시 고민했다. 부엌에 가서 샌드위치라도 있나 찾아볼까?

"안티오크를 부르기는 너무 미안……."

─한데. 마침 꼬르륵거리는 소리가 울렸다. 타라는 가만히 배를 문지르다 널브러진 책들을 하나둘 정리한 후 쪼르르 복도를 내달리듯 걸었다.

마침 장서관과 부엌은 그리 먼 거리가 아니었다. 타라는 타닥타닥 계단을 내려가 커다란 떡갈나무 문으로 뛰어갔다.

문고리에 손을 올리던 그때, 말소리가 콕 박혀 왔다.

"마셔, 마셔! 이런 날에는 마셔 줘야 하는 거야!"

어쩐지 기시감이 들었다. 타라는 눈을 깜박이다가 슬쩍 문을 밀고 안을 살펴보았다. 환하게 켜진 부엌에서는 술판이 벌어지고 있었다.

아예 통째로 가져온 맥주 통과 산만 하게 쌓여진 치즈, 칠면조구이와 사과 파이, 몇 병 바닥에 쌓여 있거나 굴러다니는 포도주 병들이 보였다. 아, 이 생각은 못 했는데.

이미 이성이 끊겼는지 안티오크는 전번처럼 열심히 캬오옹거리며 뛰어다니고 있었다. 노란 털실 공이 통통 튀어 대는 것 같았다. 이델이 캬하하 웃어 댔다.

"이런 빈약한 고양이 자식! 그거밖에 못 해?!"

"냐오옹! 내놔랏! 내놓으란 말이닷!"

아…… 안티오크. 술 깨고 나면 엄청 수치스러워할 텐데. 타라는 안쓰럽기도 하고 웃기기도 해서 앞발을 휘휘 저어 대는 안티오크를 바라보았다. 하지만 귀여운걸.

"이 장면을 그대로 남겨 놨다가 보여 주고 싶은데."

어?

난잡한 소음 속에서도 깨끗하게 울리는 음성이었다. 피리 소리처럼 새뜻한 느낌의 말투. 그임을 모를 수가 없었다.

비제. 비제도 있잖아? 오늘 하루 종일 찾아도 볼 수 없었던 사람이 여기에 있었다.

타라는 빼꼼히 의자에 앉아 맥주를 기울이고 있는 사내를 관찰했다. 화로의 불빛에 옆얼굴의 가장자리가 금빛 분을 바른 것처럼 은은하다.

표정은 나른하고 취기는 그리 찾아볼 수 없다. 평소에도 한량스럽기는 했지만 지금은 또 다른 일면이 언뜻 드러나 보인다.

아니나 다를까 안티오크를 놀리느라 여념이 없던 이델이 핀잔을 줬다.

"그런데 하루 종일 어딜 싸돌아다니고 온 거야? 타라 님이 널 찾던데."

"타라가?"

비제가 잔을 기울이다 말고 되물었다. 갑자기 제 이름이 나오자 타라는 움찔해서 작게 소리를 냈다. 그때, 비제의 벽안이 내리꽂히듯 그녀 쪽으로 향했다.

그녀는 간발의 차로 얼른 몸을 물렸다. 크, 큰일 날 뻔했다. 들킬 뻔⋯⋯

아니 근데 들키면 뭐 어때서? 괜히 반항처럼 꿍얼거렸다.

타라가 정면을 보며 숫자를 세다가 다시 슬그머니 문틈을 훔쳐보았을 때, 비제는 다시 술을 마시며 목수 아리앙의 농지거리에 킥킥 웃고 있었다.

착각인가? 긴가민가했지만 어쨌건 그는 눈치 못 챈 것 같았다. 어느새 정신이 팔려 헤 입을 벌리고 술 파티를 구경하던 타라는 다시 약한 울적함이 올라왔다.

소외감. 고개를 숙여 부엌에서 새어 나오는 빛이 제 구두코에 묻은 것을 바라보다가 와자지껄한 웃음소리와 노랫소리에서 멀어지려 했다.

"그나저나 오늘 타라 님 정말 예쁘지 않았어? 벌써 아가씨가 다 되셨지."

붉은 눈이 크게 뜨였다. 멈칫 붙박인 귓가에 그녀가 좋아하는 사람들의 목소리가 앞다투어 들렸다.

"최근 들어 많이 성숙해지신 것 같긴 해."

"시간 참 빠르지옹…… 딸꾹! 처음 마차 안에서, 히끅! 불안해하시던 모습이 눈에 선한데…… 야옹."

치즈를 질겅거리느라, 혹은 술에 혀가 꼬인 안티오크가 고양이어(語)로 제 심경을 고백했다. 멍하게 벽에 붙어 서서 귀를 기울였다.

"좋으면서도 아쉽다냥."

이런 걸 취중 진담이라고 하는지 모른다. 술기운에 더 나긋나긋하게 감정이 실린 말을 듣고 있자니 코끝이 찡해져서 타라가 손을 움찔거렸다. 그리고 연이은 애정, 다정함, 아낌들.

"그건 나도 그렇다. 사실."

"각성기가 와서 정말 어른이 되시면 좀 서운할 것 같구만. 그라제?"

"뭘 서운해. 달라질 게 어디 있어. 계속 여기에 계실 텐데."

"성인이 되셨으니 그건 모르지."

"에이, 주인님이 타라 아가씨를 밖으로 내돌리기나 하겠어? 계속 옆에 끼고 있을 태세시던데."

"모친이랑 교류도 없으시잖아. 그냥 여기에 쭉 있으셨으면 좋겠는데."

너무 당연하게만 여겨서 존재도 몰랐던 봄 햇살이 손바닥 위로 차곡차곡 한 잎씩 쌓이는 듯했다. 타라는 이상하게 눈물이 핑 돌아서 열심히 눈을 깜박였다. 울면 안 돼. 울면⋯⋯.

"뭔 소리야. 이미 타라 님은 벨벳 성의 식구라고."

어디를 가신다 해도 다시 돌아오실 거야. 이델이 확정적으로 말하자 정말 눈물이 찔끔 나왔다. 이 사람들이, 아주 나를 울리려고⋯⋯ 타라는 붉어진 콧방울을 옷자락으로 벅벅 문지르면서 속으로 낑낑거렸다.

여기서 들키면 괜히 민망해질 텐데, 이제 그만 가자 하면서도 계속 듣고 싶었다. 그녀는 콧물이 나올락말락하는 걸 수습하느라고 그 뒤의 짤막한 대화는 놓치고 말았다.

"그럼 먼저 간다."

"응? 벌써?"

"피곤해서."

뚜벅뚜벅 발소리는 거의 근처에 와서야 타라의 귀에 들려왔다. 어, 어어? 얼른 부산스럽게 자리를 털고 숨으려던 타라는 이미 부엌의 소리들이 멎은 것을 알아챘다. 문이 닫힌 것이다.

천천히 위를 올려다보자 문고리에서 손을 떼는 비제와 눈이 마주쳤다. 확, 부끄러움에 얼굴이 붉어졌다. 반대로 비제는 그녀를 빤히 응시하더니 입술 끝을 가만히 끌어 올렸다.

"엿듣는 건 나쁜 짓인데."

"일부러 그런 거 아니에요."

변명이 바로 튀어 나갔다. 민망하고 창피했다. 저를 놀리는 듯한 푸른 눈도. 아, 왜 하필.

타라는 저를 어리고 철없는 여자애로 보는 듯한 비제에게 제 어수룩한 모습을 들키는 게 유난히 싫었다. 자존심이 상하는 것 같기도 하고, 창피스럽다.

발끝으로 바닥을 툭툭 치며 벌게진 얼굴을 숨기는 동그란 정수리를 내려다보던 비제가 입을 열었다. 조금 놀라 고개를 들 만큼 다정한 목소리였다.

"여기는 왜 왔는데. 배고파서?"

"어……."

어기적어기적 고개를 끄덕였다. 비제는 얼떨떨한 소녀에게 느물거리는 미소를 지었다.

"술 먹으러 온 거는 아니고?"

"아니에요!"

역시나. 이런 사람이었지. 뾰로통한 타라에게 그가 히죽 지적했다.

"아니면 아닌 거지, 왜 그렇게 성을 내?"

"그거야 아저씨가 사람 약 올리잖아요! 아, 진짜! 됐어요."

가뜩이나 배고팠는데 더 배만 고파진 것 같다. 타라가 콧김을 뿜고는 쿵쿵 발을 굴리며 돌아섰다. 하지만 앞으로 발걸음이 나가지지를 않는다. 뭐야? 제 머리에 턱 하니 얹힌 손을 깨달은 타라가 냉큼 쳐 내려고 했지만 비제는 용의주도하게 힘을 주어 동그란 정수리를 굴려 제 쪽으로 끌어당겼다.

그보다 팔다리도 훨씬 짧고 힘이야 말할 것도 없는 타라는 참 쉽게도 비제의 품으로 떨어졌다. 약이 단단히 오른 타라가 빽 짜증을 냈다.

"이게 뭐하는 짓이에요!"

"대화하다가 그렇게 가는 게 어디 있어? 쥬다가 그렇게 가르치던?"

"아저씨 대화 매너는 이렇게 별로에요?"

타라가 지지 않고 딱딱 화를 냈다. 믿기지 않게도 위에서 짧은 웃음이 터졌다. 타라는 밤나무 밑에서 따가운 밤송이라도 맞은 듯이 눈초리를 올렸다.

"하하. 아니, 이건 네 전용이지. 내 주변에는 이렇게 작은 애가 없어서."

"좋은 말할 때 놔요."

하지만 비제는 계속 자기가 하고 싶은 말만 했다.

"이렇게 귀여운 애도 없고."

타라는 움찔했다가 휙 그의 손 아래에서 빠져나오면서 단단히 결심한 얼굴로 그를 돌아보았다. 그는 호주머니에 손을 끼워 넣은 채로 어디 하고 싶은 말 해 보라는 양 빤히 그녀를 주시했다.

깎아지른 듯한 이목구비에 영롱하게 빛나는 푸른 눈이 나른하고 수려하다. 타라는 눈을 깜박이지 않으려 힘을 주어 쳐다봤다.

"맨날 그래요? 불리하면 막 듣기 좋은 소리하는 거?"

"듣기 좋은 소리?"

"그래요! 그, 여하튼 그거요!"

"그게 왜. 너 귀여운데."

그가 고개를 갸웃거리며 말하자, 타라는 더 못 버티고 헛기침을 했다. 그녀는 허리에 양손을 올리고 따졌다.

"그런다고 내가 좋아할 거라고 여겼다면 꿈 깨요. 난 말이에요, 아저씨처럼 입에 발린 말 하는 거 매우 좋지 않게 생각해요. 알아요?"

비제는 눈을 가늘게 뜨고 열변을 토하는 타라를 바라보았다. 장난스러우면서도 정말 의아한 눈초리다.

"으음, 내가 느낀 대로 말하는 것도 싫은 건가. 귀여운 게 싫으면 예쁘다고 해 줘?"

"그래요! 아니, 그게 아니라…… 아, 정말!"

앞부분만 듣고 성급하게 대답했던 타라가 짜증을 내며 발을 쿵 굴리자 비제가 하하하 커다랗게 웃음을 터뜨렸다. 입을 가리고 웃어 대더니 성큼 다가가 새집이 되도록 마구 그녀의 머리를 헤집는다. 덕분에 반항도 못 하고 머리칼이 엉망이 된 타라가 으익! 엇! 기합성 같은 소리를 냈다.

비제는 놀란 타라의 하얀 볼을 아프지 않게 꼬집더니 입매를 휘었다.

"알았어. 타라 양은 귀여운 게 아니라 예쁜 걸로. 만족해?"

"이거 놔요."

볼이 잡힌 탓에 어눌한 발음으로 새되게 톡 쏘니 비제는 픽 다시 웃고는 놔주었다. 타라는 얼른 한 발짝 물러서서 파랑새가 부리로 제 깃을 정돈하는 것처럼 머리카락을 탈탈 빗었다.

"휴, 진짜. 아무튼 저 갈 거예요."

어째 이 아저씨랑 있으면 계속 휘둘리게 되고 더 애처럼 굴게 되는 것 같다. 타라는 그게 마음에 안 들었다. 그녀가 입을 꾹 다물고 돌아서자 그는 잡지 않았다.

"방으로 가는 거?"

대신 그녀의 뒤를 따라왔다. 타라는 훅 앞머리를 입바람으로 불었다.

"네. 그러니까 따라오지 말아요."

"배고프다며."

"필요 없어요."

타라는 제 뱃속에서 좀 더 커진 꼬르륵 소리를 외면했다. 그러면서도 들렸나 싶어 슬쩍 비제의 눈치를 보았다.

"그럼 맛있는 거 먹으러 갈래?"

……못 들은 척 해 주는 건가? 타라는 헷갈려하며 비제의 잔잔한 낯을 보았다.

"어디로요? 부엌은 저쪽인데."

"다 방법이 있지."

이래 봬도 방랑 생활이 몇 년인데. 그 태도가 워낙 자연스럽고 자신만만해서 뻥으로는 안 보였다. 사실 타라가 뭐라 할 새도 없었다. 솜처럼 부드러운 손길이 그녀를 답삭 아기 동물이나 공주님 안듯이 안아 든 것이다.

놀란 타라가 눈을 깜박이다가 둥글게 뭉친 주먹으로 그의 어깨를 때렸다.

"놀랐잖아요! 내려 줘요!"

"배고프잖아. 허기가 찰 때는 안 움직이는 게 좋아."

내 경험상 그렇더라고. 비제가 무구하게 웃어 버리자 그 순수하게 호의적인 낯을 가까이서 마주한 타라는 말문이 턱 막혔다. 너무 가까워. 신경 쓰이게시리.

"저, 꼭 안아 줄 거면 차라리 업히면 안 돼요?"

"그래? 그러든가."

그러면서도 흔쾌히 내려 준다. 그녀가 주춤거리는 사이 비제는 제 등을 보이며 앉았다. 어서 업히라고.

타라는 심란하게 그의 뒤통수를 보며 내가 왜 그런 말을 했나 한탄했지만 이미 입 밖으로 나가고 난 뒤라 별수가 없었다. 어기적 다가가 머뭇대다가 철퍼덕 뛰듯이 목에 손을 감자 비제가 졸린 소리를 냈다.

"컥, 잠깐 손 좀…… 힘 좀 빼 줄래?"

"무슨 기사가 이런 것도 못 버텨요?"

목도리도마뱀처럼 찰싹 엉긴 타라가 흥, 콧김을 뿜었다. 하지만 말과 달리 힘이 느슨해졌다. 약하게 웃는 소리가 들렸다. 그는 인형이라도 업은 것처럼 가볍게 일어났다.

그의 옷깃에서 풍기는 마른 라일락 향을 맡으면서 타라는 눈을 깜박였다. 이 아저씨는 원래 이상하지만 개중에 가장 이상한 건 요상할 정도로 웃음이 많다는 거다.

어쨌건 주군의 피후견인이라고 해도 까마득하게 어린애가 버릇없게 굴면 버르장머리 없다고 타박 정도는 할 법한데 웃거나 외려 더 놀리거나, 아니면 사과를 한다.

그래, 끝에 가면 항상 미안하다고 하는 건 비제였다. 웃음이 헤픈 것만큼 사과도 헤프다.

"아저씨."

"비제라고 부르면 안 되니."

"봐서요."

흥 소리만 없다뿐이지 타라가 도도하게 대꾸했다. 흠, 결국 나 하기 나름이라는 거네. 비제가 나긋하게 중얼거렸다. 자박자박 풀 밟는 소리가 울렸다.

타라는 달의 빛무리에 은빛으로 얼룩진 불그스름한 머리를 빤히 바라보면서 입을 열었다.

"왜 그렇게 봐줘요, 나?"

그가 저를 놀리고 이따금 요상한 심술을 부리기는 하지만 타라도 알고 있었다. 비제가 그녀에게 친절한 편이라는 걸.

아까 고용인들과 함께 있었던 것에 내심 놀랐던 건 이유가 있었다. 비제는 몇 년 만에 얼굴 한 번 볼까 말까 한 동료들과도 수더분하게 잘 지냈지만 정작 친하다, 할 정도로 가까운 사람도 없는 것 같았다.

적도 없고 누구와도 잘 지내지만 그를 속 깊이 알고 관여할 이는 없는, 보이지 않는 벽을 치고 혼자 있는 이상한 아저씨.

'입에 발린 말'을 하면서 정작 짓는 표정은 아이처럼 순수했다. 당혹스러울 정도로 보이는 건 뻔했다. 네가 좋아. 이번에도 웃음 기 섞인 얕은 숨소리가 밤공기를 타고 또렷하게 귓가로 밀려들어왔다.

"못된 놈이라고 욕할 줄 알았더니 평가가 너무 후한 것 아닌가?"

"나도 눈치는 있어요."

타라는 꿍얼거리며 그를 힐끔거렸다.

"아저씨가 나 많이 봐주잖아요."

"예컨대?"

"그냥, 이것저것. 배고프다고 밥 챙겨 주는 게 아무나 해 주는 친절도 아니고……."

굶고 사는 걸 말 그대로 밥 먹듯이 했었던 타라에게 이 말은 진짜였다. 괜스레 낯간지러워 코를 찡긋거리는데 비제가 별거 아니라는 듯 찬물을 끼얹었다.

"아닌데. 나도 배고파서."

"……."

"혼자 밥 먹으면 맛없잖아."

싱글싱글 덧붙이자 타라는 딱 입을 다물었다. 이번에는 웃는 소리도 없다. 타라는 뾰로통한 얼굴로 그를 흘겨보았다.

"아까 많이 먹고 나왔잖아요."

배고프긴 개뿔. 좀 좋게 보려고 하면 항상 미워 보일 말을 한다. 일부러 그러는 거다. 이상한 데서 못됐다.

"아저씨는 나 놀리는 게 재미있어요?"

"재미없는 편은 아니지."

꼭 호감 사는 걸 피하려고 하는 것처럼.

설명하기 어렵지만 타라는 그런 생각이 들었다. 짓궂은 청개구

리같이 구는 게 다가 아닐 것 같은.

착각일까? 그럴지도 모르지. 잠시 또 그렇게 시간이 흘렀다. 비제의 어깨에 작은 턱을 올린 타라는 인어의 눈물이 흩뿌려진 검은 강처럼 별이 반짝이는 밤하늘을 올려다보다 제일 중요한 걸 물었다.

"아니 그런데 어디를 가냐구요. 왜 대답 안 해 줘요?"

"거의 다 왔어."

"어딘데…… 가만, 여기 성 밖 아니에요?"

몇 개의 통로를 지나 색이 바랜 푸른 문을 여니까 낯선 세상이 보였다. 타라는 달빛이 자욱하게 깔린 드넓은 황야에 숨을 멈췄다.

예전 비제가 했던 말처럼, 낮과 밤의 세계는 전혀 다른 차원의 대지 같았다. 햇볕과 산들바람에 온난한 온풍이 불던 마른 땅에는 숨죽인 고요함과 어둑한 전체 사이사이 감도는 서늘함, 그러함에도 검게 드러나는 원시적인 실루엣이 잠잠히 도사리고 있었다.

모래 지옥 같은 늪조차 달빛을 입어 잘게 돋은 들풀까지 은은히 빛나는 것이 잠든 아이의 속눈썹 드리운 눈덩이 같다. 무어라 형언할 수 없는 매력적인 풍경이었다. 그녀와 같은 생각을 하는 것처럼 비제가 속삭였다. 느낌이 또 다르지?

"남부가 가장 아름다운 곳이라는 건 거짓말이야."

타라는 저도 모르게 고개를 끄덕였다. 요정들의 나라를 본 적은 없지만 이곳보다 더 그리워하고 봐도 봐도 질리지 않는 곳은 없으리라 확신할 수 있었다.

조그만 숲이 우거진 얄팍한 연못 근처에 다다르자 비제가 그녀를 내려 주었다. 풍경이 참 근사하기는 한데…… 여기서 무슨 밥을 먹는다고? 하지만 뭘 묻기도 전에 타라는 비제가 연못가의 자갈을 주워 어딘가로 던지는 걸 보았다. 저게 뭐하는 짓인가 싶었는데 바로 가죽의 북을 두드리는 소리가 난다. 털썩, 뭔가 떨어지는 부스럭거림도.

얼빠짐도 잠시 비제는 야식거리를 들고 왔다. 그것도 웬 토끼 한 마리를. 입을 떡하니 벌리는 타라의 앞에서 단검을 빼 든 비제가 턱짓을 했다.

"눈 돌려줄래?"

"네? 네?"

"볼 수 있으면 보든가."

별로 추천은 안 하는데. 날카로운 날이 토끼 쪽으로 세워지자 허겁지겁 돌아서서 눈을 가렸다. 타라는 귀를 가리고 밤하늘의 별을 세며 뒤에서 희미하게 들리는 토끼 고기 다듬는 소리를 안 들으려 애썼다.

아니 그저 배고프다는 소리를 했을 뿐인데 아닌 밤중에 이게 뭐하고 있는 건지. 회한을 곱씹고 있는 사이 어깨가 톡톡 두드려지자 타라는 인정사정없이 꺄악 소리를 질렀다.

어느덧 불이 피워져 있었고, 거기에 잘 다듬은 고깃덩이도 놓여 있었다.

"놀랐잖아요!"

"그러게 왜 귀를 막고 있어?"

"그야 막, 막, 소리가 들리니까……."

타라는 아무리 작은 동물이라도 먹기 위해 죽이는 것은 익숙하지 않았다. 동물과 대화가 되다 보니 인격체가 아닌 별개의 존재로 보는 게 어려웠기 때문이다. 물론 모든 동물과 이야기를 나눌 수 있는 건 아니었지만.

속으로 꿍얼거리는 와중에 타닥타닥 익어 가는 토끼 고기 쪽을 힐끔거렸다. 벌써 맛있는 냄새가 났다. 비제가 주변에서 꺾은 허브와 갖고 다니는 주머니에서 소금을 꺼내 뿌리는 걸 보고 있자니 목울대가 울렁거렸다.

타라는 생각했다. 토끼와는 얘기를 나눠 본 적이 없으니까 먹어도 괜찮을 것 같다고.

"낮에 보니까 말 잘 타더라?"

말? 아.

"봤어요?"

"응."

턱을 괸 그의 얼굴 반쪽이 모닥불에 비쳐 붉었다. 절반만 가리는 가면을 쓴 것 같았다.

달과 별빛이 불타나는 모닥불에 가려 주춤거리던 그 순간, 그가 물었다.

"유니콘과 무슨 대화를 그렇게 했어?"

오싹 가슴이 쿵 내려앉는다. 타라의 크게 뜨인 눈을 비제는 예사롭게 바라볼 뿐이었다.

관조하듯 평온하고 그게 어떤 중요한 의미도 깃들어 있지 않은 양 온화한 질문. 타라는 너무 당혹스러워 그의 눈빛에 어린 게 무언지 읽을 수 없었다.

"그게, 무슨 말이에요?"

엉겁결에 부정했다. 쥬다의 경고 때문인지는 모르겠다. 눈 하나 깜박이고 나자 자신은 이미 그렇게 말하고 난 뒤였다. 그 위를 덮어 감추듯 어색하게 웃는다. 어떻게 동물과 말을 해요.

비제의 푸른 눈이 그녀를 찬찬히 살피고 있었다. 그는 꽃을 돌보는 정원사처럼 시종 온유하기만 한데, 정작 타라는 그것에 더 긴장했다.

하지만 비제는 쥬다의 충복이다. 안 어울리는 거짓말까지 할 필요 있을까? 갈팡질팡하다가 입을 열려던 그 순간 비제가 빙긋 웃었다.

"난 네 말을 유니콘이 잘 따른다는 뜻이었는데."

"아, 네……."

비유적인 말에 과민 반응한 셈이 된 타라는 눈을 굴리며 얼버무렸다. 민망함이 올라왔다.

아마도 프레야가 알려 준 언령에 대한 귀띔 탓에 저절로 방어적으로 행동하게 되었다. 직감적으로 아는 이가 적을수록 좋겠다고 여겨졌던 것이다. 쥬다의 '희귀한 것이라면 드러내지 않는 것이 현명하다'는 조언과 일맥상통하는 생각이었다.

참 묘하다. 타라에게는 벨벳 성이 집이자, 고향이고 벨벳 성의 식구들은 친가족이나 다름이 없는데, 정작 벨벳 성에서 가장 오랜 세월을 보내었다는 이 사람과는 가까운 듯 아직 먼 타인이었다. 아이러니했다.

비제가 벨벳 성에 사는 모든 이들을 통틀어 가장 호의를 비치는 게 타라라는 것을 생각해 봐도 그랬다. 타라는 이런 쪽으로 눈치가 비상했다.

─나는 여태껏 한 번도 찾지 못한 귀한 것을 그는 찾은 것 같아서. 그것도 그 작자가. 그래서 눈꼴셔서.

당시 그의 눈에 떠올랐던 감정은 제 군주에 대한 호감과 존경과는 거리가 멀었다. 그렇다고 그 반대도 아니지만. 좋아하지도 싫어하지도 않는, 애정도 무관심도 아닌, 모든 것의 경계선 너머 무의 지대에 그저 가만히 서 있는 것만 같은 얼굴.

어린 타라는 그런 감정의 맨얼굴을 이때껏 경험해 본 적도, 본 적도 없었다.

정의내리기 힘든 이질적인 존재는 본능적으로 거부감과 회피하고 싶은 기분을 느끼게 한다. 그래서 무의식적으로 더 성마르게 대하는지도 모른다.

아. 타라는 멈칫 깨달았다. 이제야 흔하지 않은 것에 대한 타인의 인식이 얼마나 위험한 것인지 그녀는 이해하게 되었다.

"고기가 다 익었네."

상념을 깨우는 소리였다. 맛 좋은 냄새가 났다. 절로 침이 고여서 혜 입을 벌리자 비제가 깔깔 웃었다. 곧 알맞게 잘 익은 고깃덩이가 내밀어지자 타라는 조심스럽게 받아서 한입 베어 물었다. 그리고 충격이 작은 낯에 퍼졌다.

"맛있어."

그것도 엄청. 벨벳 성의 솜씨 좋은 요리장인 이델과 게리의 합작품에 버금갈 만큼 맛있었다. 토끼 고기에 들어간 건 허브 몇 잎과 소금 조금이 다였는데도.

타라는 굶주린 여행자가 오아시스를 만들어 낸 마법사를 바라보듯 존경 어린 눈으로 그를 바라보며 한결 착하게 물었다.

"요리사세요?"

"아니."

"그럼 무슨 음식을 맛있게 하는 마법이라든가……."

"그런 게 있으면 쥬다가 뭐하러 요리사를 두겠어? 자기가 요리왕일 텐데."

"아."

그것도 그러네. 타라는 새삼스럽게 비제를 쳐다봤다. 이상한 한량 아저씨라고 생각했는데. 이런 게 소위 말하는 손맛이라는 건가. 한 입 더 먹었다. 허기진 탓도 있겠지만 처음 벨벳 성에서 먹은 아침 식사를 포함해 타라가 이때껏 먹어 본 것 중 제일 맛있는 음식 중 하나인 것 같았다.

순식간에 게 눈 감추듯 먹자 또 비제가 먹기 좋게 잘라 준다. 그것도 정신없이 먹고, 손가락에 묻은 기름을 빨던 타라가 단검을 닦고 있는 비제에게 물었다.

"안 드세요?"

그는 곁눈으로 타라를 힐끗거리곤 빙긋 대꾸했다.

"너 다 먹으렴."

"배고프다면서요."

"거짓말이었어. 배불러."

단검을 갈무리한 그가 가볍게 답하고는 그녀를 바라보았다. 물빛 눈동자에 노을이 반쯤 내려 있었다.

신비스러운 수평선이다. 불꽃이 그가 모아 놓은 나뭇잎과 나뭇가지들을 살라 먹어 갈 때마다 불안정하게 술렁거린다. 또다. 이상한 기분. 타라는 반항하듯 말했다.

"아저씨 거짓말쟁이예요?"

"가끔은?"

항상 그러는 건 아니지만. 그가 더운물처럼 웃었다. 항상 그렇듯 먼저 눈을 피한 건 타라였다. 하여간 말문 막히게 하는 데는 탁월했다. 의도적인지 아닌지는 모르겠지만.

그때, 그런 그녀에게 비제가 말을 꺼냈다.

"그럼 그는 어때."

"뭐가요?"

"쥬다. 그는 네게 항상 진실만 말하니?"

타라는 비제를 물끄러미 바라보았다.

"물론이죠."

쥬다는 수고롭게 거짓말을 할 바에야 냉정하게 자르거나 차라리 입을 다물 것이다. 아니면 사실 그대로 말하든가. 확신을 담은 대답에 비제는 흐음, 턱을 괴었다.

"어떤 사람이라도 섣부른 확신을 하는 건 위험한 일인데. 용감한 소녀네."

"당연하죠. 쥬다니까요."

"하지만 이런 생각은 안 해 봤어?"

물빛 눈동자가 저에게 우박처럼 떨어져 내렸다. 그가 부드럽게 입을 연다.

"그가 아주 일부분의 진실만 말하는 것이라고 말이야. 전체에서 중요한 것들을 빗겨 나간 곁가지들만 잘라서 네게 내미는 건. 그것도 엄밀히 말해 거짓 아닌가?"

진실이 아니라고 할 수도 없겠지만. 비제의 잡담처럼 나른한 말을 듣자, 과거의 어떤 기억이 예전 숨겨 두었던 두꺼운 책 속 책갈피처럼 손끝에 잡혔다.

언젠가 이런 얘기를 나눈 적이 있었다. 타라가 처음 새와 이야기를 나눴고, 자신이 동물과 대화를 나눌 수 있다는 걸 깨달은 날이었다.

─ 쥬다도 동물과 대화할 수 있나요?

─ 그건 자연에 대한 친화력이 강한 몇몇 마법사들만의 특기다. 나도 지금껏 딱 한 번 보았지.

그게 누구냐는 질문에 쥬다는 대답하지 않았다. 대신 다른 것을 물었다.

─ 이번이 처음인가? 동물의 마음이 들린 것 말이다.

타라는 처음이 아니라 했다. 그건 쥰이었으니까. 그리고 그 화제는 자연스레 넘어가 버렸다. 어쨌건 그날, 쥬다는 타라의 능력에 대해서, 그가 처음이자 마지막으로 보았다는 그 마법사에 대해 말해 주지 않았다.

프레야와 대화하고 난 후 타라는 쥬다가 그녀에게 일부러든 아니든 중요할 정보를 언급하지 않았음을 자각했다.

타라는 혼란스러웠다. 왜? 혹시 위험해서 그런 거라면, 그 사실 그대로 넌 아직 미숙하다고 한마디만 했어도 타라는 바로 수긍했을 텐데. 그럴 필요도 없어서? 타라는 그냥 어린아이에 불과하니 일일이 설명하는 게 번거로워서?

낮에 들었던 온화한 되물음이 생각났다.

—아무도 네게 가르쳐 주지 않았니?

유니콘은 특별한 것을 가지고 있는 그녀가 아무것도 모른다는 게 이해가 안 간다는 반응이었다.

토끼 고기를 쥔 손끝이 어쩐지 싸늘했다. 넋을 놓고 일렁이는 불을 응시하던 타라는 비제의 부름에 겨우 고개를 들었다. 무슨 생각을 그렇게 해?

"농담이야. 살면서 하얀 거짓말 하나 안 하는 사람이 어디 있겠어. 아니면 뒤끝으로 뭐 남은 게 있어?"

"아니에요."

살살 달래듯 보는 눈빛과 장난스러운 물음에 언 기분이 약하게 풀린 타라가 피식 웃었다. 남은 고기를 꼭꼭 씹었다. 약간 목이 막혔지만 꿀꺽 삼켰다.

타라가 남은 토끼 다리 한 짝을 깨끗이 발라 먹고 나자 비제가 모닥불을 발로 밟아 껐다. 순식간에 빛이 사그라들어 도망가고, 그 자리에 다시 밤 그림자가 밀려들었다.

타라가 다급히 그를 따라 휘청 일어서자마자 아, 작은 소리가 들리더니 큰 손이 뻗어 와 그녀를 안아 들었다. 시야가 안 보이는 상태에서 다가온 손길에 타라는 조금 놀라 움츠러들었다. 지척에서 다소 민망해하는 목소리가 들렸다.

"미안. 밤눈이 좋은 편이라 불편할 걸 몰랐어."

이런 때에 누가 같이 있어 본 적이 없어서.

그의 평온한 들숨과 날숨이, 쥬다와는 다른 딱딱하고 거친 손가락이 생소하게 와닿았다. 검은 장막 속에서 그 확연한 차이가 더 도드라지게 생생해 약한 긴장이 올라왔다.

낯설었지만 사방이 어두컴컴해지니까 아는 목소리에 끌려 의지하듯 매달렸다. 습관처럼 목에 팔을 휘감았다. 어색하고 뭐고 무서웠으니까.

타라가 한 박자 늦게 중얼거렸다. 괜찮아요. 달래는 의도인지는 모르겠으나 머리 부근에 온기가 느껴졌다. 확실한 건, 그건 분명 효과적이었다.

"곧 눈이 익숙해질 거야."

타라는 고개를 끄덕였다. 저벅저벅 발소리가 더해질수록 점점 밤하늘의 달과 별이 다시 살아났다. 그녀는 자연의 그 흔하고도 아름다운 장엄함에 시선을 빼앗겼다.

예쁘다…… 들락날락하는 숨결처럼 그의 호응이 돌아왔다. 응. 예쁘다. 이후 그들은 말없이 성까지 걸어갔다.

땅과 달이 가장 먼 거리에서 서로를 바라보는 깊은 밤이었고, 누구도 이 잔잔한 침묵을 굳이 깨지 않았다. 타라는 나왔던 조그만 쪽문에 들어서고 나서야 비제와 있는 시간이 편해졌다는 것에 놀랐다.

"배불리 먹었으니 잘 자겠네."

다시 평소의 상냥하고 짓궂은 아저씨로 돌아온 비제가 노래하듯 중얼거렸다. 타라는 그의 어깨에 대고 고개를 끄덕였다. 배가 차니까 슬슬 잠이 오는 것도 같았다.

"네. 어…… 잘 먹었어요."

그러고 보니 인사를 안 한 것 같아서 꿍얼꿍얼 덧붙였다. 사실상 그는 그녀의 배고프단 한마디에 수고스럽게 성 밖까지 가서 토끼를 잡아 구워 주었으니 말이다.

그때였다. 끼릭, 쇳소리에 타라는 몸을 굳혔다. 옅은 기름 냄새가 났다. 비릿한 그 냄새를 실은 바람이 뒷덜미를 훑고 가 섬뜩하게 솜털이 곤두섰다.

저벅, 묵직하나 기척 없는 내디딤이 바짝 언 귓가를 찔렀다. 타라는 고개를 들어 비제를 부르려고 하다가 비제도 걸음을 멈췄다는 걸 한 박자 늦게 알았다.

안팎을 오가기에는 늦은 시간인데…….

"해 없는 밤에는 어수선하지 않은 게 가장 좋은 법이지."

비문을 읽듯 단조로웠으나 내용은 자갈이 달그락거리듯 딱딱한 질책이었다. 타라가 오늘 밤 두 번째로 느끼는 '알고 있으나 낯선 것'이었다.

벨벳 성의 정원사 덴버였다. 말린 껍질처럼 주름이 진 그대로 건조된 듯한 눈매와 입가, 색이 희박한 냄새 없는 사내.

벨벳성의 유령.

등불을 들고 선 남자는 동상 같았고, 긁힌 얼음 같은 눈자위는 늦은 밤에 성안으로 들어온 못마땅한 자를 똑바로 향해 있었다. 불편한 분위기를 감지한 타라가 끼어들었다.

"저, 덴버 씨. 죄송해요. 폐가 됐나요?"

비제를 향해 있던 푸른 눈이 저를 향하자 숨을 죽였다. 제 잘못인 것만 같아 조마조마 눈치를 보고 있는데 덴버가 천천히 말했다.

"이 시간에 어찌 된 일이십니까. 주인께서 걱정하실 터인데."

염려 섞인 말인데도 거기에는 일말의 온기도 없었다. 하지만 아까 전 비제를 향한 것보다는 훨씬 친절했다. 거기에 용기를 얻고 타라가 얼른 말했다.

"이제 막 가려던 참이었어요."

"그러셔야 할 것입니다. 더 지체했다가는 주인께서 대로하실 테니 말입니다."

타라는 어색하게 고개를 끄덕였다. 한편으로는 진짜 걱정도 되었다. 혹시 쥬다가 내가 밖에 나갔다 온 걸 알았나? 그럴지도 모른다.

조금 주눅이 든 타라의 머리 위에 딱딱한 손이 얹혔다. 비제는 평소처럼 웃고 있었다.

"조금 바람 좀 쐰 것 가지고 너무 뭐라고 하네. 쥬다는 그런 것 가지고 뭐라고 안 해."

"너 혼자라면 그러시겠지."

덴버가 정확하게 잘라 지적했다. 비제는 딱히 부정하지 않았다. 그럴지도. 어깨를 으쓱한 비제가 타라를 내려 주었다. 영문을 몰라하는 타라에게 비제가 친절하게 웃었다. 그림책 속의 삽화 같은 웃음이었다.

"여기부터는 갈 수 있지?"

"네에⋯⋯."

타라는 주춤주춤 움직이다가 도로 비제의 팔을 잡고 소곤거렸다.

"혹시, 나 때문에 혼나는 거예요?"

무생물과 눈싸움을 하는 것처럼 얕게 입꼬리를 올리고 덴버를 응시하고 있던 비제가 고개를 돌리더니 픽 바람 빠지는 소리를 냈다.

"내가 애니. 혼나게."

"그래도⋯⋯."

타라는 다시 덴버의 눈치를 보고는 발끝을 올려 속닥속닥 말했다. 그녀는 진지했다.

"저 아저씨 조금 무섭단 말이에요."

"나 기사야. 내가 더 무서워."

하등 안도가 되지 않았다. 묘한 불신과 염려가 섞인 눈빛에 비제는 탄식했다. 나도 참 신뢰받지 못하는구만. 그는 연극 조로 머리를 설레설레 젓더니 다시 타라를 밀었다.

"괜찮으니까 가."

"쥬다한테 일러 줄까요?"

결국 비제는 하핫 웃음을 터뜨릴 수밖에 없었다. 고집스럽게 제
팔을 놓지 않는 작은 손이 우습고 어이없게도 기꺼워서.

그는 쪼그려 앉아 손끝으로 불안과 죄책감이 가득한 뽀얀 뺨을
쓸었다.

"날 생각해 주는 마음 씀씀이가 매우 영광이고 고마운데, 아가
씨. 정말 괜찮아. 어서 가서 자. 빨리 자야 키 크지."

"정말이죠?"

키 소리하면 울컥할 줄 알았는데 타라는 시종 걱정이다. 똘망똘
망한 붉은 눈이 빨갛게 익은 열매처럼 달콤하고 예뻤다. 비제는 자
잘하고 보송한 귀밑머리와 조그만 귀를 어루만지던 손을 뗐다.

그래. 고개를 끄덕여 주자 그제야 타라는 잘 안 떨어지는 발을
옮겼다. 가는 와중에 꾸벅 덴버에게도 인사한다. 덴버가 정중하게
고개를 숙이는 사이 타라가 입 모양으로 말했다.

'싸우지 말아요.'

다시 상황에 맞지 않게 비실비실 웃음이 샜다. 비제가 설렁설렁
손을 흔들자 작은 푸른 머리가 총총총 멀어졌다.

비제는 빙긋 무감각하게 저를 보고 있는 덴버를 돌아보았다.

"그럼 오랜만에 가족끼리 대화를 나눠 볼까."

숙부님.

9

성장통 1

짐승이 우는 소리가 났다. 큰 화염이 용솟음치고 하늘 찢어지는 긴 비명이 얼얼하게 난장을 만든 뒤 다른 피와 악다구니에 먹혀 흔적도 없이 묻혔다.

전쟁터에서 죽음과 그로 인한 피, 생사의 갈림길에서 한쪽이 난도질 되고 절단되는 건 당연한 것이었다. 갈랑은 짙은 회갈색 눈으로 전장을 둘러보았다. 협곡의 높은 자리에서 선 그에게는 번뜩이는 검날과 울부짖음이 흡사 천둥 번개가 바닥에 내리꽂히는 것 같았다.

혈향에 반응한 발톱이 바위 위로 긴 자국을 남겼다. 그는 내부에서 끓어오르는 피를 자제하며 이성적으로 판도를 헤아려 보았다. 나쁘지 않다. 이런 추세라면 얼마 안 가 아귀다툼이 멎고 임시 휴전이 될 것이었다.

"이봐, 늑대 왕자. 넌 나서지 않나?"

갈랑은 반쯤 몸을 돌려 간단히 고개를 숙였다. 상대의 위치나 나이로 보면 시건방질 수도 있었지만 누구 하나 딱히 지적하지 않았다. 정확히는 당사자들만 무관심할 뿐 호전적인 사자족 몇이 이를 드러냈으나 갈랑은 시큰둥할 뿐이었다.

레오니다스는 재미있다는 듯 씩 입꼬리를 올렸다. 서른도 안 된 어린놈이 제 어미와 아비보다도 큰 덩치에 감히 수족의 제왕을 똑바로 쳐다보는 것도 흥미로운데 정작 싹이 괜찮다 싶은 이놈은 어울리지 않게 평화주의자란다. 참 웃긴 놈이었다.

"전 오늘 할당량은 채웠습니다."

그 이상은 제 의무가 아니라는 듯 젊은 늑대가 덤덤히 대꾸했다. 주변 언저리에서 겁쟁이라는 둥 야유가 들려왔으나 회갈색 눈매는 큰 변동이 없었다.

그는 피 묻은 주둥이를 핥더니 저 밑에서 중앙 왕국의 기사가 붉은빛의 늑대에게 목이 물려 죽어 가는 것을 지켜보았다. 처음으로 나무 조각 같은 미간이 좁혀졌다.

"나는 그대들에게 기꺼이 협력하고 있는데 짜게구네."

"그런가요."

갈랑의 눈이 전투 곳곳에서 활약하는 제 동생들을 둘러보다가 괜한 시비를 거는 ─장난질을 치는─ 사자 왕을 돌아보았다. 그 간단한 눈짓만으로도 애초에 직접 올 필요도 없는 간소한 쌈박질에 어슬렁어슬렁 내려와서 생색 놀음이냐는 뜻이 그대로 전달되었다.

레오니다스는 끌끌 혀를 찼다. 사실 그는 이 애늙은이 애송이가 저에게 눈이라도 치켜뜨기를 바랐다. 별 기대는 안 했지만.

"한창 피가 끓을 때인데 참 재미없게 산단 말이지. 누구를 닮은 건가? 네 아비는 당연히 아니고 이델도 그리 상냥한 전사는 아닌데."

"피를 즐기지 않습니다."

온몸의 절반을 피 칠갑을 한 늑대가 그리 말했다. 겉보기에는 신뢰가 안 가는 조합이다. 하지만 저치가 물어 죽인 시체들이 조그만 동산을 이룰 정도인데 저 정도면 퍽 점잖은 상태였다.

분쟁을 좋아하지 않고 싸움도 어지간하면 회피하는 탓에 우습게 보는 멍청이들이 많아서 그렇지, 갈랑은 타고난 야수였다. 한 무리를 이끌기에 진중하고 합리적인 그의 성격 또한 부족함이 없다.

아비인 이사신은 늑대족 최강의 전사요, 어미는 종족의 수장이니 앞으로 더 강해졌으면 강해졌지 뒤떨어지지는 않으리라. 이렇게 모자란 게 없는 놈이 눈에 띄기 싫어하는 내성적인 성격이기도 참 힘이 들 터였다.

레오니다스는 그의 부친인 이사신과의 친분 덕에 갈랑이 꼬물거리는 새끼 시절부터 보아 왔지만 단 한 번도 그가 화는커녕 짜증 하나 내는 걸 본 적이 없었다. 심지어 뭣 모르던 어린 아우가 제 다리를 장난삼아 물어뜯어 버려 피가 철철 나도 우두커니 그 모양을 보고만 있을 정도였다. 이사신은 제 아들이 어디 하나 모자란 것 같다고 술을 먹으며 하소연을 했었다.

나중에 그게 성격 문제일 뿐 다른 건 멀쩡한 늑대라는 게 밝혀지고 나서는 이뎰이나 이사신도 안도의 한숨을 내쉬었다. 확실히 늑대들 중에서도 갈랑은 특이했다.

레오니다스는 끌끌 혀를 찼다. 언제 잘 구워삶아 싸워 보고 싶은데.

"네 녀석도 참 이상스러운 놈이야."

"……."

갈랑은 대꾸하지 않았다. 속으로 시간을 헤아리고 있는 게 보였다.

아마 옆에서 짖고 있는 아랫것들처럼 레오니다스도 그를 향해 화를 내야 할 텐데 그다지 불쾌하지는 않았다. 이 또한 특이한 점이다.

이 사납고 온순한 늑대는 가만히 서 있어도 무해한 냄새를 풀풀 풍기고 다녔다. 싸우고 싶은 의지를 상실하게 만드는 분위기였다. 아무도 초원에 놓여 있는 고인돌과 싸우고 싶어 하지 않는다. 그건 바보 같은 짓이기 때문이다.

레오니다스는 입을 쩝 다시고는 본론을 꺼냈다.

"이만하면 네 주인도 만족하겠지?"

갈랑이 천천히 고개를 끄덕였다. 몰려다니며 한 사회를 이루는 늑대족은 수족과도 떨어진 공동체로서 독자적인 길을 걸어왔다.

그런 늑대 일족이 서부의 영주에게 충성을 맹세했을 때는 반향이 크기는 했다. 가장 오랜 역사를 가진 만큼 종족에 대한 자긍심은 물론이요, 자존심도 강한 자들이 인간에게 고개를 숙이다니.

그가 '그' 쥬다이기 때문에 수긍되는 부분일 수밖에 없었다. 율리아의 어떤 이건 그 차가운 미친놈을 두려워하지 않는 자는 없으므로.

"쥬다 놈도 많이 바뀌었어. 최근 들어 말이야."

그의 푸념을 갈랑은 조용히 듣고 있었다. 세찬 눈보라가 뱀처럼 똬리를 틀며 피가 얼룩진 싸움터를 강타했다. 일순 뒤로 밀려난 수족들에게 겨울 성의 기사들이 달려든다. 허연 발악이었다.

아델하이트 여왕이 저를 위해 죽어 가는 기사들을 위해 후, 입김이라도 분 것일까. 하지만 진정 그들의 목숨이 귀했다면 왕과 여왕은 왜 성문을 걸어 잠그고 얼굴 한 번 내밀지 않는단 말인가.

이미 예정된 결과, 지루한 아옹다옹이었다. 그리고 이 판을 짠 것은 갈랑의 주인 쥬다. 레오니다스는 그 감정 없는 생신(生神) 같은 그가 변했다고 말한다. 영원할 것 같던 행성이 저물어 하늘빛이 바뀌는 것처럼, 그리 불가해하게.

갈랑은 아직 풋내기라면 풋내기일 젊은 늑대였기에 일족의 주군을 단독으로 모셔 본 적이 없었다. 그러했기에 항상 먼발치에서 몇 번 스쳐 가거나 기억도 희미한 어린 시절 부모를 따라 대면한 게 다였다.

그러니 까마득한 그의 변화를 제대로 체감할 수는 없었다. 딱 한 번의 짧은 마주침이 아니라면 말이다. 이번에 북부를 방문한 쥬다가 쳐다도 보지 않던 갈랑에게 눈길을 주었다. 그러고는 그는 이렇게 말했다.

─많이 컸군.

딱 한 마디, 감흥 없는 평 한 줄이었지만 그의 '변화'라는 걸 느낀 순간이었다. 원래의 그라면 새끼였던 갈랑이 성장하고 나이 들어 노화해서 죽어도 별 감흥 없는 눈으로 응시하고 그 정보만 취하였을 것이다.

갈랑이 조금 놀란 건 일말의 감상이 담겨 있었기 때문이었다. 마치 어떤 것을 제 위에 투영해서 보듯, 덧없고도 미세하게 빛을 달리한 시선.

갈랑은 처음으로 그가 살아 있는 인간이라는 걸 자각했다. 그 전의 쥬다는 갈랑에게 있어 인두겁을 쓴 무자비한 마룡에 가까웠다. 그의 어미를 신임하고 총애하는 편이기는 하나 그게 쥬다가 인간적이라는 얘기는 절대 되지 못했다.

대륙이 벌벌 떨 만큼 강력한 힘과 함께 상벌이 확실하며, 제 영역에 속한 수족에게 무심한 수용과 냉정한 관대함을 베풀기에 그에게 끌리는 이들이 많기는 했으나 그를 사모하는 수하들은 적었다.

즉, 그에게 진심으로 제 온몸을 사를 듯 경애를 표하는 자들은 진정 미친놈들이었다. 하기야 그런 광인들도 그다지 적은 수도 아닌가. 저기 흥분해 날뛰는 갈랑의 동생을 포함해서 말이다.

애초에 상식적으로 충성한다고 냉랭하기 짝이 없는 군주에게 간이고 쓸개고 다 내다 바치는 작자 자체가 극소수라는 걸 생각해 볼 때, 비율상 못해도 쥬다의 식구 반수 정도는 제정신이 아니리라. 갈랑은 거기에 제 부모도 포함된다는 것이 매우 유감이었다.

그는 고요하고 분쟁 없는 평온을 사랑했다. 그 또한 늑대족이기에 고분고분 복종하긴 할 테지만 만약 스스로 주군을 택할 수 있다면 쥬다는 아닐 것이다.

"끝이 보이는군요."

북부의 붉은 깃발이 시신이 덮인 언 대지에 꽂히고 일제히 환호성을 닮은 우짖음이 쩌렁쩌렁 메아리쳤다. 적의 전멸. 완승이었다.

검은 산이 몸을 일으키듯 새파란 사내로 변한 갈랑은 입가를 닦았다.

가무스름하게 그을려 길쭉하게 속눈썹이 돋은 눈매, 뚝 떨어지는 콧날과 담백한 입술, 늑대 탈을 벗은 낯에 잘 정돈된 야성미가 그을리듯 묻어 나왔다.

피딱지가 덕지덕지 엉킨 흑발을 대충 쓱쓱 문질러 턴 그가 레오니다스에게 꾸벅 고개를 숙이고는 한구석에 모여 웅성거리고 있는 제 혈족에게 향했다.

단번에 뾰족하게 갈라진 협곡을 네발짐승처럼 달려 내려간다.

훌쩍 바닥에 착지한 후 터벅터벅 걸어오는 그를 천둥벌거숭이 같은 아우가 반겼다.

"어어, 형! 왔어?"

"그래."

그는 잠자코 대꾸했다. 그리고 한동안 말없이 보고 있자니 지레 찔린 동생이 끙끙거리는 소리를 낸다. 개새끼처럼 먼저 꼬리를 말면 봐줄 걸 알아서. 갈랑은 나직하게 그 기대를 박살 냈다.

"너, 과했다."

"미안."

"여기서 우리는 돋보일 필요가 없었어. 그저 동맹으로써 인사 차원일 뿐이야."

"그래서 목격자 하나 없이 다 죽였어. 잘했지?"

"……리오사."

일족의 수장인 이델도, 아버지 이사신도 없는 이곳에서 늑대족의 우두머리는 단연코 갈랑이었다. 그가 형제 중 가장 나이가 많아서가 아니라 가장 강하고 현명했기 때문이었다. 평소 그의 평화적인 성격을 못마땅해하는 이사신도 제 아들의 강함은 인정했다.

조용한 갈랑도 제가 정해 놓은 선을 넘는 이는 가차 없이 손을 본다는 걸 일족 모두가 알고 있었다. 순하던 이가 할 때는 자비 없는 손색이니 그를 고깝게 여기는 이는 있더라도 덤비는 이는 없었다.

갈랑의 조용한 질책에 기가 죽은 셋째가 가여운지 둘째 파루가 나서서 변호했다. 둘째는 몇 년이라도 형과 더 오래 한솥밥을 먹어 온 탓에 눈치는 조금 더 빨랐다.

"리오사가 너무 신나서 그래. 우려하던 일은 없을 거야."

"파루."

"응, 형님."

"내가 걱정이 많아서 이러는 것 같나?"

찬물을 맞은 듯 좌중이 싸해졌다. 그가 제 권위를 침해받은 것에 화가 났다면 뭐라 더 떠들 말도 부족했다. 리오사가 화급히 나섰다.

"정말 미안해, 형님. 나 가끔 모자란 거 알잖아. 형 말을 안 들어서가 아니라."

쩔쩔매는 동생들을 빤히 훑던 갈랑은 고개를 끄덕였다. 그는 자상한 형이었다. 아주 가끔, 가뭄에 콩 나듯이 아우들이 선을 넘을 때 인정사정없이 흠씬 두들겨 패서 그렇지.

"말보다는 행동으로 보는 게 낫겠지."

리오사가 안도의 한숨을 쉬는 걸 빗겨 보며 그가 승리감에 취한 일족을 둘러보았다.

"전부 수고했다. 집으로 돌아가자."

전부 일제히 하울링을 하며 전장에서 빠져나가기 시작했다. 가장 마지막으로 후방에 따라붙으며 갈랑은 수족의 제왕이 군대를 물리는 것을 돌아보았다.

흩어진 까만 머리칼과 뒤섞여 한 몸처럼 보이는 검은 가죽 위로 중부의 찬 눈보라가 휘몰아쳤다. 아마 눈의 심장이라는 겨울 성에서 뿜어지는 한기이리라.

북부와 중앙 왕국의 국경에서 벌어진 이 전투는 전쟁이라기보다는 기세 싸움에 가까운 신경전이었다. 북부의 사자좌에 앉아 있을 레오니다스가 신나서 달려 내려온 건 싸움에 환장한 그의 성격상 놀라운 일이 아니다.

다만, 갈랑이 신경 쓰는 건 그들의 주인인 쥬다의 심경 변화였다. 몇 해 전에는 겨울 성을 박살 내고 이제는 북부를 자극해 중부와 직접적인 충돌을 연출했다.

혹여 예전의 그가 했던 행보대로 이번에는 중앙 왕국에 손을 뻗을 참인가? 그러기에는 오늘의 이 소모전은 쥬다의 성향과 달랐다.

그는 전면전을 선호할 것이다. 힘이 모자란 것도 아니었고, 전쟁으로 인한 사상 따위에 큰 관심을 둘 인물도 아니니까. 계책을 쏟다 해도 그건 보복이나 상대에게 심혈을 기울여 고통을 줄 의도로 하지, 다른 건 없었다.

그러니까 뭐랄까, 그치고는 소극적이다. 아마 어머니인 이델이라면 뭔가 이유를 알고 있을 텐데.

갈랑은 잠시 입매를 다물더니 고개를 젓고는 걸음을 옮겼다. 최대한 빨리 이 언 대지를 벗어날 요량이었다. 그는 자신의 자리에서 제가 할 수 있는 일을 할 뿐이다. 언제나 그랬듯이.

*　　*　　*

사흘도 안 걸릴 거리에서 죽음이 만개해도 이 아름다운 성은 굳건했다. 그 안에 살고 있는 인간들은 그렇지 못했지만서도.

"전쟁이 난다면서?"

"제기랄, 난 죽기 싫어!"

"설마 직접 참전해야 하는 건 아니겠지? 우리가 아니어도 나갈 이들은 많잖아?"

아인츠는 궁정 곳곳에서 수군대는 불안들을 무심히 흘려들으며 걸었다. 중앙 왕국이 동부의 방패 아래 수호받으며 직접적인 전쟁의 화마를 피한 지 어언 삼백여 년이 넘어간다. 그동안 고귀한 피를 이은 자들은 지독히 나태한 겁쟁이가 되었다.

날카로운 칼도 잘 갈고 손질하지 않으면 녹이 슬기 마련이다. 지금 이 성에는 어떻게든 회피할 궁리만 하는 두려움에 질린 소인배들만이 가득했다.

인간을 가장 어리석게 만드는 게 있다면 그것은 공포일 것이다. 그리고 그 간특한 괴물은 강한 전염성으로 말 몇 마디, 불완전한 공상 한 조각으로 눈 굴리듯 수백 명의 멍청한 얼간이들을 양산해 내는데 능했다.

일찍이 가슴속에 품고 사는 공포라는 덫에 걸려 무지한 병신이 되어 본 적이 있던 아인츠는 이제는 그것을 스스로 경계해야 더 멀쩡히 살아남을 수 있다는 교훈을 얻었다.

삼 년 전의 소년이었던 그는 확실히 무지한 송사리에 불과했다. 당시에는 저가 진정 뭐라도 된 것처럼 허상에 찌들어 살았지. 그의 불쌍한 누이와 함께. 하지만 누구나 현재의 자신이 모든 것을 알고 있다는 착각에 빠져 살아가지 않나?

아무도 악마의 힘은 함부로 빌려 쓰면 안 된다는 걸, 제 좁은 시야로 세상을 판단하면 안 된다는 걸 가르쳐 주지 않았다. 그들은 그저 어리고 모자랐을 뿐이다. 그래서 오만했다. 그리고 뼈아픈 대가를 치렀다. 그저 그뿐이었다.

참 싸구려처럼 진부한 이야기지.

아인츠는 냉담하게 중얼거렸다.

하녀 몇이 저들끼리 쑥덕거리다가 왕의 잘생긴 조카를 발견하고는 얼른 피해서 도망갔다. 그 와중에 얼굴을 붉히면서.

그는 더러운 쥐가 깔린 시궁창을 지나치듯 빠르게 걸어 목적지에 당도했다. 삼 년 전의 그날 이후 이 앞에만 서면 교수형 밧줄이 걸린 양 숨이 막히고 가슴이 펄떡거렸다.

아인츠는 그 복잡한 공포가 어떤 색깔을 띠고 있는지 아직도 잘 몰랐다. 단순히 공포라 칭하기에는 거기에 섞인 안료가 수십 가지였다. 하루가 다르게 거무튀튀하게 변색하여 이제는 그 감정을 무어라 정의 내리기를 포기했다.

그는 아직도 살아남기 급급했다. 이 '생존'은 필사적이고 처절했다. 어떨 때는 마약에 취한 듯 달콤하고 가시를 삼키듯 고통스럽기도 했다.

아마 제 한 목숨만이 아닌, 그라는 존재 자체로 온전히 살아남고 싶다는 갈망 탓에 더욱 그러하리라. 확실히, 여왕이 다정하게 조소했던 대로, 아인츠는 욕심이 많았다.

형식적인 노크에도 대답이 없는 문을 열고 들어갔을 때, 전혀 예상치 못했던 소음이 들려왔다. 놀랄 만한 장면이기도 했다. 왕과 여왕이 대거리하고 있었으니까. 그러하기에는 왕만이 일방적으로 분노하는 것 같기는 하였으나 아인츠는 딱히 국왕의 위신을 세워 줄 필요성을 느끼지 못했다.

겨울 성의 주인들은 아인츠가 들어왔는데도 거들떠보지도 않았다. 혹은 아는데도 무시하거나. 아인츠는 당황함도, 굴욕감도 없이 구석에 기대섰다.

그는 천둥벌거숭이 같은 소년이 아니라 성인이었고, 이제 제 자리가 어디인지 정도는 잘 알고 있었다.

화를 가라앉히려 애썼으나 고귀한 왕 클레멤논은 계속 실패했다. 그는 벌게진 낯으로 대로했다.

"감히 내 기사들을 쓰레기처럼 내던져? 당신이 이딴 만용을 부리는 걸 내가 용납할 것 같아?!"

"진정해 봐요, 클레멘논. 설마 그 허수아비들 몇이 못 쓰게 되었다고 내게 달려와 이러는 건가요?"

"아델하이트!"

벼락같은 고함에도 아름다운 아델하이트는 고운 눈썹 하나 까딱하지 않았다. 박제된 백합, 부옇게 뜬 여인의 그림자처럼 몽환적인 표정이었다. 여왕은 제 남편을 향해 살짝 웃기까지 했다.

"우리가 현재 가지고 있고, 앞으로 가지게 될 것들에 비하면 그들은 아무것도 아니에요. 혹시, 그 기사들이 가여워서 그래요?"

"뭐?"

이미 제 아내에게 익숙한 클레멘논도 순간 기가 찼는지 할 말을 잃었다. 그는 주먹을 쥐고 부들부들 떨고 있었다. 그보다 가늘고 약해 보이기 그지없는 여인의 앞에서 분노에 찬 사내는 위압적으로 보이련만 이 부부는 그 반대였다. 희고 가는 백사 앞에 선 목마른 유랑자에 불과해 보인다.

그리고 그게 사실과 크게 다르지 않다는 걸 아인츠는 알고 있었다. 그는 반쯤 눈을 감고 이 지루한 공방이 끝나기를 무감동하게 기다렸다.

왕이 격앙된 손으로 그녀의 목을 쥘 듯이 뻗었다가 태연하다 못해 평화로운 아델하이트의 눈앞에서 활에 꿰인 독수리처럼 툭 주먹을 쥐었다. 대신 그 살의는 테이블에 차려진 다기와 화병을 일제히 밀어 깨부수는 거로 화했다.

요란하게 유리 파편들이 튀는데도 왕과 여왕은 일말의 깜박임도 없이 서로를 증오와 경시를 담아 응시했다. 클레멤논의 눈에 핏발이 서고 관자놀이의 핏줄이 개의 잘린 힘줄처럼 꿈틀거렸다. 그가 씹어뱉듯 말했다.

"애초에 당신이 나를 도구나 허울뿐인 장식으로 여긴다는 건 알고 있었어. 다 알고 한 결혼이었고."

"그런가요?"

"그래. 잘난 네 혈통과 힘이 필요했으니까. 너도 날 이용할 생각으로 유혹한 거 아닌가?"

그녀는 그림같이 웃으며 남편의 을러댐에 부정하는 수고를 더하지 않았다. 클레멤논은 광기가 섞인 얼굴로 파안대소했다.

"내게 몇 안 되는 총명한 자식들을 죽여 없애고 내쫓는 것도 눈 감아 줬어. 이 사갈 같은 여자 같으니. 네가 하는 모든 것들을 수용했단 말이다! 그 말도 안 되는 짓거리, 그 역겨운 짓으로 배어 온 네 딸도 죽이지 않았다. 볼 때마다 역한 것을 내 성에 두고 참는 것이 얼마나 구역감을 치밀게 하는지 알기나 하나?"

분노로 뒤범벅되어 있던 그의 얼굴에 처음으로 분노보다 더한 수치심과 혐오감이 드러났다. 아델하이트는 상냥하게 대꾸했다.

"사랑하는 클레멤논. 내가 당신을 위해 어떤 것도 희생하지 않았다 말하지 말아요. 나 또한 당신의 역겨운 유모를 내버려 뒀지 않나요?"

"벨비나도 죽었어. 네 추잡스러운 딸년 때문에!"

"그 아이를 매질한 건 내가 아니에요."

당신과 그 여자가 한 짓이지. 붉은 입술이 뱀의 혀처럼 휘더니 인형처럼 푸른 눈이 슬며시 뻣뻣하게 서 있는 아인츠 쪽으로 향했다.

파충류의 눈에 든 쥐처럼 그는 어떤 소리도 내지 않고 정면만 응시했다. 그는 차라리 부식돼 버렸으면 좋겠다고 여겨지는 심장 소리를 들으며 수천 번 회상하고 저주했던 과거를 유영하고 있었다.

한순간의 장난, 천진한 악의가 부른 사고였다. 다시 한 번 언급하지만 아인츠와 아벨라는 어리고 오만방자했다. 멍청하다고 해도 좋았다. 세상일에 불가능한 건 없으며, 미래는 어찌 변할지 아무도 장담할 수 없고, 하찮아 보인다 해서 제멋대로 구는 게 후일 거대한 악몽으로 돌아올 수도 있다는 것에 그들은 지독하게 무지했으므로. 외면하듯 눈을 감았다.

여전히 아인츠에게서 눈을 떼지 않으며 아델하이트가 나긋나긋 말했다.

"나라고 쥬다가 그 아이를 아끼게 될 거라고 상상이나 했겠어요? 그 애는 참 보잘것없었잖아요. 믿고 쓸 만한 구석은 없는 노새 같았죠. 그런데 참 재미있게도, 어미인 내 눈에도 안 보이는 걸 쥬다는 알아보지 뭐예요."

꼭 운명처럼.

달큰하게 뒤틀린 목소리였다. 쭈뼛 온몸의 털이 곤두서듯 소름이 끼친 아인츠는 바닥으로 시선을 내리깔았다. 분기를 못 참듯 서성이는 왕의 구둣발, 우아하게 버티고 선 여왕의 유리 구두가 보였다. 바닥에 나뒹구는 노란 장미도.

아인츠는 흐린 눈빛으로 저가 알던, 그와 똑 닮았던 누이를 떠올린다. 그녀도 장미를 참 좋아했었다. 똑똑하고 새침하니 아름답다 여겼던 누이도 당시에는 겨우 스물도 되지 못한 소녀에 불과했다.

그리 어린 풋풋함을 아인츠는 미처 몰랐다. 그 또한 미성숙했기 때문이다. 덜 자란 그 눈높이에서만 보이는 비극의 둘레 안만 전전긍긍 걱정하느라 그보다 최악을 두려워하지도 못했다.

그는 맹세코 아벨라가 죽게 될 줄은 상상도 하지 못했다.

쫓겨나거나 모든 명예를 빼앗기거나, 변두리만 전전하는 미천하고 못난 신랑에게 팔려 가 억지로 결혼하는 정도의 비천함만 예견했지, 하다못해 평민으로 강등당해 수치심에 몸부림치는 정도뿐, 그 정도일 줄은…….

그들의 죄가 그렇게 크다는 것을 전혀 알지 못했다. 어쨌건 아인츠와 아벨라는 귀한 왕가의 후예였고, 그 타라는 부정하게 태어난 돌연변이에 불과했으니 어렸던 꼬드김에 넘어간 그 계집애가 멍청한 거였다. 단지 재미있을 것 같아서. 그 정도였다.

왕의 파수견에 놀라 까무러치고 벨비나 부인에게 호되게 당해 질질 짜는 타라만 막연히 상상하며 감언이설을 늘어놓았다. 그는 따분했고, 어른들의 속닥임을 몰래 들은 후부터 타라가 매우 끔찍하게 느껴졌기에 그쯤은 별거 아닌 장난이었다.

아벨라도 즐거워했다. 아인츠가 타라의 출생 탓에 거부감을 느꼈다면 아벨라는 순수하게 타라 자체를 싫어했다. 여자아이들끼리의 적개심일지, 아벨라가 내심 감추고 있던 여왕에 대한 반감 탓인지는 아인츠도 알지 못한다. 누이는 죽었으니 더 알 방도도 없었다.

결국, 일이 커지자 아인츠는 태연자약한 척했지만 커진 장난에 내심 당혹하여 신경이 쓰였다. 아마도 그건 희미한 죄책감이었을지도 모르겠다.

불행하게도 소년은 그조차 무지했다. 불편한 마음을 외면하려 겉으로는 그럭저럭 멀쩡해진 타라를 더 악랄하게 건드렸다. 그들은 고귀하고 정당한 이들이니 더러운 핏줄을 도둑질 한 그녀를 이리 대해도 옳다고. 무의식중에 정의로써 합리화를 했다. 그러니 편해졌다. 그리고 잊었다. 어린 날의 과오를.

그 부채는 몇 년 후 검은 상자 안에 담겨 돌아왔다. 이 방에서 그는 그것을 받았다. 여왕이 직접 아인츠에게 그 상자를 건네주며 열어 보라 하였다. 평소대로 다정하기 그지없던 미소에서 고개를 내려, 기이한 위화감에 젖은 손가락으로, 초조함이 섞인 혀로 입술을 훔치며…….

상자가 열렸다.

그 안에는…….

"대체 무슨 꿍꿍이지? 아델하이트, 당신이 저지른 일들 좀 보라고. 내 왕국이 내 대에서 멸망할지도 몰라! 요정들은 방관자고, 서부와 북부는 우리를 못 잡아먹어서 안달이지! 당신의 잘난 가문, 네 오라비는 나를 배신했어! 빌어먹을, 그 개자식!"

"나는 아무것도 하지 않았어요, 클레멤논."

다 그들이 알아서 움직이는 것을.

믿기지 않게도 아델하이트는 지금 진심으로 웃고 있었다. 이제 속속들이, 어쩌면 더 헤어 나올 수 없이 그녀에 대해 자세히 알게 된 아인츠의 눈에는 보였다. 명색이 지아비인 저 왕의 눈에는 안 보일까. 저 섬뜩한 비소가.

"걱정 말아요, 내 사랑. 모두 다 잘 해결될 거예요."

전부 순조롭게 흘러가고 있답니다. 나를 믿어 봐요. 이때까지 그랬던 것처럼.

앞이 보이지 않는 자에게 두 눈을 주면서 다른 손으로는 펄떡이는 붉은 심장을 도려내 가는 마녀처럼 아델하이트가 웃었다. 그녀는 진정 사랑하는 반려를 맞이하는 신실한 아내의 얼굴로 저를 증오하고 혐오하며 동시에 두려워하는 사내의 목을 끌어안고 입을 맞췄다.

희고 낭창한 여인의 손이 부들부들 경련하는 뺨과 짧은 금발을 쓸어내린다. 핏기 가신 입술 위에서 달은 숨결이 소곤거렸다.

"클레멤논. 그저 당신은 그 자리에 가만히 있으면 돼요."

모든 건 내가 알아서 할 테니까.

여왕은 까칠한 왕의 뺨에 키스를 남긴 후 톡, 가볍게 왕을 밀어 배웅했다. 내일 밤 나를 찾아와요. 클레멤논은 대꾸 없이 난장판이 된 여왕의 침실을 나가 버렸다.

얼핏 혹자는 분개한 모습으로 볼 것이나, 아까의 장면을 본 자라면 저것이 도망과 크게 다른 바가 없다는 걸 모를 수 없으리라.

어쨌건 왕은 끝까지 아인츠를 모른 척 했다. 그의 익숙한 환멸감일까, 아니면 새로운 모욕감 때문일까?

그 또한 알 수 없다. 아델하이트는 닫힌 문을 온화하게 바라보다 천천히 아인츠 쪽으로 고개를 돌렸다. 그는 또각또각 그녀가 저에게 다가오는 소리를 들었다. 귓가에 대고 울리는 초침 소리 같았다. 청년의 마른 턱을 잡아 올린 여왕이 약하고 안타까운 탄성을 질렀다.

"얼굴이 왜 이리 창백하니? 몸이 안 좋은가 보구나."

설사 그가 정말 아프다고 해도 앞으로 아인츠가 해야 할 일이 달라지지는 않을 것이다. 그는 무감각하게 웃으며 괜찮다고 말했다.

그녀는 방금 나간 남편의 조카를 이끌고 더 깊숙한 침실로 들어갔다. 무기력하게 들뜬 사내를 세워 놓고 아델하이트는 나른하게 침대에 걸터앉아 구두를 벗었다. 딸깍. 투박한 마찰음이 귀를 긁어내린다. 잔인하고 관능적인 음색이었다. 이미 왕이 그러했듯 열 오른 푸른 눈이 그녀에게 따라붙었다.

아델하이트가 낮달처럼 희미하게 웃었다.

"아인츠."

그녀가 손을 내밀자 그는 침대 위로 올라갔다.

─인사하렴. 네 누이잖니?

그 상자 안을 보고 난 뒤 그는 나락으로 떨어졌다.

혹은, 자신이 있는 곳이 지옥의 구석 어딘가라는 것을 깨달았다. 뒤늦게서야.

10

성장통 2

금빛 띠를 그리는 소담한 길이 비취색 언덕 머리 위까지 구불구불 이어지고 있었다. 오솔길이 끝나는 자리부터 퍼진 쪽빛 바다에는 흰 구름이 뭉게뭉게 피어올랐다. 저 창공까지 달려갈 수 있을 것만 같다.

타라는 망설이지 않고 달음박질쳤다. 쥰이 헉헉거리며 쫓아오는 소리가 들렸다. 땅은 노랗게 단단했고, 바람은 따뜻했다. 좋은 날이었다.

푸른 머리카락이 염료처럼 하늘 속으로 스며들었다. 금세 고갯마루에 접어든 타라가 입가에 양손을 대고 소리쳤다.

"빨리 오세요!"

멍, 멍! 쥰이 경쾌하게 짖었다. 그녀보다 뒤처진 일행들이 마주 손을 흔들었다.

안티오크가 길가로 달려가 허리를 숙이는 걸 두드리고 있던 이델의 미소와, 프레야의 위에 옆으로 올라탄 브리지트의 하얀 모자가 얹힌 붉은 머리, 야센의 듬직한 장신, 주거니 받거니 떠드는 식구들이 꼬리 긴 뱀처럼 이어졌다.

제일 끝자락에서 팔베개를 한 채 느긋하게 따라오고 있는 비제를 발견한 타라는 앵무새처럼 입술을 오므렸다.

저 많은 사람들 중 사실 그녀의 눈에 가장 먼저 들어왔을 쥬다는 이곳에 없었다. 아침에 평온하게 마주해 인사를 하자마자 그는 대뜸 이리 말했다.

"밤 산책은 잘 갔다 왔나 보지."

타라는 꿀 먹은 벙어리가 되었다. 연신 딸꾹질을 해 댔으니 엄밀히 침묵은 아니었지만. 그녀의 반응을 가늘게 뜬 눈으로 살피던 쥬다는 그 이후 딱히 추궁하거나 쓴소리를 하지 않았다.

이델이 입혀 준 붉은 자수의 하얀 원피스가 너울너울 들꽃들과 함께 흔들렸다. 바람결에 몸을 내맡긴 흰 제비꽃 같은 모양새로 타라는 약한 한숨을 쉬었다. 말도 없이 밤중에 성 밖으로 나갔으니 그것만 보자면 잘못이긴 하다.

하지만 타라를 데려간 비제는 율리아에서도 손꼽히는 검술사라고 알고 있다. 쥬다의 가장 오래된 심복이기도 하고. 그런 사람과 함께 있었는데 그 정도면 안전한 것 아닐까? 그리 먼 거리도 아니었는걸.

그녀는 스스로 변명하듯 속으로 쫑알거렸다. 서운함일지 답답함일지 모를 감정이 대롱처럼 매달려 달랑거린다. 이도 조금 생소해서 심장에 손을 올렸다.

　　─그가 아주 일부분의 진실만 말하는 것이라고 말이야. 전체에서 중요한 것들을 빗겨 나간 곁가지들만 잘라서 네게 내미는 건. 그것도 엄밀히 말해 거짓 아닌가?
　　─아무도 네게 가르쳐 주지 않았니?
　　─이번이 처음인가? 동물의 마음이 들린 것 말이다.

　날이 밝으니 밤새 가라앉아 있던 것들이 더 뚜렷하게 산란한다. 책날에 얕게 베인 살점이 시간이 지날수록 아린 것과 흡사했다.
　타라는 입을 꾹 다물고 쭈그려 앉았다. 반쯤 눈을 내리깐 그녀의 주변으로 준이 다가와 뺨을 핥았다.

　　[소풍, 소풍 노래를 부르더니 왜 그래?]

　"음, 배가 고픈가 봐요."
　어색하게 둘러대었지만, 반려견인 준은 주인의 감정을 예민하게 느꼈다.

　　[무슨 일 있어? 표정이 안 좋은데.]

　"조금 속상한 것 같긴 해요."

어쩌면 조금이 아니라 많이.

[왜?]

쥰이 타라의 옆에 앉아 꼬리를 흔들었다. 그러다 멈칫 굳는다.

[혹시 내가 어제 너한테 심술부린 것 때문에……]

"쥰, 난 애가 아니에요. 그런 것 가지고 서운해하지 않는다고요."
타라는 일부러 힘을 주어 강조했다. 그녀는 어린아이가 아니었
다. 그래, 결국 이거였다. 쥬다가 그녀를 신뢰하고 존중할 만한 상
대로 여기지 않는다는 섭섭함과 자괴감. 그에게 타라는 영영 혼자
복도를 서성이던 길 잃은 어린애인 것만 같아서. 그게 못내 서글펐
다.
나는 당신의 관심과 애정을 먹고 이렇게 많이 달라졌는데 왜 지
금의 나는 제대로 봐 주지 않아요? 당신이 무엇을 우려하건, 나는
전부 이해하고 받아들일 수 있는데.
투정과 서러운 토로는 결국 방향을 돌아 제 스스로에게 향했다.
이것도 전부 제 탓인 것만 같다. 다 컸다고 우기지만 아직도 뭐 하
나 혼자 해 보이거나 어른다움을 증명해 본 적이 없다.
키도…… 아직 작고. 마지막이 제일 우울했다. 타라가 울먹한 눈
을 하자 쥰이 안절부절 그녀의 한 바퀴를 돌더니 무릎에 제 머리를
올려 두었다.

[울지 마, 타라. 네가 울면 나도 마음이 안 좋아.]

"안 울어요."

[평소보다 눈이 커다래졌는데.]

"난, 난…… 원래 눈이 커요."

타라가 고집스럽게 중얼거렸다. 연신 눈을 깜박이는 게 저 멀리 황무지와 눈싸움이라도 하는 것만 같았다. 쥰은 그런 주인의 둥그스름한 옆얼굴을 애매하게 바라보다 고개를 끄덕거렸다. 그래…….

[네 눈이 좀 크긴 하지.]

"……쥰이 맞장구쳐 주니까 왠지 더 우울해요."

자학처럼 꿍얼거렸다. 쥰이 어이없어서 한 소리했다.

[어쩌란 거니.]

"그냥 옆에 있어 줘요."

타라가 팔을 뻗어 쥰의 머리를 끌어안았다. 쥰은 조금 답답했지만 익숙하게 타라의 작은 어깨 위에 주둥이를 얹었다.

가끔은 지인들에게 제 속내를 드러내 말하는 것보다 동물의 순수하고 계산 없는 공감이 더 큰 위로가 될 때가 있다. 자신이 어찌 비칠까 걱정하지 않아도 되고, 있는 그대로 감정에 집중할 수 있으니까.

쥰이 툴툴거렸다.

[이러면 돼?]

"네. 고마워요."

타라는 어느덧 가까이 다가온 벨벳 성 식구들을 바라보며 속삭였다. 새삼 고마웠다.

"쥰이 있어서 얼마나 다행인지 몰라요."

[홍. 알면 됐어.]

덩달아 기분이 좋아진 쥰이 멍멍거렸다. 사람들이 도착했다. 가장 먼저 잎사귀로 뛰어오르는 풀벌레처럼 가볍게 언덕마루에 올라선 유니콘의 잿빛 갈기가 반짝였다.

말에서 내린 브리지트가 톡톡 치마를 털고 비스듬히 쓴 멋진 하얀 모자챙을 위로 올렸다.

장미 부케를 든 신부처럼 왼손에 붉은 부채를 들고, 코르셋에 백조의 그것처럼 풍성한 파니에까지 갖춰 입은 브리지트는 정말 눈이 부시게 예뻐서 한참 바라봐야 했다.

빙그르르 한 바퀴 돌고 에메랄드빛 치맛자락을 잡아 올려 장난스럽게 인사를 한 후 눈웃음친다. 야셴은 팔락이는 그녀의 속치마를 무표정하게 보더니 눈을 돌렸다.

"야셴이 한소리 하지 뭐야. 밖에 나갈 건데 불편하게 뭐하러 그런걸 입냐고."

오늘도 시작한 앞담을 흘러 듣듯 야셴은 무뚝뚝하게 가져온 짐들을 내려놓았다.

"아니 편하려고 예쁘게 입겠어? 예쁜 게 기분 좋으니까 불편해도 입는 거지. 하여간 남자들은 여자 마음을 몰라. 아니 이 경우에는 그냥 쟤가 목석인 거지?"

뾰로통한 새가 지저귀는 것 같았다. 콕콕 찍어 대는 부리를 피해 달아나는 딱정벌레처럼 야셴이 휙 자리를 떴다.

타라와 브리지트는 눈이 마주치자 피식 웃어 버렸다. 이델이 마침 해쓱한 안티오크를 질질 끌다시피 데리고 왔다.

"주인님은 나중에 오신다고 합니다. 시장하실 텐데 뭐라도 드시겠어요?"

"으응. 네."

어제 과음한 게 또 탈났구나. 술도 못 마시면서 좀 작작 마시지. 같은 수족인 이델은 괜찮아 보이는데, 혹시 고양이족은 술에 약한가?

"여기에 자리 펼까? 경치도 딱 맞네!"

브리지트가 손차양을 하더니 휘파람을 불었다. 메마른 떡갈나무 빛깔 대지를 감싼 푸른 창공에 모자에 매인 리본이 유성처럼 하늘거리고 몽실몽실 빵처럼 부푼 구름이 크게 움직였다.

타라는 약하게 입을 벌렸다. 그녀뿐만이 아니라 모두 크게 다르지 않았다.

서부는 아름다웠다. 역시나 오늘도.

"타라 님! 와서 샌드위치 드세요!"

"아, 네!"

한동안 푸르스름하게 번진 지평선을 바라보던 타라가 반사적으로 대꾸하고는 타다닥 돗자리에 앉아 있는 사람들에게 달려갔다.

맛있는 훈제 연어 샌드위치, 베이컨과 이델의 특제 라솔 수프 냄새가 코끝을 찔렀다. 타라가 좋아하는 갓 구운 달콤한 과일 타르트도.

냠, 한 조각 베어 물자 입 안에 달달하게 단맛이 퍼진다. 안색이 파리해 보이던 안티오크도 라솔 수프를 한 그릇 비우더니 혈색이 돌았다.

모두 저마다 들떠서 웃음을 터트리고 이야기를 나눈다. 모든 것이 완벽한 날이었다. 딱 하나 빼고.

"어디를 그렇게 봐?"

옆자리에 불쑥 들이닥친 이가 앉았다. 안개 낀 날의 노을을 닮은 머리카락이 부스스하다. 타라는 무릎을 끌어안고 날씬한 손에 턱을 괸 청년을 돌아보았다.

그의 눈은 물론 그녀를 향해 있었다. 하늘을 등지고 있어서일까, 푸르른 눈이 가느스름하게 뚫린 창문 같았다. 창밖을 유심히 살피는 아이처럼 그를 바라보던 타라는 가장 먼저 생각나는 걸 묻는다.

"어제는 아무 일 없었어요?"

"아, 그거."

별거 아닌 것처럼 중얼거리며 앞을 본다. 발밑 아래 평원을 뒤덮은 웃자란 들꽃과 마른 풀 따위가 너울너울 물결쳤다. 물기 없는 육지의 싱그러운 파도였다.

"나보다는 네 얼굴이 울상인데. 혼났니?"

"아니요."

타라는 고개를 흔들었다. 꽃대가 휘청이듯이.

"그래? 그럼 왜 그럴까."

"……"

"나와 그리 무관하지 않은 것 같다는 느낌이 들거든."

그가 빙그레 웃으며 돌아본다. 눈치가 참 빨랐다. 확실히, 따지자면 그 탓이다. 비제가 타라에게 그런 말을 했기 때문에.

쥬다가 항상 진실만 말하느냐고 물었지. 하지만 그는 질문을 던졌을 뿐, 그것에 대답하지 못한 건 그의 탓이 아니지 않은가.

어쩐지 꽃 머리를 물어뜯고 죄스러워하는 사슴 같은 눈빛에 타라는 충동적으로 말했다.

"아저씨는 왜 맨날 나한테 미안하다고 해요?"

"응?"

비제는 뜻밖의 말을 들었다는 듯 눈을 깜박였다. 다른 방면의 화풀이일지도 모른다. 타라가 조금 따지듯이 물었다.

"사과가 왜 그렇게 헤프냐고요. 그런 거 보기 안 좋아요."

뾰족하게 튀어 나간 감이 있지만 사과하지 않았다. 방금 본인이 그렇게 말해 놓고 똑같이 하는 건 웃겼기 때문이다.

하지만 타라는 이미 너무 직설적인 제 말을 속으로 후회하고 있었다. 큰 눈을 한 번도 깜박이지 않고 숨죽인 채 비제의 옅게 변하는 표정을 바라보았다. 미세한 빛의 변화 외에는 고요하기만 한 호수를 보고 있는 기분이다.

타라의 기대와는 어긋나게 그는 불쾌함 한 점 없이 잔잔하게 대꾸했다.

"그래. 그런 것 같기도 하네."

"……화 안 내요?"

"내가 왜?"

정말로 제 생각을 묻는 것 같았다. 그야 당연히…… 타라는 입을 꾹 다물었다.

형체 없이 욱신거려서 꼼지락대는 발끝을 응시했다. 내리깐 채 상대를 살펴보는 그늘진 눈매는 절로 시선을 피하게 만드는 힘이 있었다. 거울 보듯 다 비쳐 보여서.

타라.

"그런 미안해 죽겠는 표정을 짓고 있는데 화가 날 정도로 밴댕이 소갈딱지는 아니야."

딱히 틀린 말도 아니고. 비제가 제 머리를 흐트러뜨려도 타라는 잠자코 있었다. 어색하게 헝클어진 머리카락을 만지작대는 그녀의 귓가에 물망초 꽃을 꽂아 준 그가 말했다.

"신이 인간에게 준 최초의 언어는 긴 밧줄이었대. 서로를 연결하고 묶는 가장 질기고 강한 끈 말이야. 그것으로 상대와 나를 칭칭 묶고 나서야 비로소 사람이 사람을 이해하게 됐다는군."

소녀의 투명한 눈에 대고 비제는 미소 지었다.

"대화를 해 봐. 네 기분을 얘기하고 들어 주라고 요구해."

네가 그의 목까지 칭칭 옭아맨다 해도 그는 네게 귀 기울일 테니까.

＊　　　＊　　　＊

쥬다는 라일락 향이 풍기는 아름다운 무덤가에 서 있었다. 혹자들은 정원이라고 부르는, 현실이되 현실과 동떨어진 이곳에는 그 외에 아무도 없었다.

옅은 바람이 달빛에 파르스름하게 달궈진 청록빛 들판을 흔들었다. 저 풀밭을 헤치며 뛰어오던 조그마한 실루엣을 겹쳐 보다가, 그가 여상스럽게 발걸음을 옮겼다. 이 공간 전체가 그의 눈치를 보듯 숨을 죽이고 있었다.

그 불안한 고요함을 씹어 삼키듯, 정체불명의 소리가 그에게 말을 걸었다.

'성주여. 산책 중인가?'

유황불에 들끓는 영혼들의 울부짖음과 천사의 타락한 노랫소리, 어미를 찾는 아이의 비명처럼 온갖 음색이 도사린 음성이었다. 끈적하니 달큰하고 구슬리는 듯하면서도 고막을 할퀴는 듯했다.

그 자리에 느슨히 멈춰 선 쥬다의 눈이 보이지 않는 상대를 굽어

보듯 움직였다. 대꾸하는 그의 목소리는 무심했다.

"한동안 잠잠하더니 오랜만이군."

그는 구석에 처박혀 있어야 할 게 튀어나왔다는 양 유감을 표했다. 상대는 킬킬 웃는 소리가 항아리 안에 갇힌 악마의 것처럼 웅웅거린다.

'요즘 재미있는 냄새가 나던데.'

오늘은 왜 그 애가 오지 않았지?

창백하리만큼 냉한 얼굴에 서늘한 한기가 도사렸다. 쥬다는 한쪽 입꼬리만 올려 웃었다.

"코도 없는 것이 개처럼 냄새는 잘 맡는구나. 말을 할 나머지도 남김없이 부숴 줄까?"

'야박하게 구는군. 네 입장에서는 경계해야 할 존재 아닌가?'

"네가 알 바 아니지. 입 닥치고 다시 얌전히 지옥에 처박혀 있어."

아니면 새 먹이가 필요한가? 바닥을 모르는 천박한 아귀 새끼 같으니.

혐오라기보다는 경멸스러운 짜증에 가까웠다. 어쩔 수 없이 떠맡게 된 처치 곤란한 괴물을 무성의하게 밟아 죽이는 것처럼. 성가심이 가득한 그에게 상대는 기분 나쁘게 웃었다.

'부족하다고 하면 줄 테냐? 그래, 그 아이는 어때? 야들야들하니 전에 네가 던져 주었던 그것보다는 나을 것 같은데.'

"내가 널 부수지 못할 거라는 착각은 그만하는 게 좋을 텐데."

그의 나직한 목소리가 땅속으로 기어가는 뱀처럼 낮고 음산했다. 별다른 을러댐도 없었지만, 비스듬히 기운 표정, 무감각한 낯에 낀 의미 모를 광기는 그의 말이 단순한 경고가 아니라는 걸 의미했다. 그걸 느꼈는지 이름 없는 '그것'은 잠시 침묵했다.

'내게 이를 드러내지 마라. 날 해치면 너도 무사하지 못해.'

"어쩌라고. 내가 그깟 것에 목매서 이때껏 살아온 줄 아나?"

죽지 못해 그냥 사는 거지. 그는 까칠하고도 건조하게 일갈했다. 인간사의 수많은 문화와 학문, 철학의 의미가 부질없게도 존재 이유 따위가 없어도 삶은 존속한다.

시체 더미 위에서 시를 읽건, 금은보화 속에 파묻혀 목마름에 허덕이건 생사는 그저 생사다. 다른 모든 것들은 감성적인 의미 부여일 뿐.

그런 면에서 일반적인 평균보다 한참 미달한 그는 이미 오래전에 생의 가치를 잃었다. 처음부터 존재하기나 했나 의문이었다.

'성주여. 너는 강력한 힘을 갖고 싶어 하지 않았나.'

"철이 없었지."

쥬다가 덤덤하게 그 일을 사춘기 시절의 사고 정도로 회고하자 그것은 어처구니없어 했다.

'철없는 정도가 아니지. 넌 세계를 부술 뻔했어.'

"그게 의미 있나?"

진심 어린 의문이었다. 상대도 딱히 부정하지 않았다. 다만 호기심을 드러냈다.

'왜 이제 와서 바뀌려는 것이냐. 이제껏 잘해 왔잖나? 넌 영생을 누리며 모든 것을 다 가질 수 있어.'

"따분한데."

지루하기 그지없다는 듯 딱 자른 그의 얼굴은 아무짝에도 쓸모없는 모래 한 줌을 손에 쥔 듯 무료했다.

"식상하기 짝이 없어. 그 세월 동안 발전이란 걸 해 보는 건 어떠냐."

'네가 어딘가 고장난 인간이라 그런 거지, 생물이라면 내게 귀 기울일 수밖에 없다. 너의 모든 선배들이, 고왕국의 그들이 그랬던 것처럼.'

"전부 머저리들이지."

그는 악평을 날리는 데 거리낌 없었다. 그것은 즐겁게 웃었다.

'그러니 재미있는 거야. 보아하니 너도 그렇게 될 조짐이 보이는데.'

쥬다의 메마른 뺨을 바람을 타고 흘러온 나뭇잎이 건드렸다.

'네가 누구보다 오래 버텼던 건 바닥까지 말라붙은 자였기 때문이지. 어느 정도 들어찬 게 있어야 흔들리거나 독이 퍼질 수 있는 거야. 너는 아무것도 없었다. 퍽 난감했다고.'

자색 하늘에 걸린 달에 드리운 그림자가 미세하게 움직였다. 쥬다 또한 알고 있었지만 큰 신경은 쓰지 않는 태도였다. 그것이 휘파람을 불며 야유했다.

'역시 인간이란 재미있어. 수천 년이 지난다 해도 그대로일 것 같던 자가 변하다니.'

쾌활한 어조로 악랄하게 지껄이던 목소리가 돌연 비밀스럽게 변했다.

'이래서 인과응보라는 말이 있는 거지.'

쥬다는 부정도, 긍정도 하지 않았다.

'네가 죽인 스승은 저 밑바닥에서 웃어 젖히며 동의할 거야. 그렇게 생각하지 않나?'

"아직 그런 걸 이해할 정신머리가 남아 있을 것 같지는 않은데."

'흐응, 뭐, 광인(狂人)은 그런 것 따위 없어도 매사 즐겁거든.'

"하기야."

그의 비참했던 끝을 되돌아보던 쥬다는 뒷짐을 진 채 그 긴 시간에도 변함없이 아름다운 사방의 풍경을 훑었다. 꿈결 같은 장소였다. 언젠가, 타라는 그도 꿈을 꾸냐고 물었었다. 당시 대답했던 대로 물론 쥬다도 꿈을 꾼다.

환몽 속에서는 빛바랜 과거들이 존재했고, 개중에는 이 자리에서 있던 먼 옛날의 자신도 있었다. 훨씬 젊고, 흉포하며, 무심한 충동을 재고 없이 수행했던 그 시절의 폭군.

보통의 경우, 과거의 그는 누군가를 죽이고 있다.

찢어발기든 심장을 꿰뚫든, 혹은 이미 죽은 시체를 무감동하게 내려다보든, 그가 했던 행위는 변하지 않는다. 세상에서 가장 아름다운 이 정원을 물들인 피의 주인도 변하지 않을 테고.

그 일은 쥬다가 저질렀던 셀 수 없이 많은 살인 중에서 가장 가치있는 일임과 동시에 첫손가락에 꼽히는 어리석은 소행이었다. 성가신 덫을 제 손으로 발목에 끼운 셈이었으니까. 여태까지는 그리 여겼다.

하지만 지금은? 쥬다는 모순적인 상황에 부닥쳤음을 자각했다. 먼 미래 싹을 틔워 돌아올 피 묻은 씨앗을 심은 아찔한 불안과 환희. 사실은 후자가 좀 더 크다는 점에서 그는 이미 정상이 아니리라. 뫼비우스의 띠를 그리는 감옥에 갇힌 것과 같다.

　'생각보다 담담하군. 아직 끝이 멀어서인가? 혹시 네 끝은 다를 거라는 희망적인 생각을 하는 건 아니겠지?'

그것은 심술 맞고 상냥하게 속삭였다. 알고 있잖아.

　'네가 이 성의 주인인 이상 너는 파멸할 수밖에 없어. 그게 운명이라고.'

"심심한가 본데. 진부한 소리를 계속 지껄이는 걸 보니."

푸른 머리카락의 소녀를 닮은 들꽃을 꺾어 든 쥬다는 꽃줄기를 손안에서 굴려 보았다. 허한 듯 사랑스러운 감촉이다. 냉한 입가에 약한 미소가 스쳐 지나갔다.

"그렇다 해도 아직은 아니야."

　'너무 자신만만해하지 마라. 불행은 행복의 뒤에 숨어 있으니까.'

"행복?"

쥬다는 뇌까리듯 되풀이했다. 행복이라. 지금의 그는 행복한가? 물음표 끝에 딸려 나오는 답은 없었다.

타라, 그 아이는 망설임 없이 행복하다고 하겠지만.

쥬다는 피식 비웃었다.

"나조차도 모르는 걸 너 같은 찌꺼기가 정의 내리려 하나."

'지금이 아니더라도 후일 찾아올지 모르지. 행복의 절정이.'

조심하라고. 운명이란 놈은 가장 높은 곳에서 나락으로 떨어뜨리는 걸 즐기니 말이야.

비열하게 이죽거리는 목소리에 쥬다는 태연히 조소했다.

"겁을 주려거든 갇혀 있는 네 신세부터 해결해라. 협박이라면, 글쎄. 이미 생사를 긍정하고 있는 나에게 그게 무슨 의미가 있지."

구구절절 단어 하나하나가 죄 진심이었다. 날카롭고도 바스락거리는 맥동처럼. 쥬다는 무미건조하게 손가락을 튕기며 나른하게 입술을 움직였다.

"이만 찌그러져 잠이나 자라."

흐느낌처럼 바람이 찢기는 소리가 나더니 이내 사방이 조용해졌다. 아무 일도 없었던 것처럼 그는 망토를 펄럭이며 돌아섰다. 다시 그림 같은 정적이 찾아왔다.

*　　　*　　　*

　　민들레 씨가 흩날렸다. 타라는 쏴아아 흔들리는 연둣빛 가지들 사이로 솜털 같은 씨앗들이 묻은 푸른 하늘을 바라보았다. 절로 아득해진다. 그녀는 멍하니 눈을 깜박이다가 바스락거리는 소리에 움찔 어깨를 들썩였다.

　　타라는 숨어 있는 중이었다.

　　이게 어떻게 된 일인가 하면 바야흐로 한 시간 전으로 돌아간다.

　　"심심해. 좀 색다르게 놀아 보는 건 어때?"

　　도시락을 다 먹어 치우고 도수가 약한 과일 샴페인을 홀짝이던 브리지트가 제안했다. 한창 젠가로 재미를 보았던 안티오크가 그야말로 배부른 고양이 같은 표정으로 물었다:

　　"흠, 계속 지셔서 그런 건 아니고요?"

　　"……좀 이겼다고 기세등등하군, 고양이 집사."

　　"무례하십니다. 본인이 실력이 없다고 타인을 탓하는 건 소인배의 자세지요."

　　안티오크는 가는 눈썹 하나 꿈쩍하지 않고 맞섰다.

　　뭐라고 해야 할까. 정말 고양이와 개 같은 느낌? 타라는 멀뚱하게 와왁거리는 브리지트를 보면서 속으로 생각했다.

　　"그럼 무엇을 할까요."

　　"단어 게임 어때요?"

　　"땅따먹기?"

　　"그냥 술 게임은 어떻소?"

"미친놈아. 타라 님은?"

"청소년에게 안 좋은 불건전한 게임은 지양합시다."

지금껏 말 한마디 없이 신중하게 젠가만 뽑던 야셴이 척 손을 치켜들며 의견 제시를 했고, 모두 동의했다. 브리지트만 조금 못마땅한 얼굴을 했지만 분위기상 어쩔 수 없이 수긍했다.

"그럼 무난하게 공기놀이."

"남자들은 어쩌라고?"

"섣부른 편견이야. 남녀노소 다 할 수 있는 거라고."

"저어……."

잠시 곰곰이 생각하던 타라가 손을 들어 올렸다. 좌중이 조용해졌다.

"술래잡기 어때요?"

별로 안 어렵고 야외니까 활동적이기도 하고…… 그녀가 소심하게 중얼거린 목소리에 서로를 바라보던 이들은 선선히 고개를 끄덕였다.

술래를 어찌 뽑을 것인가 저들끼리 얘기하기 시작한 벨벳 성 식구들을 어이없다는 듯 보면서 브리지트가 타라에게 소곤거렸다.

"처음부터 네가 뭐 하자고 하면 시간 끌 것도 없었잖아."

"글쎄요. 모두 술래잡기를 좋아하나 봐요."

"그건 아닐걸."

타라가 눈치 없이 맹하게 중얼거리자 브리지트가 끌끌 혀를 찼다.

우여곡절 끝에 술래가 정해졌다. 냄새로 쉽게 사람을 찾을 수 있는 수족들은 술래에서 전부 걸러졌다. 비제가 손을 들어 올리며 싱긋 웃었다.

"나 술래 하고 싶은데. 재미있을 것 같아."

"넌 빠져. 분명 사람 사냥하듯 잡아 댈걸."

이델이 비아냥거리듯 중얼거리자 모두 위험한 양아치 보듯 비제를 경계했다. 물의 요정의 서늘한 기운 때문인지 그의 푸른 눈은 이따금 동료를 흠칫하게 할 때가 있었다.

비제는 저가 뭘 어쨌다고 그러냐며 뺨을 긁적거렸다.

"그럼, 남은 건 브리지트 공주님과 안티오크, 타라 님…… 인데, 타라 님은 빼죠?"

"어? 왜요?"

이델의 제안에 모두 고개를 끄덕끄덕하는 와중 타라가 의문을 제기했다. 브리지트가 단칼에 딱 자르며 말했다.

"몰라서 물어? 네가 술래면 그냥 알아서 잡혀 줄 텐데 그게 재미있겠니?"

타라에게 심각하게 관대한 성의 식구들을 꼬집는 말이었다. 꼭 오백 년 만에 태어난 집안의 막둥이 돌보듯 오구오구거리는데 쥬다의 싸늘한 눈앞이 아니었다면 진작에 물고 빨 기세였다.

안티오크가 안경을 추켜올렸다.

"저와 공주님만 남았군요."

둘의 시선이 맞부딪쳤다. 모두가 숨을 죽이는 가운데 두 사람이 손을 하늘로 치켜들었다.

"가위, 바위, 보!"

희비가 엇갈린다. 브리지트가 무표정하게 제 가위를 내려다보고 있을 때 안티오크는 제 주먹을 불끈 움켜쥐었다. '남자는 주먹!' 이라며 진심으로 뿌듯해하는 것 같아 이델을 비롯한 동료들이 짝짝 짝 박수를 쳐 주었다.

브리지트는 짜증스럽게 옆에 있는 타라에게 투덜거렸다.

"아, 술래 하기 싫은데. 일일이 다 찾아야 하잖아."

"옷차림이 불편하실 텐데 괜찮겠어요?"

"아니 뭐, 이런 거야 괜찮아. 부채라도 놔두고 올걸."

포옥 한숨을 쉬는 게 골치 아파 보였다. 타라는 고개를 갸웃거렸다.

"그럼 저에게 맡기실래요? 전 어차피 금방 잡힐 것 같기도 하고……."

"아니야. 이게 뭐랄까, 보기보다 중요한 거거든. 충동적으로 갖고 나오긴 했는데."

부채를 살살 부치면서 그녀는 한숨을 쉬었다. 타라도 새삼스레 자세히 그 귀물을 뜯어보았다. 처음 보는 깃털이었다. 평생 장미 꽃잎만 먹고 자란 새의 깃에 노을을 덧발라 한 땀 한 땀 이은 듯 붉디 붉었다.

"불사조의 깃털이야."

"불사조요?"

유니콘과 더불어 고왕국 시대에나 번성했던 전설의 짐승이 아닌가. 놀란 타라의 눈이 커졌다.

"아직도 불사조가 남아 있나요?"

"내가 태어나기 전만 해도 남부에 한 마리가 있었다고 들었는데 지금은 어디 있는지 모른대. 현재 율리아 대륙에 확인된 불사조는 동부 황금 성에 있는 게 유일할걸."

"그렇군요."

와. 신기하다. 불사조의 개체 수가 그렇게 희소하다면 브리지트가 갖고 있는 이 부채는 전 세계에서도 손꼽히는 보물 중의 보물이라는 뜻이었다.

새삼 달라 보여서 멍하니 쳐다보고 있자니 그녀가 키득거리며 타라의 조그만 콧등을 두드렸다.

"갖고 싶니?"

"네? 아니에요!"

펄쩍 뛰던 타라는 엉겁결에 브리지트가 던진 부채를 받아 들고는 경황없는 얼굴을 했다. 기지개를 쭉 켠 브리지트가 허리를 툭툭 두드리며 덧붙였다.

"네가 가지고 있어. 맡겨 두는 거니까."

"그렇지만 중요하신 건데⋯⋯."

"내가 널 빨리 잡으면 되잖아. 믿을 테니까 잘 가지고 있으렴."

"아."

타라는 괜히 감동 받았다. 믿는다니. 무심한 듯 가치 있는 말이었다. 울망울망한 눈으로 열심히 고개를 끄덕였다.

손을 휘휘 흔들고는 걸어가는 브리지트의 뒷모습에 다시 꾸벅 고개를 숙인 타라는 어쩐지 가슴이 부풀어서 탁탁 새끼 노루가 뛰어들듯 수풀이 우거진 곳으로 들어갔다. 일행들도 각자 흩어져 몸을 숨겼다.

타라가 선택한 자리는 외진 그늘이었다. 부채를 가슴에 안은 채 일행들의 두런두런한 말소리와 기척이 들리는지 귀 기울였다. 조용하다. 아무래도 잘 숨은 것 같다.

다른 사람들은 벌써 잡혔을까? 왠지 저가 꼴등 할 것 같기는 한데. 안고 있으니 온기가 피어오르는 불사조의 깃털에 타라는 얼굴을 묻었다.

쥬다는 언제 올까? 역시 이런 놀이는 쥬다에게 재미없으려나?

숲 가지의 얕은 흔들림 외에는 모든 것들도 함께 곯아떨어진 양 적막하다. 긴장도 점점 무뎌지고 방금 배불리 먹은 탓에 슬쩍 잠이 왔다. 타라의 눈꺼풀이 막 아래로 향하기 직전, 누군가의 소곤거림이 들려왔다.

[애. 눈 좀 떠 보련?]

타라가 눈을 떴다. 서리꽃이 낀 듯 뿌옇다가 몇 번 깜박일 때마다 물에 번진 것 같던 사물이 분명해졌다. 맞은편 가시나무 위에 무언가 앉아 있었다.

그것은 뻐꾸기였다.

타라는 움찔할 만큼 자신을 똑바로 응시하고 있는 새를 발견했다. 마주친 눈은 뾰족한 바늘로 뚫은 노란 구멍 같았다.

"내게 말하는 거야?"

[그래. 여기에는 너밖에 없지 않니?]

뻐꾸기가 뻐꾹뻐꾹 울고는 고개를 기울였다. 움직이는 머리가 시계 속에서 튀어나오는 쇠로 된 장치처럼 보였다. 타라는 손가락을 구부리며 물었다.

"내게 무슨 용건이니?"

[그냥 대화를 나누고 싶어서. 바쁘니?]

"아니. 그건 아닌데."

동물들과의 대화는 항상 기대 이상의 충족감을 주었기에 나쁜 일은 아니었다. 하지만 잠을 자려다 깬 탓일까? 조그맣고 더운 물방울이 등줄기를 슬슬 기어가는 것만 같은 이상한 기분에 뒷덜미를 만지작거렸다.

[정말이었어. 넌 짐승과 대화할 수 있구나.]

뻐꾸기가 순진하게 고개를 기울였다. 신기해하는 목소리에 긴장이 풀렸다.

"응."

[놀라워.]

잿빛이 도는 푸른 꼬리가 까딱거렸다. 뻐꾸기의 감탄사가 조금 민망한지라 타라는 귓불을 매만졌다.

새가 푸드덕 날아와 그녀의 머리 위를 맴돌았다. 근처에 내려앉은 뻐꾸기의 눈이 좀 더 자세히 보였다. 숯덩이가 박힌 호박구슬 빛깔은 살아있는 짐승보다는 박제의 그것을 연상케했다.

[대단하구나.]

"별로 그렇지도 않아."

[내 말을 믿어. 동물들의 소리를 들을 줄 아는 이는 흔치 않은걸.]

그러면서 뻐꾹뻐꾹 운다. 타라는 뻐꾸기와 이야기를 나누는 건 처음이었지만 뻐꾸기를 처음 보는 것은 아니었다. 어디서 보았더라?

[한데 왜 여기에 혼자 있니? 네 친구들은 어쩌고.]

"술래잡기 중이거든."

[술래잡기? 재미있겠네!]

신나게 맞장구도 친다. 타라는 다정하게 말을 붙이는 뻐꾸기와
의 대화가 점점 좋아지고 있었다. 어떤 의미에서 이 새는 그녀가 지
금껏 만났던 동물 중 가장 타라에게 관심이 많아 보였다.

[평소에도 그런 놀이를 하며 노니?]

"아니, 아니야. 오늘은 소풍을 나왔거든."

[가족들이랑?]

"으음, 비슷해. 쥬다는 아직 오지 않았지만."

[그래?]

그늘진 곳이었지만 태양이 자리를 바꾸자 그녀가 앉아 있는 어
스름한 구멍이 불쑥 좁아졌다. 타라는 제 발을 오므리면서 볼에 들
러붙는 노란 햇볕을 부채를 들어 막았다. 뻐꾸기가 그 반대편에 앉
아 뻐꾹 울었다.

[예쁜 목걸이를 하고 있구나.]

"고마워."

[나는 반짝이는 걸 좋아해. 마치 까마귀처럼 말이지.]

노란 눈이 등불이 꺼지듯 깜박였다.

[한번 자세히 봐도 되니? 궁금해서 그래.]

타라는 처음으로 머뭇거렸다가 목에 걸고 있는데다, 빼지 않고 보여 주기만 하는 것쯤 뭐 어떠랴 싶어서 푸른 메달을 집어 밖으로 꺼냈다. 새의 노란 발이 타라의 어깨를 지그시 눌렀다. 청동처럼 온기가 없었다.

뻐꾸기는 무해하게 고개를 움직이더니 대뜸 달려들어 보석을 쪼았다. 제 눈동자를 공격 받은 것처럼 화들짝 놀란 타라가 기겁하며 뻐꾸기를 뿌리쳤다.

"이게 무슨……?!"

어? 갑자기 온몸의 힘이 바닥에 어그러진 듯 무력감이 치밀었다. 노랗고 까맣게 사방이 팽글팽글 돌았다. 타라는 시력을 반쯤 잃은 채 휘청 앞으로 넘어져서 바닥을 긁었다. 웃음소리가 들렸다. 그것은 더 이상 상냥한 새의 목소리가 아니었다.

"몰라보게 자랐구나. 고와."

하지만 여전히 어려.

뇌진탕이 일어난 양 머리가 혼탁했다. 그 와중에 섬광처럼 깨달음이 번진다. 타라는 이 천사처럼 아름다운 음성을 알고 있었다.

"어머…… 니."

어떤 길고 거대한 그림자가 자신을 내려다보고 있었다. 섬뜩하다. 필사적으로 사방을 더듬었다. 덥고 따뜻한 것이 손가락에 닿는다. 불사조의 깃으로 장식된 부채였다. 사고도 거치지 않고 본능적으로 그것을 잡고 휘둘렀다.

약한 비명 같은 파열음이 뇌리에 울려 퍼졌다. 흑백이 번갈아 눈앞에 펼쳐졌다. 앞이 다시 보이기 시작하는 전조라는 걸 타라는 본능적으로 깨달았다. 몸을 최대한 웅크리며 타라가 소리쳤다.

"도와주세요!"

이델! 안티오크! 브리지트! 비제……! 쥬다!

손에 휘감긴 푸른 보석이 화상 입을 듯 돌연 뜨거워졌다. 들끓는 바다에 통째로 몸뚱이가 던져지기라도 한 것 같았다. 다음 순간 타라는 크게 헐떡이며 바닥에 쓰러져 있었다. 눈물이 줄줄 새는 가운데 눈이 번쩍 뜨였다.

본능이라 말해도 좋았다. 온몸의 피와 살점, 감각이 그를 느끼고 있었으므로.

"미친년이 기어코……."

우드득 살점이 우그러드는 섬뜩한 소리가 울렸다. 안개가 흐르듯 서늘한 머리카락과 단단하고 차갑기 그지없는 사내의 뒷모습.

타라는 눈물을 털어 내듯 다시 눈을 깜박였다. 그의 발아래 죽은 뻐꾸기가 목이 꺾인 채 짓이겨지고 있었다.

하, 안도인지 두려움일지 모를 숨이 토해지고, 쥬다가 그녀에게 고개를 돌렸을 때는 헉 몸이 굳었다.

그토록 격노한 쥬다는 본 적이 없었다. 몇 번 화를 낸 적은 있었으나 그때마다 얼마 못 가 한숨으로 사그라들거나 휴화산처럼 싹 식어 버리는 게 다였다.

이번에는 그조차도 없었다. 쥬다는 섬뜩한 낯 그대로 타라를 끌어다 안았다. 그에게 안기자마자 차갑게 식었던 피부에 온기가 돌아오기 시작했다. 타라는 쥬다의 목을 꽉 끌어안았다. 떨어지기 싫었다.

만약 그가 자신을 놓아 버리면, 천 길 낭떠러지로 굴러떨어져 산산조각이 날 것만 같았다. 다시 물기가 맺혔다가 또르르 흩어지는 붉은 눈동자에 기이한 빛이 감돌았다. 그녀는 몰랐지만, 그녀의 작은 몸은 불덩어리처럼 뜨거웠다.

"주인님! 이게 무슨……!"

가장 먼저 달려온 안티오크와 이델이 혼비백산해서 멈춰 섰다. 잇따라 브리지트가, 야센이, 마지막으로 비제가 도착했다. 그는 죽어 있는 뻐꾸기를 발견하자마자 상황을 파악했는지 검 손잡이에 손을 올리며 낮게 읊조렸다.

"아델하이트."

"타라! 이봐요, 타라는 괜찮은 거예요?"

브리지트가 심상치 않은 기색의 쥬다를 향해 날카롭게 캐묻자, 야센이 우려 섞인 눈으로 그녀의 옆에 섰다. 쥬다는 대꾸하지 않고 긴장한 수족들에게 툭 명령했다.

"귀환해라."

미처 대답할 틈도 없이 그는 타라를 안은 채 푸른 불꽃과 함께 사라졌다. 모두 망연자실해서 서로를 바라보는 것밖에 할 수 있는 것이 없었다.

*   *   *

쥬다는 심장에 불이 붙은 것처럼 땀을 흘리며 더운 숨을 내뱉는 소녀를 제 침대 위에 눕혔다. 머리가 닿자마자 작게 몸을 만 타라가 힘겹게 눈꺼풀을 연 순간부터 쥬다를 찾았다.

"쥬다?"

창백한 낯에 붉은 열기가 드문드문 피어오르기 시작한 조그만 얼굴을 가만히 들여다보던 쥬다가 그녀의 뺨을 쓸었다. 타라는 새끼 짐승처럼 거기에 매달렸다. 전신이 아프고 머리가 시끄러웠다.

쥬다가 가만가만 다독이면서도 대답이 없는 것조차 야속하게 느껴질 만큼 모든 것이 예민하게 오감을 쿡쿡 건드려 댔다.

이런 난장판인 기분을 그녀는 뭐라고 정의할지도 몰랐다. 불안했다. 무엇이 불안한지도 모르고 딴 세상에 떨어진 어린애처럼 비실비질 울음만 나왔다. 하마터면 악을 쓸 뻔하다가 발악처럼 쥬다를 채근했다.

"쥬다. 쥬다."

"그만 불러라. 네 옆에 있으니까."

얼핏 차가운 대꾸였지만 답변이 돌아왔다는 것만으로도 불안정하게 날뛰던 무언가가 가라앉았다. 타라는 엉엉 울면서 중얼거렸다. 입술에서 짠맛이 났다.

"무서워요. 아파요. 내가 왜 이래요?"

"호들갑 떨지 마. 아무 일도 없을 거다."

무표정한 그의 눈과 인간미 없이 굽은 눈썹, 다물린 입술이 흐릿하게 보인다. 뒤틀린 뺨을 가르는 비스듬하게 날 선 광대뼈도. 그는 발작 전의 신경질적인 광인 같았다. 왜 저리 초조해 보일까. 정신없는 타라는 익숙하게 달래는 것조차 못하는 그도 제정신이 아니라는 걸 알지 못했다.

"정말요?"

확신과 불신이 절반 정도 섞인 반문이었다. 이 형체 모를 통증이 끝없이 계속될 것만 같았다.

차가운 손이 다가와 어느새 땀에 흠뻑 젖은 머리카락을 헤치고 목덜미를 짚었다. 타라는 얼음처럼 살갗이 아리는 그 손길에 저가 장작처럼 열이 펄펄 끓는다는 걸 피상적으로 깨달았다.

길고 고상한 손끝이 가만가만 쇄골과 어깨 근처를 맴돌다가 느리게 소녀의 심장 위에서 멈췄다. 멍한 눈에 그의 핏기 가신 얼굴이 일변하는 모습이 들어왔다. 무어라 낮은 욕설을 들은 것 같기도 하다.

"타라."

그녀는 더 이상 버티지 못하고 눈을 감았다. 시간이 한 움큼씩 성큼성큼 마구잡이로 뛰어 대는 것 같다. 이마에 소복한 날개 따위가 닿고, 익숙한 부엉이 의사의 목소리도 얼핏 들리다 끊겼다.

아무래도…… 각성기가…… 통증은…… 타라 님…… 이델과 안티오크의 목소리도 간간이 들렸다. 고막이 물에 잠겼다가 다시 떠오르고 도로 잠기는 것을 반복하는 듯했다.

타라가 다시 눈을 떴을 때 그녀 옆에 있는 건 쥬다뿐이었다. 어두워진 주변을 끔벅끔벅 둘러보다가 미동 없이 저를 지켜보고 있는 쥬다에게 희미하게 웃었다. 빨아도 안 지워질 얼룩처럼 몸에 밴 미소였다.

쥬다가 안색이 파리한 그녀의 얼굴을 어루만졌다. 달래듯 손가락을 움직이던 그가 천천히 상체를 일으켜 소녀를 내려다본다. 차갑고도 더운 그의 눈빛이 파리하게 빛났다.

"괜찮아."

타라로서도 낯설 만큼 부드러운 속삭임이었다. 그가 다시 입을 열어 같은 말을 반복했다. 괜찮다. 노곤노곤하니 타라를 무장해제시키는 목소리에 그저 그를 눈으로 좇았다. 열기가 옮은 듯 더운 손길이 목 근처에 내려앉았다.

쉬이…… 날뛰기 전의 짐승을 달래듯 섬세하고 조심스럽게 쥬다가 그녀의 이마에 키스했다.

딸깍. 목을 죄는 듯 무거웠던 무언가가 풀렸다. 숨통이 트이듯 시원해서 탄성과 비슷한 한숨이 터졌다. 그러나 그건 시작에 불과했다.

지각을 깨고 튀어나온 마그마처럼 끔찍한 통각이 타라를 집어삼켰다. 그녀가 비명을 지르며 혀를 깨물려 하자 쥬다가 턱을 움켜쥐고 제 손가락을 집어넣었다.

타라가 갖은 악을 쓰며 발버둥 쳤다. 아파! 아프다고! 사지가 우드득 꺾이는 것만 같고, 심장은 미치광이처럼 날뛰며, 입 안에서는 피비린내가 났다.

타라가 발광하며 제 손마디를 끊어 먹으려 해도 쥬다는 눈 하나 깜짝하지 않고 그녀를 바라보았다. 차분하다 못해 집착적으로 끈 질긴 응시였다.

살려고 몸부림치는 소동물 같은 애처롭고 사나운 몸부림을 무자 비하게 잡아 눌렀다. 바위처럼 찍어 누르니 그녀는 있는 힘껏 날뛰 면서도 울음을 터뜨릴 뿐, 여린 몸에 상처 하나 나지 않았다. 대신 강인한 그의 허연 피부에 하나둘 생채기가 났다.

흑흑, 서럽게 우는 여자아이를 내려다보던 그는 탁한 한숨을 쉬 며 울긋불긋해진 그녀의 얼굴에 잘게 입을 맞췄다. 괜찮아. 주룩 흐 르는 눈물 위에 대고 나직하게 속삭인다. 괜찮다. 미숙한 헐떡임을 가장 원초적인 방식으로 서툴게 어르듯이.

타라는 끝내 흐윽, 울음을 삼키며 제 손목을 휘어잡은 단단한 손 마디를 갈구하듯 작은 손가락으로 긁었다. 쥬다. 그는 망설임 없이 손을 풀고 대신 그녀의 손가락에 제 손을 얽었다. 꽉 깍지 끼워진 살갗 사이로 흐르는 열기를 무엇이라 불러야 할까.

초점이 없으나 강렬한 붉은 눈동자를 마주 보던 쥬다는 어느덧 탈진해 늘어진 작은 몸을 꼭 끌어안고 등을 쓸었다. 태양 안에 별이 뜬 것 같던 말간 눈빛이 점점 다시 감긴다. 가쁜 정적에 작은 숨소 리만이 유일했다. 그는 넝마가 된 손으로 푸른 머리를 당겨 안고 젖 은 눈가에 입술을 눌렀다.

11

여름의 속삭임

다시 눈을 떴을 때는 모든 것이 바뀌어 있었다. 타라는 이상하게 개운한 머리를 짚으며 휘청 일어났다.

쥬다? 텅 비어 있는 넓은 방 안이 허전하기 그지없다. 머뭇 이불을 정리하고 바닥에 발을 내렸다. 찰나 아찔했지만, 가까스로 균형을 잡으며 침대에서 내려서는 데 성공했다.

작게 숨을 삼키며 주변을 둘러보았다. 기분 탓일까. 하루도 거르지 않고 왔던 서재인데 어딘가 달라 보였다. 그렇게 아팠던 것이 거짓말인 것처럼 지나치게 멀쩡한 얼굴로 갸웃거린 타라는 귀밑머리를 문지르려다 지독한 이질감을 느꼈다.

"어?"

어깨를 얕게 덮을 정도던 푸른 머리카락이 허리 끝에서 새 꼬랑지처럼 삐죽 튀어나와 있었다. 어? 어? 어리벙벙해진 타라가 길고 풍성하게 잡히는 제 머리를 헤집었다. 무언가 달라졌다. 그것도 많이.

이리저리 고개를 기울이다가 후다닥 거울 앞에 섰다. 절로 넋이 나갔다. 세상에.

타라를 마주 보고 있는 이는 더 이상 앳된 소녀의 모습이 아니었다. 어느 모로 보나, 다 자란 여인이었다.

희고 가는 얼굴이었다. 앵무조개처럼 도톰한 진줏빛 낯에 오밀조밀 자리 잡은 콧대와 벌어진 입술, 산호색 붉은 눈동자까지 현실감이 없었다. 카메오 같은 섬세한 이마와 턱을 연해의 푸르스름함을 띤 청발이 구불구불 감싸고 흘러내렸다.

발그레한 홍조가 아니었더라면 어느 먼 나라 왕녀의 초상화인 줄 알았을 것이다. 타라는 얼얼한 손가락으로 찬 유리를 문질렀다.

그녀는 언뜻 겨울 성의 고고한 여왕 아델하이트를 닮아 있었다.

당황과 낯섦이 가라앉고 서서히 성장이 인식되자 멍한 입술 끝이 슬그머니 비죽 올라갔다. 세상에, 내가 드디어 자랐어! 쥬다는? 쥬다는 어디 있지? 들뜨고 생경한 그녀의 귀에 익숙한 목소리가 들려왔다.

"타라 님?"

말끝이 길게 늘어지는 게 숨길 수 없는 경악이었다. 타라가 빙글 돌아 마주하자 모처럼 인간형으로 타라를 깨우러 왔던 안티오크가 눈을 화등잔만 하게 떴다. 보송한 귀가 뾰족하게 머리 위로 솟은 것도 잊은 채 그가 말을 더듬었다.

"정말, 타라 님입니까?"

"네! 저예요."

나 자랐어요! 어때요? ─ 라는 뜻이 명백한 붉은 눈이 반짝이며 바라봐 오자 익숙한 앳된 표정이 그대로 드러난다. 그제야 안티오크는 얕게 웃었다.

"몰라보게 자라셨군요. 무사히 각성하신 걸 축하드립니다."

"헤헤헤."

달떠서 바보처럼 웃음을 지어도 청초하니 어여쁘기만 했다. 단순히 미인이라는 걸 떠나서 오묘하게 시선을 잡아끄는 말간 어떤 것이 그녀의 눈망울과 나비 같은 몸짓에서 배어 나왔다.

다소 낯설게 넋을 잃고 있던 그는 뒤늦게 고개를 흔들고는 부드럽게 제안했다.

"주인님은 후원에 계실 겁니다. 가 보시겠습니까? 아니, 일단 그……."

안티오크의 노란 눈이 타라의 차림새를 훑더니 헛기침을 했다.

"우선 옷을 갈아입으시는 게 좋을 듯합니다."

타라는 전광석화처럼 후다닥 제 어깨에 재킷을 걸쳐 주더니 이델을 불러오겠다며 바람처럼 나가 버린 집사의 뒷모습을 멀뚱히 응시했다.

그의 말에 새삼스레 작아져서 답답한 잠옷을 내려다보았다. 특히 가슴께가 조였고, 길어진 다리만큼 위로 기어 올라간 치맛자락 때문에 무릎이 횅했다. 타라는 괜스레 꾹꾹 그것을 잡아 늘렸다.

엄청 헐렁한 잠옷이었기에 망정이지 아니었으면 우스운 꼴라서니가 될 뻔했다.

타라가 이리저리 얼굴을 거울에 비춰 보는 사이 우당탕탕 큰 소리와 함께 문이 열렸다.

"아, 글쎄, 대체 왜 그러는……."

"닥치고 일단 봐 보라니까……!"

이델과 안티오크는 정신 사납게 투닥거리며 서로를 밀치고 잡아끌다가 동시에 타라의 환한 미소와 마주치고 쩡 하니 굳어 버렸다.

이델은 몰라보게 자란 소녀의 모습에 충격을 받았고, 안티오크는 다시 익숙하지 않은 그녀의 미모에 얼이 빠졌다.

"이델! 나 어른 됐어요!"

물론 당사자인 타라는 아니어서 희희낙락 뛰어왔고, 한 박자 늦게 마법이 풀린 이델은 엉겁결에 안겨 오는 타라에게 마주 팔을 벌렸다. 서서히 얼떨떨한 얼굴에 미소가 번졌다.

"세상에, 정말 타라 님이세요?"

"네! 어, 좀 이상한가요?"

"아니요! 이상하다고 하는 놈이 미친놈입니다. 진짜, 무척 예쁘시네요."

상상한 것 이상이에요. 이델이 길게 한숨을 내쉬며 평소처럼 타라의 머리를 쓰다듬어 주었다. 알게 모르게 바뀐 신체 탓에 마음이 불안했던 타라는 얼른 안아 주는 그녀의 어깨에 이마를 비비적거렸다. 몸만 커다래진 강아지 같았다.

"우선, 옷을 갈아입어야 할 것 같은데."

이델이 내내 멍청한 눈으로 타라를 보고 있는 안티오크의 등을 후려쳤다. 고양이 집사는 아픈 것도 못 느끼겠는지 흠칫 고개를 들더니 다시 재빠르게 방을 나갔다.

미처 성년이 된 타라의 몸에 맞을 옷을 갖춰 놓지 못한 탓에 이델은 타라를 앉혀 두고 골머리를 썩였다. 우선 임시방편으로 제 셔츠와 반바지를 입혀 놓은 뒤 길게 한숨을 쉰다.

"이거 좀 심각하네요."

정도 이상으로 예쁘잖아. 방긋방긋 무구하게 웃는 모양이 아슬하게 담장 너머로 고개를 내민 순진한 장미 같았다. 꽃에 관심 없는 이라도 한 번쯤 향기에 이끌려 냄새를 맡고 꺾어 들고 싶을 만큼.

그 탐스러운 긴 청발을 몇 번이고 손가락으로 쓸어 보다가 이델이 어쩔 수 없다는 듯 웃어 버렸다.

"쥬다 님의 걱정이 더 많아지시겠는데요."

"왜요?"

하얗게 핀 얼굴이 고개를 뒤로 젖히고 묻는다. 둥근 물고기의 등선처럼 유려한 눈매 안에 담긴 눈동자는 붉은 꽃물이 든 것만 같았다. 겉만 달라졌지, 하는 모양은 어릴 적과 똑같다.

하기야 어제만 해도 그녀는 소녀였다. 하루 사이에 성숙한 성인이 될 수는 없지 않은가. 그 간극이 보는 이를 더 묘하게 만드는 건 어쩔 수 없지만.

"뭐라고 해야 할까…… 미인을 보호하는 남자는 항상 피곤한 법이거든요."

"아! 쥬다에게도 알려 줘야 해요!"

타라는 흥분해서 벌떡 일어나느라 이델의 낮은 중얼거림을 본의 아니게 흘려듣게 되었다.

하얀 사슴처럼 뛰어나가는 그녀를 이델은 붙잡지 않았다. 길게 자란 푸른 머리칼 몇 가닥이 엉킨 상아 브러시를 거울 앞에 내려놓는다. 약한 한숨이 나왔다.

"왠지 큰 파란의 시작점이라는 예감이 드는데."

얼어 있던 강이 급격히 녹아 급류로 쏟아 내릴 듯한, 그런 막연한 직감이 들었다.

* * *

타라는 평소처럼 1층 후원으로 쏜살같이 내려가면서 몇몇 사용인들과 마주쳤다. 그들은 처음 보는 여자가 성을 가로지르고 있다는 것에 경계와 의아함을 던졌으나, 곧 그녀를 알아보고 떡하니 입을 벌렸다.

대다수 경악으로 사고 회로가 정지하거나, 멍해지고 하던 일을 망치는 등—나무를 패던 아리앙은 제 발등을 찍을 뻔했다— 여러 자질구레한 사고가 났다.

그다음에는 일제히 앞다투어 찬사에 가까운 환호를 했다. 파이널 인사를 하러 나온 프리마돈나라도 된 것 같은 기분이었다.

타라는 헤헤 웃고 손을 흔들며 너무나 가볍고 쉽게 계단을 달려 내려갔다. 처음의 생경함이 가시고 나니, 성장이라는 것은 놀랍고도 다디단 자유로움을 안겨 주었다. 작은 그녀에게는 매일 오르내리는 계단참조차 너무나 커서 무릎이 깨지는 게 일상이었는데 이제는 그런 것 따위 너무나 하잘것없어 보인다.

접혀 있던 다리를 쭉쭉 뻗어서 성큼성큼 내딛는 기분이었다. 평소와는 비교할 수 없이 빠른 시간 내에 그녀는 목적지에 도달했다.

타라는 잠시 그 자리에 서서 달라진 시야만큼 그도 다르게 보이는지 잠시 살펴보았다. 비를 가득 품은 달밤의 먹구름이 내린 듯한 머리카락, 비스듬하게 기운 얼굴선이 서느렇다. 아이처럼 현혹되어 눈을 뗄 수 없었다.

그녀를 등진 그의 손에는 믿기지 않게도 장미꽃 한 송이가 들려 있었다. 그 불합리에 가까운 광경이 전혀 이상하거나 모자라 보이지 않는다는 점이 쥬다가 지닌 기묘한 마력 중의 하나였다.

서늘하게 심장을 주무르는 존재감에 들뜬 숨을 토하듯 입을 벌리자 그가 그녀를 돌아보았다.

"쥬다."

그녀를 발견하고 천천히 일변하는 푸른 눈을 보며 웃었다. 서늘하고 속을 읽기 힘든 시선이 타라의 가느다란 목과 쇄골을 지나 품 넓은 셔츠 덕에 도드라지는 둥근 어깨, 하늘하늘 어른거리는 여체를 느릿느릿 훑었다.

쭉 뻗은 종아리와 쥐면 한 줌도 안 될 발목, 불그스름하게 톡 불거진 복숭아뼈에서 머물던 눈길이 결국 끝에 다다라 취하는 건 저만 맹목적으로 보고 있는 그녀의 눈동자다. 지금의 그는 무어라 정의하기 벅찬 낯이었다.

태양에 그슬린 달처럼 차갑고도 더운, 종잡을 수 없는 무언가. 착 가라앉은 그것은 어둡고 싶었다.

왜 아무 말도 안 하지? 역시 이상한가? 타라는 어떤 감상이나 당혹도 없고 그저 무표정하기만 한 쥬다를 기대하며 봤다가 이내 지레 울상을 지었다.

스산하게 들끓는 그 눈빛에 초조함이 일었다. 그녀는 너무 한꺼번에 치달으면 오히려 어떤 것도 나오지 않는다는 걸 잘 몰랐다.

주춤 다가서자 감정의 먼지들 때문에 뿌옇게 흐리기만 하던 사내의 눈 밑이 미세하게 흠칫거렸다.

"잠깐."

타라는 저에게 손을 새우고 고개를 젖는 그를 망연자실 바라보았다. 쥬다는 눈가를 감싸고 한숨인지 당혹스런 헛숨인지 모를 소리를 내었다.

"이건 너무 예상 밖의……."

뭐라구요? 들릴 듯 말듯한 목소리에 타라가 한발짝 내딛자 쥬다가 벌컥 화를 냈다.

"가까이 오지마!"

이번에야말로 타라는 상처받았다. 그녀가 울먹울먹하자 쥬다는 다소 넋이 나간 듯이 굳었다가 다가오려 손을 뻗다 다시 이마를 짚었다.

그는 지금껏 본 모든 날을 통틀어 가장 당황스러워 보였다.

짧고도 긴 시간 갈등하듯 미간을 찡그린 채 집요하게 타라를 응시하던 쥬다가 마침내 입을 열어 그녀를 불렀다.

"타라……."

그가 미처 다음 말을 잇기도 전에 결국 인내가 바닥난 타라가 후다닥 달려와 쥬다의 허리를 끌어안고 얼굴을 묻었다.

사실 타라는 그녀를 보자마자 예쁘다, 어쩜 이렇게 몰라보게 자랐냐며 쥬다가 끌어안고 토닥토닥 두드려 주고 쓰다듬어 줄 줄 알았다. 머리카락도 소중하게 매만져 주고, 이마에도 키스해 주고.

"타라."

하지만 이런 얼굴을 볼 줄 알았으면 그냥 안 자라는 게 나을 뻔했다.

"……미안하다. 내가 조금, 놀랐던 것 같아."

쥬다가 뒤늦게 사과하며 저를 마주 끌어안았음에도 타라는 서운해서, 혹은 겁이 나서 얼굴을 들지 못했다. 다 커도 여전히 제 가슴팍 근처에서 맴도는 작은 머리를 가만히 내려다보던 쥬다가 한숨처럼 물었다.

"아직 화났나?"

타라가 붕붕 고개를 저었다.

"혹시 어디 아픈가?"

다시 붕붕. 재차 낮아진 음성으로 그가 속삭였다.

"그럼 왜 그러는데."

쥬다가 말 없는 그녀의 숙인 얼굴 근처로 고개를 숙이면서 어르듯 말을 걸었다. 용이 제가 품은 알에게 머리를 내려 입김을 불기라도 하는 듯한 광경이었다.

그 다정함에 저절로 겁이 달아나고 서러움만 남은 타라가 그의 망토를 꼭 부여잡으며 투덜거렸다. 안 그러길 바랐지만 거의 울먹임이다.

"쥬다가…… 날 그런 눈으로…….."

"내가 왜."

"차갑고…… 너무……."

낯설었다. 타라는 제가 한 번도 못 보았던 기묘한 감정을 드러내는 쥬다가 익숙하지 않아서 두렵고 어쩔 줄 몰라 했다. 그가 성인이 된 타라를 처음 눈에 담고 있듯 타라도 익히 제가 알고 인지하고 있던 쥬다가 아닌 다른 모습은 어색하고 불안했다.

타라의 안정을 찾기 위한 횡설수설과 갈구를 가만히 듣고 있던 그의 표정이 서서히 일변했다. 여린 읊조림이 거의 사그라지고 난 뒤에야 부드러운 첫소리 같은 웃음이 들려왔다.

"이렇게 다 컸는데도 변한 게 없구나."

여전히 울보에, 겁쟁이고…… 비난이라 하기에는 달콤하고, 걱정이라 하기에는 거칠었다. 거미의 그것처럼 긴 손가락이 목덜미를 훑자 타라는 본능적으로 흭 소리를 내며 움찔거렸다.

천성적으로 희고 예민한 피부는 금방 붉게 달아올랐다. 아프지는 않았다. 하기야 쥬다가 그녀에게 상처를 낼 리가 없었다. 그는 느긋하게 달래듯 솜털이 곤두선 목선을 다독이면서 엄지로 그녀의 턱을 쓸었다. 저절로 입이 벌어졌다. 동그랗게 떠진 눈을 지척에서 감상하듯 내려다본다. 음미하는 것 같기도 했다. 막상 미세하게 올라간 입매만 빼면 삭막하기만 하거늘 그리 느껴지는 것이 이상했다.

타라는 그가 제 긴 머리칼을 훑고 낭창한 허리를 감은 채 장난처럼 머리카락 끝을 매만지는 걸 민감하게 알 수 있었다. 무턱대고 매달린 건 타라였는데 어느새 자세가 역전되어 그녀는 그에게 갇혀 있었다. 뒷덜미가 아찔하고 오싹오싹하다. 그러나 떨어지고 싶지는 않았다.

타라는 등줄기를 훑는 손끝에 어깨를 움츠리며 쥬다의 옷자락을 세게 부여잡았다. 떠밀리듯 소곤거렸다. 저에게서 눈을 떼지 않는 흐린 은청색 눈을 바라보았다.

"나, 이상해요?"

쥬다는 뒤틀린 입술 사이로 픽 웃음을 흘렸다.

"대체 어디가?"

"그럼 괜찮아요? 나 어때요?"

나 어때요, 라니. 유치했지만 그녀에게는 중요했다. 조마조마한 마음을 그대로 드러내는 조막만 한 낯을 쥬다는 물끄러미 내려다보았다.

이걸 대체 어떻게 해야 할까. 처치 곤란한 물건 보는 듯한 시선에 타라는 입술을 삐죽이고 귀가 벌게졌음에도 꿋꿋하게 버텼다. 그 사이 나긋나긋 등허리를 타고 오른 검지가 그 빨간 귓가를 긁었다. 화들짝 놀라는 관자놀이에 입맞추며 그가 낮게 말했다.

"안 이상해. 전혀."

"그럼요?"

숨이 가빴다. 달리기를 한 것도 아닌데 심장이 들쑥날쑥 뛴다. 오르락내리락하는 그 호흡과 얕게 배어 나오는 땀 냄새, 갈팡질팡하는 박동들을 빠짐없이 듣고 있던 그가 가늘게 웃었다.

"예뻐."

상상 이상으로.

긴 푸른 머릿칼을 한쪽으로 넘기고 장미를 꽂아 주는 손길은 무심한 듯 세심했다. 어린아이의 손바닥처럼 하얗기만 한 장미였다.

쥬다는 아직도 붉은 자국이 가시지 않은 목덜미를 길게 응시하다가 여상스럽게 시선을 돌려 벌게진 그녀와 마주 보았다. 붉고, 푸르고, 흰, 찬연한 장미가 그에게 뾰로통하게 종알거렸다.

"그, 그럼, 그런데 왜 날 처음 보고 아무 말도……."

글쎄.

"넋을 봐서 그런가 보지."

"……거짓말."

너에게 홀렸다고 주장하면서도 말투는 담백하기 짝이 없으니 불신은 당연한 거 아닌가. 낮은 웃음소리가 들렸다.

타라는 아까부터 계속 온몸에 열병이 걸린 것처럼 간지럽고 더웠다. 아마 얼굴도 빨개졌을 거야.

하아, 쥬다의 긴 한숨이 이마와 눈썹에 닿았다. 아까의 그는 당황스러워보였다면 지금은 골치 아파 보인다.

"돌겠군."

"왜요?"

"몰라도 된다. 아니, 말해도 넌 몰라."

그리 말하는데도 왠지 타라가 알아주기를 바라는 것처럼 들렸다.

기갈이 묻어 나오는 눈빛이었다. 그 때문에 괜히 그녀도 목이 말랐다. 이상스레 초조하다.

"쥬다가 나한테 너무 쌀쌀맞은 것 같아요."

쥬다는 기가 차서 인상을 썼다.

"내가 너에게 쌀쌀맞다고?"

"물어도 몰라도 된다고 그러고, 나는 처음 눈뜨자마자 쥬다한테
보여 주고 싶어서 달려왔는데 멀뚱히 보기만 하면서 아무 말도 안
하고. 가까이 오지 말라고 못된 말도 하고. 안티오크랑 이델은 나한
테 정말 예쁘다고 계속 말해 줬는데……"

결국 원점이었다. 애타게 기대하고, 급격한 변화를 맞은 만큼 불
안과 공포도 커서 그녀는 본능적으로 그에게서 절대적인 안정감을
원했다. 말간 얼굴에 성인과 아이의 경계에서 아직 채 자리 잡지 못
한 불안정함이 고스란히 드러났다.

가만히 듣던 쥬다가 그녀를 당겨 안자 얼른 기다렸다는 듯 타라
가 목에 팔을 감았다. 예전 같았으면 그는 벌써 자신을 안아 올렸을
것이다. 하지만 지금의 쥬다는 에스코트하듯 그녀의 등에 살짝 손
을 올렸을 뿐이었다.

그걸 못내 아쉬워하다 스스로 흠칫 놀랐다. 그의 말대로 어린애
와 다른 바가 없었다. 아니나 다를까 쥬다가 놀리듯 조소했다.

"새끼 여우가 다 컸어. 떼쓸 줄도 알고."

창피해 죽을 것 같으면서도 꼭 끌어안고 가만가만 달래는 소리
가 좋아서 정신이 없었다.

왜 이러지. 각성하고 나면 어른이 되는 줄 알았는데 외려 그에게
서 떨어지는 게 더 싫어졌다. 보고 또 봐도 충분하지 않은 것 같았
고, 그의 체향이나 목소리에 저도 모르게 탐욕스러울 만큼 끌렸다.

본인이 봐도 어딘가 이상해서 더럭 겁이 났다. 쥬다가 날 너무 애
같다고 싫증 내고 실망하면 어쩌지. 지금까지야 어린아이니까 부족

해도 그러려니 이해를 받을 수 있었지만 지금은 아니었다.

속에서 끙끙 떨어지기 싫다고 아웅다웅하는 조그만 괴물을 잡아 누르면서 이만 뒤로 물러나야 하나 고민했다.

"그래서……."

"네?"

"네 이 모습을 그것들이 가장 처음 봤다는 건가?"

키 차이 덕에 조금 당겨 오는 타라의 팔을 잡아 내리면서 쥬다가 빙긋 웃었다. 하지만 저게 절대 기분 좋아서 웃는 게 아니라는 건 바보라도 알 것이다.

"어쩔 수 없잖아요. 잠옷이 너무 작아서 이텔이 옷을 빌려줘야 했는걸요."

"그러니 더 짜증 나는 거다. 드러나는 살이 너무 많잖아."

"네? 대체 어디가요?"

이번에는 쥬다가 느꼈던 어처구니없음을 그대로 답습한 타라가 되물었다.

게다가 몸이 자라기 전에는 여름마다 통 넓은 반바지를 입었는 걸? 지금껏 신경도 안 쓰더니. 그때랑 지금이랑 다른 건 뭔데? 타라는 눈을 데굴데굴 굴렸다.

"알았어요. 브릿한테서 옷을 빌려 입을게요."

"안 돼. 요정들 옷은 선정적이기 그지없어."

"그, 그럼 쥬다의 셔츠라도……."

"뭐? 안 돼."

아니 그럼 어쩌라고. 타라는 처음으로 반항적으로 생각했지만,

입술을 삐죽 내밀 뿐 말로 대들지는 않았다. 그사이 딴생각에 미쳤는지 쥬다가 냉랭하게 미간을 모았다.

"이델은 그렇다 쳐도 안티오크 그놈은 왜?"

"어……? 그냥, 절 깨우려고……."

"그럼 그놈이 널 처음으로 봤다는 건가?"

나보다 먼저?

그게 또 그렇게 되나…… 타라는 엉겁결에 고개를 끄덕였다가 후회했다. 쥬다는 이따금 심술맞은 아이처럼 트집을 잡고 고약하게 굴 때가 가끔, 아주 가끔 있었다. 이러다 괜히 애먼 사람 잡겠다.

어버버거리는 타라를 빤히 보던 쥬다는 정말 공깃돌 쥐듯 가볍게 그녀를 안아 올렸다. 기겁해서 꺅, 소리를 질렀다가 저가 지레 놀랐다.

어라. 몰랐는데 목소리도 조금 달라졌다. 좀 더 짙고 여성스러운 미성이었다. 제 목에서 나오는 소리임에도 다른 이의 목소리를 흉내 내는 메아리 님프가 된 것처럼 어색했다. 여러모로 혼란스러운 타라를 제 망토로 둘둘 감은 쥬다가 성큼성큼 성으로 들어갔다.

타라의 성장에 충격받아 내내 주변을 맴돌며 기다리고 있던 벨벳 성의 사용인들은 주인에게 안겨 오는 아가씨를 보고 다시 또 놀랐다가 저들끼리 시선을 교환했다. 내내 이 후견인과 소녀가 붙어 있는 모습을 일상처럼 보아 왔던 그들은 오늘에 이르러서야 처음으로 생경한 무언가를 자각한 참이었다.

그리고 안티오크는 그날 난데없는 격무에 시달려야 했다.

　　　　*　　　　*　　　　*

"세상에."

멋쩍어서 손가락을 배배 꼬는 타라를 처음 본 브리지트는 연신 감탄만 했다. 상상으로만 치부해 왔던 푸른 장미를 눈으로 목격하고 있는 기분이었다.

그녀는 날듯이 타라의 옆에 앉아서 하얀 볼을 찔러 보고, 매만지고, 가까이서 타라의 껌벅이는 눈을 들여다보았다.

"고귀족의 각성이라는 게 이렇게 극적인 건 줄은 몰랐어. 우와."

"요정족들에게도 변태(變態)라는 게 있잖아요?"

"그야 그렇지. 하지만 그건 고치 속에서 긴 수면에 들고 나서야 이뤄지는 거니까 하룻밤 사이에 훌쩍 자라거나 하지는 않아. 신기해라."

브리지트는 양손으로 얼굴 받침을 하며 읊조렸다. 타라의 각성은 벨벳 성에 퍽 커다란 충격과 동요를 몰고 왔다.

성의 식구들은 물론이오, 어제 갑작스럽게 앓아누운 주인이 걱정되어서 한숨도 못 자고 쥬다의 방 앞에서 맴돌며 짖다가 내쫓긴 준도 처음 저에게 손을 빌리는 타라에게 바로 다가오지 못하고 머뭇거렸다.

하지만 역시나 순수한 짐승의 감으로 그녀를 몰라볼 리가 없었다.

준은 잔뜩 흥분해서 방방 뛰며 그녀의 주위를 맴돌다가 고개를 숙이고 쿵쿵 냄새를 맡았다.

[주인아, 왜 이렇게 커진 거야?]

"각성했어요. 오히려 조금 늦은 감이 있죠."

타라가 괜히 쑥스러워서 볼을 긁적였다. 성의 식구들은 저마다 조금씩은 시원섭섭해하는 눈치건만 준은 외려 좋아했다. 크고 튼튼해져서 더 믿음직스럽다나.

어차피 산더미만 한 큰 개인 준의 덩치보다 아담한 체형인 타라는 변함없이 작았다. 뺨을 핥으며 신이 난 준 덕에 타라도 덩달아 기뻤다.

브리지트는 여전히 신기한지 젖살이 매끈하게 사라진 갸름한 낯을 뚫어져라 보고 있었다.

"브릿? 아야!"

"얘가! 너, 이렇게 예뻐졌으면 후다닥 나한테 와서 옷가지부터 받아 가야 할 것 아니야?!"

빌려준다, 정도가 아니라 당연히 그렇게 안 하면 큰일 난다는 식이었다. 타라는 장난스럽게 찰싹 팔뚝을 때리는 브리지트에게 헤헤 웃으며 팔짱을 끼었다.

우선 각성 후 당장 시급하게 한 일은 성장한 치수에 맞는 옷들을 마련하는 일이었다.

정색한 채 요정족의 의복을 폄하했던 쥬다가 떠올라서 타라는 어색하게 눈을 굴렸다.

"그게, 쥬다가 바로 마련해 줄 테니 괜찮다고……."

"어머? 그게 말처럼 쉬워?"

삭막한 여기 사람들이야 치장에 대해 아무것도 모르니 그렇지.
브리지트는 팔짱을 끼며 코웃음 쳤다. 그녀의 고양이처럼 가늘어진
눈이 타라를 위아래로 훑었다.

"아이, 예뻐라. 입히고 화장할 맛 나겠는데?"

칭찬인 것 같은데 왜 어딘가 오싹할까. 몽롱하게 탁한 눈으로 입
맛을 다시던 브리지트는 덥석 타라의 손을 잡고 방방 뛰듯 제 방으
로 향했다.

이미 여러 번 있었던 일이지만 브리지트가 휙휙 과일 수확하듯
던져 놓은 옷가지들을 본 타라는 입을 떡 벌렸다.

차곡차곡 쌓여 가는 옷들 중 붉은 선홍색의 드레스를 들어 올렸다
가 과장 보태 거의 손바닥만 한 크기에 기겁해서 얼른 내려놓았다.

세상에, 이건 너무…… 어쩔 줄 몰라 하며 좀 차분해 보이는 하얀
원피스를 집어 들었지만 다시 얼굴이 창백해졌다……. 가슴이 너무
파였다. 아니 정중앙이 아예 뚫려 있으니 파인 건 아닌가? 어쨌든
확실한 건 전부 과했다.

"브릿. 이건 너무 좀……."

"왜? 성년이 됐으니까 이런 건 한번 입어 줘야지."

브리지트는 타라의 버릇처럼 앞머리를 후, 불어 넘기면서 씩 웃
었다. 타라는 친구가 어깨에 걸친 가슴 속옷을 멀거니 쳐다보다 눈
을 굴려 외면했다.

얼굴이 빨개져서 터질 것만 같았다. 오랜만에 말이 더듬거리며
나왔다.

"아니, 그…… 그건 왜……."

"얘 좀 봐. 뭐든지 치장의 기본은 속옷이지. 몰라? 하긴, 아직 모르겠다."

괜찮아! 이제부터 배우면 되잖니. 깔깔거리는 웃음이 여간 쾌활할 수가 없었다. 타라가 입을 벙긋거리다가 조심스레 말했다.

"저기, 근데 너무 노출이 많은 건 좀……."

"어머? 너 그런 데 보수적이었니?"

타라가 모기만 한 목소리로 종알거렸다.

"아니요. 쥬다가 싫어해서……."

브리지트는 할 말을 잃었다. 타라는 다시 벌게진 얼굴을 바닥에 처박을 듯 숙였다. 이내 킥킥거리는 웃음소리에 더 아래로 향한다.

"우와, 정말 본격적이네. 하긴, 그래. 갑자기 아가씨가 됐으니까 걱정되나 보지, 후견인께서. 그렇지?"

수긍하는 듯 놀리는 어조였다. 타라는 그런 거 아니라며 작게 타박했다.

"뭐, 좋아. 진짜 관능적인 건 다 드러난 게 아니라 원래 보일 듯 말 듯 한 거거든."

다 방법이 있지. 그녀는 영문을 몰라 하는 타라를 이끌고 화장대에 앉혔다. 그 가느다란 손에 이리저리 휘청이다 정신 차리고 눈을 떠 보니 타라는 몰라보게 달라져 있었다.

우와, 세상에. 생전 처음으로 옅게 화장을 한 얼굴을 어안이 벙벙해 바라보았다. 음영이 진 눈매며 발갛게 칠한 입술은 낯설지만 고혹적이었다.

브리지트가 골라 입힌 홀터넥 자색 드레스는 차르르 몸선을 타고 떨어졌고, 향긋한 라벤더 향유를 발라 자연스럽게 내려뜨린 푸른 머리와 대비를 이루며 더욱 도드라졌다.

거울에서 눈을 떼기 힘들었다. 타라가 눈을 깜박이자 거울 속 여자도 눈을 깜박였다. 솜씨 좋게 위로 올라간 속눈썹이 팔랑거리며 홍옥안에 얇은 그림자를 남겼다. 하늘하늘한 한 떨기 양귀비가 제 모습을 보려고 수면 위로 고개를 기울이는 모양새다.

"어때? 예쁘지?"

"네에……."

타라는 홀려서 중얼거렸다. 뺨에 홍조가 폈다. 예뻐지는 게 싫을 리가 있나. 헤헤헤 웃으며 엄지를 추켜올리자 브리지트는 뿌듯하게 콧대를 높였다.

"호호호, 내가 했지만 정말 잘한단 말이야? 나 여왕 딸 아니었으면 이쪽으로 나가도 괜찮았을 것 같아."

따라서 키득키득거린 타라가 다른 옷도 입어 보자는 제안에 얼른 고개를 끄덕이며 동참했다. 그들은 까르륵 잡담을 늘어놓으며 원껏 인형 놀이를 했다.

부드럽게 몸선을 휘감는 랩 원피스와 새빨간 장미처럼 정열적인 레이스 드레스, 종처럼 부풀려진 벨라인 드레스와 살구색의 농염한 드레스까지, 내 옷이라고 생각해 본 적도 없던 거의 모든 것을 입어 보았다.

뭐라 형언할 수 없는 만족스러운 포만감이 들었다. 아, 이래서 겨울 성의 귀부인들이 여러 값비싼 드레스와 보석으로 자신을 치장했던 거구나. 확실히 기분이 들뜨고 꽤 근사했다.

"넌 몸이 가늘어서 역시 엠파이어 드레스가 가장 어울리는 것 같아."

다 커도 왜 이리 여리여리하니? 살 좀 더 쪄도 될 것 같다고 핀잔을 주면서도 브리지트는 만족스럽게 미소 지었다. 자두 껍질을 발라낸 양 연한 자줏빛 치맛자락을 매만지던 타라가 그녀를 돌아보며 싱긋 따라 웃었다.

별처럼 오목하게 들어가는 볼우물과 홍해처럼 물결치는 눈이 울긋불긋 고았다. 찰랑거리는 푸른 머리를 매만져 주며 브리지트가 제안했다.

"이렇게 예쁘게 차려 입었는데 네 후견인에게 보여 주자!"

"네?!"

타라의 기겁하는 표정에 브리지트는 짓궂게 웃으며 물었다. 왜, 부끄러워? 타라는 대답 없이 얼굴을 붉혔다. 갑자기 불면 날아갈까 애지중지 안아 올리던 쥬다를 생각하니 심장이 쿵쾅거렸다. 타라도 왜이리 민감하게 반응하는지 영문을 몰랐다.

다행히 눈을 가늘게 뜨고 친구의 붉어진 귓불을 바라보던 브리지트가 히죽 말을 돌렸다.

"아니면 나갈래? 이럴 때는 억지로라도 나가 줘야 된다고."

"응! 좋아요."

타라는 신나게 동의했고, 그들은 누가 먼저랄 것 없이 손을 잡고 밖으로 나갔다.

"그런데, 어제는 어떻게 된 거니? 나는 네가 큰일을 당한 줄 알고 얼마나 놀랐는지 몰라."

각성에 밀려나 있었으나, 확실히 타라는 난데없는 봉변을 당했다. 느닷없이 달려들었던 뻐꾸기, 그리고 어머니의 목소리.

쥬다는 다 아는 듯한 눈치였지만 타라는 아직 그게 어찌 된 영문인지 자세히 알지 못했다. 심각하게 허기가 져서 허겁지겁 빵을 뜯어 먹는 저를 뚫어져라 보고 있는 쥬다에게 묻기는 했다. 그는 간단하게 상황을 정의 내려 주었다.

—네 정신 나간 모친이 널 공격했다.

하지만 그걸로는 부족했다. 물끄러미 보는 시선에 그가 몇 마디 덧붙인다.

—뻐꾸기는 그 여자의 분신과 같아. 앞으로는 말이 통하는 짐승이라 해도 전부 신뢰하거나 가까이 두지 말아라.

뻐꾸기를 처음 본 것이 아니었는데, 어디서 보았는지는 기억이 안 났었다. 하지만 이제야 알겠다. 그 짐승을 어떻게 알고 있었는지.

사람들은 아델하이트 여왕의 상징을 그녀가 기르는 우아한 공작새로 꽤 자주 착각하고는 하지만 이는 사실이 아니다. 여왕의 직인과 그녀를 상징하는 문장에 항상 빠짐없이 들어가는 새가 있었다.

푸르스름한 잿빛 날개를 지닌 뻐꾸기. 어린 타라도 그 새가 어머니와 어울리지 않는다고 생각했었다. 특별하게 화려하거나 아름답지도 않고, 종종 우스갯소리로 거짓과 기만, 광인을 상징하는 그런 새가 고귀한 눈과 겨울의 여왕에게 어찌 걸맞겠는가?

하지만 실제로 그녀의 손길을 대신해 그 딸을 공격했던 뻐꾸기와 마주하고 나니, 타라는 생각을 바꿀 수밖에 없었다. 놀랍게도 그 우스꽝스러운 광대 같은 새는 아델하이트와 기묘하게 겹치는 점이 있었다.

타라는 어머니에게 속은 자신이 바보처럼 느껴졌다.

―왜요? 왜 나를…… 공격하신 거죠?

새삼스레 수치스러워서? 아니면…… 예전에 돌아오라고 했던 권유를 무시해서? 그렇다면 왜 지금에 와서?

가슴이 섬뜩할 만치 서늘함에도 동시에 예전만큼 찢어질 듯 아파 오지 않는 것이 외려 쓰디썼다. 놀랍고 충격적이며 아마도, 상처받은 것도 같지만, 그것이 못내 끔찍하게 고통스럽지는 않았다.

―네가 내 약점이니까.
―약점…… 이요?

그래. 율리아의 다섯 맹주 중 최강자이자, 평생 심장 안에 누군가를 들여 본 적이 없던 사내가 그리 말했다. 여기에서 마음 놓고 기뻐할 수 없는 것이 슬펐다. 타라는 달리 물었다.

―어머니가 왜 쥬다를 공격하는 건데요?

지금까지의 질의응답은 전부 이것을 위한 것임이 분명하다. 이
번에는 곧바로 대답이 들려오지 않았다.

―어렵지 않은 문제다. 그 여자는 항상 나를 부수고 싶어서 안달
나 있으니.
―왜죠?
―글쎄. 광인의 생각은 언제나 불가사의지.

어쩌면 조각나고 망가지면 흡족할거라는 멍청한 착각 때문일지도.
건조하고 섬뜩한 말이었다. 두루뭉술 확연하지 않으면서도 음산
한 저 너머의 실체를 암시하는 듯이.
타라는 긴말을 하지 않는 쥬다에게 그 이상 자세하고 깊은 사연
과 이야기가 더 존재할 것 같은 직감이 들었지만, 캐묻지는 못했다.
아마도 끔찍한 탐욕인지 증오인지 분간 안 가는 애증을 오랜 세
월 받고 있다고 태연하게 입에 담으면서도, 그녀를 보는 눈은 여전
히 담담한 온기가 어려 있었기 때문에.
어쨌건 별일은 일어나지 않았고, 그녀는 무사히 각성을 마쳤다.
"갑자기 온몸이 끔찍하게 아프고 열이 났어요. 각성기라는 게 원
래 그렇대요. 큰일은 없었으니까 괜찮아요."
얘기하기 힘든 것들이 대다수였기에 타라는 적당히 얼버무리고
생긋 웃었다. 브리지트는 딱히 자세한 사정을 몰랐기에 그녀의 말

에 고개를 끄덕였다.

"그렇구나. 엄청 아팠겠다. 지금은 괜찮아?"

"네. 괜찮아요."

"아무튼 큰일 치렀어. 모두 다 안절부절못했다고? 개중에 네 후견인이 제일 살벌했지만…… 비제 그 사람도 표정이 장난 아니던데."

"그러고 보니 비제는 어디 있죠?"

오늘 하루 종일 성안의 모든 사람을 만난 것 같은데 아직껏 그 혼자만 보지 못했다.

그리고 타라는 해가 거의 질 때까지 비제의 머리카락 한 올 보지 못했다. 이넬에게 듣기로 방랑벽이 종잡을 수 없어서 말없이 성을 떠나거나 며칠 돌아오지 않는 적도 허다하다고 했다. 그러니 갑자기 안 보인다고 해서 놀랄 일이 아니라고.

눈을 깜박거렸다. 뭘까. 이 기분…….

간호하고 기다려 주지는 못해도 걱정 정도는 해 줄 줄 알았나 보다. 나 정말 아팠는데. 타라는 괜히 콧등을 움찔거리며 뺨을 문지르다 어두워지는 창문을 바라보았다.

어느 출출한 밤에 토끼 고기를 구워 먹었던 성벽 저편의 가무스름한 풍경이 보였다. 입을 꾹 다물고는 휙 창가를 지나쳤다.

*　　　*　　　*

그는 천천히 허리를 폈다. 밤이 내린 숲은 나직하게 울며 가지를 흔들고 있었다. 찬 기운을 그득 안은 적요함이다.

비제는 이런 고요함을 선호했다.

남들은 쭈뼛함을 느끼는 허허벌판에서 드문 평안을 가지는 이였다. 오히려 사람이 넘실거리는 소란함에 피로함을 느낀다. 항시 가벼워만 보이는 그를 아는 이들은 놀랄 것이다.

그는 홀로 움직일 때 가장 일의 성과가 좋았다.

"거의 지워졌군."

그는 한쪽 무릎을 꿇고 바닥에 번진 뻐꾸기의 핏자국을 더듬었다. 단단한 손가락에 갈색으로 얼룩진 흙이 묻었다.

짐승을 사주하는 능력은 크게 두 가지로 나뉜다.

천부적으로 타고난 친화력이거나, 혼을 꾀어내 제 뜻대로 조정하는 사악한 마법. 고왕국 시대 이후 현대에 남은 것은 후자가 대부분이었다.

그조차도 강력한 마력과 강렬한 의지, 염원, 그리고 혼의 파장이 맞는 '희생물'이 필요하다. 보통의 경우 이 마법에 걸린 대상물은 그만큼 수명이 깎여 결국 죽음에 이른다.

생명에 기생하는 것과 마찬가지인 마법이라 경시되어 단절되었다 들었거늘, 역시 수단 방법을 가리지 않는 자들은 언제나 존재한다. 그리고 그 여자는 마땅히 그런 부류에 속한다. 놀랍지 않은 일이다.

— 너구나? 물의 요정족의 작은 괴물.

언젠가 아주 오래전, 비제와 처음 마주한 소녀는 달큰히 웃으며 그리 말했다. 어미를 잡아먹은 기분은 어떠냐고. 차라리 예사로운 비아냥이나 불손한 호기심 따위였다면 이제껏 기억에 남지도 않았을 텐데.

하지만 그녀는 진심으로 알고자 하여 묻는 것에 가까웠다. 저가 범하지 못할, 혹은 아직 못한, 선 너머의 죄악을 탐하는 눈길로.

얼핏 천진난만해 보이던 그 달콤한 눈빛이 이성적인 호불호와 달리 어쩌나 매혹적이던지 당시 어디로 보나 정상은 아니었던 비제도 뒷덜미에 소름이 돋았다.

그녀는 비현실적으로 아름다웠으나 그 안에 든 정신은 형언할 수 없이 뒤틀려 있었다. 무감각한 쥬다가 혐오하며 진저리치는 게 이해가 갈 만큼.

그리고 오랜 세월이 지나, 새로운 일들이 벌어지고 있었다. 이제 서부의 주인은 쥬다였고, 비제는 그를 섬기는 종복이었으며, 아델하이트는 여왕이 되어 부정한 딸을 낳았다.

타라, 그 작고 순수한 여자애는 이미 오래전부터 비틀린 이 관계에서 어떤 역할을 할 것인가.

타라가 느꼈듯 비제는 그녀를 좋아했다. 그러면서 동시에 이 서부라는 극 위에 제 딸을 올린 아델하이트의 의도가 결코 긍정적이지만은 않다는 걸 염두에 두고 있었다.

지나치게 부정적인가? 그렇게 생각할 수도 있을 것이다. 그러나 그의 일생은 언제나 최악을 가정해야 겨우겨우 앞으로 내디딜 수 있는 세월이었다.

최근의 벨벳 성은 그 어느 때보다 밝고 활기차다. 이제껏 이런 적이 있나 싶을 만큼 저 삭막한 성에 사는 누구든 오후의 햇볕 아래 자작하게 돋은 잔디처럼 온기가 돌았다. 그게 누구로 인한 변화인지 모르지 않다.

비제 또한 그녀가 알게 모르게 제 기분에 끼치는 영향에 대해 느끼고 있었다. 어떤 계산도 없이 눈을 마주하며 솔직하게 털을 곤두세우고, 뾰로통하다가도 시무룩할라 치면 슬쩍 눈치를 보는 순진함이 사랑스럽지 않은가.

그는 적당히 지치고 고여 있는 영혼이었기에 타라 같은 소녀의 말간 눈빛과 함께 있는 시간 자체에서 위안을 받고는 했다.

아마 모두 각자 조금씩은 다를지라도 근본적으로 느끼는 애틋함은 비슷할 것이다. 쥬다도 그렇지 않을까 어렴풋하게 짐작할 뿐. 그러나 비제는 쥬다가 타라에게 쏟는 애정이 변덕의 수준을 넘어섰다는 걸 금방 깨닫게 되었다.

타라가 여왕이 보낸 뻐꾸기에게 공격당해 쓰러졌을 때 격앙된 쥬다의 얼굴을 본 자라면 누구나 그리 여기리라. 일생 그리 감정적인 주인을 본 적이 없었다. 피를 뒤집어쓴 채 무릎 꿇은 그를 내려다보던 비정한 새 폭군이 지금에 이르기까지, 줄곧.

―*내 것이 될 테냐? 그렇다면 살려 주지.*

비제는 망설임 없이 그가 내미는 생(生)을 붙잡았다. 삶에 대한 갈구인지 가진 것 없는 공허 때문인지는 계속 혼동되었으나 그래서 더더욱 그가 필요했다. 강하고 절대적인 깃대가. 쥬다도 당시에는 앳된 청년에 불과했을 테지만 성안의 산 것들을 모조리 죽여 없앤 냉정한 얼굴은 흡사 아름다운 괴물 같았다.

한데, 그런 쥬다가 변했다.

영원히 같은 회색 지대의 이웃으로 존재할 것 같았던 그가. 놀라움은 뜻밖에도 엷은 박탈감이 되었고 종국에는 대상에 대한 호기심으로 변질되었다.

— 왜 그렇게 봐줘요, 나?

그야 특별하니까. 게다가 이 신기한 존재는 반짝반짝 예뻤다. 예쁘면 보고 싶고, 살랑거리는 투정 같은 꼬리 짓 정도야 관대해지는 건 당연한 것 아닌가.

일단은, 그녀는 사랑스럽고 무해한 존재다.

비제는 무표정하게 죽은 뻐꾸기가 흘린 피 얼룩을 내려다보았다.

여왕이 제 딸을 해하려 했다. 이것은 무슨 의미인가. 이제 쥬다의 역린이 된 그 아이를 해치는 것으로 오랜 악연에 앙갚음하려고? 겨우 그게 다일까?

"이렇게 쉽다고?"

희끄무레한 낯이 무료하게 읊조렸다. 아델하이트의 원한이 겨우 그뿐이라면 솔직한 감상으로는 실망할 것 같다. 겨우 그게 다라고. 그럴 리가 있나. 그럼 당신이 노리는 건 뭘까.

쉬운 가정은, 가장 중요한 패를 내기 위한 전초 단계일 터. 그럼 궁극적으로 그녀가 원하는 것은? 그리고 만약…… 타라가 쥬다에게 해악이 되는 존재로 밝혀진다면…….

구름을 찢은 희미한 달빛이 그의 발치에 넝마처럼 얼기설기 흩어져 있었다. 마법의 흔적이 거의 사라진 핏자국도 얼룩무늬처럼 보인다.

달이 얄팍하고 짧아 한 치 앞이 어두운 밤이다. 그러나 빛이 없다는 건 그에게 어떤 장애도 되지 않았다.

문득 저가 안아 들고 왔던 작은 몸이 생각났다. 여리고 작아서 잘못 떨어뜨리기라도 하면 박살 날 것만 같았던 나약함.

하지만 가장 치명적인 독은 이따금 감히 상상도 할 수 없는 모습으로 다가오곤 한다. 유혹적이고, 가냘프며, 지독히 아름다워서, 저도 모르게 방심하게 되는 거다. 그 이후 상대를 천천히 무력화시켜 죽음에 이르게 한다. 소리 없이, 걷잡을 수 없게.

비제가 아는 아델하이트라면, 이러한 종류의 독극물을 선택하는 것이 어울렸다. 그녀가 타인을 파멸시키는 방법은 은밀하고 잔혹했으므로.

차갑게 번져 가던 가정은 다시 떠오른 소녀의 얼굴에 막혔다.

마지막으로 본 것은 고통에 몸부림치던 작은 몸이었다. 가슴 한 구석이 누수 된 양 싸늘하게 식었다. 비제는 이마를 문질렀다. 하하, 이런. 곤란한데.

"그렇게 생긴 독이라면…… 정말 고약한데."

타라를 의심하는 것과 균등하게 그녀가 신경 쓰였다. 모순적이다. 겉과 속이 다르다 하여 마음이 두 개인 건 아닐 텐데. 그는 드물게 미간을 찡그리며 자리를 털고 일어났다.

한번 불붙은 심란함은 성에 도착할 때까지도 여전히 가라앉지 않았다. 복도에서 그녀와 마주치기 전까지는. 비제는 저를 발견하고 눈을 크게 뜨는 타라를 인지하는 순간 발걸음을 멈췄다.

"어디 갔다 와요? 이 시간에."

또 토끼 구워 먹으러 갔어요?

그녀가 천진하고 짓궂게 웃었다. 비제는 그 웃는 모양을 빤히 바라보았다. 매끈하게 휘어지는 눈초리, 찡긋거리는 콧등과 미소 지을 때면 슬쩍 드러나는 조그만 덧니는 어릴 적과 다른 바가 없었다.

그러나 달랐다. 그는 한 움큼 저에게 내밀어진 상사화 꽃다발을 얼떨결에 받아 든 이처럼 우두커니 서 있었다.

"아저씨?"

부지불식간에 닥친 꽃은 붉고 찬연했다. 비제는 의아해하는 그녀에게 스스럼없이 씨익 웃었다. 평소와 조금도 다를 바 없이.

"각성기가 왔다고 하더니 몰라볼 뻔했어. 너무 달라져서 누군가 했지 뭐야."

"아 맞다. 아저씨는 처음 보죠."

잊어버리고 있던 타라가 손뼉을 쳤다. 뒤늦게 민망한지 눈길을 피한다. 비제는 알게 모르게 꼼지락거리는 손가락을 응시했다. 가는 손끝마저도 아련할 만큼 희고, 그저 여인의 것처럼 가늘고 고왔다. 실로 멍청한 비유다. 그녀는 여인이었다.

어색함을 감추려고 일부러 헛기침한 타라가 어쩐지 말수가 적은 비제에게 평소보다 밝게 말을 걸었다.

"나 생각보다 괜찮죠? 키도 많이 자랐어요. 이제 안 작다고요."

뻐기듯 턱을 올리는 얼굴에는 귀염성 있던 젖살이 쏙 빠져 있었다. 목이 긴 하얀 자기처럼 갸름하니 청초하다.

비제는 어린 타라의 모습 중 유독 또렷이 남아 있는 보조개에서 은근히 반짝이는 붉은 눈으로 시선을 옮기며 빙긋 입술을 올렸다.

"그래. 이제 안 작네."

그러고는 잠시 말이 없었다. 찬찬히 살펴보는 그 시선이 어색해서 타라는 눈을 깜박거렸다. 초상화를 감정하듯 날카롭기까지 한 세밀한 응시였다. 한 점 한 점 오려 내듯 주의 깊게.

쥬다의 묘한 눈길과 비슷한 듯 느낌이 달랐다. 아니 다른 것은 눈빛일까, 아님 그녀가 느끼는 감정일까.

마침 짧은 정적을 깨고 타라를 부르는 소리가 났다. 타라는 얼른 서둘러 인사했다.

"브릿이 나를 찾나 봐요. 저 먼저 가 볼게요."

두 사람은 사이가 안 좋으니까 서로 마주치지 않게 해야 한다. 꾸벅 고개를 숙이고 총총 멀어지는 발끝에 시선을 고정하던 비제가 그녀를 불러 세웠다.

부드럽게 발목을 잡아 올려 조심스레 가는 발찌를 채워 주듯 나직한 목소리였다. 타라.

"성인이 된 걸 축하해."

돌아보는 붉은 물고기 같은 눈에 대고 그는 차지도 덜하지도 않게 정석적인 인삿말을 입에 올렸다. 타라는 가는 눈썹을 슬쩍 올리더니 얕게 웃었다. 소녀 시절에는 모양만 잡히던 게 둥글게 눈웃음쳐진다.

"고마워요."

타라의 푸른 머리카락이 복도를 돌아 사라질 때까지 비제는 자리를 뜨지 않았다. 주인 없는 향만 남은 곳을 향한 그의 얼굴은 무표정했다.

*　　*　　*

성인이 되었다고 그녀의 생활이 크게 변하지는 않았다. 조금 더 이르게 되긴 했지만 타라는 여전히 느지막하게 기상했고, 약한 하품을 하며 아침 식사를 하러 내려갔다.

그녀가 계단을 내려오는 소리가 들릴 때부터 이쪽을 향해 있던 쥬다의 은청안과 바로 맞닥뜨렸다. 타라는 하품 덕에 물기가 어린 눈으로 헤헤 웃었다.

"안녕히 주무셨어요."

"그래."

쥬다는 턱을 괸 손을 풀며 그녀의 자리를 손가락으로 가리켰다. 저절로 앉기 편하게 뒤로 당겨진 의자 사이로 쏙 들어간 타라가 쥬다의 맞은편에 앉았다.

고양이 집사가 차려 주는 핫케이크와 그 위의 생크림, 바나나, 딸기를 군침을 삼키며 내려다보았다. 식욕 탓에 파르르 떨리는 푸른 속눈썹에 피식 웃은 쥬다가 물었다.

"잘 잤나?"

"음, 네. 쥬다는요?"

타라는 얼른 핫케이크를 잘라 한 조각 입에 넣으면서 물었다. 으아, 맛있어. 오늘도 이델의 실력은 최고다. 절로 행복감에 발그레해진 낯이 잘 익은 도톰한 복숭아 같았다.

습관처럼 크림이 묻은 조그만 입술에 손을 뻗던 쥬다는 멈칫하더니, 자연스럽게 냅킨을 들어 그녀의 입가를 세심히 닦았다. 그리고 나서야 조금 늦게 답했다.

"그럭저럭."

"피이, 쥬다는 거의 잠을 안 자잖아요."

다시 한 조각을 입 안 가득 베어 문 타라가 툴툴거렸다. 펑퍼짐한 하얀 잠옷 위에 가을꽃이 내린 듯한 미색 가운을 걸친 그녀의 푸른 머리는 삐죽삐죽 부스스했다.

밉지 않게 눈총을 보내오는 그녀를 비스듬히 기운 시선으로 보던 쥬다가 나직하게 읊조렸다.

"컸다고 잔소리하기는."

"이델이 사람은 잠을 자야 건강하댔어요. 쥬다는 괜찮은 거예요? 나라면 너무 피곤할 것 같은데."

"네가 나와 같나."

초인에 가까운 쥬다는 그만큼 식욕과 수면욕 둘 다 현저히 낮았다. 중요성도 마찬가지로 낮았고.

같잖다 내칠 만했지만 쥬다는 잠자코 그녀의 종알거림을 귀 기울여 들으며 따끈한 밀크티를 타라 쪽으로 밀었다. 지금껏 학습되어 왔던 대로 자연히 그것을 받아 든 타라가 꼴깍꼴깍 마셨다.

백 사슴의 그것처럼 얄팍한 목울대가 하얀 손짓처럼 얕게 흔들린다. 타라가 잔을 내려놓았을 때까지 말이 없던 쥬다가 시선을 돌렸다. 그 후에도 타라가 식사를 마칠 때까지 쥬다의 접시는 줄어듦 없이 그대로였다. 오직 찻잔만이 여러 차례 비워졌다 채워졌다.

"다 먹었나?"

"네! 배불러요."

배가 불러 상기된 뺨으로 입술을 닦는 그녀는 만족스러워 길게 우는 하얀 새 같았다.

쥬다가 자리에서 일어나자, 타라도 가뿐히 일어나 그 뒤를 따랐다. 예전이라면 쥬다가 소녀를 바로 안아 들었겠지만 이제는 그럴 필요가 없었다. 그 대신 타라는 그의 뒷모습을 힐끔거리다가 냉큼 종종 달려가 쥬다의 손을 잡았다.

그가 힐끔 돌아보니 부끄러움은커녕 좋기만 한지 헤헤 웃는다. 쥬다는 말없이 날아든 벚꽃 잎 같은 그녀의 손을 부드럽게 쥐었다. 타라의 소소한 행복은 그것으로 배로 커졌다.

"오늘은 무엇을 배울 테냐."

총명한 타라는 벨벳 성에 온 지 2년 만에 고귀족들이 기본적으로 배우는 거의 모든 것을 습득했다. 이제 쥬다와의 수업은 일방적인 가르침에서 한발 더 나아가 문답 형식으로 바뀌어 있었다.

타라는 처음에 쥬다에게 감히 반박한다거나 제 의견을 제시하는 것에 어려움을 겪었지만, 점차 숙달됨에 따라 자유롭게 제 의견을 제시했다.

오히려 쥬다는 그녀가 조금 모자라더라도 자기 생각을 말하고 의문을 갖는 것을 퍽 기꺼워했다. 재미있어 하는 것도 같았다.

타라는 저가 어수룩하게 굴 때마다 그가 혀를 끌끌 차더라도 하던 일을 놓고 손수 챙기는 데다, 불안한지 더 눈을 못 뗀다는 걸 알고 있었다.

그래서 이따금 일부러 아는 것도 모른 척 물어보고 잘하는 것도 틀리곤 했다.

무척 똑똑하게 잘해 내서 잘했다고 머리를 쓰다듬고 칭찬해 주는 것도 못 견디게 좋았지만, 너무 지나치게 척척 알아서 잘하면 그만큼 그의 눈길은 다른 일거리로 돌아가고는 했다.

서부의 맹주이자 벨벳 성의 성주는 무척 바빴고, 할 일이 산재해 있었으니까.

타라도 머리로는 그의 당연한 사정을 잘 알고 있었고, 그가 분주한 와중에도 그녀에게 이례적으로 많은 시간을 할애하는 걸 인지하고 있었지만 이성적인 이해와 탐욕스러운 심장의 투정은 또 달랐다.

그가 자신을 존중해 주고 그대로 보아 주기를 원하나, 또한 그에게 가장 중요하고 어여쁜 건 나였으면 좋겠다. 참 욕심 많은 동화 속 공주님 같은 양가감정이었다.

타라는 그와 잡은 손을 그네처럼 잘게 흔들면서 으음, 입술을 톡톡 두드리며 고민했다.

"고왕국 말기 역사요! 전번에는 고왕국의 계층구조와 사회에 대해 배웠으니까……."

"좋아. 괜찮은 선택이야."

쥬다는 무심하게 중얼거리며 서재의 문을 열었다. 언제나 그랬듯 버석한 낙엽처럼 갈빛으로 바랜 종이책 냄새, 은은한 잉크 내음이 느리게 밀려 들어왔다.

타라는 쥬다의 서재에서만 나는 이 마른 공기를 좋아했다. 묵은 지식의 냄새에 쥬다 특유의 싸한 체향이 희미하게 섞인 그것이 코를 타고 폐부로 밀려들 때면 말로 표현할 수 없는 안정감이 들었다.

신나게 제자리로 향하다가 멈칫 멈춰 선다. 그러고 보니 이제 몸이 커서 벽난로 앞 쿠션 위에 앉아서 수업을 듣기에는 모양새가 이상하리라. 그 고민이 무색하게 쥬다는 어어, 거리는 타라의 손을 잡고 제 옆자리에 앉혔다.

푹신한 소파에 감색 담요와 동그랗고 도톰한 쿠션들이 아기 새를 들일 둥지처럼 놓여 있었다. 일전에는 없던 것들이다. 그게 누구를 위한 것인지를 안 타라는 방긋 웃었다.

"몸은 이제 괜찮나?"

담요를 펴서 그녀의 무릎 위에 덮은 쥬다가 허리를 숙여 이마를 짚어 보며 물었다. 각성이란 것이 알을 깨고 나오는 것처럼 고통이 수반되지만, 병이 아니기에 후유증 같은 건 없었다.

그러니 쥬다가 이리 묻는 건 순전히 그녀를 세밀히 살피는 것에 가까웠다. 그 전에도 다정다감하기 그지없었지만 그녀가 성체가 된 이후 쥬다는 그녀를 말 그대로 손안의 꽃처럼 다루었다.

그가 세운 희미한 거리감과 배려가 타라를 아쉽고 더 구하게 만든다는 걸 그는 알까.

미려하게 파인 아몬드형의 푸른 눈을 지척에서 마주하는 그녀의 마음속에 달콤한 충동이 솟구쳤다. 찰나 아무렇지 않다며 웃을지,

괜히 어디 다른 하나라도 아리다고 할지 고민이 되는 걸 보면 그녀는 정말 쥬다의 말대로 여우일지도 모른다.

하지만 타라는 고개를 끄덕였다. 쥬다가 걱정하는 건 싫었기 때문이다.

"괜찮아요."

아프기는 엄청 아팠다. 육체적인 고통을 넘어서 영혼의 껍질이 강제로 벗겨지는 듯했다. 하지만 통증과는 별개로 버틸 만했던 것 같다.

"쥬다가 나와 같이 있어 줬잖아요."

그는 그녀가 표현하고자 하는 의미를 손쉽게 이해하듯, 혹은 속내를 캐묻듯이 물끄러미 바라봐 왔다. 긴 검지가 제 뺨을 얕게 쓸고 지나갔다.

타라는 몸을 돌려 책장으로 걸어가는 그를 시선으로 쫓아가며 입맛을 다셨다. 달콤한 음료를 마시고 난 뒤끝처럼 목이 탔다.

적당한 책을 뽑아 온 그가 무신경한 손길로 차르륵 책을 펴더니 제 바로 옆을 가리켰다. 이리 와. 그녀는 냉큼 엉금엉금 기어 왔다. 바짝 옆에 붙자마자 담요를 목 끝까지 올려 주던 손끝이 목덜미에 닿았다.

작은 소녀였을 때는 곧잘 하던 자세가 몸이 크니 머리가 그의 어깨에 닿았다. 긴 손마디가 흘러내리는 담요를 추스르듯 둥근 어깨 근처에서 맴돌더니 느릿느릿 숱진 푸른 머리칼 속으로 파고들어 왔다.

타라는 자연 귓바퀴와 턱을 감싸 안는 그의 손아귀에 얼굴을 기댔다. 그는 잠시 아무 말도 하지 않았다.

"고왕국 말의 역사에 대해서는 적당히 알고 있겠지."

"네."

고왕국은 흥미롭다. 현대 율리아의 문화, 통치, 예술, 등 전반적인 모든 것이 고왕국을 뿌리에 두고 있다. 하지만 그에 비해 고왕국에 대해 알려진 것들은 전체의 절반도 되지 못했다. 고대의 문명을 하루아침에 멸망시킨 이유를 알 수 없는 재앙 때문이었다.

그 재앙의 정체가 무엇인지, 원인이 뭔지에 대해서도 아직껏 수많은 가설이 난무할 뿐 확실시된 정설은 없었다.

거대한 화산 폭발이나 홍수, 지각변동 등의 자연재해가 아닐까 하는 추측이 있는 반면, 가장 우세한 오래된 학설은 '마법 왕국이라 일컬어졌던 고왕국에서 위험한 마법 실험으로 발발한 강력한 저주가 땅을 오염시켰다'는 설이었다. 남부의 상인이 하룻밤 새 폐허가 된 고왕국의 잔해에서 악마의 흔적을 보았다고 기록한 일지가 그 증거였다.

반대로 자연재해 측의 학자들은 그렇다면 지금까지 이 율리아 대륙에서 사람이 살 수 없었을 거라고 입을 모아 반박했다.

고대의 자료에 의하면 '악마'란 지상에 강림하면 가장 어린 것부터 늙은 자까지, 살아 있는 모든 생명을 거둬 가 으적으적 씹어 먹는다 하였다. 이런 이유로 다른 가설 또한 슬그머니 신빙성을 얻었다.

마법에 의한 또 다른 멸망의 시나리오. 타라는 이를 토대로 한 동화를 읽은 적이 있다. 어려서는 몰랐지만, 어른의 시각으로 다시 보니 지독히 잔혹한 내용에 흠칫 놀랐던.

"고왕국의 지존이었던 여제가 미쳐서 전 국민을 몰살시켰다는 이야기가 진짜일까요?"

팔락팔락 쉼표 없이 넘어가던 책장이 느릿느릿 멎었다. 쥬다는 책을 그녀의 무릎에 얹고 나서야 조금 늦게 대답했다.

"그럴 수도 있겠지."

얼핏 성의 없어 보이는 긍정이었으나 그 말에 놀란 타라가 그를 멀뚱히 바라보았다. 그의 성정상 섣부른 말은 절대 아닐 터였다.

"하지만 그게 가능해요? 고왕국의 거의 모든 국민이 마법을 다룰 줄 알았고, 실전된 신비한 능력이나 도구들이 많이 있었다 들었어요. 그녀가 아무리 강력한 마법사라고 해도 그들 전부를 죽일 수는……."

"충분히 가능하다."

"네?"

"남부의 요정 여왕 타니아가 모든 동족들에게 강력한 지배권을 행사하는 이유가 뭐라고 생각하지?"

"그야, 당연히 날개 때문이지요."

모든 요정들은 여왕의 자식들이고, 그녀를 어머니로 섬긴다. 여왕의 웃음과 슬픔 한 조각에 일희일비하며 그녀의 감정에 동요하고 좌지우지되는 요정들은 타 종족이 보기에는 다 자라지 못한 어린아이들 같기도 하다.

그들이 여왕을 경애하며 기꺼이 엎드려 손발이 되고자 하는 건 힘의 원천인 날개를 여왕이 손쉽게 거둘 수 있기 때문이었다. 직급과 혈연에 따라 그 파장이 천차만별이었지만, 종족 자체가 긴밀하게 이어진 하나의 유기체와 다름이 없었다.

타라의 답변에 그는 가볍게 고개를 끄덕였다.

"초대 요정 여왕 랑카는 제법 영악했을 게 분명하다. 그녀가 일구어 낸 이 요정족의 체계는 사실상 고왕국의 것에서 따온 것이니까."

"고왕국의 군주에게 그런 강력한 힘이 있었다고요?"

지금보다 훨씬 발전된 마도 시대였다는 고왕국, 그 막강한 세상을 의지 하나로 부리는 절대자라니.

어림짐작도 되지 않았다. 고왕국 시대의 힘과 권력의 개념은 지금의 것과는 사뭇 다를 것이다. 타라는 곰곰이 되짚어 보며 질문했다.

"요정 여왕에게 날개가 무기라면 고왕국 여제에게는 무엇이 있었을까요?"

그러면서 골똘히 골몰하다 쥬다가 대답하기 전에 저 스스로 거기에 의견을 보탰다.

"혹시 마력인가요? 그렇게 신과 같은 권위를 누렸다는 사람이 일반 국민들과 감정 공유 같은 것을 했을 것 같지는 않고, 날개와 비슷한 걸로 가정해 본다면 혹 그녀의 마력을 신하들에게 나누어 줄 수 있지 않았을까요? 그 당시에는 그게 가능했을지도 모르잖아요. 아니면 자신의 혈족을 이용한다든가…… 왜 그렇게 보세요?"

피아노 건반을 두드리듯 막힘없이 제 가설을 얘기하던 타라가 말을 더듬었다. 슬금슬금 바짓단을 적시는 물처럼 배어 나온 미소에 가슴께가 따끔거렸다. 이상타 싶어 담요 아래로 그 부분을 손으로 꾹 누르자 조금 가시는 것도 같다.

"네가 덜떨어진 저 밖의 학자 나부랭이들보다 낫구나."

쥬다는 퍽 만족스러워했다.

"가설과 추론이란 객관성을 유지하되, 그것을 기반으로 한 적당한 상상력이 필요하다. 딱딱하게 탁상공론 따위를 해 봐야 거기서 거기지."

옳고 그름만 따지다가는 평생 진리의 발끝도 발견하지 못해. 그는 나직하게 중얼거리며 타라의 길어진 머리카락을 손가락으로 휘감았다.

말로 직접 표현하지는 않았지만 쥬다는 타라의 길게 자란 풍성한 머리카락을 무척 마음에 들어 했다.

틈만 나면 만지작거리고 ─ 원래도 그러긴 했으나 더 부쩍 ─ 굿나잇 인사를 할 때 이마를 거쳐 머리칼에 입술을 묻고 잎사귀를 얹듯이 한 번 더 입맞춤했다.

처음에는 매우 쑥스러워서 잠자리에 들고 나서도 심장이 콩닥거려 잠을 설쳤으나 어쨌건 타라는 좋았다.

타라가 조심스레 물었다.

"그럼 제 말이 맞다는 말씀이세요?"

"근접해. 고왕국의 왕과 황제들에게 마력을 다루는 건 숨 쉬고 사지를 움직이는 것과 흡사했다. 의지로 모든 걸 지배했지. 믿을 만한 수족에게 마력을 부여하고, 제 혈육을 통치의 조력자이자 힘을 축적할 도구로 이용했을 거다."

현대의 마법들은 고왕국 시대의 것들이 파편화된 것들이고.

타라는 고왕국에 대해 배우면 배울수록 왜 쥬다나 브리지트 같은 사람들이 현시대의 것들을 종종 평가절하 하는지 어렴풋이 이해할 수 있었다.

옛 영광의 시대야말로 마도(魔道)의 절정을 구가했었던 시절이었다.

"그러니 결론적으로 여제가 광증이 치밀어 고왕국의 모두를 살해했다 해도 놀라운 일이 아니야."

"만약 그게 사실이라면 왜 그녀가 미쳤을까요. 아니, 그런 강력하고 불안정한 지도자가 단 하나밖에 없었다면 그건 너무 위험하지 않을까요? 아무도 그 위험을 몰랐다니 말이 안 돼요."

"위험하다는 걸 알면 뭐하나. 딱히 억누를 수단도 없었을 텐데."

쥬다는 시큰둥했다. 언제 날뛸지 모르는 용의 머리에 목줄을 채울 사람도 없을뿐더러 그가 스스로 그런 부담을 감수하기나 했겠느냐고.

"그런 시도가 고왕국의 역사에서 아예 없지는 않았던 거로 보인다. 몇 번 왕조가 뒤집어졌지. 하지만 결국 인간은 힘을 갈구해. 학습을 몰라."

뇌까리듯 신랄했다. 마치 세상 모든 인명을 비난하는 것처럼. 깃펜처럼 뻗은 검지가 톡톡 누런 책 위를 두드렸다.

"언젠가 하늘까지 닿기 위해 끝없이 탑을 쌓아 올렸던 도시 얘기를 한 적이 있지."

"네. 신과 만나기 위해서라고 했죠."

"그것과 같아. 그들은 인간이 가질 수 있는 거의 모든 것을 가졌음에도 더한 것을 원했다."

이어진 그의 이야기는 잔혹하고도 신비스러웠다. 먼지 한 줌의 재가 되어 역사의 뒤안길로 사라진, 어느 누구의 기억 속에서도 존재하지 않는 허구 같은 전설. 녹슨 청동 비석과 해저 깊이 가라앉은 문명의 발자국, 지층 밑의 폐허의 이야기.

"고왕국의 왕족들은 갖은 수를 가리지 않고 그들이 축적한 힘을 다음 세대에 물려주었다. 가뜩이나 과한 힘이 세대를 거듭할수록 눈덩이처럼 강해지기만 했지. 그걸 못 따라가는 혈족은 도태되고 제거되는 걸 거듭하다 결국에는 거르고 거른 농밀한 피 한 방울만 남게 되었다."

그게 고왕국의 마지막 왕가. 제 핏줄에 대고 도축과 씨 고르기를 과하게 한 탓인지 일인 전승으로 간신히 명맥을 유지해 왔다고 한다. 수백 년의 광기의 축약물은 고왕국 말에 이르러 결국 절정에 이르게 된다.

쥬다는 그녀가 땅 위에만 있다뿐이지 지상의 신과 다를 바가 없었을 거라고 말했다. 타라는 생각했다.

그렇게 셀 수 없는 고혈과 시체, 염원을 모아 쌓아 올린 제단에 올라 진정 하늘 끝에 다다라 신이 되었다 한들, 그게 과연 충만하고 행복했을까. 어쩌면 가장 완벽했다는 그녀가 미쳐 버렸던 건 당연한 수순이었을지도 모른다.

그러니까, 이 가설이 맞는다는 전제하에 말이다.

아.

"그런데, 어떻게 마력을 축적해서 대물림할 수가 있죠? 엄밀히 부모와 자식이라 하더라도 타고난 마력과 재능이 다르잖아요."

예컨대 어머니와 타라의 차이처럼 말이다. 빙계 마법이 특기라는 아델하이트와 달리 타라는 눈송이 하나 만들어 낼 수 없었다. 쥬다는 눈 결정이 엉겨 붙은 것 같은 하늘빛 눈으로 그녀를 지그시 응시하다 천천히 입을 열었다.

"제 꼬리를 삼켜 배를 채우는 뱀처럼, 금기를 범하면 가능하다. 그조차도 완벽하지 않은 확률이지만."

타라의 붉은 눈에 궁금증이 더 커졌다. 그가 더 말하지 않자 그녀는 참지 못하고 채근했다.

"그게 뭔데요?"

"굳이 알 필요 없다. 사라진 고대의 주술이니."

쥬다가 딱 자르자 타라는 입을 꾹 다물었다. 평소와 같은 순순한 수긍은 아니었다. 쥬다도 그것을 눈치챘는지 어쩐지 굳어 있는 조그만 낯을 돌아보았다.

시작은 들릴 듯 말 듯한 작은 목소리였다.

"그건 쥬다 생각이잖아요."

"뭐?"

깃털이 나풀나풀 바닥으로 떨어질 찰나 동안, 그들 사이에서는 익숙지 않은 엇나간 침묵이 흘렀다. 아슬아슬한 불협화음을 뚫고 타라가 조곤조곤 되물었다.

"알 필요가 없다고요?"

붉은 눈이 오기와 고집을 가득 품고 있었고, 옅게 놀란 빛을 띤 쥬다를 똑바로 쳐다보았다.

"알 필요가 없는 건 없어요. 개중에 취사선택할 수 있는 식견이 필요할 뿐이죠. 왜 제가 몰라도 된다고 생각하세요?"

거기에 내 의견과 의지는 어디 하나 들어가 있지도 않은데.

생전 처음 정면으로 그와 반대의 뜻을 내비친 그녀에게 쥬다는 생경한 것을 보듯 눈썹을 올렸다. 타라는 그가 당황이라도 했으면 좋겠다고 생각했다.

하지만 더 차가우면 차갑지, 그는 당혹한 기색이 아니었다. 최소한 겉으로 보기에는.

정적 끝에 운을 뗴는 목소리는 착 가라앉아 차분했다.

"그래서, 너는 알아야겠으니 알려 달라고 하는 건가?"

타라는 입술을 꾹 깨물었다. 원한 대답이면서도 그녀가 원한 대답이 아니었다. 고집스럽게 고개를 끄덕였다.

"네."

"굳이 왜."

당연히 쥬다가 이러라고 하면 군말 없이 네, 라고 말한 뒤 순하게 웃는 게 원래의 타라이리라. 하지만 계속 궁리하고 벼르고만 있던 얼기설기 엮은 장작들에 불이 붙은 듯이 생각보다 반응이 앞질러 나와 버렸다.

타라는 이렇게 버르장머리 없고 당당한 이가 되어 본 기억이 없었다. 물론 이는 아벨라에게 맞섰던 것처럼 어디 하나 상쾌하지 않았다. 그렇다고 물리고 싶지도 않다.

마른 입술을 축인 타라가 중얼거렸다.

"저도 이제 어른이니까 무엇이 옳고 그른지, 멀리해야 할 것과 가까이해야 할 것을 알고 선택하고 싶어요."

당연한 요구였다. 타라는 자신의 정당한 권리를 말했다고 생각했다. 심장이 콕콕 쑤시는 건 괜한 긴장이라고, 억지로 그리 여겼다.

"쥬다가 제 후견인이지만 그런 건 이제 제 의사가 우선시되는 게 맞잖아요. 모든 걸 쥬다 마음대로 결정하지 않으면 해요."

아. 이게 아닌데. 제 감정에 몰두해 있던 타라는 그제야 움찔하며 쥬다를 올려다보았다. 그의 표정은 일말의 미동도 없었다.

가슴이 내려앉았다. 열심히 소리쳐 봤자 저만 생채기투성이가 된 기분이다. 심장이 쿵쾅거리고 혼탁한 머릿속으로 스스로에게 힐난을 퍼부었다.

바보, 멍청이. 뭘 어쩌자는 거야? 그녀는 이제 자기 스스로 뭘 원하는지 알 수 없을 지경이었다. 그저 한없이 서운하고 후회되었다.

고개를 숙이고 책 위에 머무른 그의 서늘한 손 모양만 응시하고 있던 타라는 위에서 떨어진 목소리에 움찔 떨었다.

"그래. 그 말도 맞구나."

담담한 긍정에 외려 심장이 쿵 떨어지는 건 무슨 의미일까. 놀란 붉은 눈을 내려다보는 쥬다의 눈이 어쩐지 서리 낀 운석처럼 견고하고 차가웠다. 그 푸른 유성이 가슴에 추락이라도 한 것만 같았다.

그가 무미건조하게 돌린 옆모습이 뜻 모르게 야속하고 초조했다. 정말 그는 아무렇지도 않아 보였다.

"고귀족의 마력을 세습하고 가두는 가장 효과적인 방법은 역시 핏줄밖에 없다. 과거에도 그랬고, 지금도 그랬던 것처럼. 마력의 유출을 막고 피에 머무는 마력을 강화하기 위해 고왕국 왕위는 혈족끼리의 근친혼을 통해 태어난 아이 중 가장 잠재력이 뛰어난 이가 되었지. 그를 위한 특별한 성인식에 대한 문헌 자료가 있다."

반쯤 마음이 다른 곳에 팔려서 뒤숭숭한 터라 타라는 궁금했던 것도 귓속으로 들어올락말락했다. 건성으로 고개를 끄덕이자 쥬다는 미끄러지듯 설명을 이어 갔다.

"중기의 왕가 종친들은 부족별로 나뉘어 어느 파벌에서 다음 후계를 내보내느냐에 따라서 가계의 운명이 나뉘었다고 한다. 그러니 닥치는 대로 종자를 고르고 고르느라 바빴지. 그 과정에서 인륜, 도덕, 터부는 전부 쓰레기나 마찬가지고. 아비가 여식과 붙어먹고 어미가 아들과, 남매지간에 근친상간이 벌어졌다. 가까운 피붙이일수록 좋았지. 그만큼 졸작도 많았지만, 그 모든 걸 상회할 보석이 하나는 나왔으니까."

책이 탁 덮였다. 쥬다가 그녀를 다소 비스듬히 내리깔아 보았다. 정갈한 입매가 쭉 찢어졌다.

"이게 네가 알고 싶어 하던 거창한 비법이다. 마음에 드나?"

"네?"

약간 넋이 빠져 있던 타라가 한 박자 늦게 반문했다. 그녀는 사실 대다수의 말을 흘려 들었다. 마음이 복잡하니 귀에 들어오지 않았던 탓이다. 속에서는 계속 아까 저가 한 말들과 상황들만 되돌이표처럼 반복되고 있었다. 사실 쥬다와의 대거리 자체가 그녀에게는 바로 극복하기 힘든 어마어마한 충격이었다.

"뭐라고……."

"네 의사가 중요하다면서 딴 데 정신을 팔고 있어?"

날카롭다 못해 싸늘하기 짝이 없다. 근래 들어 본 적 없던 냉랭한 말투, 온기 없이 냉소적인 눈빛이었다.

타라는 바짝 굳어 버렸다. 처음 거지꼴로 쥬다의 앞에 섰던 어린 시절로 돌아간 기분이었다. 쫓겨나 도착한 낯선 땅, 탐탁지 않은 냉대. 품평하듯 내리깔아 보던 시선.

　―데려가라. 꼴이 엉망이야.
　―네 어미가 비굴함을 가르쳤을 줄은 내 미처 몰랐구나.

"타라. 고개 들어."

움츠러듦과 동시에 아주 조금은, 서러운가 보다. 어렵사리 눈을 들자 눈살을 찌푸린 쥬다가 보였다. 지금의 그와 예전의 무관심했던 그가 겹쳐 보였다. 타라는 표정을 가다듬으려 애썼다. 스스로도 당혹스러울 지경이었다.

있는지도 몰랐던 밑바닥의 눈물이 비집고 나오려 기를 썼다. 의외로 사람에게 가장 오래가는 흉터는, 상처받은지도 몰랐던 오래된 상처들이었다.

감히 그럴 만한 존재가 아니기에 당시에는 별생각이 없었지만, 지금의 그는 타라에게 있어 유일한 가족이요, 보호자이고 언제나 다정하게 옆을 내어 줄 이였다.

당장이라도 무심하게 내칠 것만 같았던 과거의 한 파편을 현재의 그에게서 본 것만으로도 서운함이 밀물처럼 밀려왔다. 그것은 불안의 다른 이름이기도 했다.

"너……"

울지 않으려 발악하는 타라를 본 쥬다의 표정이 멈칫 허물어졌다. 약한 혼란이 아지랑이처럼 찬 낯에 번졌다.

타라는 이성적으로 생각하려 애썼다. 먼저 쥬다에게 자신을 어른으로 대우해 달라고 한 것도 자신이고, 정 없게 매정한 말을 한 것도 그녀였다.

그러니 여기서 울면 그녀는 되는 대로 행동해 놓고 불리해지고 마음 상했다고 엉엉 우는 민폐 덩어리 어린애와 다를 바가 없다.

안다. 아는데, 이 복잡하고 통제 안 되는 감정을 어찌하랴. 그것은 아무리 똑똑하고 현명한 사람이라 해도 이기기 힘든 괴물이었다.

그녀는 아직 이러한 뒤엉킨 감정을 처리하는 데 미숙했다. 꾹 참는 걸 가장 잘하던 때와 달리 어설프게 솔직한 덜 마른 성인이라서.

그저 저에게 무언가를 숨기는 쥬다가 야속했던 건데 어쩌다 이렇게 엉망이 된 걸까. 벅차니까 자연히 더 그에게 기대고 싶어 하는 저 자신이 타라는 신물이 났다.

"죄송해요. 저 이만 가 볼게요."

타라는 막 제 머리 위로 뻗어 오려던 손을 못 보고 일어나 꾸벅 인사까지 한 다음 덫에서 풀린 노루처럼 빠르게 서재를 빠져나갔다.

쥬다가 시야에서 보이지 않게 되자마자 걷잡을 수 없이 울음이 나오려 했다. 그녀는 애써 눈에 힘을 주었다. 정말이지 끔찍하게 울기 싫었다. 예전에는 울지 못해서 애써야 눈물이 나왔는데, 이제는 곧잘 수도꼭지처럼 나오려 한다.

한참 달리다가 멈춰 서서 딸꾹질을 했다. 가슴에 돌멩이가 가득 찬 것처럼 덜그럭덜그럭하고 갑갑했다. 가위로 귀퉁이를 오려서 털어 내면 좀 시원해질까. 어디서부터 풀어야 할지 갈피도 안 잡혀서 톡톡 가슴께를 두드렸다. 자괴감이 들었다. 왜 나는 항상 성장도 없이 이 모양일까.

그리고 그 순간 손목이 잡혀서 통째로 돌려 세워졌다. 타라의 놀란 눈에 쥬다의 감정적으로 미약하게 일그러진 미간이 보였다.

눈이 마주치자마자 여태껏 고여 있던 붉은 눈에서 눈물 한 방울이 툭 떨어졌다. 그는 무표정하게 그녀의 희게 질린 얼굴을 살폈다. 배꽃처럼 말간 낯이 보이지 않는 생채기로 가득했다.

쥬다는 약한 한숨을 토했다. 거기에 지레 어깨를 떨었다.

"왜 울어."

모르겠어요. 그저 서운하고 내가 바보가 된 것만 같아요. 왜 나는 내 감정 하나 똑 부러지게 정돈해서 말하는 것도 힘이 들까요. 타라는 그 답을 알고 있었다. 상대가 쥬다이기 때문이다.

한없이 응석 부리고 싶고, 우울한 눈만 봐도 알아주기를 바라는. 이 얼마나 말도 안 되는 이기적인 칭얼거림인가. 쥬다보다 저 자신이 싫어서 불편해 죽을 것 같았다.

어린 짐승처럼 구하는 눈으로 어쩔 줄 몰라 하는 그녀는 애처롭고 서글펐다. 작고 가냘픈 이목구비에 울긋불긋 슬픈 단풍이 들었다.

쥬다는 그 안쓰러움을 더듬는 것처럼 낱낱이 눈으로 좇았다. 도발 당한 독수리가 먹잇감을 쫓듯 탐욕스러운 동선이었다.

단단한 엄지가 젖은 눈가를 쓸었다. 가벼운 움직임인데 쓸린 것처럼 화끈거렸다. 타라는 쥬다와 바로 눈을 마주하고 있어서 그의 시선이 시시각각 변하는 것을 또렷이 느낄 수밖에 없었다. 마음이 어수선해 벅찬 가운데 본능적으로 뒷덜미가 오싹했다. 그게 무엇인지는 알 수 없었다.

"그…… 저, 쥬다."

죄송해요, 라고 말하려 했던 것 같다. 물기가 그렁한 습한 눈가에 그의 입술이 닿았다. 담백한 듯 확고한 접촉이 못을 박듯 피부 위를 눌렀다.

타라는 짓눌린 생쥐처럼 얼었다. 바짝 굳은 그녀의 머리칼을 쓸며 두 손이 머리를 감싸쥐었다. 하아, 얕은 숨이 서늘하고 더운 살갗 위를 맴돈다. 아니, 찬가, 더운가? 모르겠다. 어떤 예감이 짜르르하게 사지를 기었다.

은빛이 자욱하게 맴돌던 그의 푸른 눈이 지금은 새파랗고 짙게만 보였다. 그의 고개가 틀어지고 숨결이 아래로 가로지른다. 향긋한 숨이 제 것과 섞였다. 닿을 듯 말 듯한 거리, 그 찰나, 놀란 타라를 뚫어져라 응시하던 그의 눈빛이 일변했다.

저 스스로에게 놀란 것처럼.

쥬다가 그녀를 놓아주고도 타라는 잠시간, 또는 한참 정신을 못 차렸다.

타라는, 뭔가를 인내하듯 눈썹을 찡그리고 있는 쥬다를 보며 눈을 깜박이다가 화들짝 아직 저를 잡고 있는 그의 손을 밀어냈다.

그 순간 그가 어떤 표정을 지었는지 그녀는 몰랐다. 두서없이 무어라 말을 뱉고는 황급히 돌아서서 진짜로 '도망'갔다. 뭐가 뭔지 알 수 없었다.

하나 확실한 건 얼굴은 새빨갛게 터질 것 같고, 심장은 미친 듯이 뛰어 댔다.

*　　　*　　　*

놀람, 당혹, 화, 갑갑함, 서운함, 혼란 등으로 속상하기 그지없는 상태의 타라를 알지 못하기란 무척 힘이 드는 일이다. 얼굴에 그대로 다 티가 났으니. 게다가 저 혼자 무슨 생각에 빠져 있는지 있는 대로 인상을 쓰다가 돌연 욕을 지껄였다. 그 타라가!

"멍청이."

암만 후견인이라도 내 의사가 우선이라는 둥 해 놓고 차갑게 화를 냈다고 바로 울음이 나왔던 거나, 마지막의…… 도망치듯 자리를 피했던 제 모습을 수백 번도 넘게 되돌려 보던 타라는 바로 아까 전의 자신을 응징했다.

"대관절 그 멍청이가 누군데."

보다 못한 브리지트가 미간을 박박 문지르며 질문했다. 그녀는 낮부터 계속 상태가 이상한 타라 때문에 신경이 쓰여서 마음 놓고 낮잠도 못 자고 있었다.

울적한 타라가 무릎을 안고 있다가 빼꼼히 고개를 들고 울먹거렸다.

"……나요."

세상에서 제일 멍청한 타라요. 브리지트의 날카로운 눈매가 오묘하게 변했다.

"대체 무슨 일이야."

"브릿……."

큰 눈망울로 훌쩍이며 우울하게 길게 늘려 부르는 게 소나기에 쫄딱 맞고 밖에서 달달 떠는 똥강아지 같았다. 답답해하던 브리지트는 침묵했다. 입술 언저리를 씨근덕거리더니 날름 타라의 옆자리에 들어앉아 작은 머리를 제 쪽으로 당겨서 어깨에 누이고는 본격적으로 토닥토닥을 시작했다.

"왜, 왜. 누가 너 괴롭혀? 언니가 혼내 줘?"

"흐흑, 나 어떡해요."

타라는 울 듯 말 듯 여전히 울상을 짓고 처음부터 끝까지 소상히 모든 우여곡절을 실토했다. 끝으로 쥬다를 뿌리치고 도망 왔다고 말하자, 시시각각 표정이 변하던 브리지트가 움찔 입꼬리를 움직였다.

웃음과 안쓰러움이 정확히 반쯤 섞여 우스꽝스러운 희극 가면 같았다.

"그래서 정리해 보자면, 네 후견인 씨께서 네게 숨기는 게 있고, 그게 서운하고 화가 나서 너도 어른이라고 강짜를 놓았다가 외려 차갑게 나오니까 서러워서 뛰쳐나왔다는 거 아니야."

"……."

정리하니까 그렇게 되나. 타라는 가뜩이나 수치스러운데 더더욱 민망해졌다. 뭐하는 거야. 완전히 혼자서 아등바등.

우울하게 고개를 숙이다가도 속상했다. 하지만 서운한걸. 왜 그는 내게 다 알려 주지 않는 걸까. 나는…….

또 땅을 파고들어 가던 타라는 제 머리를 감싸고 마구 볼을 문지르는 브리지트 덕에 화들짝 놀랐다.

"어이구, 몸만 컸지 정말 그대로네. 아니, 그래도 후견인에게 반항이란 걸 했으니 조금은 큰 건가."

타라의 정수리에 턱 하니 제 얼굴을 올리면서 브리지트는 그럼, 그럼, 고개를 주억거렸다.

약간 무거운 머리를 버티려 애쓰며 타라가 한숨처럼 중얼거렸다.

"내가 잘못한 걸까요?"

"응? 뭐가."

"그게…… 쥬다에게 대들었잖아요."

죄책감과 불안이 엎치락뒤치락 섞인 목소리로 타라가 중얼거렸다. 곧바로 볼이 쭉 당겨졌고 아야, 하는 맹한 반응이 이어졌다.

"잘못하기는 개뿔. 애, 그게 나쁜 거면 세상에 착한 아이라는 건 존재하지도 않는 단어일걸. 그 정도면 적당한 자기주장 한 거야. 틀린 말도 아니잖니? 애초에 네 후견인은 널 너무 과보호해."

그런…… 가? 브리지트는 어깨를 으쓱했다.

"뭐 물론 표현을 조금 더 완곡하게 했다면 좋았겠지만."

곧바로 타라는 상심한 얼굴을 했다. 역시…… 그렇지? 타라도 그와 자신의 간극을 좁히려면 대화가 필요하다는 걸 알았다. 비제도 충고하지 않았던가.

하지만 대화와 요구는 다르다. 기분이 상한 탓에 너무 제 위주로 말했다고 타라는 반성했다. 그렇지만…… 그도 저에게 지나치게 차갑게 굴지 않았던가.

오랜만에 보는 그의 냉랭한 태도에 도무지 적응되지를 않았다. 매일매일 반복되는 봄에 겨울잠에 들지도 못하는 무력한 동물처럼.

만약 쥬다가, 지금까지의 보호는 전부 의무나 변덕이었으며 이제 더 이상 널 아끼지 않는다고 하면 살 수 있을까? 당장 시름시름 앓다가 죽는다 해도 이상하지 않을 것 같았다. 그리 생각하다 보니 더럭 겁이 났다.

"쥬다가 나한테 화가 많이 났으면 어떡해요?"

이제 나 같은 애 꼴도 보기 싫다고 하면. 그럴 리 없다고 생각하면서도 아까 보았던 그의 눈빛을 생각하니 자신감이 하락했다. 원래 그는 권태스러워 잠시 검은 날개를 접고 있는 죽음의 신처럼 냉혹하고 무정한 사람이었다. 최근 몇 년 동안 특혜를 받았다 하나 그게 그의 길고 위대한 삶에서 얼마나 되겠는가.

타라에게는 평생이나 다름없지만 역사서의 한 단락을 채울 쥬다에게는 지나치게 가벼운 무게였다. 너무 부정적인가, 싶으면서도 계속 그런 생각이 들고 우울했다.

억지로 딴생각을 하려 해도 중력에 이끌리듯이 머릿속을 꽉 채운 건 쥬다였다. 지상에 사는 생물이면 응당 그래야 되듯이 타라는 저를 옭아매는 자력을 겸허하게 받아들였다.

"화 많이 나 봤자 네게 얼마나 모질게 굴겠어? 조금 툴툴대다 말겠지."

상황 파악이 끝난, 퍽 여유로워진 브리지트는 제 손톱 모양을 예쁘게 다듬으며 대꾸했다. 타라는 울적하게 말했다.

"아까 쥬다의 얼굴을 브릿이 못 봐서 그래요."

……얼마나 모질었는데. 무섭다기보다는 마음이 아프고 슬펐다. 눈에 보이는 상처와 피딱지가 없다 해서 덜 아프거나 하는 건 아니었다.

무릎을 끌어안고 통 회복 불가 증세를 보이는 타라를 곁눈질로 살핀 브리지트가 얕게 한숨을 쉬며 고개를 저었다. 뭐, 원래 사랑이란 것이 본인들은 심각하지만 옆 사람에게는 흥미로운 안줏거리 아니겠는가.

브리지트는 후, 조개껍데기처럼 매끈한 타원형이 된 손톱을 불고는 날씬한 암고양이처럼 나긋하게 자리에서 일어났다.

"내가 보기에, 지금의 상황을 슬기롭게 극복할 방법은 딱 한 가지란다, 타라."

"그게 뭔데요."

여전히 얼굴을 들지 않은 채 타라가 웅얼거렸다. 이제 그녀는 마지막으로 보았던 쥬다의 기이했던 시선과 더운 증기처럼 퍼졌던 미묘한 분위기를 생각하고 있었다. 귀 끝이 더웠다.

"뭐긴 뭐야. 이런 근심 걱정을 없애라고 술이란 게 있는 거야."

"술?"

전혀 예상에도 없던 단어에 타라의 붉은 눈이 아침 해처럼 빼꼼히 올라왔다. 당혹스러워하는 한편에는 약한 의아함과 호기심이 깃들어 있다.

그걸 친구 아니랄까 봐 귀신같이 읽어 낸 브리지트가 악동 같은 미소를 지었다. 그녀는 살살 웃으며 타라를 꼬드겼다.

"어때. 첫 잔 마시기 딱 좋은 날 아니니. 응?"

"네에……."

멍하게 눈을 끔벅거렸다. 술, 술이라? 하긴 성장하면 마시고 싶었는데…… 브리지트와도, 성의 식구들과도 마셔 보고 싶지만 제일 처음 저에게 한 잔을 따라 주는 건 쥬다였으면 했다. 당연한 기대이기도 했고.

다시 침울해지려다가 콧등을 찡그렸다. 그렇지만 어련히 마시게 될 거라고 핀잔을 줬었지. 다시금 싸늘한 그가 떠올랐다. 타라는 입을 꾹 다물었다.

"좋아요. 마셔요."

나도 어른이니까 괜찮잖아. 오기스럽게 합리화를 한 타라가 앙큼하게 콧방귀를 뀌었다.

* * *

이델이 참다 못해서 질문했다.

"대체 무슨 일입니까?"

대단해, 역시 늑대족 수장! 안티오크는 친구의 패기에 하얀 앞발을 꾹 쥐고 감탄했다. 그러면서도 소심하게 노란 눈으로 무표정한 쥬다를 곁눈질했다.

이 충성심 깊고 가여운 집사는 몇 시간째 가시에 찔린 용처럼 사나운 기운을 풀풀 풍기는 성주의 눈치를 보며 설설 기느라 온 신경 줄이 다 닳아 있었다.

정오가 지날 무렵 폭풍 같은 기세로 집무실 문을 벌컥 열고 들어온 쥬다가 다소 거칠게 책상에 앉을 때만 해도 안티오크는 주인의 기분이 좀 안 좋으신가 보다 했다.

그러나 업무 보고가 이어질 동안 책상 한편을 맹렬하게 노려보던 쥬다는 마땅히 명령이 내려와야 할 상황에서도 입을 꾹 다물고 아무 말도 하지 않아 안티오크를 당황하게 만들었다.

그래서 할 수 없이 어찌할까요, 여쭙자 난데없이 짜증이 날아오는 게 아닌가.

—시끄럽다. 정신 사나워 죽겠는데 왜 자꾸 옆에서 쨍알거리지?

안티오크는 물끄러미 시곗바늘을 확인했다. 분명한 업무시간이었다.

—그런 것쯤 네가 알아서 해.

외교문서를?

—귀찮군. 죄다 태워 버려.

그건 선전포고인데요.

이쯤에서 안티오크는 쥬다의 정신이 처음부터 다른 곳에 가 있음을 깨달았다. 어쩌면 그가 한 보고는 허공에 대고 외친 메아리였을 수도 있다는 것도.

그리고 쥬다의 그런 이상한 상태는 반나절 넘게 지속되었다. 쌀쌀맞았다가 돌연 한 시간도 넘게 아무 말도 없이 침묵했다가 별거아닌 걸로 화를 내며 예민증 미친놈처럼 굴었고 안티오크도 더불어 미쳐 갔다.

모시기 결코 편한 주인은 아니었지만 이 정도는 아니었는데.

마룡 바바로사 때문에 불면증이 돋았을 때도 지금에 비하면 상냥해 보일 지경이었다. 얼마 안 가 퀭하니 다크서클이 수염까지 내려온 불쌍한 집사는 신경질적으로 책상을 타닥타닥 긴 손가락으로 두드려대는 남자의 살벌한 얼굴을 못 본 척하며 머리를 굴렸다.

차마 '주인님, 타라님과 무슨 일 있으십니까 — 쥬다가 공언했던 대로 그가 이토록 감정 통제를 못하는 원인은 많지 않았다 — '라고 묻지는 못했다. 대신 그가 선택한 건 고통을 함께 감당할 이를 찾는 것이었다.

그래서 이델이 여기 있는 것이다.

"사춘기 소년처럼 온갖 곳에 성질내지 말고 뭐가 문제인지 그냥 탁 까놓고 말씀하십시오. 아랫것들이 죽어 나가는 건 모릅니까?"

어마어마한 직구였다. 안티오크는 더더욱 이델을 존경하게 되었다. 쥬다가 싸늘하고 살벌한 눈으로 물끄러미 봐 오는데도 이델은 눈썹만 올릴 뿐이었다.

"타라 님이랑 다투셨습니까?"

고양이 집사의 입이 턱 벌어졌다. 힐끗 곁눈질하니 쥬다는 여전히 무표정이었지만 그의 미세하게 비틀리는 눈빛으로 두 주종은 확신했다.

싸웠구나……!

"아니 이게 무슨 일이래……, 흠, 어찌된 일입니까?"

눈을 반짝이며 콧김을 훅 뿜었던 이델은 헛기침을 하며 애써 점잖게 캐물었다. 한껏 진중한 척은 하는데 입술 끝이 실룩거리는 게 매우 꼴 보기 싫다고, 쥬다는 제법 오랜만에 폭력적인 충동을 느꼈으나 이델의 얼굴 위로 떠오르는 타라의 미소에 확 인상을 쓰고는 말았다. 그가 사납게 으르렁거렸다.

"이게 전부 네 탓이다."

"그건 또 무슨……."

"대체 애 교육을 어떻게 시킨 거냐. 그 꼬맹이가 나에게 뭐라고 했는지 알아?"

다시 생각해도 화딱지가 치미는지 그의 손끝에 닿는 서류들이 화르륵 불길에 휩싸였다. 악! 소리를 지른 안티오크가 후다닥 그의 손아귀에서 애꿎은 서류들을 건져 내었다. 그러든가 말든가 쥬다는 열불내기 바빴다.

"나더러 자기를 무시하지 말라고 하던데."

　　─그건 쥬다 생각이잖아요.

이 부분 폰트를 어떻게 할지 체크 부탁드립니다^^

"멋대로 결정하지 말라면서. 눈을 부릅뜨고 또박또박 말하더군."

─알 필요가 없는 건 없어요. 개중에 취사선택할 수 있는 식견이 필요할 뿐이죠. 왜 제가 몰라도 된다고 생각하세요?

"저도 어른이니까 나대지 말라면서."

─저도 이제 어른이니까 무엇이 옳고 그른지, 멀리해야 할 것과 가까이해야 할 것을 알고 선택하고 싶어요.

떠올릴수록 속에서 화딱지가 치밀었다. 타라는 당시 쥬다가 너무 냉정하고 차분해서 우울해했지만 그건 사정을 영 모르는 순진한 착각이었다.

쥬다는 퍽 충격을 받았고 답지 않게 당황했으며 분노라고 정의 내리기 뭐한 뒤숭숭하고 기묘한 감정에 사고가 정지했다.

그랬다. 쥬다는 생애 최초로 육아의 최종점, 반항에 직면한 것이다.

언젠가 막연히 조금쯤 투정을 부릴 수도 있겠다 스치듯 생각한 적은 있지만 대충 흘려들었던 사춘기라든가 후견인과의 갈등이 이런 식으로 전개될 줄은 상상조차 못 했다.

쥬다가 아는 타라는 항상 가슴이 지끈거릴 정도로 착해빠진 순한 아이였으니까. 그가 하는 말, 작은 손짓, 표정에도 휘둘리며 졸졸 쫓아다니는.

─전 쥬다가 세상에서 제일 좋아요!

이 부분 폰트를 어떻게 할지 체크 부탁드립니다^^
그랬던 애가……

─쥬다가 가장 좋아하는 게 나였으면 좋겠어요.

그런 말까지 했으면서.

─그러니까, 결혼하지 마세요.

배시시 웃던 소녀와 오늘의 날카롭게 노려보는 타라가 번갈아 머릿속을 가득 채웠다. 그 조그맣고 사랑스러운 입술에서 흘러나온 독설도.

─쥬다가 제 후견인이지만 그런 건 이제 제 의사가 우선시되는 게 맞잖아요. 모든 걸 쥬다 마음대로 결정하지 않았으면 해요.

초지삼간 불태울 듯 책상 위의 모든 것을 잡아먹어 가던 푸른 불꽃이 돌연 싹 사그라들었다. 열심히 서류를 빼돌리던 고양이 집사와 히죽거리던 늑대 요리사는 표정 없이 무뚝뚝하게 눈을 내리깐 주인을 놀란 눈으로 쳐다봤다.

그는 얼핏 보기엔 고요하고 차분한 표정이었으나 음울한 그림자가 짙게 드리워져 있었다. 마치……, 우울한 것처럼.

우울하다니. 저 냉정하기 짝이 없는 인간이?

두 수족은 소리 없이 서로를 향해 눈짓을 보내며 암묵적인 소란을 피웠으나 답지 않게 암울하기 짝이 없는 얼굴을 보자니 가만히 모른 척 할 수는 없었다.

"저기……. 쥬다 님."

"어디부터 잘못된 거지?"

"예?"

갑자기 들려온 음산한 목소리에 두 사람이 움찔 놀라기도 전에 쥬다가 눈을 번뜩이며 고개를 들었다. 툭툭 책상을 두드리는 손가락의 박자가 점점 빨라지고 있었다.

"타라가 그런 못돼먹은 말을 혼자서 생각해 낼 리가 없어. 분명 어디서 쓸데없는 걸 주워듣거나 부추김을 당한 게 뻔하다."

우리 애가 그럴 리가 없어, 라는 보호자의 뻔한 언변이었지만 놀랍게도 어느 정도 핵심에 근접하기는 했다. 더 나아가 그의 추측은 좀 더 예리해졌다.

"이 성에서 가장 불량스러운 건 역시 비제 녀석인데. 그놈인가?"

"하아……. 쥬다 님. 충격 받으신 건 알겠는데요."

이델이 머리를 긁적거렸다. 그녀는 자연스레 제 산짐승 같은 아들내미들을 떠올리며 눈을 가늘게 떴다.

"원래 그럴 만한 때입니다. 어린아이가 성인이 되면 자아가 비대해지면서 혼란스럽고 방황을 하기 마련이라고요. 그러면서 보호자와 의견 차이가 생기는 건 당연한 겁니다. 그 과정에서 더 성숙해지고 성장하는 거고요. 안 그래, 안티오크?"

"어? 뭐⋯⋯."

저에게 시선이 모이자 안티오크는 제 수염을 꾹꾹 잡아당겼다. 뭐, 워낙 순한 타라 님이라 조금 놀랍기는 하지만⋯⋯.

"그건 그렇지. 타라 님 나이가⋯⋯."

"외려 좀 느린 감이 있죠."

이델이 고개를 주억거렸다. 두 수하들이 별일 아니라는 듯 굴자 쥬다의 얼굴은 서릿발처럼 싸해졌다.

당연하다니. 그게? 그렇게 바락바락 대들면서 심장 쿡쿡 쑤실 만한 말만 하는 게? 앞으로도 그럴 거라고?

"오히려 지금까지 너무 쥬다 님만 따라다녔잖아요? 각성이 좋긴 하네요. 이제야 독립심이 생기신 모양입니다."

쥬다의 타는 속도 모르고 옆에서는 계속 기름을 부어댔다. 대리석 같은 이마가 서서히 일그러졌다.

"본인이 결정하신다고? 암 맞는 말이지."

쥬다는 속이 터질 것 같아 주둥아리를 놀린 제 입을 꿰매 버리고 싶었다. 열 식히려고 말했더니 이젠 더 속 터지겠다.

"혹시 타라 님이 뭔가 서운하신 게 있었던 게 아닐까요?"

회회낙락하는 이델과 달리 재빠른 집사인 안티오크가 적절하게 끼어들었다. 휙 제 쪽으로 돌아온 서늘한 눈에 그는 귀를 움찔거렸다.

"그렇지 않습니까. 갈등이 계속 누적되어 왔다면 모를까, 갑자기 그러신다면 속에 담아 두었던 뭔가가 계시니까 그런 게 아닌지⋯⋯."

집무실이 조용해졌다. 세 사람 전부 골똘히 생각에 잠긴 탓이다.

새 의견이 가장 그럴듯하다는 것에 대한 모두의 암묵적인 동의였다. 쥬다는 마른 뺨을 문질렀다.

서운하다. 서운하다고?

눈물 고인 붉은 눈이 떠오르자 심장이 아릿해졌다. 달콤하고도 쌉싸름한 감각이었다. 그리 못돼먹게 굴더니 쫓아가 잡으니 울고 있었다.

쥬다는 속 언저리가 눅진하니 들러붙고 갑갑하여 헐떡이듯 한숨을 쉬었다. 그는 이런 감정에 익숙하지 않았다. 그 애의 눈물. 젖은 눈동자.

어리고 미숙한 건 그녀인데, 왜 자신이 이런 무력하고 어리석기 짝이 없는 기분을 느끼는 건지.

─그…… 저, 쥬다.

달싹이는 향기로운 입술. 젖은 목련처럼 애틋하고 말랑한 뺨. 구하듯 올려다보는 너의 눈. 그래, 그 눈.

언제나 나를 안달나게 만드는…….

입술이 타들어 가는 듯했다. 껍질이 일어날 듯 말라붙은 입가를 긴 손가락이 덮었다. 새빨간 불을 삼킨 것만 같았다. 고개를 숙이는 그를 수하들이 이상하게 바라보고 있었다. 그는 저가 어떤 표정을 짓고 있는지 감히 상상도 할 수 없었다.

그녀의 달콤한 향을 떠올리는 순간, 쥬다는 눈을 질끈 감아 버렸다.

아.

제기랄.

*　　　*　　　*

타라와 브리지트는 요정족의 오래된 귀한 포도주 몇 병과 남부의 향긋한 떡갈나무 통에 담긴 벌꿀 술 한 통을 들고 자리를 깔고 앉았다.

안주는 질 좋은 치즈와 크래커, 과일들. 너무 기름진 것은 술맛을 해친다고 한다. 타라는 뭣도 모르고 고개를 끄덕이며 하늘에서 떨어진 복숭아 찔러 보듯 포도주 병을 이리저리 둘러보았다.

건조하고 단단한 내음이 나는 코르크 마개와 안에 든 액체가 찰랑거리는 암록빛 유리가 괜히 멋스러워 보이고 두근거렸다.

그녀가 오래되어 누렇게 바랜 라벨을 읽고 있을 때 옆에 앉은 브리지트가 술잔을 착착 늘어놓았다.

"우선 가볍게 가 볼까?"

콸콸 포도주를 따른 브리지트가 눈을 찡긋하며 짠, 타라의 것에 제 잔을 부딪쳤다. 타라는 유심히 제가 받아 든 잔을 들고 진보랏빛으로 넘실거리는 포도주의 냄새를 조심스럽게 고개 숙여 킁킁 맡아 보았다.

향기로운 향이 훅 콧속으로 밀려들어 온다. 절로 기분이 좋아져서 한 모금 머금어 보았다. 입속을 달큰 쌉싸래하게 맴돌다가 꿀꺽 목 안으로 부드럽게 넘어갔다. 와, 세상에.

"엄청 맛있어."

타라는 양 뺨을 감싸면서 헤실 입꼬리를 풀었다. 브릿! 이거 정말 맛있…… 까지 했던 그녀는 포도주 병째로 벌컥벌컥 마시고 있는 브리지트를 보며 입을 벌렸다. 크, 입술을 닦은 브리지트가 호탕하게 웃었다.

"와, 이거 너랑 먹으려고 특별히 딴 건데 맛 죽인다! 엄마 술 창고에서 몰래 가지고 온 거거든."

"그, 그럼 엄청 귀한 거 아니에요?"

"괜찮아! 한 병 더 있어."

그런 뜻이 아니었는데. 에이, 모르겠다. 맛있으면 됐지 뭐.

이후 그녀들은 주거니 받거니 별거 아닌 잡담을 떠들어 대며 빠르게 포도주를 비워 나갔다. 이윽고 두 병을 홀랑 다 먹은 뒤 꿀술통을 굴려 끌고 와서 뿅, 마개를 땄다.

요정족들의 마법이 깃들은 달달한 꿀술 향이 넘실넘실 흘러나왔다. 브리지트와 타라는 누가 먼저랄 것 없이 와, 감탄사를 외쳤다. 신이 나서 상대를 보며 까르르 웃는 게 천진난만했다. 음주를 하고 있는 것만 뺀다면 말이다.

타라가 나무로 된 잔에 가득 찬 황금빛 술을 홀짝이며 쫑알거렸다.

"술이란 거, 엄청 맛있네요."

"와, 너 의외로 잘 마신다. 좀 띵하거나 속이 안 좋거나 그러지는 않아?"

"아니요?"

기분이 좀 더 좋아진 것도 같다. 그것 외에는 머리도 맑고 말짱했다. 연신 홀짝대는 타라를 어이없게 보던 브리지트가 천천히 마시라며 과일을 집어서 입에 넣어 주었다. 오물오물 받아먹는 그녀를 턱을 괴고 지켜보던 브리지트가 얕은 한숨을 쉬었다.

"어째 넌 커서도 귀엽니."

"제가요?"

"응. 청초하고 가녀려도 눈이 토끼 눈이라서 그런가."

"토끼 눈이라니."

하긴 제 눈이 토끼처럼 빨갛기는 하지. 엉거주춤 두 손으로 눈덩이를 덮었다가 불현듯 쥬다의 부드러운 입맞춤이 불에 댄 것처럼 떠올랐다.

얼른 손을 떼고 술잔을 꼭 붙잡았다. 그때의 그는 확실히 이상했다. 짙게 가라앉던 눈빛을 생생하게 지척에서 봐 버린 탓에 아니라고 애써 부정도 못 하겠다. 그런 감정은 생전 처음 느껴 봤다.

온몸의 솜털이 곤두설 듯 소름을 닮은, 초식동물의 그것 같은 긴장감, 흥분, 설렘. 그 모든 것들이 진탕되어 두려움과 비슷한 감정을 낳았지만, 다시 또 그런 일이 벌어진다면 도망은 두 번 못 갈 것 같다.

다리가 풀려 주저앉든, 옴짝달싹 못 하고 굳든, 그가 원하고 저지르고 싶은 것이 무엇이든지 거부하지 못할지도 몰라. 그리고 결정적으로, 자신이 그를 거부하고 싶은 건지도 확신이 안 갔다. 그저 낯설어서 조금 겁이 났다. 무언가 어찌 붙잡을 수도 없이 전부 바뀔 것만 같아서.

"타라. 이제 술기운 올라오는 거야? 얼굴이 빨개."

"어, 아니에요. 그냥 좀 더워서."

일부러 수선스레 부채질하면서 헤헤 웃었다. 이후 한동안 주거니 받거니 수월한 술자리가 이어졌다.

한 시간 뒤에는 새로 튼 통도 바닥을 보이고 안주도 동강 났다. 브리지트는 통을 들고 제 입에 대고 짤짤 흔들더니 텅 내려놨다.

"이상하네. 오늘따라 술이 적은 기분이야."

그야 우리가 다 먹었잖아요. 비스킷 부스러기를 입에 넣고 오물거리며 타라가 속으로 대답했다. 그러는 사이 미간을 찡그린 브리지트는 줄을 잡아당겨 페어리 시녀들을 불렀다.

"역시 이거로는 목이 아직 마르지? 한 통 더 까자."

"뭘 얼마나 더 드시려고 그러십니까?"

검지로 타라를 딱 가리키며 웃는 그녀의 뒤에서 묵직한 목소리가 못마땅하게 울렸다.

꿀벌처럼 부리나케 달려온 페어리들을 손짓으로 돌려보낸 야셴이 상당히 기분 좋아진 게 분명한 브리지트와 굴러다니는 술병들, 음식물 부스러기가 흩어진 테이블, 이불과 쿠션이 어지럽게 널려 있는 방 안을 훑었다.

그는 한숨을 내쉬면서 이마를 부여잡았다.

"어제도 과음하시지 않으셨습니까. 몸 상하십니다."

"포도주 한 병 가지고 쩨쩨하게 굴지 마, 야셴."

"한 병 정도가 아닙니다만. 여왕께서 서부에서 공주님이 고주망태가 됐다는 소식을 들으시면 참 기뻐하시겠습니다."

"우리 엄마도 매일 취해 있는걸."

나름의 일격에도 브리지트는 외려 심드렁하게 코웃음 쳤다. 애석하게도 그건 그리 틀린 말이 아니었다. 야셴은 입을 꾹 다물더니 다시 들릴 듯 말 듯 한숨을 쉬었다.

사실 이런 대화의 흐름 정도는 진작 예상하고 있었다. 그도 이런 잔소리를 하기 싫었다. 그다지 효과가 없다는 걸 알고 있었으니까. 하지만 어김없이 하게 되는 저 자신도 문제가 있다 어렴풋이 생각할 뿐.

실례하겠습니다, 낮게 읊조린 그는 고개를 기울이는 브리지트를 지나쳐 들어오더니 타라에게 정중히 인사해 보였다. 기분이 좋은 타라도 발랄하게 인사했다.

"안녕하세요, 야셴 경!"

"많이 드셨습니까?"

"아니요? 어…… 쪼금?"

묵직하지만 염려 섞인 눈에 타라가 머쓱하게 웃었다. 야셴은 굴러다니는 빈 병들을 주의 깊게 보면서 가져온 주머니에서 병 하나를 턱 내놓았다. 다가온 브리지트가 호기심을 갖고 물었다.

"이게 뭐야?"

"남쪽 바다의 사막 섬에서만 나는 과일주입니다. 이것 하나만 드시고 끝내십시오."

"우와!"

브리지트가 집어 들려는 순간 야셴이 더 빠르게 낚아챘다. 이게 무슨 짓이냐며 흘기는 초록색 눈에 대고 야셴이 담담히 말을 끝마쳤다.

"비싼 겁니다. 구하기도 어렵고. 어떻습니까?"

"먹는 거 가지고 이러기야?"

"말은 잘 안 들어 먹으시니까요. 타라 님도 여기까지만 하셔야 합니다. 성인이 되셨다지만 과음은 이제 막 각성한 신체에 좋을 게 없을 겁니다."

짐짓 엄한 눈에 타라는 할 말이 없어져서 순하게 고개를 끄덕였다. 브리지트는 약간 심통 난 얼굴이었지만 평소에도 야센이 강하게 나가면 그랬던 것처럼 뾰로통하게 수긍했다.

혼난 미성년 아이들처럼 조금 숙연했던 분위기는 그가 마개를 뜯자 미세하게 변했다. 확실히 진미라서 그런지 찰나 홀릴 정도였다. 향긋한 과일 껍질과 천 가지의 꽃, 이슬을 모아 담근 차 향 같기도 했다.

약간 멍한 둘에게 정확히 비슷한 용량을 따라 준 야센이 술병을 내려놓았다.

"저, 야센 경도 드세요."

타라가 재빠르게 남은 여벌 잔에 야센의 것을 따라 주었다. 다행히 야센도 한 잔 정도는 거절하지 않았다. 어쩌다 보니 세 명의 술판이 된 그들은 짠, 건배하고 주룩 한잔을 비웠다.

2차전은 처음 시작하자마자 가속화되었다. 타라는 확 올라오는 열기에 우와 저도 모르게 소리를 냈다. 엄청, 독했다. 향기로운 향이 뒷맛으로 감도는 상큼한 맛인데도 저 아래서 더운 기운이 증기처럼 올라왔다.

아, 야셴이 이 한 병으로 끝내자고 한 이유가 있었구나.

타라는 이때껏 낯빛 하나 안 변하던 브리지트의 목이 붉어지자 야셴의 지혜에 감탄했다. 어차피 한두 통으로 끝날 인사가 아니니 한 방에 보내 버리고 재우자는 거였다.

지금까지도 비교적 멀쩡한 상태였던 타라는 난데없는 더위에 손부채질을 하며 황급히 새로 나온 과일 몇 조각을 집어 먹었다. 한두 잔만 더 마시면 알딸딸해지는 건 금방일 것 같았다.

"와, 이거 엄청…… 맛있잖아?"

"천천히 드십시오."

하지만 브리지트는 독한 술을 더 좋아하는 모양이다. 맛있다며 웃어 재끼고 자작을 하려는 통에 야셴이 막으며 적당히 술을 따라 주었다.

타라는 제 술을 조금씩 홀짝이며 그들을 구경했다. 야셴도 이따금 한숨을 쉬거나 무뚝뚝하면서도 저리 살뜰히 챙기는 걸 보면 참 다정한 사내였다. 안 그런 척 챙겨 주니 안정감이 느껴진다고나 할까. 그래, 마치 쥬다처럼…….

흐린 붉은 눈으로 딴생각을 이어 가던 타라는 잔을 내려놨다. 술기운인지 뭔지 모를 것으로 온 얼굴이 화끈거렸다. 들쭉날쭉한 심장박동이 제정신이 아닌 것 같았다.

타라는 고개를 휘휘 저으면서 한 잔 가득 자작한 다음 쭉 들이켰다. 식도가 타는 듯하다. 하지만 들이붓는 걸 멈출 수 없었다. 마치 불을 끄려고 그게 기름인지도 모르고 쏟아붓듯이.

어느새 독한 과일주가 반절 이하로 줄어들었을 무렵, 야셴이 딱 잘라 말했다. 여기까집니다.

의외의 주당임이 드러난 타라는 잘 익은 듯 발그레한 걸 제외하면 그럭저럭 겉보기에는 괜찮아 보였지만 브리지트는 연속으로 원 샷을 하더니 확연히 취해 보였다. 그녀는 앞에 있는 술병을 생사 대적처럼 노려보면서 고개를 흔들었다.

"안 돼. 이거 다 마실 거야."

"이미 취하셨습니다만."

"안 취했어!"

타라는 멍하게 술병을 지키려 요정 불까지 피워 대는 브리지트와 물병으로 그걸 들이부어 꺼 버리는―능숙하게 하는 걸 보니 자주 하는 짓인가 보다―야센을 바라보았다.

빈 잔을 만지작거렸다. 이상했다. 술을 마시면 기분이 좋아지면서 세상 고민과 시름들이 잊힌다고 했는데 어째 마실수록 또렷해지는 것 같다. 안티오크처럼 폴짝폴짝은 못 뛰어도 머릿속이 비워지기는 할 줄 알았는데.

둘이 투닥거리는 동안 그녀는 우울하게 한숨을 쉬면서 덩그러니 놓인 술병을 끌어다가 콸콸 빈 잔에 부었다. 잘게 튄 술 방울이 카펫에 얼룩을 남겼다.

―왜 울어.

왜 우냐니. 정말 몰라서 묻나요? 당신 때문이잖아.

─굳이 왜.

왜냐고? 당신이 나한테 뭔가를 감추는 게 싫으니까. 그게 무엇이건, 아무리 하찮고 쓸모없는 거라도, 나는…….

그녀는 이 마음이 뭔지 정확히 정의 내릴 수가 없었다. 그러기에는 경험이 적었고, 쥬다와 지나치게 가까운 거리감이 더더욱 명확한 인식을 방해했다.

쥬다는 쥬다 자체로 그녀에게 모든 것이었으니까. 그저 한없이 나약해지고 감정적이고 어리석어지는 기분…… 타라는 술을 홀짝거리면서 무릎을 끌어안았다.

시시각각 지금까지 쥬다와 함께 해 왔던 모든 것들이 머릿속을 점령했다. 안온한 품, 보일락말락 올라가던 미소…… 책을 읽거나 그의 서재에서 낮잠을 자다 눈을 비비면 자연스레 이어지는 눈 맞춤, 머리칼을 매만지는 서늘한 손가락, 잔잔하게 책을 읽어 주는 그의 나직한 목소리. 이마와 눈가에 첫눈처럼 내려앉던 그 숨결……열기만 남기고 사그라졌던…….

"타라, 이걸 혼자 다 마셨어?"

상념을 깨고 브리지트의 놀란 목소리가 들려왔다.

놀란 타라가 고개를 들어 어느덧 텅 비어 있는 술병, 방심했다는 듯 머리를 감싸 쥐는 야셴과 입을 벌린 브리지트를 바라보았다.

자각도 없었는데 마시다 보니 홀랑 다 먹어 버렸나 보다. 헤헤, 어색하게 웃는 그녀의 손에 들린 잔이 후다닥 빼앗겼다. 이미 빈 잔이었지만.

어느덧 적당히 술이 깬 브리지트가 약간 비틀거리며 일어나서 단호하게 말했다.

"아쉽지만 오늘은 여기까지! 어서 가서 자자."

"제가 모셔다드리겠습니다."

"아니면 여기서 잘래?"

타라는 잠깐 고민했지만, 오늘은 그래도 제 방에서 자고 싶었다. 그러니까 쥬다의 옆방에서. 그가 보고 싶은 충동을 겸연쩍게 달래고 싶기라도 한 것처럼.

그녀가 고개를 설레설레 젓자 두 요정은 벌떡 일어나서 부산스레 타라의 옷가지를 챙기고 적당히 뒤처리한 다음 방을 나섰다.

타라는 밤바람이 평소처럼 싸하지 않고 시원하기만 하자 기분이 좋아서 웃었다. 브리지트도 따라 웃었다. 어라, 아니었다. 웃는 건 저 혼자였는데 웃음소리가 평소보다 커서 그렇게 들렸던 거였다.

타라는 복도에 메아리치는 말간 소리에 흐린 눈을 끔벅거렸다. 눈꺼풀이 나비가 앉은 양 다소 무거웠다.

"어휴, 완전히 갔네, 갔어."

브리지트의 투덜거림에 다리가 잠시 엇갈렸던 타라가 고개를 갸웃거렸다.

"누가요?"

"너 말이야, 너! 겁도 없이 그걸 다 마시면 어떡하니?"

"브릿도 한 병 나발로 불었으면서……."

타라가 투정 부리듯 입술을 내밀자 브리지트도 찰나 할 말을 못 찾았지만, 다시 딱딱거렸다. '나는 조절하면서 마셔!'라는 신빙성 없는 소리와 함께.

"하아……."

"야셴, 너 그만 한숨 쉬어. 엄밀히 말하자면 네가 준 거잖아?"

"제 탓입니까?"

"그럼 아닌 줄 알았어?"

두 요정이 다시 투닥거리는 사이 타라는 아름다운 밤의 벨벳 성을 이리저리 둘러보았다. 달의 마력일까, 술기운 탓일까, 동화에나 나올 법한 환몽 속의 성을 가로지르고 있는 기분이었다.

무지개 위를 걷는 양 고양되어 키득키득 웃었다. 여기가 내 집이야! 쥬다의 성이고, 우리 집이라고!

"있잖아요, 그거 알아요? 벨벳 성은 내 집이에요!"

"그래, 그래, 알았어."

약간 허물어지려던 타라를 힘을 줘 끙, 하고 부축한 브리지트가 건성으로 대꾸했다. 그러든지 말든지 타라가 깔깔거렸다.

"정말 다행이지 뭐예요. 쥬다가 날 받아 줘서…… 난 말이에요……."

두 사람의 시선을 받은 타라가 웅얼거렸다.

"여기서 쫓겨나면 어떡하나 했어요. 처음 어머니가 날 여기로 보냈을 때…… 으, 정말 그때 추웠어요. 쥬다를 처음 봤는데…… 날 보고 어머니를 하나도 안 닮았다고. 그 눈이……."

그 눈이 얼마나 비정하고 싸늘했던지.

타라는 저절로 움츠러들었다. 이제 쥬다가 누구와도 비교할 수 없이 자신을 귀히 대하고 아낀다는 걸 아는데도, 낮에 저에게 화 좀 냈다고 과거의 기억들이 계속 비집고 올라왔다. 마치 투정 부릴 거리를 찾아내고 싶은 것처럼.

잠시 조용해진 정적을 뚫고 그의 목소리가 들린 건 그때였다.

"타라?"

발걸음 소리도 없었는데. 타라는 손등으로 눈을 비비적거리며 시선에 힘을 주었다. 찰나 짙푸른 눈빛에 쥬다인 줄 착각했다. 하지만 아니었다. 달이 환한 밤에도 불그스름한 머리칼을 가진 이는 이 성안에서 한 사람밖에 없었으니까. 타라가 반가워서 손뼉을 쳤다.

"어, 비제 아저씨!"

비제는 빠른 속도로 그녀의 앞까지 다가와 헤실헤실 웃는 타라를 내려다보았다. 비스듬히 눈썹을 올린 그가 어색하고 민망해하는 두 요정에게 시선을 고정하는 게 느껴졌다.

"이제 어찌 된 일이지?"

"보면 모르나. 술 마셨지."

"애가 이렇게 떡이 될 정도로 마시게 했다고?"

가물가물한 귀에 어쩐지 평소의 나긋한 음성과는 달리 싸늘하기 짝이 없는 냉소적인 억양이 감겨 왔다. 그게 타라에게는 왠지 화난 것처럼 들렸다. 이런 목소리는 들어 본 적이 없는데. 화내지 말아요. 오늘은 더 이상 아무도 나한테 화를 안 냈으면 좋겠는데…….

한창 무어라 저들끼리 빈정거림 가득한 언쟁을 벌이고 있는 그들에게 타라가 딸꾹질을 하며 끼어들었다.

"화내지 마세요."

"타라."

비제가 차분하게 불러오자 화급히 덧붙였다.

"제가 잘못했어요, 아저씨. 응?"

그녀가 양손을 비비며 풀 죽은 얼굴을 하자 잠시 어떤 소리도 들리지 않았다. 이내 깊은 한숨 소리. 돌연 젖은 이불처럼 힘이 들어가지 않는 몸이 단단한 무언가에 끌어 안겼다.

어어, 하는 사이 비제의 목에 팔을 올리고 기대게 된 타라가 힘이 없는 머리를 그의 어깨에 기댔다. 허리를 단단히 감은 비제가 여전히 딱딱한 음성으로 입을 열었다.

"여기서부터는 내가 데려가지."

"이봐! 그쪽을 어떻게 믿고?"

"외부인인 그쪽보다는 낫겠지. 본관에는 성 내부인이 아니면 들어갈 수 없다는 거 잊었나?"

누구보다 공주께서 잘 아실 텐데. 비제가 쌔한 눈으로 달큼하게 미소 짓자, 브리지트는 어떤 말도 할 수 없었다. 그녀는 분한 듯 불안한 눈으로 타라를 힐끔거렸지만, 딱히 명분이 없으니 어떻게 할 수가 없었다. 하긴 서부 영주의 각별한 수하라 했으니 반박할 말도 없었다.

브리지트는 몸을 돌려 멀어지는 비제의 어깨에 걸쳐진 타라의 머리에 대고 소리쳤다.

"타라! 잘 자! 혹시 무슨 일 있으면 소리 질러야 해?!"

"으응……."

팔랑이는 깃발처럼 까딱이던 하얀 손이 축 늘어졌다. 저녁 개울 위를 흘러가는 종이배처럼 점차 멀어지는 그들을 브리지트는 불안하게 바라보았다. 별일이야 없겠지만 계속 마음이 쓰이는 탓에 눈을 못 떼는 그녀에게 야셴이 달래듯 덧붙였다.

"그는 가장 오래된 서부 영주의 최측근입니다. 염려 안 하셔도 될 듯합니다."

"그야 그렇지만⋯⋯."

저치는 영 정이 안 간단 말이야. 하등 논리적인 이유가 없어, 있다면 과거의 수상한 경력이 다인지라 대놓고 따지진 못하지만 그녀는 직감적으로 비제가 마음에 들지 않았다. 꺼림칙하다고 해야 할까.

불을 다루는 화기의 정령, 끝없이 불타오르는 태양을 닮은 생동감을 지닌 브리지트로서는 본능적으로 완전한 요정도 아닌 주제에 음산할 만치 찬물의 기운을 가진 비제가 거부감이 들 수밖에 없었다.

아니, 이것은 겉핥기 같은 평계에 불과하다. 브리지트는 이도 저도 아닌 모호함, 호불호의 어느 방향에도 완전히 속하지 않은 그 흐릿함을 경멸했다.

그런 자들은 속을 알 수 없기 때문이다. 그녀가 서부 영주라면 그런 알 수 없는 이를 절대 제 곁에 두지 않을 것이다. 군림하는 여왕이 되기 위해 태어난 그녀로서는 쥬다의 인재 등용 방식을 이해할 수 없었다.

"타라를 좋아하는 것 같으니까 하루 정도는 믿어 보지 뭐."

브리지트는 다른 방면의 제 감을 믿으며 돌아섰다. 그리고 몇 걸음 가지 않아 멈춰 섰다.

"공주님?"

야셴의 의문 섞인 부름에 대꾸 없이 짙어진 녹안이 성의 어둠 한 구석을 응시했다. 푹 찌르는 듯 날카로운 눈이었다. 그림자가 검은 물결처럼 움직였다.

희미한 램프 빛이 일렁이더니 이윽고 뒤로 물러나 사라졌다. 읽기 힘든 기척이 없어지고 나서도 브리지트는 한참 동안 떠나지 않고 미간을 찡그렸다.

"야센. 느꼈어?"

"무엇을 말입니까."

"섬뜩하고 음산한 기운 말이야."

"전 아무것도 느끼지 못했습니다."

진중히 되짚어 보던 야센이 고개를 저었다. 하지만 그녀의 표정은 풀릴 줄을 몰랐다. 그녀는 이미 머릿속으로 벨벳 성에 상주하고 있는 모든 고용인들에 대해 하나씩 빠르게 되짚어 보고 있었다.

아는 게 적더라도 소거법을 이용하면 상대를 찾는 것은 쉽다. 게다가 이 오래된 성에 살고 있는 자들은 애초에 많지 않았다. 답은 쉽게 나왔다.

"저자가 그 정원사군."

— 덴버 아저씨요. 자주 못 뵌 분이라 저도 어색해요.

언젠가 타라가 머리를 긁적이며 했던 말을 상기하며 브리지트는 알 수 없는 얼굴을 했다. 달이 녹아들듯 고요한 밤, 고성의 복도와 길고 거대한 실루엣을 훑는 눈빛이 기묘하다. 서부로 떠나는 딸에게 했던 어머니 타니아의 신신당부가 지금 떠오르는 건 우연일까.

—조심하렴, 딸아. 그 성에는 상상도 못 할 것이 잠들어 있으니까.

아주 오래되고 진득하게 고여 있는…… 섬뜩하고 무서운 것들 말이다.

＊　　＊　　＊

모퉁이를 돌자 비제가 그녀를 본격적으로 번쩍 들어 안아 올렸다. 조금 몸이 들썩거리자 타라가 칭얼거렸다. 머리가 울려요. 즉각 발걸음을 멈춘 비제가 안정적으로 등을 받치며 토닥거렸다. 미안해. 그의 품은 따뜻하고 편했다. 따뜻한 솜으로 된 나무 같았다.

꾸벅꾸벅 반쯤 졸면서 타라는 하품과 쫑알거림을 반복했다. 무슨 소리를 했는지는 말함과 동시에 까먹었다. 아마 하잘것없는 소리였을 것이다.

하나도 빠짐없이 그것들을 받아 주는 비제의 대답이 '응, 달이 예쁘네.', '좀 자면 나아질 거야', '안 춥니?', '머리 울려?' 등의 잔잔한 것들이었기 때문이었다.

잠깐 정신이 든 타라가 읊조렸다.

"아저씨, 미안해요."

"뭐가."

"너무 많이 마셨나 봐요. 나 무겁죠."

"응."

그러다 침울함이 채 몇 걸음 가기도 전에 그는 웃음기 섞인 부정을 내뱉었다.

"거짓말이야. 예전이나 지금이나 가벼워."

"피이, 거짓말쟁이."

"난 원래 거짓말쟁이야."

비제는 단조롭게 긍정했다. 밤에 깃든 풀 냄새, 풀벌레 소리가 따끈한 피부에 감겨 왔다. 아마 별관을 벗어나 본관으로 향하는 정원에 들어선 모양이다. 타라는 잠깐 고개를 들었다. 개울가에 얼굴을 담근 것처럼 시원했다. 배시시 웃음이 나왔다.

"와, 밤바람 좋아."

"좋아?"

"응."

"술주정뱅이 타라."

비제가 놀리듯 중얼거렸다. 어느덧 그의 기색에는 화가 없었다. 슬쩍 취한 상태에서도 그걸 눈치챈 타라가 단단한 목을 좀 더 끌어안았다. 얕게 흐트러진 그의 숨결이 목덜미를 스치고 푸른 머리카락을 만질 듯 말 듯 건드렸다.

"미안해요. 오늘만……."

그러면서 애교 부리듯이 머리를 문질러 온다. 비제는 헛웃음을 지었다. 이거 술 먹이면 위험하겠는데.

"평소에도 이렇게 상냥하게 굴면 오죽 좋아."

"내가요? 내가 얼마나 상냥한데요."

"나한테는 안 그러잖아."

"그거야…… 아저씨가 계속 나를 놀리니까."

타라가 툴툴거렸다. 평소 쌓아 뒀던 불만이 터진다. 왜 그렇게 나를 놀려요? 일부러 화나게 만들고. 심술 맞게 굴고. 잠잠히 듣던 비제가 픽 웃었다. 유리병이 나무 바닥을 굴러가듯 말갛다. 그거야…….

"건드려야 날 보잖아."

"응?"

"세상에 쥬다만 있는 거 아니야. 주변을 좀 둘러보라고, 아가씨."

하나만 보는 건 괜히 건드리고 싶어지거든.

타라는 그가 하는 말이 너무 어렵다고 생각했다. 지금 머리가 어지러워서 그런지는 모르겠지만. 속이 조금 매스꺼운 것 같기도 하다. 그녀는 뒤척거리면서 끙끙거렸다. 다락방에 숨어든 들쥐처럼 작은 부산스러움을 바로 눈치챈 비제가 멈춰 섰다.

"왜, 속이 안 좋아?"

"으응, 조금."

잠깐 들렸나 싶을 정도로 부드럽게 화단에 앉아 그녀를 제 무릎에 올려놓은 비제가 가만가만 등을 두드렸다. 아무리 콜록콜록거려도 나오는 건 없었다.

힘이 쫙 빠진 타라가 비제의 어깨에 머리를 툭 얹었다. 힘들다. 정말 과음은 안 좋은 거구나. 비제는 타라가 몸을 추스르는 사이 얄팍한 어깨에 제 겉옷을 벗어 걸쳐 주었다.

바스락거리며 감겨 오는 느낌이 좋았던 타라는 옷을 여미면서 밤하늘 가득 하얀 토끼풀처럼 피어 있는 별 무리를 바라보았다. 예쁘다. 석양이 아름답듯 태양이 추락하고 난 뒤의 칠흑 같은 밤도 언제나 아름다웠다. 어쩌면, 인간이란 존재는 닿을 수 없는 모든 미지의 것들에서 매혹을 느끼는 건지도 모르겠지만 말이다.

"그럼 이제 말해 봐."

"뭘요."

"왜 그렇게 많이 마셨어? 네가 당차긴 하지만 조심스러운 성격인 거 알아."

은근히 겁도 많고.

한 마디로 이렇게 자제력을 잃은 게 그녀답지 않다는 말이었다. 타라는 잠시 미적거렸다. 이 아저씨는 참 눈치가 빠르다. 어떨 때는 가장 타라와 가까운 쥬다보다도 그녀의 미약한 기분 변화와 상태를 정확히 꿰뚫고는 했다.

타고난 세심함의 차이일까. 그녀는 제 기분을 알 수 없었다. 쥬다가 이렇게 제 마음을 잘 알아차렸으면 좋겠다고 여기면서도 그러지 않았으면 좋겠다.

"쥬다랑 싸웠어요."

목에 턱 걸린 것만 같았던 걸 막상 내뱉고 나니 후회가 되었다. 하지만 재미있다는 듯 눈을 빛낼 줄 알았던 비제는 고요하게 그저 눈을 맞춰 주기만 했다.

그의 물빛 눈이 소원을 비는 별자리라도 되는 것처럼 하염없이 바라보며 입을 달싹거렸다. 무슨 말이라도 할 수 있을 것만 같은 기분이다.

"처음으로 반항한 건지도 몰라요. 화가 났거든요."

"왜?"

"왜냐하면……."

나직하게 숨을 들이켰다.

"왜냐하면…… 쥬다가 내게 뭔가를 숨기는 게, 그의 생각과 생활에서 나를 배제시키는 게 싫어요. 아주 조금이라도."

터무니없는 욕심일 수도 있다. 그러나 그녀는 그걸 원했다. 타라의 모든 생각과 행동은 태양을 맴도는 달처럼 그가 중심인데, 그는 아닌 것 같아서. 불안하고 약이 올랐다.

"나도 이제 어른인데 나더러 몰라도 된다고 그랬어요. 내 생각은 그렇지 않은데. 너무 화가 나서 결국 심한 말을 했어요. 당신이 후견인이더라도 그런 걸 알고자 하는 건 내 판단이 먼저라고."

"와우."

잠자코 듣던 비제가 휘파람을 불었다. 옅은 웃음을 흘리면서 물웅덩이 같은 눈이 그녀를 주의 깊게 바라보았다.

"쥬다가 열 좀 받았겠는데."

"으응, 그런 것 같아요."

비제는 울적해하는 그녀의 머리를 다독였다.

"그래서, 그가 화를 냈어?"

"화냈는데, 그게 또 너무 속상해서 그냥 나와 버렸어요."

"울었겠네?"

"……조금요."

다시 부끄러웠다. 낮게 혀 차는 소리가 붉어진 귓가를 건드렸다.

"난 대화를 해 보라고 했지, 싸우라고는 안 했는데."

"나도 잘못했지만 쥬다도 잘못했어요."

왠지 그가 자신을 탓하는 것처럼 들려서 타라가 오기를 섞어 반

박했다. 고집스러운 붉은 눈이 저를 쨰려보자 비제가 눈을 가늘게
휘며 타라의 콧등을 건드렸다.

"혼내는 거 아니야. 괜히 속상하게 된 것 같아서."

"아저씨 탓도 아니잖아요."

이제 비제의 말투나 의미를 잘 알게 된 타라가 앞질러서 말했다.
그는 별말 없이 흐트러진 잔머리를 정리해 주었다.

홍조 섞인 흰 얼굴에 드리운 우울한 속눈썹, 풀어 헤쳐진 푸른 머
리가 이 성에 머무는 그 어떤 요정보다도 요정 같았다. 제 품에 잠
시 쉬려 내려앉은 하얀 비둘기를 숨 한번 안 쉬고 내려다보는 것처
럼 타라를 응시하던 비제가 불쑥 말했다.

"뭐 할래."

"네?"

"기분 상했으면 기분 풀릴 만한 걸 해야지."

술 마시는 거 말고. 원하는 건 다 해 줄듯 가벼운 어조에 타라가
뾰로통하게 중얼거렸다.

"왜요. 또 토끼 잡아 주려고요?"

"그럴래?"

"아니요."

고기 먹을 속도 아니었다. 초롱초롱 물방울처럼 맺혀 있는 유니콘
별자리를 올려다보던 타라가 불쑥 말했다. 오늘은 일탈의 밤이다.

"말 타고 싶어요."

하고 싶은 것, 개중에 쥬다가 하지 말라는 건 다 해 보고 싶었다.

술주정일지도 모르는 부탁임에도 비제는 정말 그녀가 하자는 대로 했다. 멋대로 하겠다 마음먹어 놓고도 쥬다에게 혼나면 어떡하냐고 지레 걱정돼서 물으니, 비제는 빙그레 웃었다. 까짓것 좀 맞으면 된다고.

기겁하는 그녀에게 그는 농담이라고 한다. 빈말인지 진담인지 헷갈렸지만 어쨌건 그들은 마구간에 왔다. 오밤중에.

타라는 마구간에서 들려오는 푸르릉거리는 울음소리에 바로 흥분했다. 그녀가 치맛자락을 부여잡고 뛰어가 울타리를 잡고 섰다. 그늘 안에서 반짝이는 말의 눈동자들과 마주치자 저절로 미소가 지어졌다.

"늦은 시간에 미안."

[누구야?]
[익숙한데.]
[그 여자애 아니야? 주인이 아끼는 아이.]
[하지만 좀 더 큰걸.]

여러 말소리들이 수군거리며 들려왔다. 타라는 저들끼리 쑥덕거리는 말 그림자 중에서 유독 고요한 말 한 필을 발견했다. 그녀는 쑥스럽게 헤실 웃었다.

"프레야."

[안녕, 타라. 무슨 일이니?]

프레야가 우아하게 긴 목을 내밀어 그녀를 바라보았다. 녹주석
처럼 영롱하게 빛나는 눈동자는 수풀 사이에서 반짝이는 반딧불처
럼 여전히 신비스러웠다.

"말을 타고 싶어서요. 깨웠다면 미안해요."

[괜찮아. 나는 달이 떠 있을 때 더 활동하기 편하니까.]

느릿하게 걸어온 프레야가 고개를 갸웃거렸다. 그가 나직하게
소곤거렸다.

[저 사내는 특이하구나.]

"유니콘인가."

타라의 옆에 선 비제가 유니콘을 마주 보았다. 프레야는 무구한
눈빛으로 주의 깊게 그를 바라보더니 중얼거렸다.

[요정이면서 요정이 아니구나. 경계선에 선 자.]

그게 무슨 뜻이냐고 묻고 싶었지만 바로 옆에 비제가 있었기에
타라는 어색하게 웃으며 말을 돌렸다. 그녀의 부탁을 프레야는 흔

쾌히 들어주었다. 따그닥따그닥 걸어 나와서 전에 그래 왔던 것처럼 다리를 굽히고, 타라가 올라타자 느리게 몸을 폈다. 비제가 바로 고삐를 쥐었다. 그러고는 고개를 저었다.

"너 취했어. 혼자 승마를 하게 둘 수는 없잖아?"

"하지만 프레야는 유니콘인걸요."

타라가 뾰로통하게 투덜거렸다. 대화하면서 조금 깨기는 했지만, 여전히 발그레한 낯이 취기가 다 가시지 않았다. 비제에게 친근하게 굴며 애교를 부리는 것 자체가 취했다는 방증이지만 말이다. 비제는 유독 귀엽게 나오는 타라를 올려다보며 피식 팔짱을 끼었다.

"그거 알아? 지금 쥬다가 매우 싫어서 날뛸 만한 짓들을 골라서 하고 있다는 거."

"그런 것 같아요."

어깨를 움찔하면서도 타라가 입술을 삐죽거렸다. 쥬다가 질색하는 승마에 취중 상태, 밤의 바깥나들이까지. 해서는 안 되는 일을 하는 것만 같은 고양감.

술의 힘이란 대단하다. 소심한 그녀가 이런 기분에 취하게 만들다니. 타라는 보란 듯이 프레야를 재촉해 느리게 말을 탔다. 기분이 좋다! 마음만 먹으면 저 밤하늘도 날 수 있을 것처럼.

깔깔 웃어 대는 그녀를 쫓아가며 비제가 혀를 찼다.

"기분 나쁠 건 그것들만은 아닌 것 같은데."

"아, 너무 좋아! 나 달려도 돼요?"

"안 돼."

여전히 미소 띤 얼굴에 눈빛만은 냉철한 그가 고개를 삐딱하게 기울였다. 허리에 찬 칼등 위에 손을 올린 비제가 나른하게 웃었다. 설탕처럼 녹아드는 독 같았다.

"네가 떨어지는 순간 그 유니콘의 목도 날아갈 거야."

뭐라고요? 타라가 돌아보자 그는 아무것도 아니라는 듯 적당한 거리에서 그녀를 지켜보았다.

비제에게서 조금 멀어지자 프레야가 말을 걸었다.

[네 보호자가 좋아하지 않을 텐데 괜찮은 거니?]

"왜 전부 쥬다가 싫어할지, 말지만 관심 있는 거죠?"

그녀가 뭘 하든 그건 본인의 마음이지 않나. 왜 모두 쥬다의 의사에만 신경 쓸까. 지금껏 당연하게 생각했던 것들이 모두 답답하게 느껴졌다. 타라가 신경질을 내자 프레야는 잠시 침묵하더니 말을 이었다.

[기분 상했다면 미안해. 나는 네가 그를 무척 좋아하는 것 같아서 걱정되었단다.]

"아니에요. 괜히 화내서 미안해요."

취해도 성향은 달라지지 않는지라 타라는 금방 짜증이 수그러들어서 중얼거렸다. 그녀는 프레야의 목을 끌어안고 연신 투덜거렸다.

"갑갑해요. 전부 다……."

[아이야. 원한다면 넌 어떤 것이든 할 수 있고, 모든 것을 가질 수 있어.]

네가 진심으로 원한다면 말이지. 꿈속에 나타난 천사의 소곤거림처럼 프레야가 자상하게 대꾸했다.

[넌 네가 생각하는 것보다 귀중하고 대단한 존재야.]

"……고마워요."

진줏빛 털에 얼굴을 묻으며 타라가 중얼거렸다. 멍하니 눈을 깜박이다가 돌연 무언가가 생각났다. 언령.

"그 언령이란 거, 정확히 무슨 힘이죠?"

평소라면 망설였겠지만, 질문하는 데 거침이 없었다. 알고 싶었다. 그럼 알면 되지 않은가? 고민했던 것이 무색하게 프레야는 유려한 목소리로 알려 주었다.

[대자연과 우주에게 부탁할 수 있는 언어의 힘이지. 누구에게든 네 의지를 전달할 수 있어.]

"좀 더 자세히요."

[과거 고왕국에서는 언령을 신어(新語)라고도 불렀단다. 고왕국 2왕조의 시조가 신들의 연회에 초대받았다가 그들이 쓰는 언어를 훔쳐 와서 몰래 제 딸에게 가르쳤다고 하지. 신계의 문이 닫힐 때까지 비밀스럽게 이어졌던 언령은 완전한 인간의 시대가 되자, 아주 강력한 무기가 되었어. 아무나 다룰 수 없는 힘이야.]

"잠깐, 프레야는 그 힘을 가진 사람은 고왕국에서 단 한 명밖에 없다고 했잖아요."

그렇다면 혹시…… 타라의 목소리가 밤을 핥는 정적처럼 낮아졌다.

"고왕국의 지배자를 말하는 건가요? 예컨대……."

광인이 됐다는 마지막 여제처럼. 엄청난 이야기를 하면서도 이 잿빛 유니콘은 들바람처럼 유유하기만 했다.

[먼 과거의 일이지.]

"왜, 내게 이런 걸 가르쳐 주시는 거예요?"

타라가 묻자 그가 답했다.

[언령을 가진 자에게는 항상 가혹한 운명이 뒤따랐으니까. 거대한 힘, 훔친 신의 언어에는 대가가 따라. 어떤 시련이 닥치건 대응할 수 있게 미리 알아 두는 게 낫지 않니.]

"대체, 그 가혹한 운명이란 게 뭔데요?"

타라는 바보가 아니다. 직감적으로 이것이야말로 그녀가 다다라야 할 해답, 그리고 어쩌면 쥬다가 끝까지 말하지 않는 '비밀'일지도 모른다는 생각이 들었다.

"알려줘요. 그게 뭐죠?"

[세상에서 가장 끔찍하고 아름다운 게 뭔지 아니?]

타라는 고개를 저었다. 지혜로운 생물이 답했다.

[바로 사랑이란다.]

……사랑?

[세상에서 가장 현명한 자도, 바다와 같은 지혜를 가졌거나 저 태산처럼 강인한 자라도 그 치명적인 감정에는 무력한 노예가 되고 말지. 심장을 지닌 이상 이것은 벗어날 수 없는 굴레란다. 신들은 정말이지 위대하고 잔인한 자들이야.
인간에게 가장 끔찍한 지옥이 무엇인지 알고 있으니.]

프레야의 목소리가 꿈결처럼 멀게 느껴졌다. 사랑. 타라도 사랑이 무엇인지 안다. 언젠가 안티오크와 사랑에 대한 이야기를 나눈적이 있다.

사랑이란 건, 상대를 무척 아끼고 귀중히 여기는 것. 소중하고 애틋해서 더 가까이 있고 싶고, 바라만 봐도 좋고, 때로는 독점하고 싶어서 질투도 나는 그런 감정이라고 안티오크는 말했다.

당시의 어린 타라에게는 막연하기만 했던 것이 불현 듯 아찔할 만큼·구체적으로 닿아왔다. 현실감 없이 뛰는 심장이 얼얼하다. 그녀는 어떤 말도 하지 않고 침묵했던 쥬다를 생각하고 있었다. 마치 그 생각을 읽기라도 한 것처럼 프레야가 중얼거렸다.

[널 사랑하는 그자는 그 시련조차 저가 감당할 생각이겠지만, 넌 그것을 원하지 않겠지.]

자신을 사랑하는 자가 누구인지 물을 만큼 타라는 어리석지 않았다. 돌연 더운 소나기를 옴팡 뒤집어쓰기라도 한 것만 같았다. 아…… 나는 그를…….

어디로 향할지 모르는 부평초가 되어 물살에 떠미는 것처럼, 대중없는 범람에 몸을 맡기듯 타라는 울듯 고개를 들었다가 입을 벌렸다.

쥬다가 성의 테라스에 서서 타라를 내려다보고 있었다. 퍽 오래 전부터 저를 지켜보고 있었던 것처럼 참을성이 바닥난 얼굴로.

확실히 벨벳 성은 타라와 그녀의 후견인의 집이었고, 특히 밤은 쥬다의 영역이었다. 그렇지 않고서야 왜 항상 그는 타라가 가장 필요로 할 때 그 자리에 서 있는 걸까.

푸른 불꽃이 찰나 일렁이고, 금세 차가운 손이 타라의 손목을 잡아채듯이 말 위에서 끌어 내렸다. 순간 숨을 들이켰으나 쥬다는 아가리를 벌려 작은 새를 한 번에 집어삼키는 뱀처럼 그녀를 가뿐하게 안아 들었다.

타라는 무의식중에 그의 어깨를 밀었지만, 그는 무시했다.

쥬다는 그다지 놀란 기색이 아닌 비제를 쳐다도 보지 않고 말했다.

"입 다물고 가라."

"……존명."

고개를 숙이는 기사의 곁을 싸늘한 한기가 묻은 망토 자락이 스쳐 지나갔다. 타라는 입술을 달싹였다가 제 몸을 욱신거릴 만큼 휘감는 악력에 입을 다물었다.

창백한 낮엔 얼룩 없는 달처럼 어떤 것도 떠오르지 않았으나, 타라는 알 수 있었다. 쥬다는 지금 매우 화가 나 있었다.

12

소나기 I

저 자신이 변질되거나 통제력을 잃는 것을, 그것을 속수무책으로 바라보고 있어야 하는 무력감을 느껴 본 일이 있는가.

이미 한차례, 혹은 수차례 겪어 왔던 과정임에도 도저히 익숙해지기 힘든 감각이었다. 그와 같이 우주의 진공처럼 무던한 삶을 살아왔던 이에게는 멀미와 같을지도 모른다.

되돌아보니 이미 그는 변해 있었다. 어디서부터 이리 된 것인가. 스스로 자문해 보았지만 답은 수십 가지이며 동시에 하나였다. 그 애가 쉬지 않고 던지던 애처로운 질문들, 작은 보폭으로 화급히 쫓아오던 종종거림, 눈물을 삭이며 어쩔 줄 몰라 하는 그 얼굴에 내심 한구석이 울렁거리고…… 조마조마한 입이 제 이름을 불렀던 그때.

타라, 그 보잘것없는 소녀의 붉은 눈동자를 처음 마주했던 그 순간부터.

변화의 싹은 첫 장부터 틔어 있었는지도 모른다. 쥬다는 이미 그녀가 저에게 미치는 감정적인 영향력을 미미하던 시절부터 알고 있었고, 차후 감당 못 할 만큼 거대해질 수 있다는 막연한 예상도 하고 있었다. 하지만 그도 부족한 듯싶다.

수렁에 빠진 것을 깨닫는 건 항상 늦다. 몰라보게 다 자란 타라가 변하지 않은 천진한 미소를 짓자 쥬다는 저가 해독 불가능한 것에 중독되었다는 걸 깨달았다. 당혹감에 물러서기에는 정체불명의 탐욕이 산더미처럼 그를 짓누르고 있었다.

저가 죽을 걸 알고서도 손을 뻗어 남김없이 꺾고 취하고 들이마셔야 족할 그러한 유혹이었다. 맙소사. 과거 경고하는 레오니다스에게 자신만만했던 저는 천하의 멍청이이자 등신이었다.

냉혹하고 오만한 대마법사는 '애정'이란 것의 파괴력을 지나치게 얕보았던 것이다. 당혹했고, 번민했으며 가혹한 혼돈이 잔뜩 할퀴고 간 자리에는 생경한 공포감이 치밀었다.

공포라니? 천하의 불사의 마도사 쥬다가 두려움을 느끼다니! 짧은 찰나 그는 어찌해야 할지 알 수가 없었다. 아름답게 피어난 그녀가 금방이라도 사그라들 눈 결정처럼 느껴졌고 그걸 제 손으로 해하게 될까 봐 두려웠다. 감히 저 아이에게 손을 대면 안 될 성싶었다.

쥬다는 타라에 대한 애정의 싹이 급격히 방향을 틀어 더 강렬하고 열렬하며 진득할 만치 달콤한 어떤 것으로 자라나는 걸 도저히

막을 수 없었다.

—나, 이상해요?

그래. 그렇게 사랑스러운 너를 내가 어찌.

단지…… 좀 더 조심스러워졌을 뿐이다. 그 아이가 누구나 소유하고 싶을 정도로 아름다워지고 제 탐심이 배로 늘어난 것만큼 그는 더더욱 예민하게 신경을 기울였다.

갓 날개를 편 나비의 주변에 공들여 거미줄을 치는 거미처럼 신중하게, 은밀하고 소리 없이. 잔뜩 금이 간 유리 세공품을 다루듯 귀하게.

그 아이는 겁이 많고 여렸다. 지레 뒷걸음질 치거나 선을 긋는 걸 원치 않았다. 아니 사실, 쥬다는 그녀가 도망치는 걸 두려워하는 건지 그것을 인내할 자신이 없는 건지 헷갈렸다.

이제 어떤 것도 장담할 수 없었다.

그는 목이 말랐고, 날이 갈수록 그 갈증은 심하면 심했지 가시지는 않을 것이다.

널 대체 어떻게 해야 하지? 이 한도 없는 욕심을 무엇이라 정의 내려야 하나. 혼란스러웠다.

덥석 가지기에는 너무 귀해서 이따금은 닿기도 버거웠다. 기가 찰 노릇이나 마땅한 해결책은 전무했다. 얼간이처럼 머뭇거리고 갈등하며 계속 그 무의미한 짓을 반복했다.

부쩍 늘어난 거리감에 그녀가 서운해하는 걸 알고 있었지만 쥬다는 타라의 전전긍긍을 방치했다. 인내하기도 버거웠기 때문이다. 손안에 가둔 나비를 풀어 주지도, 쥐지도 못하는 형국이다.

그리 평화로운 척 아슬아슬하던 찰나 타라가 처음으로 쥬다에게 반기를 들었다.

— 저도 이제 어른이니까 무엇이 옳고 그른지, 멀리해야 할 것과 가까이해야 할 것을 알고 선택하고 싶어요.

그가 직접 긍정했듯 타라의 요구는 뭐 하나 틀리지 않았다. 그러나 심사가 뒤틀리는 건 별개다. 그는, 성인이 되었으니 후견인인 그의 의견은 필요 없다는 말투와 반항적인 눈빛을 무심한 낯으로 지켜보았다.

들들 꼬여 가는 속과는 달리 쥬다의 이성은 냉정하게 타라의 심기를 파악하고 있었다.

그녀는 화가 나 보였고, 오기도 얼마간 섞여 있었다. 내내 제 손에서 자라 오면서 미운 말 한 번 담은 적 없던 입으로 가시를 세우는 주제에, 붉은 눈망울은 손을 뻗으며 안아 달라던 어린 소녀의 것과 다를 바가 없었다.

냉철한 보호자라면 그녀가 마음에도 없는 말을 했으며, 진정 원하는 게 따로 있다는 것 정도는 바로 읽어 내는 게 옳았다. 그도 물론 이를 알았다. 최소한 원래의 그라면 냉소적으로 받아칠지언정 차갑게 식은 속을 그대로 게워 내지는 않았으리라.

그러나, 여유 잃은 화가 먼저였다.

대중없이 뱉은 칼에 뒤늦게 가슴이 섬뜩했지만 타라는 이미 상처 받은 얼굴이었다. 자리를 피하는 그녀를 우두커니 바라보며 생각한다.

널 어쩌면 좋지. 가지기에도 놔주기에도 고통이 따랐다. 하나 확실한 건, 타라를 내버려 둔 채 바라만 보는 건 이미 불가능하다는 거였다.

자리를 박차고 뒤쫓아 간 순간부터 쥬다의 고뇌는 무용지물이 되었다. 상처 입은 눈에 섬뜩하면서도 붙잡은 손에 힘이 들어가고, 무방비하게 우는 낯을 보니 제 안의 견고한 어떤 것이 망가지는 듯했다. 그의 속내에 자리 잡은 괴물은 아득하게 버거운 짐승이었다.

쥬다는 무표정하게 저가 키워 낸 무력하고 사랑스러운 여우를 훑었다. 천천히 가죽을 벗기는 사냥꾼처럼. 한데 덫에 걸린 건 왜 저 같은 건지 모를 일이다.

—그…… 저, 쥬다.

널 어찌할까. 바짝 타는 기갈에 온 내장이 잡아먹히는 듯했다. 화뜻함에 쫓겨 그녀의 것 중 가장 축축한 눈가에 입술을 댔다.

하아…… 갈망이 뇌까지 으슬으슬 기어 올라온다. 짠 바닷물에서 건져 올린 붉은 설탕 알갱이를 혀로 굴리듯 삼키니, 그것은 들큼하니 달짝지근했다.

감각의 파도에 모조리 휩쓸려 갔다. 그러한 붉은 눈동자 외에는 모든 게 무의미하게 느껴졌다. 내가 그따위 것들을 왜 신경 써야 하는가. 지금 내 손에 그녀가 있어 이리도 흡족한데. 언제부터 그리 애태우며 살았다고.

쥬다는 평생 어떤 반인륜적이고 패륜적인 충동과 탐욕을 실행에 옮기는 데 한 치의 망설임도 없었다. 가지고 싶으면 가지고, 원하면 바꾸면 된다. 더 탐이 나는 게 있었다. 조금 더…… 벽안이 끓는 해저처럼 짙었다.

아. 통째로 널 씹어 삼키면 이 갈급함이 가실까. 쩍 아가리를 벌렸던 욕심이 고삐를 잡은 건 순전히 운이었다. 절제 없이 흘렸던 그녀의 눈에서 두려움을 읽은 순간 뒷덜미가 섬뜩했다.

돌연 저가 쥔 가는 손목과 얄팍한 체구가 잘게 부서질 모래 한 줌처럼 여겨졌다. 손목이 풀어지자마자 타라는 어깨를 움츠리더니 그를 뿌리치고 도망갔다.

쥬다는 우두커니 그 뒷모습을 바라보았다. 그리고 확실히 깨달았다.

당장 쫓아가서 붙들고 싶은 걸 보면, 지금 그는 제 인생에서 최고로 미쳐 있는 게 분명했다.

*　　　*　　　*

둘은 쥬다의 서재에 들어설 때까지 누구도 먼저 입을 열지 않았다. 누구보다 밀착된 관계로서 함께 해 온 시간들이 몇 년이건만 이런 정적은 처음이었다.

그가 성큼성큼 발걸음을 옮기는 뒤편으로 쾅, 문이 닫혔다. 타라는 그것이 정제되지 않은 그의 격앙된 상태처럼 느껴졌다. 정작 당사자는 봉인된 초상처럼 정갈하기만 했는데도 불구하고.

그는 시종 차분하게 평소처럼 그녀를 안락의자에 내려놓았다. 긴 손끝이 느릿하게 타라에게서 떨어져 나갔다. 그리고 선을 긋듯이 몇 발자국 더 뒤로 물러섰다.

멀찍이 서서 무표정한 시선을 던지는 그의 낯에 그을리듯 음영이 졌다.

"쥬다."

딱 이름 하나 불렀을 뿐인데 쥬다는 그녀가 아직 멀쩡한 상태가 아니라는 걸 알아차렸다. 무심하기만 한 눈이 붉은 기가 어린 낯빛과 흐릿한 눈, 계속 자세가 미세하게 허물어지는 사지를 쭉 훑었다.

특히 코를 찌르는 알딸딸한 냄새. 그가 낮게 읊조렸다.

"가관이구나."

신경질적인 손짓에 반 안의 모든 횃불이 화르륵 일어났다. 태풍 오기 전의 들썩이는 파도 같았다. 반면 싸늘하기 짝이 없는 얼굴이 그녀를 내려다보았다.

"설명해. 지금 이 시각까지 대체 무슨 생각으로 그러고 다녔는지."

생경한 양극단이 부딪치는 것처럼 차가운 분노에 타라는 일순 할 말이 궁했다. 확실히 그녀는 쥬다가 싫어하는 것만 골라 하며 반항 아닌 반항을 했다. 왜 그랬는지는 저도 몰랐다. 취해서 그랬는지, 갑갑해서 그랬는지, 아주 대담한 방식의 투정인지조차.

그녀는 방어하듯 걸친 겉옷을 모아 쥐었다. 비제가 벗어서 준 옷을 꼭 붙잡은 조그만 손에 머무르는 눈길이 싸늘하게 식어 있었다.

"그냥…… 술을 좀 마셨어요."

"내게 할 말이 있어서 그런 게 아니라?"

가차 없이 쥬다가 말을 잘랐다. 그는 격분하고 있었다. 맹렬한 포악함이 그가 장악한 공간 전체를 선명하게 메우고 있었다. 마구잡이로 퍼붓는 폭우처럼.

이토록 자제치 못하는 모습은 처음이었다. 타라는 이 순간 사납게 번뜩이는 그의 눈을 마주하면서도 저가 느끼는 감정에 놀랐다. 뒷감당에 겁이 나고 뿌옇게 죄책감이 들면서도, 한편으로는 희미한 만족감이 들었다.

제 안에 저도 몰랐던 다른 자신이 불쑥 고개를 내민 듯 정신이 없었다. 당혹해서 잠시 멈칫거리는 사이 쥬다가 참지 못하고 을러대었다.

"말해라. 어떤 어이없는 말이라도 지금 이 짓거리들보다는 나을 테니."

신랄하기 짝이 없는 음성에 고사리 풀처럼 어깨가 움츠러들었다. 그가 화가 났다는 건 제 착각이었나. 다시 본 그 얼굴은 차디차기만 했다. 서늘하게 식은 실망처럼. 실망이라고? 타라가 울컥해서 저도 모르게 받아쳤다.

"밤늦게 소란 피운 건 죄송해요. 방해할 생각은 없었어요."

"방해? 네가 뭘 방해했는지 알고서 말하는 건가?"

쥬다가 기가 차서 묻자 타라는 고집스레 입술을 깨물었다.

"쥬다야 항상 바쁘잖아요."

"내가 심혈을 기울여 바쁜 대상은 너 하나야."

그는 단칼에 말허리를 동강 냈다. 차거나 모자람도 없이 확실한 명제로서. 타라가 멈칫 말문이 막힌 사이 쥬다는 들끓는 성을 가라앉히려 눈을 느리게 감았다가 떴다. 그러고는 피곤한 듯 긴 손가락으로 미간을 꾹꾹 문지른다.

"밤늦게 술에 취해서 말을 타? 다쳤으면 어쩔 뻔했지? 정말 지지리도 말을 안 듣는구나."

타라는 고개를 수그렸다. 하나하나 따져 보면 전부 자신이 잘못한 게 맞았다. 그런데 왜 이리 가슴은 울렁거리는 건지. 하지만 사과를 해야 하는 건 맞았다. 타라가 조그맣게 중얼거렸다.

"죄송해요."

"비제와는 무슨 말을 했지?"

갑자기 튄 주제에 따라가지 못한 타라가 눈을 끔벅이며 심기가 매우 불편해 보이는 제 후견인을 살폈다.

"그냥…… 이런저런 얘기요."

"나한테는 비비 꼬인 말만 던지면서 한가롭게 대화를 나누셨다?"

그가 싸늘하게 중얼거렸다. 그러고보니 언젠가부터 비제와 지나치게 가깝게 지낸다 싶었다. 나한테 못할 말도 종알거릴 만큼 말이지. 거슬리고 짜증스러웠다. 제기랄, 이건 대체 또 무슨 기분이란 말인가. 긴 손가락을 뚜둑거리며 신경질적으로 움직이던 쥬다는 타라가 입을 꾹 다물고 저를 올려다보자 눈썹을 올렸다.

"왜 그런 눈이야. 뭘 잘했다고."

"제가 뭘요."

"억울하다는 눈이잖나. 난 아까부터 말했어."

왜 대드는지 하나도 빠짐없이 설명하라고. 그들의 대화는 전에 없이 투닥투닥거리고 있었지만, 당사자들은 전혀 깨닫지 못하고 눈싸움을 계속하고 있었다.

쥬다는 처음 보는 타라의 태도에 사실 퍽 놀라지 않을 수 없었고, 그만큼 동요하고 있었다. 이때껏 타라가 그에게 이렇게 반항적으로 나올 일이 있을 거라고는 상상조차 해 본 적이 없었다. 역시 사춘기라든가, 그런 건가? 이델이 아들들의 머리가 굵어져서 골치 아프다고 하소연했을 때도 시큰둥하게 흘러 들었는데 제 입장이 돼 보니 환장할 것 같았다.

착하고 순한 양과 다를 바 없던 아이가 이렇게도 변하나? 일거수일투족 저가 직접 돌보아 온지라 더 충격이 컸다.

아까 전 비제와 이야기하며 웃던 타라가 떠오르자 어느 한구석이 한파 맞은 양 싸늘하게 식었다. 만약 그녀가 그를 도발할 생각이었다면 충분히 성공한 셈이다. 계속 되뇌었던 최소한의 인내심도 그 한 방에 싹 날아간 쥬다가 낮게 윽박질렀다.

"아까는 잘만 말하더니 왜 가만있나. 말해. 당장."

"말하면 들어 주시기는 하실 거예요?"

입을 꾹 다물고 있던 타라가 지지 않고 쏘아보았다. 암만 화가 났어도 쥬다를 대상으로 그러기 힘들 터다. 하지만 술의 기운이 그 모든 걸 가능하게 하고 있었다. 쥬다는 팔짱을 끼고 뻬딱하게 고개를 기울였다.

"무슨 뜻이냐."

"제 생각이나 의견에는 관심이 없으신 것 같아서요."

좀 더 정확히는, 그에게 그만한 가치가 없는 듯했다. 공격적인 척 흠집 난 그 눈빛에 쥬다는 눈살을 찌푸렸다.

"멋대로 판단하지 마. 내가 언제?"

"항상 그러셨어요."

"사춘기인가?"

"네?"

"아니면 갑자기 왜 이래. 혹 어디 아픈가?"

그치고는 퍽 진지했다. 타라는 어처구니가 없어서 꽤 진중하게 저를 훑는 그를 멍청하게 보다가 화를 냈다.

"아니에요!"

자신이 떼를 쓰고 있다는 부채감이 있던 차에 장난으로 받아들여지는 것만 같자 타라의 얼굴이 새빨개졌다. 바짝 날이 서서 소리를 지르는 그녀에게 쥬다가 눈매를 좁혔다.

"됐어요! 여기 계속 있는 내가 바보네요. 갈래요."

"누구 마음대로."

"내 마음이죠! 비키세요. 졸려요."

타라가 벌떡 일어나 가려고 하자 그는 냉랭하게 내뱉었다.

"앉아."

"싫어요."

"난 앉으라고 했어."

낮게 으르렁대는 듯한 목소리였다. 타라는 반사적으로 움찔하며 유례없이 성질이 나 보이는 차가운 그의 눈을 마주 보았다. 그는 안 삼켜지는 덩어리를 억지로 되삼키듯 잠시 지체했다가 무미건조하게 입을 열었다.

"그러니까, 내가 널 무시했다는 건가?"

큰 바위로 누른 듯 평온하게 억눌린 질문이었다. 타라는 대답하지 않았다. 그리고 쥬다가 욕지거리를 내뱉자 깜짝 놀랐다. 어느 때부턴가 타라 앞에서는 상스러운 말 한마디 하지 않던 그였다.

"빌어먹을, 돌아 버리겠군. 무시했다고? 내가, 널?"

나직하게 되감다가 어느 쐐기에 걸린 듯 딱 멈춘다. 그가 날카롭게 소리쳤다.

"차라리 신을 지옥에 처박고 말지, 내가 널 어떻게 무시한다는 거냐. 아무것도 모르고 웃으면서 사람을 안달하는 병신으로 만드는 주제에 지금 내게 그딴 식으로 지껄여?"

이성이 뚝 끊겨서 걷잡을 수 없이 화를 내는 쥬다는 분명 낯설었다. 그는 한 발자국도 가까이 다가오지 않았지만, 폭풍처럼 들끓는 그의 감정은 적나라하게 타라의 살갗을 긁고 찔렀다. 우산 하나 던져 주고 마구 폭주하는 태풍 같았다.

그의 자제력을 잃은 두 눈을 홀린 듯 바라보던 타라의 심장이 덜컹거렸다. 자신이 바닥을 구르며 악을 쓰며 울자 진흙탕을 첨벙이며 뒤따라와 고함을 치는 모양새였다. 혹시라도 그녀가 다칠까 봐 손끝 하나 대지 않으면서.

도저히 참기 버거워 못 참겠다. 타라가 봇물 터지듯 새되게 되묻는다.

"나 정말 쥬다에게 귀해요?"

"뭐?"

쥬다의 표정이 일순 허물어졌지만 타라는 끈질기게 물었다.

"내가 더 이상 보호가 불필요한 어른이건, 못나고 모자라건 간에…… 믿음직하지 못해 어리석고, 또, 내 어머니가 아델하이트라고 해도…… 내가, 혹시 그녀를 닮았어도…….."

그래도 나는 여전히 당신의 타라인가요? 계속, 변함없이…….

쥬다는 이제 알 수 없는 얼굴로 더듬더듬 저 속에 있던 불안을 서툴게 형상화해 내어놓고 있는 타라를 바라보았다. 마치 안에 가득 차 있던 것들을 꺼낼수록 시시각각 조그맣게 줄어드는 양 타라는 너무 약하고 불안해 보였다.

이델이 지나듯 했던 말이 불현듯 뇌리를 스쳤다.

─타라 님이 밝아지셔서 다행이지만, 예전보다는 속내를 잘 털어 놓지 않으시는 것 같아서 마음이 쓰입니다.

─타라가?

쥬다가 보기에 타라만큼 솔직하고 무구한 이도 드물었다.

그러나 사고가 성장하고, 자연스럽게 자아가 성숙해질수록 예전의 어린 타라와 현재의 타라의 고민과 우울함, 바라는 것은 또 다를 것이다.

어릴 적에는 천진하기에 안팎의 분간과 창피함, 자존심, 걱정을 끼치기 싫어하는 고집 같은 번잡함이 없었지만, 누구나 언제까지고 마냥 천진하기만 할 수는 없다. 특히 타라와 같은 맑은 이에게는 더더욱 그럴 것이다.

쥬다는 은근히 성장에 집착하고 시종 싫은 소리를 잘 하지 않는 타라의 속마음에 알게 모르게 무지했다는 걸 깨달았다. 말하지 않는다 해서 내면의 자잘한 따가움이 없겠는가.

—쥬다 님. 타라 님은 불안이 많으십니다. 유년의 상처란 건 그런 것이니까요. 당신에게는 유독 내색하지 않으시겠지만……

퍽 오랜만에 제 앞에서 움츠러든 채 덜덜 떨리던 붉은 눈동자, 넝마와 다른 바 없는 옷, 조그마한 발 등이 스치듯 떠올랐다.

그 조그마한 모습 위로 지금의 어여쁘게 자란 타라가 겹쳐졌다. 향기는 더할 수 없이 고혹적인데, 저 눈은 아직 그대로였다.

하나에게만 애달프게 약해지는 색소 옅은 동물 같았다. 확신과 안정을 주기를 바라고, 더 욕심껏 저를 보기를 원하는…… 그의 앳된 아가씨는 약한 만큼 욕심도 많았다.

그는 나직하게 한숨을 쉬었다. 속절없이 무장해제 되듯, 감미로운 무력함이 그를 마비시켰다.

"바보가 따로 없구나."

사실 이 말은 저 자신에게 하는 것과 다른 바 없었다.

"내게 유일한 단 한 가지가 있다면 그건 너야."

끈질기게 그를 응시해 오던 붉은 눈동자가 크게 벌어졌다. 그러길 얼마나 지났을까, 이내 만개한 꽃처럼 활짝 웃는다. 여명 아래

꽃무릇이 코앞에서 개화하는 것을 보아도 이토록 도취되지는 못할 것이다.

만약 저 아이가 그 모든 걸 알아채고 그를 이리 휘두르는 거라면 그야말로 제 어미보다 영악스러운 여자가 아닐 수 없었다.

그녀가 한참 어릴 적에도 제 주의를 끌기 위해 자각도 없이 범하던 실수들을 어렴풋이 눈치채고 있었다. 농지거리가 아니라 정말 새끼 여우였다. 알고서도 그게 그저 못 견디게 사랑스러우니 진정 문제는 그일지도 모른다.

쥬다는 타라가 그에게 어린 시절처럼 뛰어와 와락 안기는 걸 막을 수 없었다. 각성 후 이리 밀착해서 닿은 적도 오랜만이었다. 그의 인내 선이 단박에 쓰레기처럼 무의미해졌다. 거의 절정에 이르러 만개한 체향이 눈앞에서 어른거렸다.

매화 꽃잎 한 쌍처럼 발그레하게 기우는 맑은 눈에 생생한 행복과 만족감이 가득했다. 약하게 흔들리던 희미한 결핍의 흔적은 쥐도 새도 없이 그저 찬연했다. 쥬다는 이 순간 일생 처음으로 후회했다.

널 처음 볼 때부터 네게 더 다정히 굴 걸 그랬다. 눈이 가는 걸 이상타 여기지 말 것을. 안쓰러운지도 모르고 안쓰러워 속이 갑갑해도 그저 달랬다면 좋았을 거다.

그랬다면, 네 상처가 지금에 와서는 조금 더 아물었을까. 그는 본디 타인을 제 몸처럼 아껴도 그 고통은 짐작하지 못하는 자라 막연하기에 더 가슴이 내려앉았다. 타라의 가는 목을 끌어안고 푸른 머리에 입술을 눌렀다. 달콤한 향에 과일주의 잔향이 뒤섞여 마시지 않고도 취할 것만 같다.

"쥬다."

쥬다는 물끄러미 제 품에서 눈을 굴리는 타라를 바라보았다.

"버릇없게 굴어서 미안해요."

바로 침울해서 꼬리를 내리는 게 외려 저가 진 것처럼 허탈해서 쥬다는 헛웃음을 지었다.

"날 갖고 노는구나."

"네?"

"됐어. 괜찮은 척 억지로 웃는 게 더 싫으니."

아니, 그건 아닌데…… 손가락을 비비 꼬면서 꼼지락거리는 타라의 머리카락을 넘겨 주며 쥬다가 더 캐물었다.

"그 외에 할 말 있으면 지금 해. 불안하기만 해서 소리치고, 도망가고, 술 먹은 건 아니겠지."

하얗고 조막만 한 낯이 금방 붉어졌다. 조그매서 붉게 물들기도 쉬웠다. 쥬다는 새삼스레 그녀의 희게 오린 종잇조각들이 얼기설기 어설프게 모아져 있는 듯한 야트막한 얼굴, 그 위로 섬세하게 내려앉은 가는 눈썹과 물기 어린 입술을 바라보았다.

어떤 수려한 행운으로 수채 물감이 곱게만 번진 양 그녀는 청초했다. 다시 자각하는 게 무의미할 만큼 보기 드문 미색이었다. 본인이 전전긍긍 꺼렸던 그 시절의 어미와 닮은 듯 다른…….

"쥬다가 나에게 숨기는 게 있다는 게 슬퍼요."

잡힐 듯 말 듯 파르르 떨리는 표정은 못 견디게 시야를 어지럽힌다. 타라는 제 속내를 숨기지 않고 그를 빤히 응시하고 있었다. 쥬다는 따가운 햇빛을 피해 창문을 닫아거는 것처럼 눈가를 찡그렸다.

"그때 그건 말 그대로의 의미야. 굳이 알 필요 없는 일이었다."

"그런 건 상관없어요. 나는 당신의 모든 게 중요하고 알고 싶은걸요."

"……애교는 다 떨었나?"

"아니요. 하지만 진짜예요. 쥬다에 대해 내가 모르는 게 싫어요."

가장 오랫동안 그의 옆을 지켰다는 비제에게 그에 대한 저는 모르는 일들에 대한 뉘앙스를 느낄 때면 이상한 허함이 있었다. 자신은 너무 어리고 그에 비해 턱없이 모자랐다. 머리가 굵어질수록 이 격차가 확연히 두드러지니 초조할밖에.

앙다문 입술, 고집스러운 가냘픔이 새초롬했다. 쥬다는 잠시 침묵하다 말했다.

"나는 네가 일부분은 몰랐으면 하는데."

"싫어요."

"알면 실망하거나 화낼 거다. 울거나."

"왜요?"

"내 밑바닥은 세상에서 가장 오래된 어리석은 욕망과 우스꽝스러운 비극의 퇴적물이야. 오래 묵어 더는 썩지도 않는다. 다 스러진 폐허를 지키고 있는 파수꾼과 다를 바가 없지."

타라는 종종 그가 스치듯 언급했던 옛 과거의 이야기를 비유하고 있다는 걸 알아차렸다. 예전 학살자였던 걸 부정하지 않는 것처럼 쥬다는 변명하거나 참회하지도 않았지만, 또한 자랑스러워하지도 않았다. 그저 그랬었지, 덤덤히 인정할 뿐이다.

쥬다는 의문 섞인 그녀의 아름다운 눈매를 손끝으로 더듬었다. 오래된 공주의 벽화를 만져 보는 것처럼 조심스러운 손길이다.

"네게 말하지 않은 것들이 많다는 걸 인정한다."

그녀는 그의 눈이 절벽 아래서 굽이치는 검푸른 강물 같다고 여겼다.

"예컨대 네 아버지에 대한 일이라든가……."

"언령 같은 것 말이죠?"

앞질러 대꾸했다가 그의 낯빛 일면이 굳는 걸 목격해야 했다. 쥬다는 무념하게 긴장한 타라를 보다 물었다.

"그건 또 어디서 안 건가."

"프레야가 말해 줬어요."

"동물들은 입단속을 못 하니 골치야."

확실히 목을 분질러 버리는 것 외에 재잘대는 걸 막을 수 있는 방법이 없기는 했다. 그가 제 동물과의 대화 능력을 한탄하자 타라는 미안하면서도 짓궂은 고양감이 들었다.

타라에게도 쥬다의 손이 미치지 않는 영역이 있었다. 그건 꽤 짜릿했다. 타라는 어쩌면 저가 생각보다 발칙하고 충동적인 사람일지도 모른다고 생각했다.

"그건 왜 가르쳐 주지 않은 거예요? 솔직히 처음 알고 나서 기분이 안 좋았어요."

"어린아이에게 칼을 맡기지 않는 것과 같지."

어느 정도 언령의 파급력에 대해 들었던 터라 무슨 뜻인지 이해가 되었다. 하지만 완전히 납득은 안 되었다. 언령의 저주와 사랑에 대한 프레야의 경고는 타라에게는 난해하고 추상적이었다. 그녀의 기색을 모를 리가 없는 쥬다가 한숨을 토했다.

"그리고 최대한 늦게 알았으면 했다."

"왜요?"

또다시 질문이다. 타라가 훨씬 작고 어릴 때부터 그녀가 쥬다에게 가장 자주, 많이 건넨 꽃다발은 물음표였다. 쥬다가 쓰게 웃었다.

"나는 네가 묻는 방법을 가끔은 잊었으면 좋겠어."

하긴 넌 겁을 집어먹으면서도 기어코 묻고야 말았지.

―다, 당신이, 제 숙부님인가요?

숙부라…… 쥬다는 퍽 오랜만에 아델하이트와 남매 아닌 남매가 되었던 시절을 되짚었다. 예전 타라에게 말해 줬던 대로 그 정략혼에는 다른 이유가 없었다.

쥬다의 가문은 동부와 북부 사이에 위치한 유서 깊은 혈족이었고, 지역의 패권을 두고 타 고귀족 가문과 마찰이 일었다. 가주는 상대보다 우월한 혈통과 명분이 필요했다. 고귀족들의 서열과 위계를 결정짓는 건 고왕국과 얼마나 가까운가였으니까.

그런 의미에서 청년 왕 존의 미망인이자 고왕국 마지막 왕가의 방계 후손인 아나이스는 적절한 상대였다. 더 나아가 그녀에게서 순혈의 자손을 볼 수 있다면 더할 나위 없이 좋았다.

그녀의 먼 선조인 혜카테 일족은 대대로 고왕국의 후계를 생산해 왔을 정도로 강력한 마력이 머무르는 가계였다. 평판 좋은 고결한 기사에 불과했던 존이 동부 황금 성의 성주가 되는 데 결정적인 도움이 되었던 것도 그 아내의 혈통이었으니까.

그리고 아나이스의 유일한 딸인 아델하이트는 어머니보다 더하면 더하지 덜하지는 않았다.

마력적인 절세의 미모, 명예와 전통성, 뒤따르는 강대한 힘까지…… 탐욕과 욕망으로 덕지덕지 모아 장식한 화려한 부케 같은 여자.

아델하이트는 사내라면 응당 탐을 낼 제 가치를 잘 알았다. 눈먼 이들처럼 달려드는 머저리들을 발밑으로 내려다보며 자랐고, 개중에는 나날이 폭주하는 서부의 마레사에게 밀려 안팎으로 왕권이 위협받는 왕 클레멤논도 있었다. 그 여자에게 세상이 얼마나 쉽고 우스워 보였을까.

이제 와서야 깨달은 사실이지만, 그녀는 어찌 보면 공허와 무의미한 삶을 외면하듯 마도에 빠져들었던 쥬다와 닮은꼴이었다. 단지 아델하이트의 방식이 더 탐욕스럽고 악랄하며 파괴적일 뿐이었다. 마치 세상 전부를 망가뜨리고 시위하며 자멸하고 싶기라도 한 것처럼.

무심한 소년은 미치광이처럼 구는 제 의붓누이를 경시하고 그 소란스러움을 경멸했으나, 아주 가끔은…… 그녀의 행동이 이해가 갈 때가 있었다. 수만 리 떨어진 비슷한 궤적을 그리는 행성이 사고처럼 어쩌다 한 번 겹치는 것과 같은 동족의 시각이리라. 과거 쥬다가 그랬듯이 아델하이트는 그 누구보다 힘을 탐했다. 그를 위한 방법에는 과연 정신 나간 것도 많았다.

　—쥬다, 세계를 좌지우지할 수 있는 힘을 가질 수 있다면 어떻게 할 거니?
　—또 무슨 미친 소리냐.
　—상상해 봐. 네 뜻이 세상의 질서가 될 거야. 살아 있는 신이 되는 거지.
　마치 고대 왕국의 주인들처럼.
　넌 나를 이해하잖아. 그렇지?
　우리는 같아. 그래서 네가 좋아. 사랑해, 쥬다.

언제나처럼 천국의 유일한 뱀같이 슬슬 기어들어 오는 속삭임을 무심하게 흘려듣는 쥬다의 눈은 큰 변화가 없었다. 아마 전 율리아를 뒤져도 그녀의 사랑을 바닥의 자갈처럼 취급하는 이는 그밖에 없을 터다. 하지만 아델하이트는 아랑곳없이 하얗게 웃었다.

　—날 너에게 줄게. 나를 가지면 넌 네가 원하는 모든 것을 소유하게 될 거야. 내가 그렇게 만들 거야. 네가 그 주인이 되도록.
　—그리 좋으면 네가 가지면 되지, 왜 내게 그러나.

쥬다의 무심한 질문에도 꽃 같은 미소는 한끝의 떨림도 없었다. 그러나 그는 제 질문이 그녀의 가장 예민한 부분을 갈가리 찢었다는 걸 알고 있었다. 당연하지. 그러라고 그런 거니까. 그가 드물게 싱그러운 입술을 휘었다.

— '그릇'도 안 되는 주제에 과욕이 심하군. 그리 고프냐?

뒤이어 이어진 몇 마디에 변질되었던 그녀의 표정은 지금껏 생생했다. 쥬다가 보았던 아델하이트의 밑바닥 중 가장 절경이었기 때문이다. 쥬다는 싸늘하게 비웃었다.

— 설령 전부를 가질 수 있다 해도 개중에 네가 끼어 있다면 죄 버리겠다.

이게 내 진심이야. 설레발치지 말고 네 모친이나 챙겨라. 고뿔인지 태기인지 어찌 알겠나? 며칠 전부터 몸이 좋지 않았던 아나이스를 두고 충고를 빙자한 비아냥거림을 던진 쥬다가 뒤돌아섰다.

그런 그에게 쌔근거리는 목소리가 들렸다. 걱정 말아, 쥬다. 그녀에게 익숙한 쥬다도 흘깃 돌아볼 정도로 눅진하니 등골을 긁는 음성이었다. 그러나 거짓말인 양 그녀는 여전히 아름답기만 했다.

— 우리에게 동생 따위는 생기지 않을 테니까.

과연 그의 계모에게 더 이상의 아이 소식은 없었다. 건강 악화와 함께 불임이 된 아나이스가 이혼 후 그녀의 아이들을 데리고 동부로 돌아갈 때까지 아델하이트는 쥬다에게 심심치 않게 사랑한다 말했지만, 그는 그녀의 눈동자 깊숙이에 들어앉은 증오에 가까운 갈망을 읽을 수 있었다.

사랑? 사랑이라니…… 그딴 게 사랑이라면 세상은 이미 무간지옥일 것이다.

"쥬다?"

쥬다의 흐린 푸른 눈이 타라의 붉은 눈을 마주했다. 오랜 여행을 거쳐 온 이처럼 찬바람이 묻은 듯한 눈빛이다. 그리고 벽난로 빛을 쬔 것처럼 그녀를 보고 빛이 달라졌다.

천천히, 느리게 차올랐다. 아, 이런. 익사 직전에 간신히 건져 올려진 사람처럼 쥬다는 들끓은 숨을 내뱉었다.

"어…… 말하기 힘든 거면 나중에 말해도 괜찮아요."

이 감정을 어찌 정의 내려야 하는지 알아차렸다. 혹은 알아 버렸다. 아니 이미 예전부터 결론이 나 있었다. 닥친 이 상황을 어찌 받아들여야 할지 어떤 답도 내리지 못한 채 얼어붙었다.

미친 거다. 진정 미친 게 분명했다. 이제 와서 되뇌는 제 꼬락서니가 우스웠지만 그는 공황 상태에 빠졌다.

아니 대체 언제부터?

하기사 지금에 와서 그따위게 중요하기나 한가.

쥬다는 시간의 틈에 낀 사람처럼 우두커니 제 눈치를 살피는 타라를 보았다. 속없이 아찔하고 그저 좋았다. 미치겠다. 아니 이미 미친놈인가.

"언령은 한 세대에서 한 명만이 타고나는 힘이다. 실전되지 않는다면 말이지. 신의 귓속말이라 불리는 그 힘이 누구에게 나타날지는 아무도 몰라. 언령사의 혈연이 그와 비슷한 징표를 보일 때가 간혹 있지. 마치, 자연재해가 일어나기 전 사소한 징조들이 앞서 나타나거나 비 오기 전 달무리가 뜨는 것처럼."

기실 하고 싶은 말은 이따위가 아닐 것이다. 하지만 그는 제 말에 가만히 귀 기울이는 그녀를 정신없이 탐욕스럽게 뜯어보았다. 손아귀만 오므리면 잡힐 듯했다. 잠시 넋을 놓은 그에게 질문이 날아들었다.

"하지만 쥬다가 귀족의 마력을 세습하고 가두는 가장 효과적인 방법은 역시 핏줄밖에 없다, 라고 했잖아요?"

"그래."

남 일처럼 무감각하게 나오는 대꾸에 타라는 열심히 재차 캐물으며 눈썹을 찌푸렸다.

"그럼…… 저에게 고왕국 왕가의 피라도 흐르는 걸까요? 그러니까, 왜 하필 저한테……."

그러니까 난…… 사생아인데…….

"고왕국의 주인들이 그 능력을 독점할 수 있었던 건 혈육에서 혈육으로 자연스레 옮겨지는 '언어' 때문이야. 언어는 사람의 생각과 사고를 결정짓는다. 신들의 언어는 우주와 같이 광범위하기에 인간의 것과 같이 단순하게 듣고 말한다 해서 얻어질 수 있는 게 아니야. 영혼에서 영혼으로 흘러 들어가는 거지. 핏줄은 그 통로일 뿐."

언젠가 쥰이 이름의 중요성에 대해 말한 적이 있다. 이름은 사물의 의미를 결정하기에 함부로 여겨서는 안 되는 거라고.

—이름이 왜 그리 중요하냐고? 예컨대 네가 나를 고양이라고 부른다고 해 봐. 네발짐승이니까 다 같은 거 아니냐면서. 계속 그런 식이면 내가 야옹야옹 울건 멍멍 울건 나중에는 아무도 그걸 이상하게 여기지 않을 거야. 그게 무슨 상관이야? 어차피 난 고양이인데! 알았어? 이름 하나 때문에 개인 나의 정체성은 흐지부지 의미 없어지는 거라고.

　어린 타라는 그게 퍽 말이 될 수도 있다고 생각했다. 그것과 쥬다가 말하는 언어의 가치란 어느 정도 맞물리는 점이 있는 것처럼 느껴졌다. 너무 자연히 숨 쉬듯 쓰기에 새가 날개의 가치를 모르는 것처럼, 자연스레 의식의 흐름을 지배하는 언어란 함부로 해서는 안 되는 거였다. 그리고 중요한 사실도 깨달았다.

　"그럼 나는 어떻게 언령을 쓰는 거예요? 나에게 그런 능력을 주거나 가르쳐 준 사람이 없는데."

　"가르쳐 준 이가 있었을지도 모르지."

　쥬다가 침묵에 반쯤 스러진 목소리로 읊조렸다. 하지만 타라는 이해가 가지 않아 고개를 갸웃거렸다.

　겨울 성에서는 말 걸어 주는 이도 적어서 기본적인 의사 표현도 서툴 정도였고, 혈육이라고는 어머니 아델하이트가 다인데, 그녀와도 마주치는 것이 일주일에 한두 번도 많을 지경이었다.

　그런데 대체 어떻게? 제 어린 시절 생각에 잠겨 있던 타라는 말없이 저를 바라보고 있는 쥬다의 미묘하게 어긋난 시선을 다소 늦게 깨달았다. 그가 그리는 그림이 된 기분이었다. 어색하고 이상한 느낌이다. 타라가 손가락을 꼼지락대며 물었다.

"어…… 아직 기분 안 풀렸어요?"

화가 덜 풀렸냐는 말이 채 입 밖으로 떨어지기도 전에 그는 부정했다.

"전혀."

"그럼 다행인데……."

"타라."

"네?"

"타라."

타라는 잠자코 은빛 안개가 잠든 양 흐린 그의 푸른 눈을 응시했다. 건조하고 막막할 만큼 그가 하염없이 제 이름을 부른다. 몸을 덥히는 주문처럼 그녀는 금방 따스해졌다. 준의 말대로 역시 이름이란 중요한 것이다.

그가 그녀를 부름으로써 제 이름도 더 귀해진 듯했다. 타라가 빙긋 웃었다. 쥬다의 눈빛이 가랑잎 떨어진 호수처럼 파문이 일다가, 돌연 그녀의 뺨을 감싸고 이마에 키스했다.

"오늘은 여기까지 하자."

갑작스러운 스킨십에 놀란 그녀를 내려 주며 그가 말했다. 다시 그의 얼굴은 속을 알 수 없게 무심하다. 타라는 잠시 머뭇대며 힐끔대다가 수긍의 기색으로 고개를 끄덕였다. 오늘 밤 쥬다는 숨겨 오던 많은 사실을 말했다.

지금은 이 정도로도 족했다. 어쩐지 그와 훨씬 더 가까워진 기분이었다. 괜히 들뜬 타라가 그의 손을 잡고 흔들며 애교를 부렸다.

"나 여기서 자고 갈까요?"

잡힌 긴 손가락들이 흠칫 굳었다. 쥬다의 형언하기 힘든 표정이 무슨 뜻인지 타라는 잘 몰랐다. 그저 의아하기만 한 얼굴에 그는 신음인지 탄식일지 모를 한숨을 내뱉었다. 좀 더 빠른 손길로 제 망토를 타라의 어깨에 둘러 주며 — 비제의 것은 어느새 저만치서 바닥에 나뒹굴고 있었다 — 문을 열었다.

"어서 가서 자라."

"피, 왜요. 나 오늘 잠 안 올 것 같은데."

아직 남은 취기 때문인지 요즘 들어 자제하려 애쓰던 어리광까지 부린다. 헤헤헤, 웃는 그녀를 내려다보며 쥬다는 생각했다. 환장하겠군.

"여자애가 남자 방에 함부로 들락날락하는 거 아니다."

"뭐 어때요. 쥬다인데."

"……."

"역시 나 술냄새 나죠? 죄송해요."

쥬다가 입을 다문 사이 타라는 킁킁 제 팔에 코를 대고 냄새를 맡는다. 고개를 갸웃거리며 그리 심하지는 않은데, 구시렁거리는 조그만 머리를 그가 충동적으로 감쌌다. 말똥거리는 갸름한 붉은 눈이 천진하고 달게만 보였다.

"달콤한 냄새만 나."

"네?"

"술 냄새 안 난다고."

그는 어딘가 억눌린 손동작으로 닿을 듯 말 듯 보드라운 뺨을 문지르고는 그녀의 등을 조심스럽게 밀었다.

"빨리 가서 자."

"알았어요."

아무래도 그녀 때문에 온 신경을 다 쏟느라 쥬다도 피곤해진 모양이었다. 어쩐지 초조할 만큼 서두르는 듯해 입술을 삐죽이다가도 고개를 끄덕이고는 문턱을 넘었다. 바로 옆방인데도 쥬다는 당연한 듯 따라 나왔다.

그의 것과 겹치는 그림자가 또 좋아서 헤헤 웃었다. 가끔 자신이 쥬다에게 너무 의지하고 애착하는 것 같아 놀라곤 했는데, 그냥 저는 쥬다 바보인가 보다. 같이 이리 나란히 걷는 것도 좋았다. 몇 걸음이 다였음에도.

쥬다가 문을 열고 저를 안에 들여보내는 대로 종종걸음 치던 타라가 갑자기 멈춰 서서 홱 뒤돌아보았다. 딴생각에 잠긴 듯, 혹은 지나치게 그녀에게 집중해 있었던 것처럼 그는 놀라지 않고 고요하게 눈을 마주해 왔다. 그 차분하게만 보이는 눈빛 안을 엿보고 싶다.

타라는 충동을 참지 않았다. 그의 소맷부리를 쥐고 발꿈치를 세운 채 쥬다의 뺨에 입술을 대었다.

쪽, 짧고 귀여운 소리가 났다. 이제 키가 커서 이 정도는 마음만 먹으면 할 수 있었다. 그녀는 무표정하기만 한 그가 아주 조금 야속했지만 흰 피부에 남은 벚꽃 잎 같은 자국에 도로 기분이 좋아졌다.

"잘 자요."

그녀는 꿈결처럼 얕게 웃고는 방문을 닫았다. 쥬다는 복도에 홀로 남았다. 그러고는 마른세수를 한다. 믿기지 않게도 시종 창백하기만 했던 냉정한 낯이 흐드러진 봄날처럼 붉었다.

〈다음 권에 계속〉